屍
人
莊
の
殺
人

시인장의 살인

SHIJINSO NO SATSUJIN

Copyright ⓒ Imamura Masahiro 2017
Korean translation rights arranged with TOKYO SOGENSHA CO., LTD.
through Japan UNI Agency, Inc., Tokyo and JM Contents Agency Co. (JMCA)

이 책의 한국어판 저작권은 JMCA를 통해
東京創元社와 독점 계약한 '엘릭시르'에 있습니다.
저작권법에 의해 한국 내에서 보호를 받는 저작물이므로
무단 전재와 무단 복제를 금합니다.

이 도서의 국립중앙도서관 출판예정도서목록(CIP)은 서지정보유통지원시스템 홈페이지
(http://seoji.nl.go.kr)와 국가자료공동목록시스템(http://www.nl.go.kr/kolisnet)에서 이
용하실 수 있습니다.
CIP제어번호 : CIP2018018499

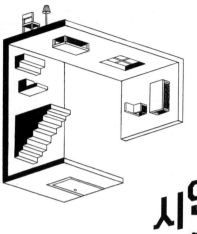

시인장의 살인

屍人莊の 殺人

이마무라 마사히로 지음

김은모 옮김

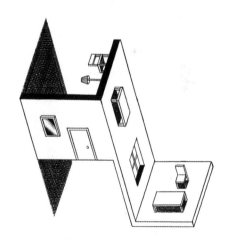

엘릭시르

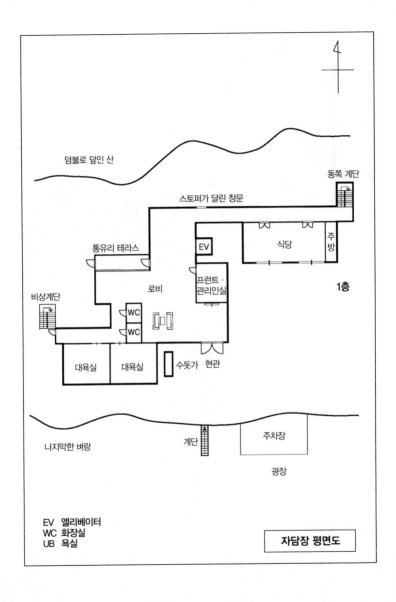

덤불로 덮인 산

동쪽 계단

스토퍼가 달린 창문

통유리 테라스

EV

식당

주방

1층

비상계단

로비

프런트·관리인실

WC

WC

대욕실

대욕실

수돗가

현관

나지막한 벼랑

계단

주차장

광장

EV 엘리베이터
WC 화장실
UB 욕실

자담장 평면도

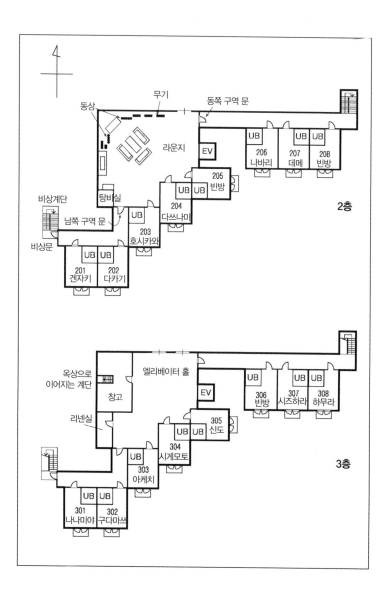

등장인물

하무라 유즈루葉村讓
신코 대학교 경제학부 1학년. 미스터리 애호회 회원.

아케치 교스케明智恭介
신코 대학교 이학부 3학년. 미스터리 애호회 회장. '신코의 홈스'라고
불린다.

겐자키 히루코劍崎比留子
신코 대학교 문학부 2학년. 수많은 사건을 해결로 이끈 소녀 탐정.

신도 아유무進藤步
신코 대학교 예술학부 3학년. 영화 연구부 부장.

호시카와 레이카星川麗花
신코 대학교 예술학부 3학년. 연극부 부원. 신도의 연인.

나바리 스미에名張純江
신코 대학교 예술학부 2학년. 연극부 부원. 신경질적인 성격.

다카기 린高木凜
신코 대학교 경제학부 3학년. 영화 연구부 부원. 다소 드센 성격.

시즈하라 미후유靜原美冬
신코 대학교 의학부 1학년. 영화 연구부 부원. 얌전하고 조용한 성격.

구다마쓰 다카코下松孝子

신코 대학교 사회학부 3학년. 영화 연구부 부원. 날라리 느낌의 외모.

시게모토 미쓰루重元充

신코 대학교 이학부 2학년. 영화 연구부 부원. 특정 장르 영화의 마니아.

나나미야 가네미쓰七宮兼光

신코 대학교 영화 연구부 졸업생. 자담장 주인의 아들.

데메 도비오出目飛雄

신코 대학교 졸업생. 나나미야의 친구.

다쓰나미 하루야立浪流也

신코 대학교 졸업생. 나나미야의 친구.

간노 유이토管野唯人

자담장 관리인

하마사카 도모노리浜坂智教

기센 대학교 생물학과 부교수.

마다라메 에이타쓰班目榮龍

오카야마의 자산가. 마다라메 기관의 설립자.

차
례

겐자키 히루코에게

(전략)

변함없이 하는 일 다 잘되고 건강하리라고 믿는다. 인사말을 늘어놓는 건 성미에 맞지 않으니 바로 본론으로 들어갈게.

일전에 마다라메 기관이라는 조직에 관해 조사해달라고 의뢰했잖아. 그 보고서를 보낸다.

다만 보고서 내용은 정리한 내가 보기에도 기괴하고 상식과는 아주 거리가 멀어. 조사를 진행하다 예기치 않게 공안조사청 극비 사항까지 파고들고 말았지.

따라서 이번 의뢰는 우리 사무소의 공식적인 업무가 아니라 내 개인적인 일로 처리했어. 다른 직원들에게는 의뢰 내용

자체를 일절 알려주지 않았지. 이 보고서를 복제해서는 안 되고 남에게 발설해서도 안 된다고 너도 내게 단단히 주의를 주었으니까.

이 자료는 읽고 나서 처분하기를 권할게.

마다라메 기관.

구체적인 시기는 불명확하지만 제2차세계대전이 끝난 뒤 오카야마의 자산가인 마다라메 에이타쓰가 설립한 연구 기관이야.

오카야마 현 O시의 인적이 드문 산속에 지어진 시설로, 표면상으로는 약품을 연구했다는 기록이 남아 있어. 시설은 지하로도 여러 층이었을 만큼 규모가 꽤 컸고, 기인과 괴짜로 평가받는 연구자와 학자를 전국에서 불러모아 분야 구분 없이 밤낮으로 다양한 연구를 행했다는 증언을 여러 명에게 얻었어. 그것도 양지 쪽에서는 절대로 진지하게 상대해주지 않을 만한 연구를 했다는군.

옛날에 길을 잃고 헤매다 이 시설에 발을 들인 적이 있다는 동네 노인 말에 따르면 그들은 정체 모를 무시무시한 생물을 기르고 있었다고 해. 제2차세계대전 때 나치가 실시했던 연구 자료가 여기로 흘러들었다는 설도 있고……. 이렇게 오컬티즘이 넘치는 정보는 헤아릴 수 없이 많아. 상세한 내용은 첨부한 자료에서 확인할 수 있어.

마다라메 기관은 설립하고 사십 년 가까이 활동하다가 1985년에 공안이 요샛말로 '특이 집단●'으로 간주하여 가택 수색을 당한 후 얼마 지나지 않아 해체됐어. 이러한 조치에는 당시 정권을 잡고 있던 나카소네 내각의 강한 의지가 있었다는 관계자의 증언을 얻었지. 마다라메 기관이 국가에서 관여하지 않을 수 없을 만큼 영향력이 강했음을 엿볼 수 있는 대목이야.

다만 이때 압수된 연구 자료 등의 기록은 일절 남아 있지 않아서 마다라메 기관이 구체적으로 무슨 연구를 했는지는 알 수 없어.

그러나 기센 대학교 생물학과 부교수였던 하마사카 도모노리라는 남자가 등장함으로써 상황이 크게 달라졌어. 그는 한 극좌파 조직에 깊이 연관되어 있다는 이유로 삼 년쯤 전부터 공안의 감시를 받고 있었지. 그러다 마침내 올여름에 그의 집과 직장을 수색했는데, 집에서 마다라메 기관의 것으로 추정되는 오래된 연구 자료가 발견됐대.

● 特異集団. 사회 통념과 동떨어진 주의, 주장을 내세우며 특이한 활동을 하는 단체를 가리킨다.

하지만 하마사카 본인은 연구실에 있던 실험 자료를 가지고 자취를 감추었어.

바로 그가 팔월에 네가 휘말렸던 사베아 호수 집단 감염 테러 사건의 주모자야…….

001

기
묘
한

거
래

1

"카레우동은 본격 추리가 아니에요."

나는 그렇게 주장했다.

당연히 카레우동은 우동의 아종이며 본격 추리는커녕 본격 중화요리도 아니다. 그건 안다. 내가 하고 싶은 말은 여기서 카레우동의 이름을 꺼내는 것이 비논리적이라는 것이다.

"그 말을 선전포고로 받아들여도 되겠지?"

자처럼 등을 곧추세운 남자가 이쪽으로 눈을 흘겼다. 가느다란 눈이 무테안경 안쪽에서 덤벼보라는 듯이 빛났다. 키가 큰 만큼 한결 위압감이 느껴진다.

"그러시든가요. 하지만 결과는 불 보듯 뻔하다고요. 오히려 왜 카레우동인지 이해하기 힘든데요."

나는 팔짱을 낀 채 턱짓을 하며 한 여학생에게 시선을 돌렸다.

여학생이 들고 있는 하늘색 쟁반에는 아직 아무것도 놓여 있지 않다. 아까부터 가만히 서서 고민하듯이 눈앞의 '면류' 메뉴를 쳐다보고 있다. 틀림없이 뭔가 주문하려는 생각이다.

우리는 십 미터쯤 떨어진 테이블에서 그 모습을 바라보고 있었다.

"힘들다면 가르쳐주지." 남자는 자신만만하게 웃었다. "저 사람의 옷차림을 봐. 바깥에 한여름 햇볕이 쨍쨍 내리쬐는데도 카디건을 걸쳤잖아."

그의 말대로 대부분 반소매 셔츠와 무릎이 드러나는 반바지나 스커트같이 얇은 옷을 입은 주변 학생들 사이에서 흰색 카디건을 걸친 그녀의 모습은 두드러져 보였다.

"즉, 저 사람은 강의실과 학생식당 냉방이 너무 강해서 추운 거야. 특히 학생식당은 통유리라 햇빛이 잘 드니까 냉방도 강하게 설정했겠지. 그러므로 추위를 타는 저 사람이 따뜻한 음식을 찾으리라고 상상하는 건 어렵지 않아."

"거기까지는 그렇다 치죠. 하지만 따뜻한 면류에는 우동만 있는 게 아니에요. 메뉴에는 라면도 있다고요. 왜 라면은 선택지에서 빼신 거죠?"

"시간 때문이지, 하무라."

남자가 입술을 일그러뜨려 씩 웃었다. 국가 전복을 꾀하는 악역 같은 표정이지만, 여학생이 왜 라면을 먹지 않느냐가 대화 주제이므로 김이 확 샌다. 하지만 기껏 잡은 분위기를 망치기도 뭐해서 굳이 지적하지는 않기로 했다.

"시간?" 나는 되물었다.

"그래. 저 사람은 친구 두 명과 함께 들어왔어. 친구들은 벌써 음식을 받아서 계산하는 중이야. 저 사람은 친구들이 기다릴까 봐 마음이 급하겠지. 여기서 문제, 라면하고 우동 중에 빨리 나오는 건 뭘까?"

평범하게 생각하면 라면이 면이 가는 만큼 조리 시간이 짧을 것 같다. 하지만……

"두말할 것도 없이 우동."

내가 단언하자 남자도 고개를 무겁게 끄덕였다.

그렇다. 우리는 몸소 경험하여 안다. 어째서인지 학생식당은 우동에 강한 애착을 품고 있어 일부러 근처 제면소에서 갓 뽑아낸 면을 하루에 두 번씩 들여놓는다. 그 때문인지 우동은 학생들에게 인기가 좋다. 점심시간에는 주문이 밀려드는 까닭에 주방에서는 면을 시간에 맞추어 미리 삶아놓는다. 그래서 우동은 그다지 기다리지 않고 먹을 수 있다.

하지만 우동과 달리 라면에는 애착이 없는지 맛이 형편없어서 인기가 없다. 따라서 주문이 들어와야 면을 삶기 시작하므로, 안 그래도 배고픈데 뱃가죽이 등에 붙을 만큼 기다려야 한다. 덧붙이자면 라면을 담당하는 (아마도) 필리핀 아저씨도 맛을 떨어뜨리는 원흉 중 하나다. 그 아저씨가 삶은 면은 일부러 탄력을 빼는 것이 아닐까 싶을 만큼 푹 퍼져서 흐물흐물하다. 정해진 시간대로 삶기만 하면 되는데 왜 그렇게 되는 걸까.

각설하고 결론을 말하자면 우동이 빨리 나온다.

"바로 그거야. 급한데 시간이 걸리는 라면을 시킬 리 없지."

추리 속에 논리라는 뼈대가 어느 정도 갖추어진 것 같기는 하다.

"거기까지는 저도 동의해요. 하지만 따뜻한 우동에도 두 가지 선택지가 있다고요. 카레우동과 국물우동. 왜 하필이면 카레우동을 골랐죠?"

"저 사람은 아까부터 저기서 한 발자국도 움직이지 않았어. 다른 메뉴를 주문할 마음이 없는 거야. 점심으로 국물우동 한 그릇만 먹어서야 배가 차지 않지. 하지만 카레우동이라면 이상할 것 없어. 왜냐하면 카레니까!"

추리의 질이 뚝 떨어졌다. 자신의 기대와 편의적인 논리를 축으로 삼아 답을 도출하는 것은 본격 추리라고 할 수 없다.

"……국물우동 한 그릇만 먹을 수도 있죠. 돈을 아끼겠다거나 다이어트를 하겠다는 이유로요. 그리고 큰 거 하나를 놓치셨네요."

"오호. 그게 뭐지?"

아무래도 그는 아직 감이 안 오는 모양이다. 약간의 우월감을 맛보며 입을 열었다.

"저 사람이 입은 카디건요. 하얀색이잖아요. 저런 걸 입었는데 카레우동을 주문할까요?"

카레 얼룩은 흰옷의 천적이다. 한창 꾸밀 나이의 여학생이 무신경하게 넘어갈 리 없다. 하지만 그는 그런 반론에도 기죽지 않았다.

"카디건은 벗으면 되잖아, 어리석기는!"

"와, 막말하시네."

어이가 없었다. 그래서는 애초에 추위를 탄다는 전제가 성립하지 않잖아.

"무엇보다 돈을 아끼거나 다이어트를 한다면 먹을 메뉴는 처음부터 한정되어 있을 거야. 고르는 데 저렇게 시간을 들이

다니 이상해."

"아니, 다이어트중이니까 한정된 메뉴를 두고 고민하는 거 겠죠."

옥신각신하고 있자니 그 여학생이 계산대를 지나 이쪽으로 다가왔다. 우리는 말다툼을 멈추고 은근슬쩍 고개를 내밀어 쟁반을 살펴보았다. 자, 승부다.

여학생의 점심은 학생식당 직원의 추천 메뉴인 간 무와 통조림 참치를 올린 간장 소스 냉우동이었다.

왜! 그렇게 소리치고 싶었다. 점심으로 먹기에 딱 좋은 메뉴지만, 당신 추운 거 아니었어?

"또 무승부네요."

나는 찢어낸 노트에 오늘 세 번째로 가위표를 그렸고, 남자는 낙심한 표정으로 표면에 물방울이 맺힌 컵을 들어 냉수를 들이켰다.

간사이 지방에서는 유명한 사립대학인 신코 대학교 캠퍼스의 여러 학생식당 중에서 센트럴 유니온이라고 불리는 이 식당을 학생들은 가장 많이 이용한다. 인테리어도 카페테리아니 비스트로 같은 꼬부랑글씨를 쓰고 싶을 만큼 세련되었고, 유리벽과 채광창으로 자연광이 비쳐들어 기분까지 밝아진다.

바다를 모방한 거대한 모자이크화로 장식된 벽이 시선을 끄는 실내는 테니스코트가 네 개는 거뜬히 들어갈 만큼 넓다. 지금은 빽빽이 줄지어 있는 긴 테이블의 칠십 퍼센트에 학생들이 앉아 있다. 안쪽 주방에서는 식욕을 돋우는 냄새가 풍긴다. 제일 많이 풍기는 건 오늘의 정식에 곁들여진 데미글라스 소스 냄새일까.

밥을 먹는 학생들의 표정은 환하다. 이 주에 걸친 기말시험도 오늘 오전부로 거의 다 끝났으니 여름방학 계획을 세우느라 마음이 설레는 거겠지.

부러울 따름이다. 내 가슴에는 기대가 아니라 불안이 자리하고 있건만.

그 원인의 대부분이 눈앞에 앉은 이학부 3학년 선배 아케치 교스케에게 있지만, 가위표를 친 종이를 못마땅하다는 듯이 움켜쥐는 표정으로 보건대 본인은 전혀 자각하지 못하는 모양이다.

"젠장. 여간해서 인간은 이치에 맞게 움직이지 않는 법이로군."

아케치 씨가 투덜거렸다. 그의 추리에 이치를 운운해도 될지 의문이 들지만, 인간의 행동을 소설에서처럼 적절하게 맞힐 수 없다는 뜻이라면 찬성이다. 흔히 겨울에 고타쓰•

밑에 들어가서 아이스크림을 먹기도 하니, 방금 전 그 여학생이 카디건을 입고 냉우동을 먹는다고 해서 불평할 일은 아니다.

나와 아케치 씨는 짬이 나면 이렇게 추리로 승부를 펼치지만 둘 중 하나가 기분 좋게 승리를 거둔 적은 거의 없다. 백번 가까이 승부를 겨루면서 알게 된 것은 허접한 추리를 하기보다 학생식당 직원의 추천 메뉴나 오늘의 정식을 답으로 찍으면 그럭저럭 높은 확률로 들어맞는다는 슬픈 현실이다. 하지만 그러면 '추리를 내팽개치고 달아났군' 하고 트집을 잡으므로 하는 수 없이 망상에 가까운 논리를 펼치다 자멸한다는, 학습 능력 떨어지는 대결을 되풀이하고 있다.

자, 아케치 교스케, 어디서 본 탐정 같은 이름에 약간 말상이지만 날렵하게 생긴 얼굴과 무테안경이 인상적인 이 선배와 내가 왜 같이 다니는지를 설명하려면 입학 직후인 사월로 거슬러 올라가야 한다.

대학이 대개 그렇듯이 새 학기를 맞이한 캠퍼스에 신입생이 발을 들여놓으면 동아리에 가입하라는 권유가 빗발친다. 공인, 비공인을 합쳐서 고등학교와는 비교도 안 될 만큼 동

● 열원을 넣은 틀 위에 이불을 덮은 일본 고유의 난방 기구.

아리의 수가 많은 약육강식의 세계이므로 당연히 그럴 만도 하다.

나는 처음에 미스터리 연구회, 소위 미스연에 들어갈 생각이었다.

나는 본시 고독을 고통으로 여기지 않는 성격이고, 딱히 이렇다 할 운동을 배운 적도 없는데다, 절친이라 할 만한 친구는 물론 귀여운 소꿉친구도 없었던지라 지금까지 무미건조하다는 표현이 딱 어울리는 청춘 시절을 보내왔다. 하지만 대학 생활을 시작하면서 아무 인맥도 얻지 못해서야 난감하겠다는 생각이 들었다. 고등학교와는 완전히 시스템이 다른 사회에서 생활하는 데 상급생의 조언과 친구들 사이의 정보 교환이 중요한 비중을 차지하리라는 것은 상상하기 어렵지 않다.

옛날부터 미스터리 소설을 좋아했던 나는 그래서 동아리 안내서 한구석에 조그마하게 실린 미스연을 두어 번 견학하러 갔다. 그리고 솔직히 말해 낙담했다.

동아리 건물의 방 하나를 거점으로 학생 열댓 명이 소속된 미스연은 일 년에 한 번 평론 책자를 발행하는 정규 활동을 제외하면 평소에는 그저 편하게 모여서 잡담을 나누는 동아리였다. 규율이 느슨하여 자유로운 분위기는 둘째 치고, 나를 상대해준 선배 부원들에게서는 미스터리 소설에 대한 열정이 느껴지지 않았다. 좋아하는 작품을 화제로 삼아도 돌아오는 대답은 "모르겠다", "안 읽어봤다"뿐이라 밴 다인과 쓰즈키 미치오를 일일이 설명해야 했다. 내가 입을 열 때마다 그런 식의 대화가 되풀이되었고 언젠가부터는 서로 진절머리를 내는 지경에 이르렀다.

두 번째로 방문했을 때도 비슷한 상황이 계속되어 내가 가입할 의욕을 잃고 침울한 기분으로 미스연 동아리방을 나서는데 느닷없이 키가 큰 낯선 남자가 앞길을 가로막고 말을 걸었다.

"국명 시리즈는 엘러리 퀸. 관 시리즈는 아야쓰지 유키토. 그럼 화장花葬 시리즈는?"

갑자기 뭐예요, 당신 누굽니까. 그렇게 대꾸하려 했지만 입이 멋대로 움직였다.

"어, 음, 렌조 미키히코."

그 순간 내밀지도 않은 오른손으로 악수를 했다. 큼지막한 손이었다.

"싹수가 있군. 내 조수가 되지 않을래?"

그대로 근처 카페에 억지로 끌려갔다. 혼란스럽기 그지없었지만 그가 사겠다고 하기에 크림소다를 주문했다. 음료가 나오기도 전에 그가 자기소개를 했다.

"이학부 3학년, 아케치 교스케라고 해. 미스터리 애호회의 회장을 맡고 있지."

미스터리 애호회? 미스연하고는 다른 건가.

"그러니까 미스연의 아류?"

"절대 아니야!"

아케치 씨는 지나치게 솔직한 내 발언을 전광석화처럼 부정했다. 그의 말로는 이쪽이야말로 진정한 미스터리 마니아가 있을 곳이라고 한다.

"밴 다인과 쓰즈키 미치오도 모르는 녀석들과 싸잡아서 말하지 마. 속상하니까."

당신 혹시 내 쌍둥이 형?

음료를 마시며 이야기를 들어보니 실은 아케치 씨도 입학 당시에는 미스연 소속이었다고 한다. 하지만 내가 그랬듯이 이야기가 통하지 않는 데 넌더리가 나서 얼마 지나지 않아 탈퇴하고 혼자서 미스터리 애호회를 만들었다. 그후로 참된 미스터리를 추구하고자 주변의 수수께끼를 쫓는 한편 추리력을 갈고닦고 있다고 한다.

그리고 얼마 전에 바로 나, 하무라 유즈루라는 조짐이 괜찮아 보이는 신입생이 미스연에 나타났다는 정보를 지인에게 입수해 미스연에서 스카우트하려고 방금 전에 테스트를 한 것이다.

"너도 사 년이나 그런 녀석들과 한솥밥을 먹을 생각은 없겠지."

아케치 씨의 지적은 정곡을 찔렀다. 미스연 회원들이 즐겨 읽는 소설은 요즘 유행에 따라 캐릭터의 개성을 전면에 내세우고 연애와 청춘소설 요소도 듬뿍 담은 작품들, 이른바 라이트 미스터리 소설이라고 불러야 할 작품들이었다. 아니, 그건 그것대로 엄연한 미스터리 소설로 분류되겠지. 그걸 부정하면 쓸데없이 적(?)을 늘리는 꼴이 된다. 하지만 황금기의 고전 작품과 본격 추리소설이라고 불리는 작품을 사랑하는 입장에서는 그런 것도 모르면서 연구회라는 이름은 달지 말아 주었으면 하는 것이 본심이었다.

"알겠어요. 미스터리 애호회에 들어갈게요."

딱히 의기투합하거나 말솜씨에 넘어간 것은 아니지만, 나는 제안에 응했다. 지금까지 줄곧 학교와 집만 왔다갔다했던 내게 그는 처음으로 마실 것을 사준 선배였기 때문이다.

그리하여 나는 그의 조수로서 학교 비공인 동아리에 소속되어 생산성 없는 나날을 보내고 있다. 현재 다른 가입 예정자는 없다.

2

"그런데 하무라. 팔월 하순은 스케줄이 어때?"

식당을 나서는 학생들의 뒷모습을 눈으로 좇으며 아케치 씨가 물었다.

"물론 비어 있는데요. 또 고양이라도 찾으시려고요?"

"어리석기는. 더워죽을 것 같은 날씨에 고양이 꽁무니나 쫓아다니는 게 뭐가 재미있냐."

아케치 씨는 그렇게 말하고 냉수에 든 얼음을 아득아득 씹었다.

고양이 찾기는 그가 가끔 학교 근처 다누마 탐정 사무소에서 맡아 오는 아르바이트다.

아케치 씨는 현실과 창작의 벽을 넘어 수수께끼를 각별히 사랑하는 까닭에 늘 주변에서 사건이 일어나기를 바란다. 아니, 얌전하게 기다리기만 한다면 그나마 낫지만 이 사람은 스스로 뛰어들려고 하니까 질이 안 좋다. 자기 명함(당당하게 '미스터리 애호회 회장'이라는 직함을 박았다)을 만들어 교내의 모든 동아리에 "필요할 때 꼭 연락을 달라"며 광고하고 돌아다닌다. 그런 짓을 벌써 이 년도 넘게 계속하고 있다니까 교내에서 그가 쓸데없이 유명한 것도 무리는 아니다. "너도 명함을 만들지그래" 하고 그가 제안했을 때는 단호하게 거부했다.

하지만 교내에서 일어난 사건을 그가 몇 번 해결한 실적이 있으므로 꼭 무시할 수만은 없다. 내가 입학한 후만 해도 종교학 시험 문제 유출 사건(가칭)과 중앙 운동장 굴착 사건(가칭) 등에 관여했는데, 막상 사건이 벌어지면 이 사람은 날카로운 재치를 발휘하기도 한다. 발휘하지 못할 때도 있다.

아케치 씨는 교내만으로는 만족하지 못해 근처 탐정 사무소와 파출소에도 쳐들어가 명함을 돌렸고, 그 일을 계기로 다누마 탐정 사무소와도 안면을 텄다. 그들은 아르바이트를 알선해주는 만큼 그나마 호의적인 편이다. 경찰은 사건이 발생할 때마다 현장에 나타나서 기웃거리는 아케치 씨를 이제 위험 인물로 점찍은 낌새가 보인다. 요컨대 나는 아케치 씨의 조수이자 브레이크 역할이다. 그의 열정이 세상 사람들에게 피해를 주지 않도록 후배로서 감시할 책임이 있다.

그런 선배가 여름방학 스케줄을 물었으니 우려해야 할 사태다.

셀프 코너에 가서 냉수를 한 잔 더 받아 온 후 아케치 씨는 이야기를 시작했다.

"실은 영화 연구부가 여름방학 때 재미있을 것 같은 합숙을 한다는 말을 들었거든."

나는 그런 동아리가 있는 줄도 몰랐다.

"펜션을 전세 내서 심령 영상을 찍는대."

"꺼림칙한 사연이 있는 곳에서 담력 시험을 하는 건가요?"

"그게 아니라 가정용 비디오카메라로 단편영화를 찍는 거야. POV● 스타일이라고 하나? 〈블레어 위치〉나 〈파라노말 액티비티〉처럼 등장인물의 시선으로 촬영하는 거. 하기야 이번 작품은 몇 분짜리 초단편인 모양이지만. 여름이 되면 특집 프로그램에서 그런 영상을 보여주곤 하잖아."

귀신이나 UFO 영상을 특집으로 다루는 프로그램 말인가. 나도 그런 프로그램이 싫지는 않다.

"그거, 재미있죠."

"음. 하지만 심령현상이 일어나는 장소에서 아이돌 연예인의 몸 상태가 안 좋아지는 콘셉트는 이제 질색이야. 김이 확 샌다고."

"격하게 동의해요."

개인적으로는 외국의 엑소시즘도 많이 써먹은 소재라 이제 좀 지겹다.

"그런데 왜 심령 영상? 동영상 사이트에 올리거나 학교 축

● Point of View의 약자. 1인칭 시점으로 시청자가 직접 육안으로 보는 듯한 시각적 효과를 내는 촬영 방식을 가리킨다.

제 때 틀어주려는 걸까요?"

"뭐, 동아리 활동의 일환이기도 하겠지만 투고할 목적인가
보더라고. 아마추어의 작품이라도 완성도가 높으면 제작사에
서 구입해준대. 제법 쏠쏠한 용돈벌이라고나 할까. 아까 말한
심령 특집 프로그램 같은 데 나오면 대성공이지."

과연. 동아리 활동도 하고 돈도 벌고 여름의 추억까지 만들
수 있으니 그야말로 일석삼조다.

"그래서 우리도 합숙에 낄까 했거든."

"뭐라고요?" 갑작스러운 전개에 목소리가 뒤집어졌다.

"그런데 영화 연구부 부장한테 가서 부탁하니까 거절하더
라."

"그렇겠죠."

"지난달부터 벌써 세 번이나 부탁했는데, 아무래도 안 될
것 같아."

"두 번 거절당했는데도 주눅들지 않고 또 도전하다니, 그
넉살이 부럽네요."

그의 행동력은 칭찬할 만하지만 분위기 파악 못 하는 것이
옥에 티다. 아주 커다란 티.

일껏 준비한 동아리의 여름 이벤트에 불청객을 들이고 싶
지 않은 것은 당연하다.

하지만 아케치 씨는 포기 못 하겠다는 표정으로 팔짱을 끼고 상반신을 살짝 흔들었다.

"하지만 하무라, 펜션이라고, 여름 펜션. 거기에 또래 학생이 모여. 뭔가 사건이 터질 법한 상황이잖아."

무슨 리라장•도 아니고.

하기야 나도 미스터리 마니아 나부랭이로서 저택이니 외딴섬이니 펜션 같은 말을 들으면 세포가 들끓을 만큼은 감각이 망가졌다. 방심하면 고베의 이인관••이나 나가사키의 글로버 저택•••처럼 별것 아닌 단어에도 반응할 정도다. 하지만 역시 남에게 폐를 끼치는 것은 바람직하지 않다.

"남들에게 욕먹을 짓은 삼가주세요. 아케치 씨는 안 그래도 유명인이니까."

"아, 어떻게 참가할 방법이 없을까."

아케치 씨는 미련을 버리지 못했지만, 이것만은 어찌할 방도가 없다.

어찌할 방도가 없을 터였다.

• 일본의 추리작가 아유카와 데쓰야의 장편소설 「리라장 사건」의 무대가 되는 곳.

•• 異人館. 주로 막부 말기와 메이지시대 때 외국인이 생활하고자 지은 서양식 저택.

••• 1863년에 영국 상인 토머스 글로버가 지은 저택.

3

팔월에 들어서자 나와 아케치 씨는 한가한 시간을 주체할 길이 없어 매일같이 학교 근처 카페에 죽치고 있었다. 아케치 씨와 처음 만난 날 같이 갔던 가게다. 입과 함께 눈까지 즐거운 플레이트 런치를 제공하는 곳은 아니고, 점장과 종업원 한 명이 얼마 안 되는 메뉴로 손님을 접대하는 옛날 느낌의 가게다. 스테인드글라스의 작은 창문이 있고, 어스름한 실내에는 레코드로 무드음악을 틀어놓았다. 평소에는 학생들이 자리를 구십 퍼센트 이상 차지하고 있지만 여름방학이라 그런지 보기 드물게 한산하여 평소보다 원두 냄새가 강하게 느껴졌다.

"또 거절당했어."

아케치 씨는 세월이 느껴지는 커피색 의자에 앉아 나지막한 테이블 밑으로 긴 다리를 쑤셔넣으며 그렇게 말했다. 그의 앞에는 커피, 내 앞에는 에메랄드그린 색깔의 크림소다.

아직도 영화 연구부 합숙을 포기하지 않은 듯하다.

"아케치 씨, 이제 그런 건 진짜 좀 그만두죠."

"그런 거라니?"

정말로 모르는 모양이다.

"무턱대고 끈질기게 물고 늘어지는 거요. 상대가 안 된다고 하면 안 되는 겁니다. 길흉을 점치는 제비를 뽑듯이 몇 번이고 될 때까지 들러붙으면 못써요. 탐정은 담백하고 산뜻하게 사건에 관여하니까 멋진 거예요."

"나는 그저 머리를 숙일 뿐이야. 아무 폐도 안 끼쳤어."

"그게 제일 골치 아픈 사고방식이라니까요."

"아무 사건도 없이 여름을 보낼 수는 없잖아. 어떻게든 해야지."

틀렸다. 펜션이라는 미스터리 배경과 여름 더위 때문에 브레이크가 안 듣는다.

어떻게든 아케치 씨의 생각을 합숙에서 떨어뜨려놓으려고 고심하고 있자니 띠링, 하고 가게 문 열리는 소리가 났다. 문으로 시선을 주자 여자 손님이 보였다.

그녀는 좁은 가게를 천천히 둘러보더니 어째서인지 이쪽으로 똑바로 걸어왔다. 그리고 내 바로 대각선 뒤쪽에 멈춰섰다.

"실례합니다. 미스터리 애호회의 아케치 씨와 하무라 씨 맞으시죠?"

갑자기 이름이 불려서 놀랐고, 그녀의 얼굴을 정면으로 보고는 더 놀랐다.

엄청난 미소녀—소녀인지 아닌지는 애매하지만—다. 검

정색 블라우스와 스커트를 입었고, 어깨에서 좀더 내려온 긴 머리카락도 검다. 키는 150센티미터 남짓이지만 스커트의 허리 위치가 높아서 늘씬해 보인다. 얼굴은 귀엽다기보다, 그래, 수려하다는 표현이 어울린다. 소녀와 여성이라는 단어의 경계선에 있는 듯한 느낌, 아무튼 평범한 여대생과는 완전히 다른 생물로 느껴졌다.

"누구시죠?"

아케치 씨가 방금 전까지 느슨하게 풀어져 있던 태도를 봉인하고 물었다. 미스터리 애호회를 알고 있으니 우리 학교 학생일 테지만, 교우관계가 넓은 아케치 씨도 모르는 사람인 모양이다.

"처음 뵙겠습니다. 문학부 2학년 겐자키 히루코라고 합니다. 앞으로 잘 부탁드릴게요."

이학부인 아케치 씨와도 경제학부인 나와도 접점은 없을 듯하다. 아케치 씨는 그렇다 치더라도 내 이름까지 알다니 도대체 누구일까.

"겐자키, 겐자키 씨……." 뭔가가 걸린다는 듯 아케치 씨가 되뇌었다. "그런데 저희한테 무슨 용건이?"

"거래를 하시죠."

그녀는 단도직입적으로 말했다.

"아케치 씨, 영화 연구부 합숙에 동행하고 싶으시죠?"

"그걸 어떻게……."

"영연에 소속된 친구에게 언뜻 이야기를 들었어요. 아주 열심히 부탁하신다고요."

"예. 매정한 대답이 돌아올 뿐이지만요."

아케치 씨는 어깨를 움츠렸다.

매정할 것도 많다. 질리지도 않고 끈덕지게 치근거렸으니 얻어맞지 않은 것만 해도 다행이라 여겨야 마땅하다.

그 말을 들은 미녀, 겐자키 씨는 입매를 누그러뜨렸다.

"말씀하시는 걸 보니 거절당한 이유를 모르시는군요."

"이유?"

"제 이야기를 들어주시겠어요?"

방긋 웃었다. 이미 대화의 주도권은 그녀가 쥐고 있다. 나는 옆으로 비켜 앉아 겐자키 씨에게 자리를 내주었다.

"고마워요."

겐자키 씨가 주문한 커피가 나오기를 기다렸다가 아케치 씨가 냉큼 물었다.

"거절당한 이유라니? 그저 불청객을 참가시키기 싫어서 그런 줄 알았는데."

"아무래도 다른 이유가 있는 모양이에요. 뭐, 이것도 친구에게 들은 정보지만요."

그렇게 서론을 깔고 이야기를 시작했다.

"그 합숙의 제일 큰 목적은 작품 촬영이라기보다 남녀 간의 교류, 즉 동아리 내부 미팅이죠. 여름이니까요. 게다가 그 펜션은 영연 졸업생의 부모님이 소유하고 있는 건물이라 무료로 전세를 낼 수 있대요. 다만 방이 모자라서 부원이 전부 참가할 수는 없나 보더라고요. 합숙이라지만 실제로는 초대하는 형태에 가까운 이벤트겠죠. 그런 이벤트에 불청객을 끼워줄 여유는 없다는 뜻이에요."

청춘을 구가하는 대학생에게 펜션을 빌려 즐기는 바캉스는 그야말로 꿈만 같은 일이다. 안 그래도 경쟁률이 높을 텐데 불청객이 끼려고 하다니 사랑의 신 큐피드에게 두들겨 맞아도 할말이 없다. 그래, 포기하죠, 아케치 씨.

"하지만 최근에 상황이 달라졌어요."

어째 분위기가 심상치 않다.

"합숙 이 주 전에 참가하기로 했던 부원 대부분이 불참하겠다는 뜻을 밝혔어요. 실은 이 이야기를 해준 제 친구도 그중 하나예요."

"그건 또 어째서?"

아케치 씨는 좀 전부터 커피에 전혀 손을 대지 않는다. 겐자키 씨 이야기에 정신이 팔린 거겠지.

"협박장이 왔대요."

뜸을 들이듯이 겐자키 씨가 컵에 입을 댔다.

"제 친구가 발견했죠. 어느 날 어쩌다 제일 일찍 동아리방에 왔는데, 종이 한 장이 책상 위에 놓여 있더래요."

"내용은?"

"'올해의 희생양은 누구냐'라고 빨간색 매직펜으로 적혀 있었죠. 글씨체를 숨기려고 그랬는지 글씨가 괴발개발이었고요."

나는 고개를 갸웃했다.

"참 기묘한 문장이네요. 죽이겠다는 둥 저주하겠다는 둥 가해 행위를 직접적으로 암시하지 않았으니 정확하게는 협박도 아니고요."

"그렇죠. 하지만 부원들은 그 내용을 보고 짚이는 구석이 있는 모양이더라고요."

겐자키 씨가 주변의 이목을 의식하듯 목소리를 낮추었다.

"작년에 합숙에 참가했던 여학생이 여름방학이 끝나고 자살한 모양이에요. 아케치 씨는 모르세요?"

"아아, 그러고 보니 그 이야기를 듣고 조사했던 것 같은데. 알고 보니 범죄와는 관련이 없었던 모양이라 세간에서는 크게 다뤄지지 않았어."

"예, 자살 동기와 합숙의 인과관계는 불명확하지만 몇몇 부원의 증언에 따르면 작년에 촬영한 심령 영상에 사람 얼굴이 찍혔는데, 영연이 연출한 건 아니라나."

"그러니까 지벌이나 저주를 받아서 그랬다고요?"

나는 미간을 찡그렸다.

"어디까지나 소문이지만요. 하지만 부원들은 합숙이 원인이라는 견해에 암묵적으로 동의했던 모양이에요. 작년에는 자살한 사람말고도 학교를 그만두거나 동아리를 탈퇴한 사람이 끊이지 않았다나. 그런 일이 있었지만 올해도 합숙을 진행할 예정이었어요. 그런데…….."

"협박장이 찬물을 끼얹었다."

아케치 씨가 말을 이어받았다.

"그런 셈이죠."

"불참하겠다는 부원들은 협박장 내용을 곧이곧대로 믿은 건가요?"

그게 좀 이해가 되지 않았다. 기분은 다소 나쁠지도 모르지만 요즘 젊은이가 고작 그런 협박장 한 장 때문에 일제히 일정을 취소하다니. 내가 의문을 제기하자 겐자키 씨는 고개를 끄덕였다.

"아직 남은 이야기가 있답니다. 제 친구가 협박장을 발견한 직후에 부장이 동아리방에 와서……."

"신도로군."

아케치 씨가 보충했다. 합숙에 끼워달라고 끈덕지게 부탁하러 갔던 상대이리라.

"예. 신도 씨가 협박장을 보자마자 다른 사람에게는 절대로 발설하지 말라고 진지한 표정으로 다그쳤대요. 실은 신도 씨는 작년에도 합숙에 참가한 몇 안 되는 사람 중 하나인가 보더군요. 그의 태도가 어쩐지 찜찜해서 친구는 숨겨서는 안될 일이라고 판단했어요. 결국 다른 부원들에게 사실을 있는 그대로 밝히고 불참하기로 결정했죠. 그래서 눈덩이가 커지듯이 참가를 취소하는 부원이 늘어난 거고요."

작년 합숙의 자초지종을 알고 있을 부장이 수상한 태도를 보였으니 여학생들은 불안이 더욱 커졌으리라.

"그렇군. 사정은 이해했어."

고개를 끄덕인 후 아케치 씨는 주의깊게 말을 꺼냈다.

"아까 거래라고 했잖아. 그건 무슨 뜻이지?"

"펜션을 빌려주는 졸업생의 체면도 있다 보니 인원수가 부족하다는 이유로 합숙을 중지할 수는 없어서 신도 씨가 골머리를 앓고 있는 모양이더군요. 지금이라면 불청객도 받아들일 가능성이 있어요."

"하지만 난 거절당했는데."

"남자끼리만 참가하려고 했으니까요."

겐자키 씨는 딱 잘라 말했다.

"미팅을 주선하겠다는 명분으로 졸업생에게 초대를 받았을 텐데 여자 참가자가 없으면 말이 안 되니까 신도 씨도 고심하는 것 같더군요. 그래서 말인데요. 저랑 같이 참가하지 않으시겠어요?"

이 제안에는 아케치 씨도 안경 너머로 눈을 둥그렇게 떴다.

"듣건대 아케치 씨는 신코의 홈스라고 불리신다고요. 뭔가 사연이 있는 듯한 합숙, 누가 보냈는지 모를 협박장. 아케치 씨 취향의 사건 아닌가요?"

"흐음……."

흐음은 무슨. 겐자키 씨의 이야기에 홀딱 빠진 아케치 씨가 흥분을 억누르지 못하고 무릎을 달달 떠는 탓에 그릇이 달각거릴 정도였다. 본심이 줄줄 새어 나오는지도 모르고 그는 점잔을 빼며 헛기침을 했다.

"어험. 그야 취향이냐고 묻는다면 그렇기는 하지만."

"신도 씨하고는 이미 타협을 보고 왔어요. 여학생을 구하기가 꽤나 힘든 모양인지 연극부 여학생에게까지 제안을 했대요. 제가 참가한다면 남학생 두 명도 받아주겠다는군요."

참으로 준비성이 좋다. 우리, 적어도 아케치 씨에게는 이게 웬 떡이냐 싶을 만큼 귀가 솔깃한 이야기다. 그렇기 때문에 어쩐지 석연치가 않아서 이야기에 끼어들었다.

"잠깐만요. 아까 거래라고 하셨죠? 이래서는 저희만 득을 보는데요. 애당초 왜 저희한테 이런 이야기를 꺼내신 건가요?"

그때 살짝 벌어진 겐자키 씨의 입술 사이로 송곳니 같은 것이 보인 것 같았다. 하지만 그녀가 머리를 숙이는 바람에 한순간의 미소는 감추어졌다.

"이유를 묻지 말 것. 그게 이번 거래의 교환 조건이에요."

참으로 기묘한 거래였다. 느닷없이 우리 앞에 나타난 겐자키 히루코. 그녀는 사연이 있는 듯한 합숙에 오늘 처음 만난 우리와 함께 참가하고 싶다고 한다. 벌써부터 도통 무슨 영문인지 모를 일투성이지만, 바로 그렇기 때문에 아케치 씨가 거절할 리 없다.

"거래 성립이로군."

그 입가에는 미처 다 억누르지 못한 웃음이 맺혀 있었다.

자
담
장

1

곰팡내 나는 콘크리트 건물에 강한 아침 햇살이 비쳐든다. 창에는 햇빛을 막을 커튼도 달려 있지 않을뿐더러 유리마저 사라지고 없다.

산속의 폐업한 호텔. 방치된 지 이십 년 가까이 지났고 주변에 다른 건물도 없으므로 이제 이 지역 사람들도 어지간해서는 걸음하지 않는다. 얄궂을 만큼 하늘이 맑아, 이런 걸 두고 죽기 딱 좋은 날씨라고 하나 보다 생각하며 하마사카는 눈을 가늘게 떴다.

뒤에서 목소리가 들렸다.

"하마사카. 곤도의 보고가 들어왔어. 역시 어제 경찰인지 공안인지가 네 연구실을 덮쳤대."

"그렇군."

약 이십여 년에 걸친 하마사카의 연구 인생. 그 모든 것을 바친 대학 연구실이 적의 손에 넘어갔다. 하지만 하마사카의 마음은 분노가 끓어오르거나 억울함으로 요동치지 않고 그저 고요하고 건조한 상태를 유지했다. 연구 성과는 전부 반출했다. 컴퓨터에 저장된 데이터는 모조리 삭제했고, 남겨두고 온 자료에도 대단한 가치는 없다. 거기는 이를테면 성충이 떠나고 남은 허물이다. 혈안이 되어 실컷 조사하도록 내버려두면 된다.

하마사카에게 남은 사명은 단 하나, 이 성과를 세상에 알리는 것뿐이다.

폐허에는 하마사카 외에도 남자 다섯 명이 더 있었다. 오래 알고 지낸 사람도 있고 며칠 전에 안면을 튼 사람도 있다. 하지만 별 차이는 없다. 오늘부로 모든 것이 끝날 테니까.

"슬슬 이동하지. 길이 막힐지도 몰라. 예정 시각까지 공연장에 들어가지 못하면 말짱 헛일이야."

"알았어." 대답한 남자가 짐을 둘러메고 다른 동료들에게 말했다. "드디어 성전이 시작된다. 가자."

그 말이 끝나자 남자들은 부자연스러울 만큼 흥분하여

함성을 지르고 주먹을 맞부딪쳤다. 그중 한 명이 드높이 외쳤다.

"잘 봐라! 이제 우리가 판도라의 상자를 열 테니까!"

세상을 구하는 전사라도 된 기분일까. 하마사카는 싸늘한 눈으로 남자를 바라보았다.

그는 일본에서 입학 커트라인이 제일 높은 대학을 졸업했지만 취직한 지 얼마 지나지 않아 냉혹한 현실을 이겨내지 못하고 퇴사했다. 남들이 보기에는 낙오자 그 자체의 모습으로 세상에 대한 불만을 쏟아내고 있다가 하마사카에게 발탁됐다. 그리고 지금 하마사카의 계획에 동조하여 목숨을 버리려 하고 있다.

그들은 동료이지만 동지는 아니다. 오직 이 계획을 실행하기 위해서 하마사카가 모은 일개미에 지나지 않는다. 그러나 그들의 힘이 없으면 목표를 달성할 수 없는 것도 사실.

그렇지만 그 역시 그들은 모른다.

이것은 판도라의 상자라기보다 서랍장이다. 일찍이 마다라메 기관이라 불렸던 조직이 남긴 서랍장.

오늘 그들이 여는 것은 그 서랍 중 하나에 불과하다.

2

합숙 당일.

아케치 씨와 나, 그리고 겐자키 씨는 이른 아침에 학교 근처 역에서 만나 전철을 탔다.

합숙 장소인 펜션은 S현 사베아 호수 근처에 있으므로 참가자들은 호수에서 가장 가까운 역에 집합하기로 했다. 사베아 호수 주변은 피서지로도 유명하여 개인 별장과 캠프장이 많다. 그런 곳에서 2박 3일을 보내다니 동아리 활동치고는 호화판이다.

"왜 그래, 하무라. 아침 댓바람부터 표정이 어둡잖아!"

어울리지 않게 알로하셔츠를 입은 아케치 씨는 염원하던 펜션 합숙에 참가한데다 협박장이라는 덤까지 있어서 그런지 기분이 아주 들떠 보였다.

그런 그와 반대로 내 기분은 무겁다. 미스연에서조차 사람들과 친해지지 못했는데, 생판 처음 보는 또래들과 한곳에 묵으며 친목을 다져야 한다니.

"표정은 날 때부터 이랬어요. 게다가 2박 3일이라는 설명밖에 못 들었잖아요. 어떤 사람이 오는지도 모르는데 불안하지 않으세요?"

"우리말이 통하는 상대인 건 틀림없잖아. 중동의 분쟁 지역에 가는 것도 아닌데 웬 걱정이야. 그리고 원래 사건이란 언제 일어날지 모르는 법이야. 마음 탁 놔."

언어나 사건은 딱히 걱정되지 않는다. 솔직히 말해 꺼림칙한 협박장보다 조증에 걸린 것처럼 들뜬 아케치 씨를 다른 젊은이들 사이에 섞어놓는 게 제일 걱정이다. 이 사람은 당사자들의 눈앞에서 '지난번 합숙 때문에 부원이 자살했다는 게 정말이야? 자살하기 전후에 뭔가 수상한 점은 없었어?' 하고 말을 꺼낼지도 모른다.

그러자 나를 사이에 두고 아케치 씨 반대편에 앉은 겐자키 씨가 고개를 돌려 내게 사과했다.

"미안해. 내가 신도 씨한테 좀더 자세히 설명을 들었어야 하는데."

"아아, 아니에요. 깊은 의미는 없으니까 신경 안 쓰셔도 돼요."

나는 맑은 눈동자에서 눈을 돌렸다. 미인은 상대하기가 껄끄럽다.

카페에서 보았을 때 검정 일색이었던 모습과는 달리 오늘 겐자키 씨는 튀지 않는 민소매 레이스 원피스 차림으로 '여름의 요조숙녀'를 연출했다. 흰색 원피스 가슴께에 들어간 슬릿을 큼지막한 리본 타이로 장식하여 심플하면서도 화사하다. 머리에 커다란 밀짚모자를 쓴 모습이 십 대 중반 소녀라고 해도 믿어지는 겐자키 씨가 미안하다는 표정을 지으면 제아무리 나라도 마음이 아프다.

"으쌰."

겐자키 씨가 자리에 무릎을 딛고 서서 창문을 밀어 올렸다. 에어컨 냉기가 밖으로 달아나고, 그 대신 시원한 바람이 상쾌하게 불어들었다. 바람이 불자 겐자키 씨의 모자가 들썩였다.

"아앗."

그녀가 양손으로 허둥지둥 모자를 눌렀다. 뽀얀 겨드랑이. 나는 고개를 홱 틀어 시선을 창문으로 돌렸다.

창밖에 펼쳐진 전원 풍경을 보고 있자니 네 량짜리 전철이 한층 느릿느릿하게 느껴졌다. 푸릇푸릇한 벼가 물결치듯 바람에 나부꼈다.

"그건 그렇고 펜션을 대여해주다니 영연에는 배포가 큰 졸업생이 있나 보네요."

내 물음에 겐자키 씨가 입을 열었다.

"잘은 모르지만 부모님이 영상 제작 회사 사장님이라나 봐."

겐자키 씨는 이제 내게 존댓말을 쓰지 않고 친근한 말투로 대한다.

바람을 맞고 있던 겐자키 씨는 이윽고 만족했는지 창문을 내리려고 손을 뻗었다. 그러자 긴 머리가 바람에 휘날려 그녀의 얼굴을 덮었다.

"아푸푸."

머리카락을 추스르며 버둥거리는 겐자키 씨 대신 창문을 닫아주었다.

"고마워, 하무라. 으음……."

감사를 표하며 입에 들어간 머리카락을 꺼내는 겐자키 씨를 보고 나는 작게 숨을 내뱉었다.

"아, 웃었다."

"안 웃었어요."

"핏. 어두운 표정말고 다른 표정도 지을 줄 아네."

겐자키 씨가 살짝 뾰로통해져서 그런 말을 했다. 카페에서 만났을 때는 무덤덤한 사람인 줄 알았는데. 나는 비로소 이 사람에게 친근감을 느꼈다.

문득 겐자키 씨가 나를 응시하고 있음을 알아차렸다. 이유는 바로 알았다. 내 왼쪽 관자놀이에 남은 오래된 흉터를 보고 있는 것이다. 사오 센티미터쯤 찢어진 상처라 꽤 눈에 띈다. 머리카락으로 덮어서 평소에는 보이지 않지만 바람 때문에 머리카락이 흐트러져서 눈에 들어온 거겠지.

"거기는 어쩌다가?"

"옛날에 지진이 났을 때 건물 잔해에 부딪혀서 다쳤어요."

분위기가 심각해지지 않게 슬쩍 넘어가려고 했지만 겐자키 씨는 걱정하는 기색을 감추지 않았다.

"큰일날 뻔했네. 후유증 같은 건?"

"다행히 전혀 없어요. 인상이 조금 안 좋아져서 가끔 사람들이 무서워하기는 하지만."

"가엾어라."

어느덧 겐자키 씨의 가느다란 손가락이 흉터를 어루만지고 있었다. 살결이 서늘하면서도 부드러워 몸을 움찔했다. 허를 찔린 내가 미처 말을 꺼내기도 전에 손가락을 거둔 그녀는 아무 일도 없었다는 듯이 바람에 흐트러진 자기 머리를 정리하기 시작했다.

정말로 신기한 사람이다. 요전처럼 빈틈없는 거래를 제안하는가 하면, 지금처럼 무방비한 행동에 나서기도 한다. 전부 계산한 행동이라면 놀라운 일이지만, 어쩐지 나는 이것이 그녀의 본모습인 듯한 기분이 들었다.

겐자키 히루코.

실은 오기 전에 아케치 씨가 이 사람에 대한 정보를 알려주었다.

3

"겐자키 히루코……. 어디서 들어본 이름이다 싶었는데 드디어 기억이 났어. 예전에 경찰서에 명함을 돌리러 갔는데 내가 신코 대학에 다니는 걸 알고 어떤 형사님이 그 이름을 꺼내더라고. 빼어난 추리력을 발휘해 경찰조차 애를 먹은 갖가지 어려운 사건들을 해결로 이끈 소녀 탐정이라는군."

겐자키 씨가 약속 장소에 나타나기 전에 아케치 씨가 가르쳐주었다.

보통 사람은 아니라고 느꼈지만 설마 소녀 탐정이었을 줄이야.

"소설 같은 이야기네요. 그게 정말이라면 매스컴에서 내버려둘 리 없을 텐데요."

무엇보다 외모가 그렇게 빼어나니 말이다. 어중간한 모델이나 아이돌 연예인보다 눈길을 끄는 그녀를 소재로 삼으면 최고로 인상에 남는 뉴스를 만들 수 있을 텐데.

"나도 흥미가 생겨서 다누마 씨에게 알아봐달라고 했는데, 아무래도 그 사람 본가는 요코하마에서 유서가 깊은 명문가인가 봐. 그 사람이 사건에 관여할 때마다 보도가 엄중히 제한된대. 가문에 먹칠을 하는 짓이다, 그건가."

"명문가 출신에 인물까지 좋은 소녀 탐정. 특곱빼기네요. 그런데 어려운 사건을 찾아 기웃대다니 아케치 씨와 통하는 점이 있군요. 왜 지금까지 그 사람과 접촉하려고 하지 않으셨어요?"

그의 성격상 그렇게 범상치 않은 여자가 같은 학교에 다닌다는 걸 알면 만사 제쳐두고 만나러 갈 법하다만. 그러자 아케치 씨는 씁쓸한 듯이 대답했다.

"나한테도 자존심이 있어."

"예?"

"그 사람의 실적은 진짜야. 공표되지는 않았지만 경찰협력장●도 수여받은 모양이더군. 그에 비해 나는 아직 아무것도 이루지 못했어. 어깨를 나란히 하기는 일러."

과연 아케치 씨는 명실공히 명탐정이라 할 수 있는 그녀를 멋대로 라이벌로 여기는가 보다. 자기가 먼저 존안을 뵈러 가면 상대를 한 수 위라 인정하는 것 같아서 배알이 꼴리는지도 모르겠다.

하지만 기묘한 이야기다. 그 정도 실력과 실적을 가진 그녀가 왜 일개 대학교 동아리에서 벌어진 협박장 소동에 일일이

● 警察協力章. 경찰이 아닌 일반인 중 범죄 예방과 피의자 체포, 인명 구조 등에 현격한 공로가 있다고 인정된 사람에게 경찰청장이 수여하는 훈장.

흥미를 보일까. 게다가 왜 우리에게 합숙 참가를 요청했는지 잘 모르겠다. 우리 힘을 기대하는 것도 아닐 텐데.

"하무라, 이건 분명 그거야."

아케치 씨가 진지한 목소리로 말했다.

"그거?"

"일본을 대표하는 명탐정이 신코 대학의 명콤비인 우리에게 도전한 거지."

"콤비라고요?"

"당연하지. 넌 내 조수잖아."

뭐, 기분이 나쁘지는 않다.

"아무튼 그 사람에게는 아직 알 수 없는 구석이 많아. 거래를 제안한 목적도 불분명하니까 우리도 최대한 조심하도록 하자고."

4

환승역에서 일찌감치 점심을 먹은 후 JR에서 민영 전철로 갈아타고 삼십 분을 더 갔다. 전철은 지방도시의 어느 역에 도착했다. 본래는 선명한 파스텔그린 빛깔이었을 역 건물의 철골은 무참하게 도색이 벗어졌고, 무인역인지 역무원은 없었다.

플랫폼의 계단을 내려가려는 순간 뒤에서 목소리가 들렸다.

"아케치, 겐자키 씨."

돌아보자 남자와 여자가 서 있다. 아무래도 같은 전철의 다른 칸에 타고 온 모양이다. 남자를 보고 아케치 씨가 활짝 웃었다.

"오오, 신도. 이번에 어려운 부탁을 들어줘서 고마워."

상대는 딱딱한 웃음을 지었다. 이 사람이 영화 연구부 부장 신도인가. 안경을 끼고 소심하게…… 실례, 착실하게 생긴 호리호리한 남자다.

"이런 예외를 허용하면 안 되지만, 겐자키 씨의 제안도 있고 상황도 상황이다 보니. 뭐, 즐겁게 지내다 가자."

말투를 들어보니 너 따위는 부르고 싶지 않았다는 것이 본심인 듯했다. 아케치 씨가 너무 끈덕지게 굴어서 두 손을 든 거겠지. 두 사람은 이쪽으로 몸을 돌려 자기소개를 했다.

"난 영연의 부장으로 있는 예술학부 3학년 신도 아유무. 그리고 이쪽은……."

"신도의 동기인 예술학부 3학년 호시카와 레이카라고 해요. 저는 연극부지만 촬영에 참가할 거예요. 잘 부탁드립니다."

웨이브를 살짝 넣은 밤색 머리와 아이돌처럼 애교 있는 얼굴. 겐자키 씨하고는 다른 타입의 미인이다. 두 사람의 손가락에서 커플링이 반짝였다. 연인 사이다.

이어서 우리도 자기소개를 했다. 겐자키 씨가 이름을 말하자 신도가 머리를 숙였다.

"그, 이번에는 덕분에 살았습니다. 어찌나 참가자가 모이지 않는지……."

아케치 씨를 대할 때와는 태도가 매우 다르다. 신도가 한 학년 위인데도 존댓말을 쓴다. 고분고분한 그 태도를 겐자키 씨는 물 흐르듯이 받아넘겼다.

"아니요, 저도 흥미가 있어서요."

흥미. 그 한마디로 참가 이유를 정리했다. 표정을 살폈지만 역시 겐자키 씨가 무슨 생각을 하고 있는지는 알 수가 없었다.

"다른 참가자들은?"

아케치 씨가 썰렁한 플랫폼을 둘러보았다. 우리는 결국 몇 명이 참가하는지도 못 들었다. 시계를 보자 집합 시간 십오 분 전이었다.

"필요한 도구를 가지고 먼저 차로 간 부원도 있으니까 세 명만 더 합류하면 돼."

신도가 대답했다.

개찰구를 빠져나가자 강렬한 햇빛과 매미 울음소리가 확 밀려들었다. 한순간 시야가 하얗게 흐려진 가운데, 지금은 돌아가신 시골 할아버지 댁에서 여름방학을 보냈던 초등학생 시절이 떠올랐다.

"아, 저거다."

역 앞의 아담한 로터리에 커다란 승합차가 세워져 있었다.

"저는 화장실에 들렀다 갈 테니 먼저 가세요."

그렇게 말한 호시카와를 남겨두고 승합차로 다가가자 운전석에서 남자가 내렸다. 안경을 끼고 성실한 분위기를 풍겼는데, 나이는 아케치 씨보다 많은 듯 서른 살 전후로 보였다.

"안녕하세요, 신코 대학에서 오셨죠? 저는 펜션을 관리하는 간노 유이토라고 합니다."

"……작년에 일하던 분은 그만두셨습니까?"

신도는 조금 당황한 것 같았다.

"예. 저는 작년 십일월부터 일을 시작했어요. 다른 분들은 다 타셨습니다."

간노는 상쾌한 웃음을 지으며 슬라이드도어를 열어주었다. 차에는 먼저 도착한 참가자 세 명이 타고 있었다.

그런데 어째 좌석을 차지한 모양새가 좀 이상했다. 승합차 좌석은 모두 네 줄, 앞에서부터 둘, 둘, 셋, 셋이다. 우리는 운전사를 포함해 전부 아홉 명이니까 셋째 줄이나 마지막 줄, 혹은 그 두 줄 모두에 세 명씩 앉게 된다. 그런데 먼저 온 참가자들은 두 명이 마지막 줄에 자리를 잡고 한 명이 조수석에 앉아 있었다. 마치 반발하는 자석처럼 가장 멀리 떨어진 좌석에 나누어 앉다니 아무래도 부자연스럽다.

신도도 같은 느낌을 받았는지 순간 의아한 표정을 지었지만 말없이 둘째 줄에 올라탔다. 이어서 아케치 씨가 그의 옆에 앉았다. 나랑 겐자키 씨는 셋째 줄 안쪽부터 채워 앉았고, 호시카와가 겐자키 씨 옆에 앉으리라.

그건 그렇고 조수석에 앉은 여자는 무슨 생각일까. 마지막 줄에 앉은 두 사람과 사이가 나쁘더라도 굳이 조수석을 차지할 필요가 있나?

조수석에 앉은 여자가 시선을 느꼈는지 갑자기 몸을 돌리더니 빠른 말투로 말했다.

"죄송해요. 차멀미가 심해서요."

날카로운 분위기를 띤 이지적인 인상의 미인이었다. 가까이에 앉은 아케치 씨가 응했다.

"아아, 괜찮아요. 저는 아케치라고 합니다. 뒤에 있는 사람은 하무라와 겐자키 씨."

"나바리 스미에입니다. 예술학부 2학년이에요."

나바리는 말을 마치자 다시 앞으로 돌아앉았다. 약간 신경질적인 느낌이다. 이번에는 뒤쪽에서 퉁명스러운 목소리가 날아들었다.

"나는 다카기, 이쪽은 시즈하라."

마지막 줄에 앉은 여자 콤비는 서로 대조적이다. 오른쪽에 앉은 키가 크고(얼굴이 옆 사람보다 머리 하나만큼 높은 위치에 있으니까 아마도) 기가 세 보이는 사람이 다카기, 왼쪽에 앉은 몸집이 작고 얌전해 보이는 사람이 시즈하라다. 둘 다 생김새가 제법 번듯하다. 다카기는 중성적인 커트 머리와 뚜렷한 이목구비가 인상적인 미녀고, 시즈하라는 산뜻하다는 표현이 딱 어울리는 검은 머리 소녀다. 하지만 무슨 학부인지도 말해주지 않다니 처음 만났다지만 너무 데면데면한 것 아닌가. 게다가 이 두 여자에게서는 즐거워하는 분위기가 조금도 느껴지지 않는다. 신도 부장, 참가자를 잘못 고른 거 아닌가.

"기다리게 해서 미안해요."

마침 그때 어색한 분위기를 수습하듯이 호시카와가 재빨리 탑승하여 차는 로터리를 출발했다. 역을 나서서 십 분쯤 달리자 인가가 사라지고 녹음이 우거진 지대로 들어갔다. 하지만 뜻밖에도 편도 1차선 도로는 수많은 차로 혼잡하여 좀처럼 쭉쭉 나아가지 못했다.

"평소에도 이렇게 차가 밀립니까?"

신도가 묻자 간노는 백미러로 시선을 보냈다.

"아니요. 평소에는 텅 비어 있어요. 다만 오늘과 내일은 근처 자연공원에서 야외 이벤트가 열리나 보더라고요."

"이벤트?"

제일 뒷줄에 앉은 다카기가 보충 설명했다.

"사베아 록 페스티벌. 이름만 알고 있었는데 아까 찾아보니까 꽤 유명한 밴드도 참가하는가 봐. 그렇지, 미후유?"

이야기를 돌리자 옆에 앉은 시즈하라는 작은 목소리로 예, 하고 대답하며 고개를 끄덕였다. 말투와 행동거지로 보건대 다카기는 3학년쯤 되는 모양이다. 신도와 같은 학년일까.

"작년에는 날짜가 하루 비껴가서 일정이 겹치지 않았어."

다카기의 말에 어라, 싶었다.

"다카기 씨는 작년에도 합숙에 참가하셨나요?"

내가 묻자 "뭐, 그렇지"라는 대답만 돌아왔다. 환영받고 있지 못하다는 느낌이 드는 건 내 기분 탓일까.

"이 년 연속 참가하는 사람은 나랑 걔뿐이야."

"이게 합숙 안내서야."

다카기의 무뚝뚝한 대답에 신도가 덧붙여 말했다. 그러니까 작년에 있었던 일을 아는 사람은 이 둘뿐인가.

호시카와가 여섯 페이지 정도의 중철 제본 책자를 건네주었다. 표지는 호수에서 노는 동물 일러스트로 장식되어 있었다. 예술학부 사람이 만든 것이겠지.

"공을 많이 들이셨네요."

"고마워. 내가 만들었어."

호시카와가 말했다.

내용을 확인하자 2박 3일의 일정 외에 펜션에서 각자가 묵을 방도 이미 정해져 있었다. 펜션 이름은 자담장紫湛莊이다. 재학생 참가자는 영화 연구부와 연극부, 불청객인 우리를 포함해 총 열 명. 방 배치에 공백이 눈에 띈다. 2층과 3층에 객실이 합쳐서 열여섯 개지만, 방 여섯 개에는 이름이 씌어 있지 않다. 그걸 보고 아케치 씨가 입을 열었다.

"생각했던 것보다 적네. 부원의 참가율은 얼마 정도야?"

"절반도 안 돼. 합숙이라고 해봤자 용돈벌이 삼아 선배 부모님의 제작 회사에 넘길 영상을 촬영하는 수준이니까 참가할 의무가 있는 건 아니거든. 그리고 펜션을 제공해준 졸업생 선배가 동기 두 명을 데려오기로 했어."

신도는 참가율이 저조한 것을 변명이라도 하듯이 말했다.

이렇게 대화를 나누는 사이에도 호시카와를 제외한 나머지 여학생들은 조금도 들뜬 모습을 보이지 않아, 갈 곳을 잃은 남자들의 목소리만이 차 안을 가득채웠다.

이윽고 우리 미스터리 애호회로 화제가 옮겨졌다. 내가 어색한 말투로 좋아하는 소설 이야기를 하자 영화에 해박한 사람들이니만큼 드문드문 미스터리 소설의 제목을 꺼내는 사람도 있었다. 그러다 호시카와가 느닷없이 지뢰를 밟았다.

"아까 알아차렸는데 미스연이 아니군요. 착각했어요."

"하하하. 인지도는 그쪽이 위인가 보네."

아케치 씨가 너털웃음을 터뜨렸다.

"미안해요. 그런데 왜 비슷한 동아리가 교내에 두 개나 있어요?"

그만해. 아케치 씨 울겠어.

얼굴은 보이지 않지만, 미스터리 소설에 관한 지식이 얼마 없는 미스연과 똑같은 취급을 받아 그의 입매는 딱딱하게 굳었을 것이다. 안 봐도 훤하다. 그런데 호시카와가 연달아 두 번째 지뢰를 밟았다.

"미스터리 애호회는 평소에 어떤 활동을 해?"

반짝이는 눈이 이번에는 이쪽을 향했다. 묻지 마. 이렇게 지조 없이 상습적으로 아무데나 고개를 들이미는 게 우리 활동이니까. 그때 뜻밖에도 구원의 손길이 뻗어왔다.

"두 분은 단순한 미스터리 소설 애호가가 아니에요. 교내에서 벌어진 사건을 몇 건이나 해결했어요."

옆에 앉은 겐자키 씨다.

"신코의 홈스라고 불리기도 한다던데요."

그 말을 듣고 차 안의 사람들이—호시카와와 신도, 그리고 운전대를 잡은 간노 정도였지만—감탄하는 듯한, 혹은 의심스러워하는 듯한 목소리를 흘렸다. 나는 속으로 겐자키 씨에게 머리를 숙였다. 나이스입니다.

정작 기뻐할 줄 알았던 당사자 아케치 씨는 이쪽에 등을 돌린 채 입을 꾹 다물었다. 전국구로 활약하는 그녀가 도움을 주자 도발당한 기분이라도 든 걸까. 이쯤에서 화제를 바꾸는 편이 낫겠다 싶었을 때 겐자키 씨가 다시 입을 열었다.

"그건 그렇고 여러분은 영화며 소설이며 멋진 취미를 가지고 계시군요. 저는 그런 쪽에는 어두워서요."

"미스터리 소설도 안 읽으세요?"

내가 물었다.

"어릴 적에 홈스나 뤼팽을 도서실에서 조금 읽었지만, 기억은 잘 안 나."

이 말에는 아케치 씨도 놀란 듯 고개를 반쯤 이쪽으로 돌렸다. 그에게 실재하는 탐정과 미스터리 소설은 불가분의 관계였으리라.

간노가 차를 느릿느릿 몰면서 즐겁게 말했다.

"그럼 저희 펜션이 마음에 드실지도 모르겠네요."

"어이쿠, 뭔가 사연이라도 있습니까?"

아케치 씨가 신난 목소리로 물었다.

"아니요, 그런 건 저도 모릅니다. 하지만 사장님이 취미로 수집하신 외국의 무기를 펜션에 잔뜩 장식해두셨어요. 검이나 창 같은 걸 으리으리하게요."

"아아, 맞다, 그랬지. 그중에는 옛날에 전쟁에서 실제로 사람의 목숨을 앗은 것도 있다고 작년에 나나미야 씨가 겁을 줬어요."

신도가 동의했다. 나나미야는 졸업생 중 한 명일까.

"흐음, 무기라……."

미스터리 요소로서는 약하므로 아케치 씨의 반응도 어중간했다. 간노가 말을 이었다.

"그런데 여름과 휴가와 젊은이 하면 저는 미스터리보다 패닉 호러가 연상되는데요."

"패닉 호러라면 좀비나 제이슨이 등장하는 뭐 그런 거요?"

"예, 예. 그런 작품의 무대는 대개 여름이잖습니까. 그리고 괜히 설치는 사람이 제일 먼저 먹잇감이 되죠."

"우리가 그 먹잇감인 셈이로군."

신도가 어울리지 않게 농담을 하자 맨 뒷줄에서 다카기가 거칠게 콧김을 뿜어내는 소리가 들렸다.

5

막히는 길을 거북이걸음으로 나아가고 있자니 차창 밖에 바다로 착각할 만큼 커다란 호수가 나타났다. 사베아 호湖다. 넓이는 비와 호의 5분의 1 정도라지만 눈앞에서 보니 충분히 장대했다. 미리 조사해봤는데 호수는 달에 비유하자면 위를 향한 초승달 모양으로, 만화에 나오는 웃음 띤 입처럼 생겼다. 우리는 지금 위쪽 호를 따라 한가운데에서 왼쪽 끄트머리로 이동하는 중이다.

짙은 남색 수면은 바다와 달리 잔잔하다. 호숫가를 따라 편도 1차선 도로가 부드럽게 커브를 그렸고, 북쪽에 위치한 산비탈에는 별장 같은 건물의 지붕이 띄엄띄엄 보였다.

도로를 가득 메운 차들의 행렬이 도중에 산 쪽 길로 꺾어들어 우리는 교통체증에서 해방됐다. 표지판에 따르면 록 페스티벌이 열리는 자연공원은 산 너머에 있는 듯하다.

차는 그후로도 잠시 호숫가를 달려 쑥 튀어나온 산을 우회했다. 드디어 운전석에서 목소리가 났다.

"저깁니다."

간노가 손가락으로 가리킨 곳을 보자 발코니를 덮은 적갈색 지붕 같은 것이 잠깐 눈에 들어왔지만, 바로 울창한 나무들에 가려졌다. 간노가 운전대를 꺾어 오른쪽 샛길로 들어서자 차는 언덕을 올라갔다.

언덕을 금방 다 올라 탁 트인 장소가 나오자 방금 전에 본 지붕이 달린 펜션이 다시 모습을 드러냈다. 산비탈 중간에 있는 평지에 지은 펜션. 하얗게 칠한 벽과 나무 골조를 모방하여 군데군데 곁들인 장식이 선명한 대비를 이루는 서양풍 건축물이다. 나는 무심코 감탄했다.

"뭐랄까……. 훌륭한 건물이네요. 좀더 규모가 작지 않을까 상상했는데요."

시골의 초등학교 크기 정도는 되지 않을까.

위쪽 평지에는 펜션 본체가 자리를 잡았고, 아래쪽 평지는 철골과 콘크리트로 만든 지붕 달린 주차장과 광장으로 이루어져 있다. 안내서를 보니 오늘밤은 이 광장에서 바비큐를 하기로 되어 있었다.

주차장에는 이미 차 두 대가 세워져 있었다. 분명 한 대는 먼저 왔다는 부원의 차고, 다른 한 대는 졸업생들이 타고 온 차겠지. 그 차를 보고 아케치 씨가 어이없다는 듯이 중얼거렸다.

"빨간색 GT-R이라. 숲속에는 참으로 어울리지 않는 머신이로군."

"가네미쓰 씨 차입니다. 이 펜션 주인의 아드님이에요." 간노가 쓴웃음을 지었다. "사치스럽죠?"

천만 엔은 됨직한 고급차를 부러운 눈으로 바라보고 있자니 뒤에서 욕설이 들렸다.

"쯧. 그 자식, 작년에 저기 언덕에서 바닥이 긁혔다고 생난리를 쳐놓고서 또 몰고 왔네. 모자란 거 티내나."

돌아보니 차 안에서는 그다지 말을 하지 않았던 다카기였다. 작년에도 참가했다는 그녀는 졸업생들에게 별로 좋은 감정이 없는 모양이다.

"자, 갈까요?"

앞장선 간노를 따라 위쪽 평지로 연결된 철제 계단을 오르자 펜션 현관이 나왔다. 삼 층짜리 서양풍 펜션은 외양이 조금 별났다. 안내서에 실린 평면도를 보자 옆을 향한 권총 모양의 건물 남쪽에 방이 비스듬히 줄지어 있었다.

현관으로 들어가자 연지색 카펫이 바닥에 빈틈없이 깔려 있었다. 정면에는 유리창을 끼운 프런트, 안쪽에는 조그마한

정원에 면한 테라스가 보였다. 왼편은 배구 코트도 들어갈 만큼 넓은 로비인데, 커다란 통유리를 통해 햇빛이 비쳐들어 조명 없이도 충분히 밝았다. 로비의 테이블을 끼고 좌우에 놓인 소파에는 먼저 온 손님 세 명이 앉아 있었다. 그중 한 남자가 이쪽을 보고 눈을 부라렸다. 두 눈이 툭 튀어나온데다 미간이 넓고 헤어스타일이 모히칸에 가까운 탓에 어류가 연상됐다.

남자는 입을 열자마자 집요하게 트집 잡는 목소리로 말했다.

"늦었잖아. 아침부터 여자애들이 오기만을 기다렸는데, 뚱땡이가 먼저 도착해서 토할 뻔했다고."

뜬금없는 폭언에 우리가 당황하자 신도가 앞으로 나서서 머리를 숙였다.

"죄송합니다, 길이 막혀서요. 저어, 여자애도 한 명 먼저 오지 않았나요?"

"인사하러 오지도 않는데 알 게 뭐야."

금붕어 눈을 한 남자는 소파에 떡 기대어 앉은 채 말했다. 아주 거만하다. 이 사람이 펜션 주인의 외동아들일까.

"적당히 해, 데메. 우리가 다 부끄럽다."

충고한 사람은 피부가 볕에 잘 그을린 남자였다. 올백으로 넘긴 머리를 뒤로 모아서 묶었고, 흰색 셔츠 가슴께에 은 목걸이를 늘어뜨린 야성적인 미남이다. 이십 대 중반 내지는 후

반쯤 되었을까.

"신코 대학교 후배 여러분, 만나서 반가워. 우리는 영연 선배는 아니지만 신코 대학교 졸업생이고 여기 앉은 나나미야의 친구야. 매년 여름마다 여기에 신세를 지지. 나는 다쓰나미 하루야라고 해. 저 시끄러운 녀석은 데메 도비오."

웬걸, 데메라는 물고기상 남자는 우리와 마찬가지로 초대받은 손님이었다. 신도하고는 작년에도 얼굴을 마주했을 테니 그렇다 치더라도, 남의 펜션에서 저렇게까지 거들먹거리는 꼴이라니 어떤 면에서는 대단하다.

데메가 삐친 듯이 입을 다물자 나나미야라고 불린 덩치 작은 남자가 일어섰다. 인물은 나쁘지 않지만 살빛이 허옇고 눈과 입 등 얼굴의 각 부위가 작은데다 머리를 뒤로 빗어 넘긴 탓에 가면이라도 쓴 것 같은 인상이다. 그는 주먹으로 관자놀이를 툭툭 두드리며 역시 실례되는 소리를 했다.

"처음에 들었던 것보다 여자의 수가 줄었잖아, 신도. 요령이 이렇게 없어서야 원."

"아니, 그게…… 어쩔 수 없는 사정이 생겨서 불참하겠다는 부원이 어쩌다 보니 겹쳐서요."

우리 눈앞에서 궁색한 변명을 늘어놓는 신도를 무시하고 나나미야는 관리인 간노에게 턱짓을 했다.

"일단 방으로 안내해줘. 신도, 이다음은 촬영이었나?"

"예."

"바비큐 파티는 6시다. 늦지 마."

그것만 확인하고 졸업생 세 명은 펜션을 나서서 주차장으로 내려갔다. 데메와 나나미야가 값어치를 매기듯 여자들을 훑어보며 지나가서 불쾌했다.

"저 사람들 뭐야. 느낌이 영 별로네."

호시카와가 냉큼 모두의 기분을 대변했다.

이번 합숙에 미팅의 성격이 있다는 사실은 알고 있었지만 초장부터 그걸 전면에 내세우는 놈이 있을 줄은 몰랐다. 여자들을 마치 접대부처럼 취급하잖아. 아케치 씨가 확인했다.

"저 사람이 이곳 주인의 아들이로군."

"응. 삼사 년 전에 졸업한 영연 선배야. 지금도 후배들에게 무료로 펜션을 제공해주니까 아량이 넓지. 데메 씨도 태도가 저래서 오해받기 십상이지만 나쁜 사람은 아니야. 마음에 둘 것 없어."

신도는 이마에 진땀을 흘리며 빠른 말투로 해명했지만, 여자들은 떨떠름한 표정이었다.

"그렇다면 신도 씨."

홀로 평정을 유지한 겐자키 씨가 안내서를 보며 물었다.

"배정된 방 중 이름이 적혀 있지 않은 방에는 그 사람들이 묵고 있다는 뜻이군요."

우리 열 명이 묵을 방말고 숙박자의 이름이 비어 있는 방이 여섯 개 있다. 그중 세 개를 그들이 사용하고 있다는 뜻이다.

"어, 뭐." 신도가 부자연스럽게 고개를 끄덕였다.

"뭐라고, 잠깐 그건 좀……."

나머지 여자들이 허둥지둥 배정된 방을 확인했다.

이름이 비어 있는 방은 2층에 네 개, 3층에 두 개다. 그중 어딘가를 졸업생이 사용한다면 직접 이웃할 가능성이 있는 방은 호시카와에게 배정된 203호실, 나바리에게 배정된 206호실, 구다마쓰에게 배정된 302호실, 시즈하라에게 배정된 307호실이다. 겐자키 씨에게 배정된 201호실의 옆방은 대조적인 여자 콤비 중 기가 센 느낌의 훤칠한 미인, 다카기가 사용한다는 것을 확인하고 살짝 안도했다.

다행히 내 방은 3층 끄트머리고, 옆방은 대조적인 여자 콤비 중 몸집이 작고 얌전한 느낌의 시즈하라가 사용하므로 졸업생들과 이웃할 가능성은 없다. 순간 무슨 기척이 느껴져서 고개를 돌리자 다카기가 내게 싸늘한 시선을 던지고 있었다. 시즈하라의 보디가드라도 자청하는 건지, 시즈하라에게 손가락 하나라도 까딱하면 가만두지 않겠다는 듯 눈빛이 날카롭다. 이래서는 섣불리 친교를 다질 생각은 말아야 몸에 이로울 것 같다.

간노가 프런트의 자물쇠를 열고 카드 다발을 꺼내 왔다.

"방의 카드키를 나누어드리겠습니다. 방에 들어가서 바로 옆벽에 있는 홀더에 카드를 꽂으면 전기가 들어옵니다. 오토록이니까 외출하실 때는 방에 놔두고 나오지 않도록 주의하세요. 프런트에 맡기실 필요는 없습니다. 아, 그리고…….."

간노가 오른편으로 시선을 돌렸다.

"저쪽 엘리베이터는 작아서 기껏해야 네 명 정도밖에 못 탑니다. 모두가 한꺼번에 올라가기는 어려우니 계단도 이용해주시면 감사하겠습니다."

엘리베이터 왼편에 동쪽으로 이어지는 복도가 있고, 복도 끝에 계단이 있다. 꽤 걸어야 하지만 내 방은 계단 쪽에 가까우므로 나는 계단을 이용하기로 했다.

"하무라." 아케치 씨가 시계를 보며 말했다. "다른 사람들은 예정대로 촬영하러 간다는데 우리는 어쩔래?"

잠깐 생각하다 촬영에 동행하기로 했다. 솔직히 말하면 사베아 호수 주변을 느긋하게 산책하고 싶었지만 합숙에 혹처럼 붙어 왔으면서 따로 행동하기도 미안했고, 심령 영상을 어떻게 촬영하는지도 흥미가 있었다.

"겐자키 씨는 어떻게 하실래요?"

"어, 같이 갈 건데?"

왜 그런 걸 묻느냐는 말투다. 그녀는 기본적으로 우리와 행동을 함께할 생각인 모양이다. 이쪽은 아직 그녀의 목적이 뭔지도 듣지 못했지만.

"그리고 하무라." 그녀가 집게손가락을 세웠다. "겐자키라고 안 부르면 안 될까. 흉포한 느낌이라 별로 안 좋아하거든. 히루코라고 불러줘."

"……알겠어요, 히루코 씨."

"그래, 그래."

내게는 히루코라는 발음도 어감이 좋지 않게 들리지만,● 성말고 이름으로 불러도 괜찮은가 보다. 이 사람은 의외로 내가 마음에 들었는지도 모르겠다.

엘리베이터를 타고 가겠다는 사람들을 남겨두고 우리는 동쪽 계단을 올랐다. 겐자키, 아니 히루코 씨는 201호실이므로 나중에 만나기로 약속하고 2층에서 헤어졌고, 아케치 씨와 함께 3층으로 올라갔다. 아케치 씨 방은 303호실이므로 엘리베이터 홀 바로 옆이다.

● 겐은 검, 히루는 거머리라는 뜻이다.

"펜션이라고 해서 기괴하면서도 낭만이 넘치는 사건을 기대했건만."

내게 주어진 308호실 앞에서 아케치 씨가 투덜댔다.

"아무래도 여러모로 귀찮을 것 같아."

백 퍼센트 동감이다. 참가자들의 태도가 이상한 것도 그렇지만, 나는 여자 참가자들이 전부 미인이라는 점이 마음에 걸렸다. 오늘은 미인밖에 못 본 것 같은 기분마저 든다. 어쩌다 보니 그런 걸까, 아니면 지금까지 내 주변에 평범한 여자들밖에 없었던 것뿐일까. 데메라는 남자의 언동으로 보아 신도가 졸업생들을 위해 여자 참가자를 선별했을 가능성도 있다.

"탐정이여, 어떠한 사건에 휘말려도 동요하지 말지어다. 그럼 일단 해산했다가 안내서에 나와 있는 대로 2시에 로비에 집합이다."

손목시계를 보았다. 시곗바늘이 정확히 오후 1시 30분을 가리켰다.

6

방의 카드키는 앞면에 방 번호, 뒷면에는 마그네틱 띠가 들어가 있었다. 문에 달린 슬롯에 꽂자 삑 소리가 나며 자물쇠가 풀렸다.

"오."

문이 바깥쪽, 즉 복도 쪽으로 열려서 의외였다. 지금까지 묵었던 비즈니스호텔은 대부분 안쪽으로 열렸던 것 같다. 객실 문이 복도를 막으면 대피할 때 방해가 되기 때문이라고 들었는데, 혹시라도 문 안쪽에서 사람이 쓰러지면 열 수가 없으니까 바깥쪽으로 열리는 편이 낫다는 이야기도 있으므로 그렇게 드문 방식은 아닐지도 모르겠다.

안에 들어가서 문을 닫자 자동으로 자물쇠가 철컥 잠기는 소리가 났다. 문에는 막대형 도어가드가 설치되어 있어 그것을 채우면 문이 십 센티미터 정도밖에 안 열리고, 문을 열어 문틈에 도어가드를 끼우면 스토퍼로 활용할 수도 있다.

카드키를 벽의 홀더에 꽂아야 실내 전기를 사용할 수 있는 것은 비즈니스호텔과 똑같다.

방에 들어가자 커다란 유리문으로 바깥 풍경이 제일 먼저 눈에 들어왔다. 숲 너머 맑은 하늘 아래 선명하게 펼쳐진 광대한 사베아 호수가 마치 바다처럼 보였다.

방도 상상했던 것보다 널찍했다. 다섯 평쯤 되는 공간에 복도와 똑같이 연지색 카펫이 깔려 있고 세미더블 침대와 전화기가 놓인 나이트테이블, 거울이 달린 탁상 등이 비치되어 있었다. 색다른 분위기를 내려는지 벽에 걸어둔 디지털시계는 내 손목시계와 똑같은 시각을 가리켰다. 전파 수신 표시가 있으니 전파시계겠지만, 시간과 분만 나타내는 단순한 물건이다.

발코니 유리문은 밖으로 열리는 두짝문이고, 문밖에는 문이 간신히 다 열릴 만큼 좁은 공간이 있다. 의자를 내놓긴 어렵지만 바깥바람을 만끽하기에는 충분하리라.

발코니에서 밖을 내다보자 오른쪽에 각 방이 비스듬히 배치된 건물의 형태가 눈에 들어왔다.

집합 시간까지는 아직 여유가 있다. 나는 펜션을 잠시 둘러보기로 했다.

복도로 나가서 왼쪽, 엘리베이터 홀 쪽으로 향했다. 시즈하라가 사용하는 옆방을 지나치자 복도에서 엘리베이터 홀로 빠져나가는 지점에 문이 하나 있는 것이 눈에 띄었다. 목제니까 방화문은 아닌 듯하다. 지금은 활짝 열려 있었다. 왜 이런 곳에 문이 있을까. 자세히 살펴보자 문 양쪽에 열쇠구멍이 있었다. 즉 어느 쪽에서든 잠글 수 있는 방식이다.

안내서에 실린 평면도를 보니 건물은 문에 의해 동쪽, 중앙, 남쪽 세 구역으로 나뉘어 있는 듯했다. 이 문에서부터 오른쪽, 즉 나랑 시즈하라의 방이 있는 곳이 동쪽 구역, 엘리베이터 홀이 있는 곳이 중앙 구역, 더 나아가 이것과 비슷한 문 너머가 남쪽 구역. 각 구역마다 방이 두세 개씩 있다.

배정된 방을 확인하자 3층 중앙 구역의 세 방에 동쪽부터 신도, 시게모토, 아케치 씨의 이름이 적혀 있었다. 시게모토 라는 참가자는 아직 만나지 못했으니 분명 우리보다 먼저 온 사람들 중 한 명이겠지. 신도가 사용하는 305호실만 다른 방과 형태가 달라 비좁아 보이는 위치에 문이 있었다. 방에 따라 문이 오른쪽 혹은 왼쪽으로 열리는 건 배수관과 가스관 관계로 실내 구조가 좌우 대칭이기 때문이리라.

엘리베이터 홀에는 객실말고도 문이 두 개 더 있었다. 문에 끼워진 명판에는 창고와 리넨실*이라고 적혀 있었다.

그때 남쪽 구역 복도에서 여자가 한 명 나타났다.

여자는 나를 보자 머릿속에 물음표가 떠오른 것처럼 고개를 갸웃하고 나서 말했다.

"누구더라? 아, 그렇구나. 혹시 미스연 부원?"

또 오해를 받았다. 아케치 씨를 위해 재빨리 정정했다.

"연구회가 아니라 미스터리 애호회예요. 1학년 하무라라고 합니다."

---

* 호텔이나 병원 등에서 침구, 시트, 타월 등 섬유 제품을 보관하는 방.

"이야, 병아리 탐정님이네. 나는 사회학부 3학년 구다마쓰 다카코야. 잘 부탁해."

그렇게 말하며 자위대 대원처럼 이마에 손을 갖다 붙였다. 오랜만에 밝은 사람을 만난 것 같다.

구다마쓰도 미인이었지만 지금까지 본 참가자들과는 분위기가 약간 달랐다. 구불구불하게 파마한 금발을 포니테일로 묶고 빈틈없이 화장한 얼굴은 굳이 따지자면 날라리에 가까웠다. 오늘날 거리에서 활개 치는 여자애들 같은 이미지다. 크게 벌어진 티셔츠 옷깃 사이로 가슴골이 보일 것만 같아서 이쪽이 다 조마조마할 지경이다.

"너희들 일부러 지원해서 참가했다며? 노리는 여자라도 있어? 꽤 힘들걸. 이번에는 철벽을 치는 애들이 많으니까."

다카기랑 시즈하라와는 달리 구다마쓰는 들뜬 느낌이다. 어쩌면 협박장과 작년 합숙에 얽힌 소문을 모르거나, 아니면 배짱이 두둑해서 그런 일에는 신경을 쓰지 않는 성격인가.

"그런 거 아니에요."

나는 고개를 저어 여자와의 만남을 노리고 왔다는 걸 부정했다.

"어, 아니야? 혹시 너도 경쟁자인 건 아니겠지?"

어쩐지 짚고 넘어가야 할 것 같은 질문이다.

"경쟁자라니, 그게 무슨 뜻인가요?"

"아, 역시 모르는구나. 큰 소리로 떠들 수는 없지만……."

그런 것치고는 그다지 감출 생각이 없는 듯한 표정으로 구다마쓰는 주변을 살폈다.

"나나미야 씨라고, 이 숙소를 제공해준 선배 알아?"

"아아, 아까 만났어요."

"그 사람 집이 유명한 영상 제작 회사를 하거든. 그래서 그 사람한테 잘 보이면 직장을 소개해주기도 한대."

연줄로 취직자리를 얻을 생각인가. 말은 쉽지만 정말로 그에게 그런 권력이 있을까.

"구다마쓰 씨는 그걸 목적으로 합숙에 참가하신 건가요?"

"물론이지. 내 성적으로 남들처럼 구직 활동을 해봤자 제대로 된 회사에 붙을 자신도 없거니와 몇십 군데나 시험을 치는 건 딱 질색이야. 그게 아니면 누가 부잣집 도련님의 이딴 도락에…… 아차, 말조심해야지."

그녀는 짐짓 입을 막고 듣는 사람이 없는지 다시 한번 확인한 후 말을 이었다.

"완전히 헛소문은 아니야. 실제로 작년에도 그 회사에 취직한 사람이 있다고. 펜션을 멋대로 사용하게 해주는 걸 보면 부모도 아들 하면 껌뻑 죽는 팔불출 아니겠어?"

과연. 그녀는 그녀 나름대로 타산을 따져서 이 모임에 참가했다. 이익을 보기 위해서는 졸업생들의 눈치를 살펴 비위를 맞추는 것도 계산에 들어 있다는 뜻이다.

물어보면 뭐든지 다 가르쳐줄 느낌이었으므로 아까 마음에 걸렸던 것을 물어보았다.

"방금 경쟁자 아니냐고 물어보셨잖아요. 구다마쓰 씨말고도 연줄로 취직하려는 사람이 또 있는 거죠?"

그러자 구다마쓰는 아아, 하고 업신여기는 듯한 시선을 홀 구석으로 던졌다.

"쟤야 쟤. 부, 장."

오리처럼 입술을 삐죽 내밀며 문 하나를 가리켰다. 신도 방이다.

"그 사람이?"

"그래. 잘 모르는 애도 있지만 녀석도 머리가 그렇게 좋지는 않거든. 그런 국물이라도 없으면 여자친구까지 데리고 이런 합숙에 참가할 리가 있나. 선배의 비위를 맞추려고 갖은 애를 쓰는 거야. 뭐, 그래봤자 남자니까 내가 유리하겠지만."

구다마쓰는 풍만한 가슴을 젖히고 호호호 웃었다. 확실히 그 선배들이 상대라면 구다마쓰가 유리할 듯하다.

그건 그렇고, 의외다. 신도는 성격이 좀 고지식하지 않을까 싶었는데, 그도 뱃속에 꿍꿍이를 품고 있었단 말인가. 협박장과 작년 합숙 때 있었던 일을 숨기려고 한 것도 그렇고, 생긴 것에 비해서는 음흉한 구석이 있다.

"맞다, 촬영 준비해야 하는데. 너희도 같이 갈 거니?"

"예. 뭔가 도울 일이 있으면 말씀하세요."

"오케이. 그럼 나중에 보자."

구다마쓰는 가볍게 손을 흔든 후 엘리베이터를 타고 내려갔다.

나는 구역 사이의 문을 열고 남쪽 구역으로 향했다.

남쪽 구역에는 방이 두 개다. 앞쪽 302호실이 방금 전에 만난 구다마쓰의 방, 그리고 제일 안쪽 방은 이름이 비어 있다. 졸업생 중 한 명이 사용할 테지. 더 안쪽으로 나아가자 비상계단으로 나가는 문이 앞길을 막았다.

나는 중앙 구역으로 되돌아와서 2층으로 내려가기로 했다. 엘리베이터는 간노 말대로 상당히 비좁았다. 정원은 네 명이지만 이런 경우는 한 사람당 65킬로그램으로 계산한다고 들은 적이 있다. 즉 합쳐서 260킬로그램. 성인 남성이 짐을 들고 타면 세 명이라도 아슬아슬하지 않을까.

2층에 도착하자 눈이 휘둥그레질 만한 광경이 펼쳐졌다. 3층과는 달리 널찍한 라운지가 있었다. 고급 주택의 거실을 그대로 옮겨온 듯한 인상으로, 구석에 60인치는 됨직한 대형 텔레비전이 놓여 있고 그 앞에는 호화로운 응접세트가 자리했다. 벽 앞에는 방에 있던 것과 똑같은 전화기가 비치되어 있었다. 냉온수기와 커피메이커까지 준비되어 있었지만 제일 눈길을 끄는 것은 따로 있었다.

"굉장하다……."

중후해 보이는 모형 무기가 라운지 벽에 한가득 장식되어 있었다. 간노가 말했던 사장님의 수집품이리라.

살펴보니 일본도는 없고 서양의 검과 창, 해머 들이 둔중한 빛을 뿜어내고 있었다. 판타지 게임과 애니메이션에서는 익숙한 장비지만 실물을 보는 건 처음이다. 그러고 보니 옛날에 게임을 좋아하는 여동생에게 『무기 사전』이라는 책을 빌려서 읽은 적이 있다. 나는 기억을 되살리며 무기의 이름을 머릿속으로 열거했다. 일단 검들부터. 한 손으로도 양손으로도 쓸 수 있는 바스터드 소드, 아름다운 곡선을 그리는 샴쉬르. 그리고 가늘고 긴 건 레이피어, 아니, 날밑이 곧게 뻗어 있고 단순하게 생긴 것으로 보건대 에스톡일까. 창은 대부분 단창이겠지만 그래도 이 미터 가까이 된다. 단검은 대거와 쿠크리, 거기에 석궁과 이색적이게도 철퇴까지 있었다. 그리고 벽 앞에 놓인 길쭉한 아크릴 케이스에는 중세 전투의 모습을 재현

한 미니어처가 들어 있었다.

"대단하죠?"

돌아보자 녹색 앞치마를 두른 간노가 서 있었다. 동쪽 계단으로 올라온 모양이다. 손에는 커피크림과 종이컵이 든 봉지를 들었다. 보충하러 온 거겠지.

"저도 처음 봤을 때는 깜짝 놀랐습니다. 얼마나 가치가 있는지는 잘 모르지만, 사장님은 중세 전투를 아주 좋아하시나 보더라고요."

늘어놓은 무기들을 보니 확실히 장식성을 중시했다기보다 개인적인 취향이 강하게 반영된 것 같았다.

"모조품이죠?"

"날은 죽였지만 진짜랑 똑같은 재료로 만들었다고 들었습니다. 지금도 한 달에 한 번은 먼지를 털고 손질을 하라고 분부하세요."

"저건?"

내 허리 높이, 약 일 미터쯤 되는 전신상이 텔레비전 받침대를 지키듯이 왼쪽에 네 개, 오른쪽에 다섯 개 줄지어 있었다. 푸르스름하니 둔탁한 색깔로 보아 동상일까.

"서양에서 유명한, 뭐였더라……. 맞다, 아홉 위인의 청동상이라던데요. 그런 것도 모르냐면서 사장님이 혼쭐을 내

시더군요. 아서왕과 다윗, 카이사르…… 아아, 또 잊어버렸다."

아홉 위인이라. 이름 정도는 들어본 적이 있다. 분명 중세 유럽에서 기사도의 이상으로 추앙하던 영웅들이다. 기억나는 이름은 알렉산더 대왕과 헥토르 정도다. 그건 그렇고 무기며 영웅이며 펜션 주인의 수집품은 취향이 한쪽으로 치중되어 있다. 나는 한차례 둘러보고 말했다.

"뭐, 엽총이 없어서 안심이네요."

미스터리 소설을 보면 엽총이 있는 펜션이나 저택에서는 어김없이 사망자가 나오기 때문이다.

"몇 년 전까지는 있었나 보더라고요."

"예?"

"가네미쓰 씨가 몰래 가지고 나가서 쏜 후로 치웠다던가."

정말로 돼먹지 못한 인간이다, 그 도련님은.

나는 신경쓰이던 것을 물어보았다.

"그런데 간노 씨, 자담장은 펜션치고는 좀 색다르네요. 용도가 불분명한 문도 있고, 방이 넓은데도 전부 싱글룸이고요. 종업원도 간노 씨 한 명뿐이잖아요."

간노는 웃는 얼굴로 고개를 끄덕였다.

"예전에 사장님이 별장으로 사용하시다가 회사 연수 시설

겸 휴양소로 증개축해서 그렇습니다. 복도의 문은 증개축하고 남은 흔적이죠. 펜션이라고는 하지만 이용자는 사원과 사원 가족뿐이라서 평소에는 한가해요. 바쁠 때는 파트타임으로 도우미를 고용하기도 하죠."

그때였다.

"아유무, 네가 아무 걱정도 말라고 했잖아. 저런데도 진심으로 걱정 말라는 거야?"

"하지만……도 그렇고. 제대로……니까."

뒤편에서 대화를 나누는 흐릿한 목소리가 문 너머로 들려와서 우리는 무심결에 입을 다물었다.

"그런 문제가 아니잖아! 그때 왜 좀더 똑 부러지게 말해주지 않았어?"

"그건……해도, 이……니까."

한쪽은 아마도 호시카와이리라. 상대는 남자 같지만 목소리가 작아서 무슨 말을 하는지 잘 안 들렸다. 하지만 목소리가 새어 나오는 중앙 구역 끄트머리의 203호실은 방 배치도에 따르면 호시카와 본인의 방일 테니 상대는 십중팔구 신도다. 아유무는 그의 이름으로 기억한다.

"저렇게 기분 나쁜 사람들이랑 사흘이나 같이 지내야 한다는 거야? 무슨 일이라도 생기면 전부 아유무 책임이야."

차 안에서의 모습과는 달리 호시카와는 단단히 화가 난 것 같았다. 기분 나쁜 사람들이 졸업생 일행을 가리키는 말이라면, 역시 여자 참가자들은 졸업생들에 대한 첫인상이 아주 안 좋았던 모양이다.

한편 신도는 변함없이 알아듣기 힘든 목소리로 어물어물 대꾸했다. 남자 입장에서는 대화를 듣고 있기만 해도 위가 쓰리는 것 같았다.

"큰일이네요. 여행 첫날에 하는 싸움과 고백이 제일 위험한 법인데."

옆에서 간노가 불쑥 말했다. 안 돼. 저 두 사람 사이에 금이 가면 합숙 참가자들은 공중분해된다고. 말다툼은 계속됐지만 슬슬 약속 시간이 다 되었기에 1층으로 내려가기로 했다.

로비에는 벌써 히루코 씨가 나와 있었다. 라운지에 장식된 무기 등에 대해 의견을 교환하고 있자니 약속 시간 이 분 전에 아케치 씨가 내려왔다. 수신 감도가 안 좋은지 아케치 씨는 여기저기로 스마트폰을 들어올리면서 말했다.

"내일은 비가 온다는데."

그렇게 아쉬워하는 낌새는 아니다.

"클로즈드 서클인가요?"

"클로즈드 서클?" 히루코 씨가 고개를 기웃했다. "갇힌다는 뜻?"

"악천후나 도로 사정 때문에 사건 현장에 드나들 수 없게
되는 건 미스터리 소설에서는 흔한 설정이거든요."

내가 설명해주었다.

"경찰의 손길이 미치지 못해 수사에 필요한 단서가 압도적
으로 적어지거든요. 논리적인 추리에 기대야 할 장면이 늘어
난다는 뜻이죠."

"폭풍우가 몰아칠 것도 아니고, 길이 하나밖에 없는 것도
아니야. 현실을 고려할 때 아쉽지만 여기가 클로즈드 서클이
될 확률은 전혀 없다고 봐야지."

그런 이야기를 하고 있자니 영연 부원들도 다들 모였다. 다
른 사람들과는 이미 안면을 텄지만 처음 보는 남자가 한 명
있었다. 비만 체형에 티셔츠와 체크무늬 상의를 입었고 뿔테
안경을 꼈다. 이 사람이 시계모토겠지.

아케치 씨가 신도에게 물었다.

"요 부근에서 촬영할 거야?"

"아니, 촬영 장소는 폐업한 호텔이야. 차로 조금만 가면
돼."

신도는 그렇게 말하고 히루코 씨의 발치에 시선을 주었다.

"말 그대로 폐허니까 맨발에 샌들을 신고 가면 위험할 수

도 있는데요."

"아얏. 그런 곳에 갈 줄은 몰라서 미처 준비를 못 했네요."

"뭐, 조심하면 괜찮겠지만요."

신도는 히루코 씨에게 여전히 존댓말을 썼다.

"도착해서 내 신발을 신으면 되겠네."

친절하게도 호시카와가 제안했다. 아까 방에서 신도를 매섭게 닦아세우던 모습과는 딴판이라 과연 연극부답구나 싶었다. 호시카와가 신은 흰색 펌프스를 보고 신도는 고개를 갸우뚱했다.

"너도 갈아 신을 신발은 안 가져왔잖아?"

"그렇지만 유령을 연기할 때는 어차피 벗어야 하니까."

신도는 깜빡했었다는 듯이 머리를 긁적였다.

"맞다, 유령 역할은 맨발이었지. 어쨌거나 다치지 않도록 촬영 장소는 청소를 해야겠네."

아까 마주쳤던 날라리 느낌의 구다마쓰가 활기찬 목소리로 말했다.

"부장님, 탐정님들도 같이 갈 거면 차 한 대로는 모자랄 텐데. 촬영 도구도 있으니까."

그녀는 신도를 부장님이라고 불렀다. 방금 전 그런 대화를 나누었던 만큼 놀리느라 그러는 것이 틀림없다.

"걱정 마. 간노 씨한테 승합차를 빌려서 두 대로 갈 거야."

"저는 어딘지 모르는데요. 누가 앞장서서 안내를 해줘야해요."

시게모토가 입을 부루퉁히 내밀었다.

"알았어. 하지만 커다란 승합차는 운전할 자신이 없는데."

신도는 운전이 서투른 모양이다. 그렇다고 촬영에까지 간노를 대동하기는 미안하고, 그도 바비큐 준비 등으로 할 일이 많으리라. 그러자 아케치 씨가 손을 들었다.

"그럼 내가 운전할게. 만일에 대비해서 대형 면허도 땄으니까 맡겨만 줘."

이벤트 준비한 적 없는

1

화려한 스모크와 하늘을 가를 듯이 요란한 음향에 대지를 가득 메운 관객이 열광했다.

광대한 부지에 강철 골조로 만든 라이브 공연장에서 축제가 시작됐다.

하마사카가 인파를 빠져나와 땀을 흘리며 달려 차로 돌아가자 주차장에는 이미 동료들이 절반 넘게 돌아와 있었다. 보아하니 실패한 사람은 없는 듯했다.

"잘하고 왔어?"

"응. 다른 사람들한테서 연락은?"

"문제는 없어. 이제 최종 단계로 나아가기만 하면 돼."

그 말이 나오자 고요한 긴장감이 흘렀다.

자연공원에 설치된 라이브 구역은 세 군데. 그들은 방금 전까지 분담하여 각 구역의 관객 사이에 섞여들어 '그것'을 묻힌 아주 가느다란 바늘로 수십 명의 몸을 찌르고 왔다. 살짝 따끔함을 느낀 사람이 있을지도 모르지만, 잔뜩 흥분한 상태라 대부분은 아무 눈치도 못 챘을 것이다. 체내에는 아주 미량이 들어갔다. 증상이 나타날 때까지 네 시간은 걸리리라. 하지만 그 무렵이 되면 공연장은 열광의 도가니로 변해 관객은 달아나려 해도 달아날 수 없는 상황에 빠질 것이다.

"자, 마지막 임무다."

모두 모이자 하마사카 일행은 차에 올라탔다. 햇볕을 받아 달아오른 차 안은 사막처럼 더웠다. 아이스박스에서 두랄루민 가방을 꺼냈다. 차 안에서 얼굴을 맞댄 그들에게 액체가 든 주사기를 하나씩 지급했다.

이제 돌아올 수 없는 강을 건넜다. 그들에게는 이것이 혁명의 시작이자 인생의 끝이다. 누구 하나 혁명의 결과를 볼 수는 없을 테고, 설령 본다 한들 그때 그들은 의미를 이해하지 못할 것이다. 남자들이 신호를 기다리듯 얼굴을 마주보았다.

하마사카는 숨을 가늘게 내쉬고 바늘을 자기 팔에 꽂았다.

"가자. 우리가 바로 혁명의 첨병이다."

"오오!"

"마다라메, 만세!"

하마사카가 과장되게 구호를 외치자 남자들은 흔쾌한 반응을 보이며 차례차례 팔에 주사기를 꽂았다.

자신이 평생을 바쳐 연구한 '그것'이 체내로 주입되는 모습을 지켜보면서 하마사카는 설레는 마음으로 얼마 후 세상을 뒤흔들 참극을 상상했고, 또한 마지막까지 자기들이 영웅이 아니라 일개미임을 깨닫지 못한 남자들에게 연민을 품었다.

하지만 이제 늦었다. 모든 것은 다 끝났다.

동료들 몰래 폐업한 호텔에 남겨둔 수첩에 생각이 미쳤다. 무능한 학자 놈들의 자료로 활용된다면 부아가 치밀겠지만, 적어도 내용을 읽고 해석할 만큼은 호기심이 있는 사람이 발견해주었으면 했다.

이상한가. 약 이십 년에 걸쳐 철저히 세간의 시선을 피해 준비를 진행해왔는데, 막판에 와서 연구에 바친 열정과 세월이 남에게 전해지기를 바라다니.

동료들이 주입을 끝냈다.

"자, 이제 남은 시간을 즐겨보자고."

슬라이드도어를 열고 보균자가 된 남자들이 밖으로 발을 내디뎠다.

2

남자 네 명과 여자 여섯 명, 모두 열 명은 차 두 대에 나누
어 타고 산길을 따라 십 분쯤 들어간 곳에 위치한 폐업한 호
텔로 향했다. 자담장보다 지대가 높아서 왕년에는 근사한 전
망을 자랑했겠지만, 지금은 무성한 풀과 나무가 시야를 가리
는 숲속에 홀로 우두커니 서 있다.

우리는 짐을 꺼내고 유령 역할을 맡은 연극부 호시카와와
나바리가 차 안에서 옷을 갈아입기를 기다렸다가 안으로 들
어갔다. 전기도 안 들어오는 콘크리트 건물 안은 낮인데도 어
두침침하고 공기가 고여 있어 음울한 느낌이 들었다.

"발밑 조심해."

신도를 선두로 잡동사니가 흩어진 복도를 나아가 로비 같
은 공간에 도착하자 짐을 내리고 준비를 시작했다.

다카기와 시즈하라는 유령 역할을 맡은 두 사람에게 붙어
서 의상과 화장을 점검했고, 신도와 구다마쓰는 촬영 순서를
확인했다. 시게모토는 기재를 점검했다. 우리는 맨발로 연기
할 배우가 다치지 않도록 주변의 쓰레기를 줍고 방해가 되지
않도록 한쪽 구석에 얌전히 있기로 했다.

자세히 살펴보았더니 로비 구석에는 군데군데 낙서가 남아

있고, 담배꽁초, 편의점 빵 봉지 등도 버려져 있었다. 공간을 확보하기 위해서인지 다른 방과 복도에는 어지러이 흩어져 있던 잡동사니가 한쪽으로 치워져 있었다. 마치 여기서 누가 생활한 것 같았다.

설마.

촬영 순서를 확인하는 사람들의 이야기를 들어보니, 촬영은 다음과 같이 진행될 듯했다.

신도와 구다마쓰가 폐업한 호텔에 담력 시험을 하러 왔다는 설정으로, 신도가 비디오카메라로 촬영하며 안을 돌아다닌다. 복도 끝에서부터 방을 하나하나 들여다보며 나아가다 어느 방 세면대에 걸린 거울로 비디오카메라를 돌리자 등뒤에 여자 유령이 비친다. 두 사람은 바깥 비상계단까지 헐레벌떡 달아난 후 뒤를 돌아보고 유령이 쫓아오지 않았음을 확인하지만, 신도가 문득 비디오카메라를 구다마쓰 쪽으로 향하자 유령이 그녀의 등뒤에 서 있다.

즉 키와 몸매가 비슷한 호시카와와 나바리가 이인일역으로 여자 유령을 연기한다. 여기서 힘든 점은 신도가 비디오카메라를 계속 돌리고 있으므로 장면별로 컷을 나누어 찍을 수 없다는 것이다. 유령이 나오는 타이밍에 실수하면 처음부터 다시 찍어야 하므로 그 장면만은 미리 몇 번이나 연습했다. 연습할 때 찍은 영상을 노트북으로 옮기는 일은 몇 안 되는 남자 스태프인 시게모토가 맡았다. 그는 장인처럼 묵묵히 제 임무를 다했다. 시즈하라는 유령이 이인일역임을 들키지 않도록 헤어스타일과 화장을 꼼꼼히 점검했다.

다카기는 복도에서 방, 방에서 계단으로 함께 오가는 일동을 팔짱을 낀 채 바라보았다. 아마 제대로 된 영화 촬영이라면 맡을 일이 좀더 있겠지만, 이번에는 홈 비디오 형식이므로 스태프가 활약할 일이 별로 없는 거겠지. 그런 다카기에게 아케치 씨가 슬쩍 다가갔다.

"작년에 촬영한 작품에 사람 얼굴이 찍혔다는 거 진짜야?"

아케치 씨는 작년에 자살한 사람이 나오고 탈퇴자가 속출한 원인이 역시 합숙에 있다고 보는 모양이다. 하지만 다카기는 마뜩잖다는 듯이 그 의문을 일축했다.

"그럴 리가 있나. 어쩌다 보니 잡동사니의 형체가 음영이 진 얼굴과 비슷하게 보였을 뿐이야. 시뮬라크라 현상이지."

시뮬라크라 현상이란 역삼각형으로 배치된 점이나 선을 뇌가 사람의 얼굴로 인식하는 현상으로, 심령사진이나 심령 체험의 가장 큰 원인이라 일컬어진다.

"작년 합숙 때는 문제가 안 됐다는 건가?"

"오컬트 잡지에 투고하기에 딱 좋다는 이야기는 나왔지만.

그 정도로 난리를 친다면 영연 체질이 아닌 거지."

그러니까 작년에 찍은 작품과 자살은 무관하다는 뜻이다. 그럼 그저 합숙에 불참을 선언한 부원들만 술렁거린 건가. 아니면 그 밖에 자살의 원인이 될 만한 일이 있었던 걸까?

그때였다.

폐허에 여자 비명소리가 울려 퍼졌다.

촬영팀이 있는 방이다. 달려가보니 나바리가 자기보다 작은 시즈하라 뒤에 몸을 웅크리고 숨어 있었다. 뭔가에 겁을 먹은 모양이지만, 분장용 피를 묻힌 유령의 모습이다 보니 몹시 초현실적인 광경으로 보였다.

"도마뱀, 도마뱀이 있어. 얼른 쫓아내요!"

벽 일부가 깨져서 돌무더기처럼 쌓여 있는 곳을 가리키며 나바리가 신경질적으로 징징거렸다. 마지못해 신도가 가서 신발로 콘크리트 조각을 헤쳤다.

"아무것도 없는데."

"잘 좀 찾아봐요."

나바리가 쨍쨍 울리는 목소리로 말했다.

"벌써 도망갔겠지."

"제대로 확인하라니까요. 난 다른 사람들이 올 때까지 여기서 대기해야 하잖아요. 도마뱀과 같이 갇혀 있기는 죽어도 싫다고요."

차멀미를 한다며 조수석에 앉았을 때도 느꼈지만, 역시 이 사람은 지나치게 예민한 면이 없지 않다. 신도도 발끈했는지 뭐라고 대꾸하려고 했다.

"우리한테 맡겨줘. 동물 찾기는 탐정의 기본이니까."

지금까지 활약할 장면이 없었던 아케치 씨가 솜씨를 보여줄 때가 왔다는 듯 끼어들었다.

"아케치."

신도가 돌아보았다.

"어허, 사양할 것 없어. 자, 하무라 너도 도와줘."

"알겠어요. 아, 위험하니까 히루코 씨는 그냥 거기 계세요."

우리는 나바리가 안심하도록 콘크리트 조각을 뒤집으며 도마뱀을 찾기 시작했다.

도마뱀은 좀처럼 눈에 띄지 않았지만 도중에 방구석에 별난 쓰레기가 떨어져 있는 것을 알아차렸다. 다가가서 주워보니 작은 주사기였다.

"담력 시험을 하러 온 사람이 놓고 간 걸까요?"

"마약, 아니면 각성제일지도 모르겠군. 굳이 이런 산속까지 오다니…… 어?"

아케치 씨가 뭔가 하나 더 발견했다. 근처에 콘크리트 조각이 의미심장하게 기둥 모양으로 쌓여 있었다.

콘크리트 조각을 허물자 검은 가죽 수첩이 나왔다. 페이지를 파라락 넘겨보자 거의 모든 페이지에 글씨가 빼곡하게 적혀 있었다. 일기가 아니라 방대한 메모 같은 느낌이다.

"그거 뭐야?"

우리 모습이 심상치 않다 싶었는지 시게모토가 어깨 너머로 들여다보았다. 건물 안은 그리 덥지도 않건만 그의 셔츠는 땀에 젖어 뚱뚱한 몸에 들러붙어 있었다. 나는 엉겁결에 몸을 옆으로 피했다.

"콘크리트 조각으로 덮여 있었어요."

시게모토는 땀으로 끈적거리는 손가락으로 페이지를 잠시 넘기다가 뭔가 생각한 바가 있는지 수첩을 탁 덮고 천연덕스러운 얼굴로 자기 가방에 집어넣었다.

"가지고 가시려고요?"

"주인도 없는데 상관없잖아."

"안 돼요."

나도 모르게 목소리가 커지자 주변에 있던 사람들이 이쪽을 보았다. 하지만 시게모토가 사람들의 시선을 무시하고 그냥 가려고 하기에 가방을 붙잡았다. 수첩을 콘크리트 조각 밑에 감춘 사람이 수첩 주인이라는 보장은 없다. 어쩌면 이 수첩을 찾고 있을지도 모르고, 수첩에는 개인 정보가 적혀 있을 가능성도 있다. 그런데 멋대로 가져가려 하다니 용납할 수 없는 짓이다.

"원래 있던 자리에 되돌려놓으세요."

"네 것도 아니면서 웬 간섭이야."

시게모토가 짜증난다는 듯이 내 손을 뿌리쳤다. 몸싸움이 벌어지려는 찰나 아케치 씨가 끼어들었다.

"하무라, 그만둬."

"하지만……."

"알아. 하지만 그만해."

아케치 씨가 진지한 표정으로 고개를 끄덕이기에 나는 크게 심호흡을 한 후 "죄송합니다" 하고 사과했다.

시게모토는 이미 가방 지퍼를 잠그고 등을 돌린 뒤였다.

나바리가 우리 사이에 험악한 공기가 흐르는 것에 일말의 책임을 느꼈는지 입을 열었다.

"됐어요. 이제 괜찮아요."

그녀가 차분함을 되찾자 겨우 본 촬영에 착수할 수 있었다.

촬영은 합쳐서 세 번 실시했다. 촬영한 영상을 노트북으로 확인한 신도가 "오늘은 이만하면 되겠어"라는 말로 그날 촬영의 끝을 알렸다. 시각은 오후 4시 반이었다.

우리는 뒷정리를 마치고 "자, 돌아가자"라는 신도의 지시에 따라 짐을 들고 폐허를 나섰다. 바깥은 여전히 햇빛이 강했지만 바람이 부는 만큼 되살아나는 기분이었다. 누가 먼저랄 것도 없이 안도한 목소리로 말들을 꺼냈다.

그때 숲 너머에서 구급차 사이렌 소리가 바람을 타고 들려왔다. 여러 대인지 돌림노래를 하듯이 소리가 겹쳤다. 록 페스티벌 공연장에서 열중증 환자가 생겼거나 사고라도 난 거겠지.

3

오후 6시. 자담장 앞 광장에서 바비큐가 시작됐다. 주차장에서 이십 미터쯤 떨어진 광장 한복판에 갖다놓은 바비큐 그릴 두 대에서 불이 기운차게 탁탁 튀었다. 하늘은 아직 밝다.

한 가지 불안한 점은 여기서 처음으로 졸업생 세 명을 포함한 전원이 모인다는 것이다. 바비큐 도구와 식재료도 졸업생이 준비해주었다고 하니 우리로서는 불평을 할 수 없다. 그들의 무례한 언동 때문에 여자 참가자들이 낮보다 더 마음 상하는 일이 없으면 좋으련만. 벌써부터 속이 쓰렸다.

하지만 걱정과는 달리 나나미야를 비롯한 졸업생들은 낮 동안 반성 모임이라도 가졌는지 일단은 선배다운 태도로 자리를 주도했다.

"우리 모교인 신코 대학에서 올해도 후배들이 놀러와서 정말로 기뻐. 부디 다들 친목을 다지고 좋은 추억들 만들기 바란다. 잔들은 다 채웠지? 건배!"

점잔을 뺀 나나미야의 선창으로 만찬이 시작됐다.

지금은 거의 눈에 띄지 않는 큼지막한 구식 라디오 겸용 CD 카세트 플레이어가 광장 한복판에 떡하니 자리잡고 조금 전부터 여름 노래를 우렁차게 쏟아내고 있다. 아아, 동아리 활동이란 이런 거구나.

"자, 슬슬 탐문을 해볼까."

아직 고기도 굽기 전에 아케치 씨가 종이 접시와 캔맥주를 들고 주변을 둘러보았다.

"탐문?"

"이런, 이런. 우리는 그냥 놀러온 게 아니잖아. 협박장을 누가 무슨 목적으로 보냈는지 조사해야 하고, 그게 작년의 자살과 관련이 있는지도 궁금해. 멍하니 있다가는 2박 3일이 순식간에 지나갈 거야."

그렇게 말하고 구다마쓰와 시게모토 쪽으로 걸어갔다.

솔직히 말해 나는 내키지 않았다. 미인만 골라 참가시킨 합숙, 뭔가 감추고 있는 듯한 부장, 독특한 졸업생들. 살짝 찌르기만 해도 가식이 부슬부슬 떨어져나가서 알고 싶지도 않았던 사실이 환히 드러날 것 같았다. 파헤치는 건 똑같지만 수수께끼와 추문은 기분이 다르다.

아케치 씨에게는 미안하지만 오늘은 얌전하게 잡일을 거들기로 했다.

나를 제외하면 유일한 1학년인 시즈하라도 벌써 집게를 쥐고 철망 위의 고기를 묵묵히 뒤집고 있었다. 그러고 보니 아직 시즈하라와는 말을 나눈 적이 없다. 약간 흥미가 생겼지만 오늘 하루 지켜보니 시즈하라는 남과 접촉하는 걸 좋아하지 않는 듯하다. 분명 이렇게 왁자지껄한 이벤트는 성미에 안 맞겠지. 나도 얌전하게 다른 그릴을 맡아서 고기를 굽도록 하자. 하지만 이왕 할 바에는 철망의 지킴이로서 고기를 한 점도 태우지 않겠다. 사람들이 먹는 속도와 불기운, 고기 종류를 고려하여 최고로 맛있게 구워지도록 계산해서 집게를 놀리자.

연기가 닿는 것이 싫어서 도중에 손목시계를 끌렀다. 움직일 때마다 호주머니에서 잘그락거리는 소리가 귀에 거슬리기에 주차장 벽 앞, 전등 바로 밑에 손수건으로 싸서 놓아두었다.

오로지 고기를 상대하는 내게 호시카와와 구다마쓰가 일부러 말을 걸어주었다. 구다마쓰는 "하무라, 남자는 잘 먹어야지" 하며 내 접시에 고기를 척척 담아주었다. 구석구석까지 살펴서 마음을 써주는 성격이라니, 정말이지 고개가 절로 숙여진다.

그러고 보니 관리인 간노는 어쩌고 있을까. 우리가 통째로 빌려서 다른 손님은 없을 테니 혼자 식사를 하고 있을까. 그렇게 생각하고 광장 위쪽 평지에 서 있는 자담장을 올려다보았지만 어느 창문에도 사람의 모습은 보이지 않았다.

"고생이 많다. 너희가 올해 신입생이야?"

돌아보자 키가 크고 피부가 볕에 잘 그을린 남자가 서 있었다. 도련님의 친구, 다쓰나미라고 했던가.

"계속 잡일만 하면 따분하잖아. 사양 말고 실컷 먹어."

나지막하고 탄력 있는 목소리로 웃었다. 아무래도 형님 기질이 있는 것 같다. 아니, 이런 이벤트에 익숙하다고 하는 편이 옳을지도 모르겠다. 만약 우리가 먼저 집게를 쥐지 않았다면 그가 그릴을 맡아서 솜씨 좋게 고기를 구웠겠지. 그런 광경이 눈앞에 떠오르는 것 같았다.

영연 신입부원이라고 착각한 모양이니 일단 자기소개를 해두자.

"죄송합니다. 저는 영연도 연극부도 아니에요. 마침 인원이 모자라서 불시에 참가하게 됐어요."

"불시에 참가했다고? 그게 무슨 소리야?"

다쓰나미가 금시초문이라는 듯 되물었다.

"협박장이 왔대."

뒤에서 도련님, 나나미야가 알려주었다. 광장 주위에 외등이 띄엄띄엄 켜져 있지만 여기에서는 거리가 멀어서 고기를 굽는 불에 비친 하얀 얼굴이 더더욱 가면처럼 보였다.

"협박장? 누구 앞으로?"

"글쎄. 신도는 못된 장난일 뿐이라고 우겼지만. 과연 어떨까."

말하면서 접시를 들지 않은 손으로 옆머리를 계속 툭툭 두드렸다. 낮에도 그랬는데 버릇인가?

다쓰나미는 생각하듯이 잠깐 입을 다물었다가 나를 빤히 들여다보며 물었다.

"흐음. 그런데 왜 네가 오게 된 거지?"

어려운 질문이다. 특히 내게는. 그러자 익숙한 목소리가 들렸다.

"저희는 덤입니다."

아케치 씨였다. 다른 사람들에게 탐문을 하러 갔을 텐데 도대체 언제부터 이야기를 듣고 있었는지 더할 나위 없이 적절한 순간에 이야기에 끼어들어 히루코 씨와 같이 오는 조건으로 참가하게 된 경위를 두 사람에게 설명했다.

"그렇군. 공주님을 에스코트해준 셈이야. 이거 고맙다고 인사를 드려야겠는걸."

완전히 납득한 건 아닌 듯했지만 다쓰나미는 껄껄 웃으며 새 캔맥주를 내게 내밀었다. 나는 아직 미성년자지만 여기서는 거절하지 않기로 하겠다. 머리를 숙여 인사하고 건배했다.

아케치 씨가 방금 전 화제로 이야기를 되돌렸다.

"뭐, 하지만 협박장 하나 때문에 불참자가 속출하다니 좀 과잉 반응 같기도 합니다. 소문을 듣자 하니 내용도 별나다고 하던데요."

"허, 내용이 어떻기에?"

나나미야가 일단 한번 들어주겠다는 듯한 태도로 물었다.

"'올해의 희생양은 누구냐'라는 한마디가 다였던 모양이에요. 협박문치고는 특이하죠. 보통은 죽이겠다는 둥 저주한다는 둥 안전은 보장 못 한다는 둥 읽는 사람에게 위기감을 불러일으키는 문구를 쓸 겁니다. 그런데 이래서는 협박이라는 목적을 달성하지 못해요. 어떻게 생각하십니까?"

"신도가 말한 대로 못된 장난질이었겠지."

아케치 씨는 짐짓 생각에 잠기는 시늉을 했다.

"그렇지만 이렇게도 생각할 수 있지 않을까요? 협박장은 대다수의 부원이 아니라 극히 한정된 사람을 대상으로 쓴 거라고. 협박자는 상대에게 이 정도 표현으로도 충분히 효과가 있을 줄 알고 있었던 겁니다. '희생양'이라는 단어가 가리키는, 뭔가 불리한 사실을 공개하겠다는 위협 아니겠습니까."

이야기를 듣고 있던 다쓰나미가 끼어들었다.

"합숙을 준비한 건 신도야. 그러니까 적어도 신도에게는 무슨 뜻인지 전해질 것이라 여긴 셈이로군."

"그뿐만이 아닙니다. 작년 합숙에서 일어난 일이라면 신도 외에도 무슨 뜻인지 아는 사람이 있을지도 모르죠. 어떻습니까?"

조마조마한 기분으로 세 사람을 지켜보았다. 아케치 씨 나름대로 생각이 있겠지만 너무 단도직입적인 질문 아닌가. 이래서는 '작년 합숙 때 당신들이 뭔가 저질렀지'라고 말하는 것이나 매한가지다. 아케치 씨는 진실을 알고 싶어 하는 욕구가 너무 강해서 이렇듯 성급하게 대화에 임하는 경향이 있다.

"무슨 소린지 모르겠네."

나나미야는 고개를 저었다.

"짐작 가는 구석도 없습니까?"

"아케치라고 했지?"

다쓰나미가 다시 끼어들었다.

"네 말에는 모순이 있는 것 같아. 합숙을 중지시킬 목적으로 협박장을 보냈다면 모호한 표현을 쓰지 않고 진실을 밝히면 그만이야. 그러면 불참하는 사람이 지금보다 더 늘어났을지도 모르지. 그런데 왜 범인은 그러지 않고 어중간하게 위협하는 데 그쳤을까?"

적절한 반론이다. '희생양'이라는 표현은 다양하게 해석할 수 있다. 협박 자체가 엉터리니까 그렇듯 모호한 표현을 쓸 수밖에 없지 않겠느냐는 의견이다.

"요컨대 내 생각에는 범인이 아무런 근거도 없는 뜬소문을 주워듣고 장난질을 쳤을 가능성이 농후할 것 같은데, 어때?"

다쓰나미가 멋지게 방어벽을 세우자 아케치 씨는 웃음으로 얼버무리며 "과연, 그럴 수도 있겠군요" 하고 답하는 것이 고작이었다. 내가 분위기를 수습하고자 세 사람에게 구운 고기를 권했지만 나나미야는 거절했다.

"먼지를 뒤집어쓴 고기는 먹기 싫어."

펜션 주인 아들이라고는 하나 태도가 너무 거만해서 나는 굳어버렸다.

"마음에 둘 것 없어. 이 녀석은 늘 이러니까. 엄청 깔끔을 떨어."

다쓰나미가 귓속말로 일러주었다.

그 뒤로는 이렇다 할 말썽 없이 파티가 진행됐다.

"어라, 여기 휴대전화 전파가 안 잡히는데."

중간에 구다마쓰가 불만을 토했다. 내 스마트폰을 확인하
자 통화권을 이탈했다는 표시가 떠 있었다. 이상하다. 펜션
안에서는 괜찮았는데.

"흐음. 좀 기다렸다가 다시 해봐."

신도가 그렇게 대답해서 나도 더이상은 신경쓰지 않았다.

나중에 생각해보면 그때 이미 이변은 돌이킬 수 없을 만큼
커진 뒤였다.

4

두두두두두.

배도 웬만큼 부르겠다. 저멀리 경치에다 정신을 팔고 있자
니 CD 카세트에서 흘러나오는 음악에 섞여 갑자기 중저음의
진동이 숲을 흔들었다. 무슨 영문인지 궁금하던 차에 편대를
이룬 헬리콥터 세 대가 동쪽에서 나타나 마치 호수 색깔을 베
낀 듯한 하늘을 가로질러 갔다. 재해 현장 등에 파견되는 자

위대 헬기 같아 보였기에 이 부근에 주둔지가 있었나 의구심이 들었다. 헬기 세 대는 록 페스티벌 공연장이 있는 산 너머에서 고도를 낮춘 것 같았다.

"무슨 생각을 그렇게 해?"

히루코 씨의 목소리가 생각을 중단시켰다. 아까까지 졸업생들에게 둘러싸여 술을 마시는 것 같았는데 얼굴색은 전혀 변화가 없다.

"그냥 쉬면서 배 꺼뜨리고 있었어요."

"나도 같이 쉬어도 될까."

히루코 씨가 느닷없이 원피스 가슴께에 손을 집어넣었다. 깜짝 놀라 휘둥그레진 눈으로 쳐다보자 옷 속에서 하얀 책자가 나왔다. 합숙 안내서였다.

"왜, 왜 그런 데 넣어두셨어요?"

특별한 이벤트라도 시작되는 건가 한순간 착각했다.

"언제 필요할지 모르잖아. 갑자기 칼에 찔렸을 때 방패로 쓸 수도 있고."

어디까지가 진심일까.

"그건 그렇고 참가자들이 하나같이 흥미로운 사람들이네. 하무라, 사람들 이름 다 외웠니?"

"아마도요. 성만이라면."

별로 자신은 없다. 하루 만에 열한 명은 너무 많다. 미스터리 소설을 읽을 때도 등장인물의 이름을 잊어버려서 늘 앞쪽의 등장인물 소개 페이지를 확인하고는 한다.

"그래? 외우기 쉬운 이름만 총집합한 것 같은데."

히루코 씨는 한 명씩 이름과 외모 및 특징을 죽 늘어놓았다.

"부장 신도 아유무進藤步부터. 나아가다進랑 걷는다步는 한 자가 들어 있으니까 기억하기 쉽지. 착실하고 아주 꼼꼼한 느낌이 드는 이름이야."

이름은 확실히 그런 인상이지만 구다마쓰가 그를 두고 머리가 그렇게 좋지는 않다고 평한 것이 생각났다. 하지만 지금은 잠자코 있기로 하자.

"다음으로 연극부 부원이자 신도 씨의 연인인 호시카와 레이카星川麗花. 별星과 강川과 화사한 꽃麗花이지. 정말이지 미인을 위해서 만들어진 이름 같아. 신도 씨에게는 과분한 느낌도 들지만."

예리하다. 히루코 씨는 두 사람이 방에서 말다툼을 한 줄 모를 텐데도 그 걱정은 핵심을 찔렀다. 신도는 나쁜 남자는 아닐지도 모르지만, 자기에게 불리한 정보를 일부러 덮거나 선배에게 알랑방귀를 뀌는 등 제 한몸만 아끼는 행동이 눈에 띈다.

"이름은 잊어버렸는데 나바리 씨라고 연극부원이 한 명 더 있잖아요. 그 사람은 어떤가요?"

"나바리 스미에 말이구나. 차멀미랑 도마뱀 때문에 예민하게 굴었던 사람."

"잘 기억하시네요."

"엄청 신경질적인 느낌이잖아. 나바리와 스미에를 줄여서 나바스●. 농담이야."

그렇게 말하고 깔깔 웃었다. 설마 말장난을 구사할 줄이야.

"다음엔 다카기 린高木凜. 키도 크고高 보이시하니 늠름한凜 분위기니까 딱 맞는 이름이지. 그리고 시즈하라 미후유靜原美冬. 그 사람은 조용하고 얌전한 느낌이 겨울冬이라는 단어로 잘 표현되어 있어."

히루코 씨의 성격 진단은 계속되었다.

"먼저 와 있던 두 사람이랑 아까 말을 나눴거든. 기기를 담당한 남자는 시게모토 미쓰루重元充, 이학부 2학년이래."

수첩 때문에 다투었던 오타쿠 분위기의 남자다.

● '신경질적인'이라는 뜻의 영어 nervous의 일본식 발음.

"뚱뚱한 체형이 무겁고重 꽉 찬다充는 한자에 딱 들어맞아. 그리고 다른 한 명은 구다마쓰 다카코랬나. 그 사람은 제법 만만치 않은 인상이었어."

날라리 느낌의 그녀는 구직 활동을 할 목적으로 이번 합숙에 참가했다.

"이번에는 이름과 인상을 어떻게 연결 지으실 건가요?"

"만만치 않다고 했잖아. 그거면 됐지."

무슨 뜻인지 파악하지 못해 내가 얼떨떨한 표정을 짓자 히루코 씨가 풀이를 해주었다.

"구다마쓰 다카코의 머리글자 구다와 다카를 떼오고 구다를 다르게 훈독하면 시타니까, 합쳐서 시타타카●."

설마 했던 말장난 제2탄이었다.

"나머지는 적당히 넘어갈까. 관리인管理人 간노 유이토管野唯人 씨는 관리인을 하기에 딱 맞는 이름이고, 나나미야 가네미쓰七宮兼光는 부모의 위광光으로 일곱 번七은 덕을 봤을 것 같아. 다쓰나미 하루야立浪波流也는 외모나 이름이나 파도 타는 서퍼 같은 느낌이고, 데메 도비오出目飛雄는 눈目이 툭 튀어나와 있어出. 이상."

● 매우 강하다, 만만치 않다는 뜻의 일본어.

좀 감동했다. 명탐정에게는 사람의 얼굴과 이름을 외우는 능력도 필요한 걸까.

그때 히루코 씨가 진지한 분위기로 물었다.

"이 안내서를 보고 뭐 알아차린 것 없니?"

그녀는 방 배치도가 실린 페이지를 펼쳤다. 간노에게 물어 보았는지 공백으로 남아 있던 방에 졸업생 세 명의 이름도 적혀 있었지만, 그것말고 별난 점은 눈에 띄지 않았다. 신도도 연인 호시카와와 방이 떨어져 있으므로 언뜻 보기에는 나이와 성별에 관계없이 무작위로 방을 배정한 듯했다.

"딱히 이상한 점은 없는 것 같은데요."

"안내서만 보지 말고 주변도 잘 둘러봐."

히루코 씨의 말에 따라 주변에 있는 사람들을 확인하다 나는 무심코 "응?" 하고 방 배치도를 다시 보았다.

흩어져서 잡담을 나누는 참가자들 중에 내가 주목한 사람은 졸업생 삼인조다. 다쓰나미는 캔맥주를 들고 호시카와와 친근하게 이야기를 나누고 있고, 나나미야는 불을 끈 바비큐 그릴 옆 의자에 구다마쓰와 나란히 앉아 있다. 데메는 고단한 표정으로 주차장 벽에 기대어 있는 나바리에게 집적대고 있다. 그녀는 짜증이 난 것처럼 보이기도 했다.

방 배치도를 다시 들여다보자 다쓰나미의 방인 204호실 옆이 호시카와, 나나미야의 방인 301호실 옆이 구다마쓰, 데메의 방인 207호실 옆이 나바리의 방이었다. 게다가 각각의 방은 건물 세 구역에 나뉘어 배치되어 있었다. 우연치고는 너무 지나치다. 어쩌면 방 배정에까지 졸업생들의 의향이 반영된 건 아닐까.

그러고 보니 오늘 다카기가 내게 날카로운 시선을 몇 번 던졌다. 작년에도 합숙에 참가했다는 다카기는 그런 사정을 잘 알기에 남자를 모두 경계하는지도 모르겠다.

그러한 이야기를 하고 있자니 호시카와가 다가왔다.

"슬슬 마무리할까."

그 말을 신호탄으로 뒷정리가 시작되어 나는 설거지를 맡기로 했다. 수돗가는 광장 계단을 올라 자담장 옆쪽에 있다. 하나뿐인 전등 불빛에 의지해 철망과 철판을 씻고 있으니 뒤쪽에서 누군가의 발소리가 들렸다. 히루코 씨나 아케치 씨겠거니 했다.

"야, 파티는 마음에 들었어?"

놀라서 돌아보자 다카기였다. 왜 여기에?

그녀의 목적이 뭔지 잘 몰랐지만 고개를 끄덕였다.

"예, 뭐. 고기 구우면서 실컷 먹었으니까요."

어째서인지 다카기는 크게 한숨을 쉬었다. 그리고 내 옆으로 와서 더러워진 철망을 하나 낚아채더니 수세미로 벅벅 닦기 시작했다. 물소리에 섞여 목소리가 들렸다.

"저기, 너랑 아케치는 왜 이번 합숙에 참가한 거야? 솔직히 말해봐."

아마도 폐업한 호텔에서 아케치 씨의 질문을 받고 의혹을 품었겠지. 여기서 숨기면 히루코 씨도 포함해 우리는 그녀의 신뢰를 완전히 잃을지도 모른다. 나는 솔직히 말하기로 했다.

"협박장이 왔다는 이야기는 들으셨어요?"

"응, 희생양이 어쩌고저쩌고하는 거잖아."

펜션에서 합숙을 한다는 미스터리 요소가 강한 이벤트에 아케치 씨가 흥미를 느꼈다는 것, 협박장과 작년에 있었던 자살에 관련된 소문을 들었다는 것, 히루코 씨와 한 세트로 참가하게 되었다는 것을 설명했다.

"그렇구나. 아니, 아케치의 생각은 전혀 이해가 안 되지만." 탄식한 후 다카기는 사과했다. "까칠하게 굴어서 미안하다."

뭐랄까, 남에게도 자신에게도 칼 같은 사람이다. 다카기는 우리가 여자에게 흑심을 품고서 합숙에 참가했다고 믿고 경계한 것이리라. 뭐, 주최자인 졸업생들이 저 모양이니 어쩔 수 없지만.

"겐자키라는 애한테는 신경 좀 써줘."

"아, 역시 합숙 참가자들을 이렇게 구성한 건 의도적인 건 가요?"

"틀림없어. 나나미야가 신도에게 압력을 가해서 모았을 거야. 그래서 여자는 다들 예쁘고 남자는 시게모토같이 외모 경쟁력이 떨어지는 애들뿐인 거지. 뭐, 구다마쓰는 취직할 기회가 왔다며 설레발을 쳤지만."

외모 경쟁력이 떨어지다니 신랄하다.

"그런 줄 알면서 다카기 씨는 왜 참가하셨어요?"

다카기는 물보라를 일으키며 내뱉듯이 말했다.

"이런 같잖은 이벤트에 후배가 휘말렸는데 내버려둘 수는 없잖아."

"후배라면 시즈하라 씨?"

다카기는 살짝 고개를 끄덕여 답했다.

"더러운 놈이야, 신도는. 녀석도 취직자리를 노리는지 모르겠지만 그 세 명, 특히 나나미야에게는 쪽을 못 써. 협박장 때문에 모두 참가를 취소해서 초조했겠지. 빈 구멍을 메우려고 제일 먼저 자기 여자친구부터 끌어들였다니까."

솔직히 말해 듣고 싶지 않은 사실이었다. 하다못해 미덥지 못한 부장 정도는 되는 줄 알았는데.

"아무리 그래도 졸업생들이 자기 여자친구에게 집적대는 건 싫었겠지. 기를 쓰고 다른 여자 부원들을 참가시키려고 했어. 그래서 미후유를 점찍은 거야. 신도는 미후유가 선배의 부탁을 거절하지 못하는 성격인 걸 알고 설득했어. 내가 알았을 때는 이미 참가하는 걸로 결정됐더라고. 나도 다시는 여기에 올 마음이 없었지만 걔를 못 본 체할 수는 없잖아."

다시 말해 다카기도 직전에야 참가하기로 결정했다는 뜻인가.

작년에 있었던 자살 사건에 관해서도 정보를 얻고 싶었지만, 느닷없이 민감한 화제를 파고들면 다카기가 언짢아할 듯해서 다른 질문을 했다.

"그럼 방 배정도 역시……"

"그런 셈이지. 뭐, 네가 옆이라서 미후유에게는 다행이지만."

믿어주어서 기뻤다.

하지만 좀 물어보고 싶어졌다. 내가 앞으로 시즈하라에게 호감을 품지 않으리라는 보장은 없다.

"만약 제 마음에 봄바람이 들면요?"

"걷어차서 으깰 거야."

다카기가 씩 웃었다. 어디를, 무엇을 걷어차서 으깨겠다는 건지는 말해주지 않았다.

5

하늘에는 어둠이 내렸고 두꺼운 구름이 별빛을 뒤덮었다.

씻은 철판과 철망을 다카키와 나누어 들고 자담장 현관 앞을 지나치는데 안쪽 엘리베이터에 올라타는 누군가의 뒷모습이 보였다. 잠깐이었지만 졸업생 데메 같았다.

"해산한 걸까요?"

"글쎄……."

광장으로 돌아가자 뒷정리를 마치고 주차장 옆에 모인 사람들 사이에 서먹서먹한 분위기가 감돌았다. 방금 전까지 부드러웠던 분위기는 자취를 감추고 서로 조심스레 안색을 살피고 있었다.

둘러보자 데메는 어디에도 없었다. 그리고 호시카와가 나바리 곁에 다가붙어 위로하듯이 뭐라고 말을 걸고 있는 것이 마음에 걸렸다.

"무슨 일 있었어요?"

가까이에 우두커니 서 있는 아케치 씨에게 물었다.

"잘 모르겠지만 나바리가 열렬히 구애하는 데메 씨를 뺑

차버린 모양이야."

그렇게 말하고 어깨를 으쓱했다. 옆에서 다카기가 혀를 찼다. 걱정했던 사태가 바로 터졌다. 데메라는 그 남자, 욕망을 하룻밤도 억누르지 못하는 걸까.

다쓰나미가 미묘한 분위기를 수습하러 나섰다.

"다들 미안해. 걔는 옛날부터 술을 마시면 간이 커져서 여자를 대하는 태도와 손버릇이 안 좋아져. 그러다 늘 여자한테 차이지."

그런 놈한테는 술을 먹이지 마.

"나중에 가서 머리 좀 식히라고 할게. 마침 잘됐네. 벌칙으로 담력 시험 때 귀신 역할을 맡으라고 해야겠다. 괜찮지, 나나미야?"

"응. 자업자득이지."

아무래도 세 사람의 역학관계는 대등하지 않은 듯 나나미야와 다쓰나미가 실권을 쥐고 있고 데메는 분위기를 띄우는 역할인 모양이다. 그 때문에 불만이 쌓여서 데메가 다른 사람에게 고압적으로 구는 건지도 모르겠다.

예정대로 일정을 속행하려고 하자 다카기가 항의했다.

"담력 시험은 내일로 미뤄도 되잖아요. 피곤한 사람도 많을 텐데요."

불쾌한 일을 겪은 나바리를 비롯해 다른 사람들도 이제 진절머리가 났음을 이해하고 내놓은 의견이었지만, 단 한 사람 시타타카, 아니, 구다마쓰만은 기운이 넘쳤다. 다카기의 항의를 흘려 넘기고 찰싹 달라붙을 듯한 기세로 나나미야에게 물었다.

"담력 시험은 어디로 가나요? 낮에 갔던 폐업한 호텔?"

"아니, 거기랑은 반대 방향이야. 십오 분쯤 걸으면 오래된 신사가 나와. 2인 1조로 거기 가서 쪽지를 가져오면 돼."

아무래도 그들은 계획을 변경할 마음이 없는 모양이다. 이럴 때 시설을 이용하고 있는 쪽은 입장이 약하다. 나나미야와 다쓰나미는 준비를 하고 올 테니 일단 방에 돌아가 있으라고 말하고 광장을 뒤로했다. 하는 수 없이 우리도 계단으로 향했다.

"뭐야, 진짜. 우리를 심심풀이로 써먹고 싶은 것뿐이잖아."

"자, 자……. 소화도 시킬 겸 산책 다녀온다고 생각하면 되잖아."

호시카와의 기분이 또 저기압이 되자 신도는 여자친구를 달래느라 애썼다.

하늘을 바라보던 아케치 씨가 중얼거렸다.

"어, 저건 뭐지."

처다보자 동쪽에 있는 산의 윤곽이 희미하게 빛났다. 마치 후광 같았다.

"분명 그거일 거예요. 사베아 록 페스티벌. 산 너머 자연공원에서 야외 라이브를 하고 있거든요. 무대 불빛이겠죠."

낮에는 밝아서 몰랐다. 지금쯤 거기는 고요한 여기와는 대조적으로 떠들썩한 흥분과 열기로 가득하겠지.

"엥."

코가 막힌 듯한 목소리에 돌아보자 잠시 존재감이 없었던 시게모토였다. 바비큐가 한창일 때는 다카기의 말대로 외모 경쟁력이 떨어져서 찌그러져 있었던 모양이다. 그는 스마트폰을 들여다보며 바쁘게 손가락만 움직일 뿐 좀처럼 다음 말을 꺼내지 않았다.

"뭔데?"

신도가 기다리다 못해 물었다.

"인터넷에 연결이 안 돼요. 록 페스티벌에 대해 검색하려고 했는데."

"아아, 아까부터 그랬어. 여기 전파가 안 들어오잖아."

구다마쓰가 대답했다.

"바비큐 파티를 하기 전까지는 됐는데요. 확실해요."

그러자 다른 사람들도 휴대전화를 꺼내더니 저마다 당혹스러운 목소리를 쏟아냈다.

"정말이네. 완전히 먹통이야."

"어, 이럼 곤란한데."

각자가 가지고 있는 휴대전화는 기종도 이용하는 통신사도 다르다. 단순한 접속 장애일 리는 없다.

"만약 무슨 장애가 생겼다고 해도 자담장에는 전화도 있고, 차를 타고 마을로 나갈 수도 있잖아. 그렇게 난리 칠 것 없어."

신도의 말이 맞다. 그런데도 나는 말로는 형용하기 힘든 불안감을 억누를 수가 없었다. 평소 같으면 유쾌할 아케치 씨의 표정 역시 어쩐지 시원치 않았다.

"외부와 연락이 차단됐다 그건가. 이 또한 현대판 클로즈드 서클이라 할 수 있을지도 모르겠군."

"마음만 먹으면 당장 마을로 나갈 수 있는데요."

"그렇지. 언제든지 가능해. 그렇기 때문에 우리는 지금 이곳을 벗어나려고 들지 않아. 그러다가 도주로가 없어지는 법이지."

그 말이 불안감을 더욱 부채질해서 나는 평소 버릇대로 시간을 확인하고자 왼손을 들어올렸다. 드러난 손목을 보고서야 바비큐 파티 때 시계를 끌러두었다는 사실이 생각났다.

사람들 사이에서 벗어나 시계를 놓아둔 주차장 전등 아래
로 향했다.

"없네."

나는 멍하니 중얼거렸다.

시계를 감쌌던 손수건만 펼쳐진 상태로 남아 있을 뿐 시계
는 어디에도 보이지 않았다. 절대로 바람에 날려갔을 리는 없
다. 시계보다 가벼운 손수건이 그대로 남아 있으니까. 누가
모르고 걷어찼나? 아니면……

"무슨 일 있어?"

내 모습이 신경쓰였는지 히루코 씨가 사람들 사이에서 소
리쳤다.

"여기에 놓아둔 시계가 없어졌어요."

내 대답을 듣고 나바리가 목소리를 높였다.

"내가 아까 봤을 때는 분명히 있었어. 그런 곳에 손수건이
있는 게 이상해서 펼쳐서 확인했거든."

사람들 곁으로 돌아가서 자세한 사정을 물었다.

"언제 보셨어요?"

"바비큐 파티가 끝나갈 무렵이었나. 데메라는 사람이 집적
대기 직전이었어."

바비큐를 하던 곳과 주차장은 약 이십 미터쯤 떨어져 있다.

그러고 보니 히루코 씨와 안내서의 방 배치도를 확인했을 때 나바리는 데메와 함께 주차장 벽 쪽에 서 있었다. 그때는 시계가 분명히 있었다면?

사건 냄새를 맡았는지 아케치 씨가 나바리에게 질문을 던졌다.

"도중에 시계 쪽으로 다가온 사람은 없었나요?"

"없었어요. 어떻게든 그 사람과 대화를 끝낼 기회만 찾고 있었으니까 누가 다가왔다면 당연히 알았을 거예요."

어떤 내용의 이야기였는지는 모르지만 데메는 아주 미움을 산 모양이다.

"그러다가 뒷정리가 시작됐죠. 이때다 싶어 가려고 했더니 그 인간이 친근한 척 어깨에 팔을 두르기에 비명을 지르며 떨쳐냈어요. 그리고 근처에 있던 호시카와 씨한테 달려갔죠. 그게 다예요."

내가 다카기와 설거지를 하는 사이에 그런 일이 있었을 줄이야.

아케치 씨가 한 사람 한 사람에게 확인하는 듯한 어투로 말했다.

"나바리 씨가 비명을 지른 후에는 데메 씨 혼자 시계가 놓여 있던 벽 옆에 서 있었습니다. 그전에 이 벽, 또는 주차장에

다가간 사람 없습니까? 아니면 누군가 목격했다는 이야기도 상관없습니다."

그러자 몇 명이 손을 들고 바비큐 파티를 준비할 때 주차장 창고에 보관되어 있던 도구를 꺼내기 위해 가까이 갔다고 말했다. 하지만 전부 내가 시계를 놓아두기 이전의 이야기라 참고가 되지 않는다. 그러자 시즈하라가 머뭇머뭇 손을 들었다.

"저어, 나바리 씨랑 데메 씨가 오시고 나서 제가 계속 두 분을 보고 있었어요. 데메 씨가 어쩐지 막무가내라 나바리 씨가 걱정돼서……. 그러니까 단언할 수 있어요. 두 분이 오신 뒤로는 아무도 거기에 가까이 가지 않았어요."

나바리도 동의했고, 그 밖에 다른 증언을 하는 사람은 없었다. 아케치 씨가 지금까지 들은 이야기에 입각하여 말했다.

"그 말인즉슨, 우리의 시선이 나바리 씨에게 집중된 틈에 데메 씨가 시계를 주워 그대로 가지고 갔다고 보아야 자연스럽겠군."

"그러고 보니……."

다카기가 딱딱한 목소리로 말했다.

"작년에도 비슷한 일이 있었어. 분명 에바타 씨가 술에 곯아떨어진 틈에 지갑에서 만 엔짜리가 싹 사라지지 않았던가. 맞지, 신도?"

다카기가 말한 에바타 씨는 아마 영연 선배일 것이다.

"……그랬었나."

"그럼…… 그래, 생각났다. 그때 에바타 씨한테 술을 자꾸 권한 것도 데메였어. 하지만 데메는 모르쇠로 일관했지."

아까 다쓰나미가 데메는 술을 마시면 손버릇이 안 좋아진다고 그랬는데, 그게 도벽이 있다는 뜻이었나.

이야기를 들은 다른 사람들도 데메를 불신하는 말을 조금씩 꺼내놓자 다카기는 내심 데메를 범인으로 확정한 듯했다.

"하무라, 돌려받으러 가자. 내가 같이 가줄게."

"잠깐만. 데메 씨가 범인으로 확정된 건 아니잖아."

신도가 허둥댔다. 여기서 소동을 일으키면 야단난다고 얼굴에 적혀 있었다. 하지만 다카기도 물러서지 않았다.

"범인인지 아닌지는 직접 확인하면 되겠지. 아니면 따로 수상한 사람이 있어, 신도?"

그는 순간 말문이 막혔지만 바로 응수했다.

"그건…… 그래, 그 추리가 성립하는 건 나바리의 증언이 있기 때문이야. 하지만 나바리의 증언이 틀렸을 가능성도 있어."

"나바리가 거짓말을 했다는 거야?"

다카기가 반박하고 나섰고, 나바리도 즉시 눈초리를 치켜 세웠다. 신도가 허둥댔다.

"그런 건 아니지만 나바리가 착각했을 가능성도 없지는 않잖아. 그렇지, 아케치?"

이야기를 넘겨받은 신코의 홈스는 딱딱한 표정을 지으며 고개를 끄덕였다.

"논리적으로 따지자면 그렇지. 나바리 씨가 오기 전에 시계를 도둑맞았다면 여기 있는 모두가 용의자야. 하지만 나바리 씨는 틀림없이 시계를 봤을걸."

"어째서 그렇게 딱 잘라 말하는 거지?"

"지금은 손수건만 남아 있으니까. 하무라는 방금 이렇게 말했지. '여기에 놓아둔 시계가 없어졌어요'라고. 그런데 그 직후에 나바리 씨는 '손수건이 있는 게 이상해서 펼쳐서 확인했거든' 하고 증언했어. 하무라는 시계를 손수건으로 감싸놓았다는 말을 한 적이 없어. 보통은 손수건을 깔고 그 위에 시계를 얹어놓았다고 생각하겠지. '펼쳐서'라고 단언한 건 나바리 씨가 시계를 실제로 보았기 때문이야."

그 말이 맞다. 나바리가 올 때까지 시계는 분명히 여기에 있었다.

"그렇다니까요. 그러니까 시계를 훔친 사람은 나 아니면 데메죠. 자, 마음껏 조사해봐요."

나바리가 가슴을 폈고, 아케치 씨가 보충 설명했다.

"덧붙여 나바리 씨가 시계를 훔쳤고 호시카와 씨에게 달려 갔을 때 넘겼을 가능성도 배제할 수는 없지. 논리적으로 따지 자면 말이야."

데메와 소동이 벌어진 후 나바리와 접촉한 사람은 호시카 와뿐인 모양이다.

"알겠어. 그럼 나도 조사하면 되겠네."

그렇게 말하고 데메를 두둔하려는 신도 보라는 듯이 호시 카와도 양팔을 벌렸다.

조사하고 말 것도 없다. 얇은 여름옷 어딘가에 남자용 손 목시계를 숨기면 부자연스럽게 불룩 튀어나올 테고 시곗줄이 금속이므로 움직이면 소리가 난다. 두 사람은 분명 가지고 있 지 않았다. 그래도 히루코 씨가 재빨리 몸수색을 하고 "없네 요" 하고 증언했다.

아무리 논리를 따진들 실제로 가지고 있지 않으면 범인이 아니다. 그리고 이 두 명이 가지고 있지 않다면 데메가 범인 일 가능성이 농후해진다. 여기에는 신도도 반론하지 못했다.

모두가 방으로 돌아가는 가운데 나는 사정을 듣고자 데메 의 방에 가기로 했다. 고맙게도 걱정이 되는지 아케치 씨와 다카기가 같이 가주겠다고 했다. 하지만 아쉽게도 방문은 헛수고로 끝났다. 방 앞에서 아무리 불러도 데메는 응답이 없었기 때문이다.

"세 분은 아까 엘리베이터로 내려와서 밖에 나가셨는데요."

프런트에 있던 간노에게 묻자 그런 대답이 돌아왔다. 우리가 동쪽 계단으로 올라가서 엇갈렸나 보다. 분명 담력 시험을 미리 준비하러 갔겠지.

"한발 늦었군. 어떻게 할래?"

"오늘은 이쯤 할래요."

"괜찮겠어?"

다카기가 불만스러운 표정으로 물었지만 나는 고개를 끄덕였다.

"데메라는 사람, 아까 모두가 있는 앞에서 나바리 씨한테 차였잖아요. 화풀이로 시계를 훔쳤을지도 모르고 이제 담력 시험도 해야 하니까 괜히 자극하지 않는 편이 나을 것 같아요."

"확실히 이치를 앞세워 논파해도 반성하기는커녕 적반하장으로 나올 유형이지. 다른 사람에게까지 피해가 가면 곤란해."

아케치 씨는 한숨을 섞어가며 말했다.

"비싼 거냐?"

"아니요, 가격은 대단치 않지만 여동생이 고등학교 입학 선물로 사준 거라서요."

게다가 지진이 난 지 얼마 지나지 않아 다들 정신없는 와중에 고생하여 구한 물건이다. 내게는 돈으로는 환산할 수 없는 가치가 있다. 기회를 봐서 되찾아야 한다.

6

담력 시험 준비가 끝났다는 연락을 받고 우리는 다시 광장에 모였다. 데메의 모습은 없었다. 분명 귀신 역할을 맡아 어디 숨어 있겠지. 서퍼 느낌의 다쓰나미가 종이봉지를 내밀며 말했다.

"제비로 조를 결정하자. 여자가 뽑아."

제비에도 무슨 꼼수를 부리지 않았을까 의심이 들었지만, 의외로 두루두루 잘 섞여서 조가 편성됐다. 내 파트너는 우연인지 필연인지 히루코 씨였다.

"아, 잘됐네. 이건 운명이라 해야 하려나."

운명이라. 편성된 조는 여섯 조. 우리는 네 번째로 출발하게 됐다. 덧붙여 다른 조는 나나미야와 구다마쓰 조, 신도와 호시카와 조, 아케치와 시즈하라 조, 시게모토와 다카기 조, 다쓰나미와 나바리 조다.

목적지인 신사는 호수를 따라 동쪽으로 나아가다 도중에 합류하는 산길을 올라가면 나온다고 한다. 신사 본당에 있는 쪽지를 가져오면 임무 완수다.

오후 9시. 1조 나나미야와 구다마쓰 조가 출발했다. 구다마쓰는 나와 눈이 마주치자 나나미야에게는 보이지 않도록 '앗싸' 하고 입을 벙긋거렸다. 방 배정도 그렇고 바비큐 파티 때 이야기를 나눈 것도 그렇고 도련님은 구다마쓰가 꽤나 마음에 드는 모양이다. 서로 꿍꿍이속이 있다는 의미에서는 가장 원원하는 관계일지도 모르겠다.

"좀 춥네."

원피스 차림의 히루코 씨가 팔을 문지르며 중얼거렸다. 호수가 가까운 탓인지 낮에 더웠던 것이 거짓말로 느껴질 만큼 서늘한 바람이 불었다. 이럴 때 겉옷이라도 빌려주면 멋지겠지만 아쉽게도 입은 옷이 티셔츠 한 장뿐이다.

"후딱 갔다 오죠. 무서운 건 괜찮으세요?"

"남들만큼 무서워하고, 남들만큼은 참을 수 있어."

그렇다면 다행이다. 비명은 둘이 동시에 지르는 게 낫다.

오 분쯤 간격을 두고 2조 그리고 3조가 출발했다. 이제 우리가 갈 차례다.

"갈까요?"

진부하게도 담력 시험을 할 때는 파트너와 손을 잡는다는 규칙이 있었다. 내 손보다 훨씬 작은 히루코 씨의 손은 깨지기 쉬운 귀중품 같았다. 얼마나 힘을 주어야 할지 몰라 서로 탐색하듯이 힘을 주다가 달걀이 깨지지 않을 정도에서 무언의 합의를 보았다.

호숫가 도로를 잠시 나아갔다. 외등의 수가 적고 인도도 없어서 차에 치이지 않도록 가장자리로 걸었다.

생각해보면 이상하다. 고작 몇 번 본 게 전부인 여자 선배와 이렇게 손을 잡고 걷고 있다. 어제까지는 상상도 할 수 없었던 일이다.

옆을 살피자 히루코 씨가 고개를 호수 쪽으로 돌리고 내 손이 이끄는 대로 걷고 있었다. 나보다 머리 하나만큼 키가 작다 보니 히루코 씨의 가슴 언저리를 살짝 엿보는 꼴이 되고 말았다. 히루코 씨, 의외로 몸매가 좋다.

"저기, 하무라."

"왜요?"

약간 움찔했다.

"실은 네게 하고 싶은 이야기가 있어."

내게……. 아케치 씨가 아니라?

"뭔데요?"

"두 사람을 이번 합숙에 끌어들인 목적을 말해줄게."

그걸 물어보지 않는다는 것이 거래 조건 아니었나. 고개를 돌리자 커다란 눈이 나를 쳐다보고 있었다.

"하무라. 난 널 내 걸로 만들고 싶어서 이번 합숙에 같이 참가하자고 제안한 거야."

"……예?"

예상외의 답변에 얼어붙고 말았다. 자신이 외계인이라고 하는 편이 차라리 현실감이 있겠다.

"그건 어떤 의미에서……."

"너도 들어서 어느 정도는 알겠지만 나는 지금까지 난해한 사건에 몇 번 관여했어. 그리고 앞으로도 수많은 사건에 관여하겠지. 그래서……."

히루코 씨는 쥐고 있던 내 손을 확 잡아당겨 양손으로 감쌌다.

"단도직입적으로 말할게. 내 조수가 돼줘. 난 네가 필요해."

이건 어떻게 받아들여야 하지?

말 그대로 탐정 사업을 도와달라는 뜻일까. 아니면 그녀 나름의 고백일까.

"잠깐, 잠깐만요."

아무리 그래도 너무 갑작스럽다. 조수라고는 하지만 아케치 씨가 멋대로 그렇게 부를 뿐, 딱히 내가 그의 스케줄을 관리하거나 창구 역할을 하는 것은 아니다.

"저는 단지 좋아서 책을 읽을 뿐이에요. 전문적인 지식도 없고 천재적인 아이디어가 번뜩이지도 않는다고요."

"그건 왓슨도 마찬가지잖아. 옆에서 극히 일반적인 의견을 내놓는 데 지나지 않아. 하지만 그렇게 해서 사건이 해결된다면 만만세지. 바로 답변을 달라는 건 아니야. 합숙이 끝날 때까지 생각해봐."

장난치는 낌새는 없었다. 이 사람은 정말로 탐정의 조수를 원한다.

"왜 전데요?"

"……그건 비밀."

나는 한숨을 쉬고 더이상 캐묻기를 포기했다.

"……아케치 씨한테 이야기해도 되나요?"

"잠시만 기다려줘. 어떤 의미에서는 그 사람과의 콤비를 해체시키는 짓이야. 넌 분명 그 사람에게도 필요불가결한 존재일 테니 조만간 내가 직접 아케치 씨한테 이야기할게."

대화는 거기서 뚝 끊겼다. 솔직히 말해 당장 귀신이 나오길 바랐다. 왜 안 나오는 거냐고 소리치고 싶을 만큼 생뚱맞은 분노마저 솟구쳤다.

히루코 씨는 미스터리 소설의 주인공처럼 다양한 사건에 관여해왔다고 한다. 미스터리 소설을 좋아하는 입장에서 그러한 삶에 흥미가 없다고 하면 완전히 거짓말이다. 가능하면 나도 관여해보고 싶고, 곁에서 지켜볼 수만 있어도 좋다. 하지만 그러기 위해서 아케치 씨말고 다른 사람과 콤비를 짜다니, 내게는 너무나 무거운 결단이었다.

내가 아케치 씨에게 브레이크 역할을 하는 것과 마찬가지로 그는 내게 가속페달 역할을 한다. 그가 손을 내밀어주지 않았다면 나는 지금도 말이 안 통하는 미스연에서 시간을 낭비하고 있을 것이다. 그가 가속페달을 밟기 때문에 브레이크에 의미가 생긴다. 덕분에 히루코 씨와도 만날 수 있었고, 이 합숙에도 참가할 수 있었다.

잡목림이 있던 왼편이 트이고 산 위로 이어지는 좁은 길이 보였다. 순서상 여기로 올라가야 한다. 그때였다.

7

우와아아아아아아!

멀리서 비명소리가 들려서 나도 모르게 어깨를 움찔했다.

그후에도 비명이 두세 번 더 울려 퍼지고 나서야 조용해졌다.

"……깜짝 놀랐네."

"아주 긴박감 넘치는 비명이었어."

히루코 씨의 목소리에도 긴장이 서렸다. 기껏해야 담력 시험이라고 무시할 수 없을 만큼 무시무시한 비명이었다. 남자 같기는 한데 누구 목소리인지는 모르겠다. 아케치 씨가 저렇게 비명을 지르는 건 상상도 못 할 일이지만, 혹시 그럴 만큼 공들인 장치가 기다리고 있는 걸까.

시선을 돌리자 산에서 내려오는 사람 몇 명이 보였다. 앞서 출발한 조가 돌아오나 싶어서 말을 걸려고 했는데…….

이상하다. 사람이 세 명이다. 이 동네 사람인가.

"어쩐지 상태가 안 좋아 보이지 않아?"

히루코 씨 말대로 세 사람 모두 술에 취한 것처럼 몸을 좌우로 비틀거렸다. 우리를 위협하려는 걸까. 귀신 역할은 데메 혼자 맡았을 텐데. 엑스트라라도 고용했나? 아무리 부잣집 도련님의 심심풀이라지만 설마.

이어서 더욱 믿기지 않는 광경이 눈에 들어왔다.

"히루코 씨, 저거!"

산길과는 다른 방향. 거리는 삼백 미터쯤 될까, 오른편 호수 쪽으로 쑥 튀어나온 땅 끝부분에서 커브를 그리는 현도縣道를 따라 열 명도 넘는 사람이 띄엄띄엄 설치된 가로등 불빛을 받으며 이쪽으로 비틀비틀 다가왔다. 자동차가 다니는 길인데도 사람들은 전혀 개의치 않고 도로 가득 흩어져서 걸음을 옮겼다.

"하무라."

산에서 내려온 사람들이 달리면 오 초도 걸리지 않을 거리까지 다가왔다. 발을 끌면서 나지막하게 괴성을 흘리는 사람들. 이해가 가능한 설명을 준비하려는 이성과 어쨌거나 움직이라고 명령하는 본능이 머릿속에서 부딪혔다. 앞으로 겨우 몇 발짝 남았다.

"하무라!"

히루코 씨가 손을 잡아당기는 것과 동시에 눈앞의 사람이 소리를 질렀다.

"오오오, 우아아!"

가로등 불빛에 얼굴이 비쳤다. 초점을 잃은 눈. 칠칠치 못하게 벌어진 채 괴성이 흘러나오는 입. 검붉은 피가 얼굴과 옷에 치덕치덕 묻었다. 개중에는 옷이 찢겨서 속살이 드러난 사람도 있었다.

무엇보다 냄새! 피와 지방과 뭔가 썩은 듯한 강렬한 냄새가 밀려와서 코에 들러붙었다.

그 순간 본능이 이겼다.

"뛰어요!"

히루코 씨의 손을 잡아당기며 왔던 길을 되돌아갔다. 그들이 다치거나 병에 걸렸을지도 모른다는 생각은 눈곱만큼도 떠오르지 않았다. 도중에 뒤를 돌아보자 산에서 내려온 사람들의 수가 더 많이 늘어났다.

"앗."

앞에서 사람이 나타났다. 한순간 멈춰 설 뻔했지만 윤곽으로 우리 다음에 출발한 시게모토와 다카기 조임을 알아차렸다.

"이쪽으로 오면 안 돼! 돌아가!"

우리가 고함을 지르자 두 사람은 당황한 표정으로 걸음을 멈추었다.

"무슨 일인데. 일단 둘 다 좀 진정해."

"안 돼요. 돌아가요. 이상한 놈들이 온다고요."

"이상한 놈들이라니……."

"모르겠어요. 하지만 정상이 아닌 것만큼은 확실해요."

"왔다!"

히루코 씨가 외쳤다. 으스스한 괴성과 함께 오렌지색 가로
등 불빛 속에 떠오른 수많은 사람들을 보고 다카기가 "으앗,
뭐야?" 하며 뒷걸음쳤다.

"연기겠죠." 시게모토가 떨리는 목소리로 중얼거렸다. "이
거야 원, 그 졸업생들 장난이 너무 심하잖아."

나는 냉큼 길에서 돌을 주워 몰려오는 사람들에게 힘껏 던
졌다. 돌은 사람들 중 한 명에게 정통으로 명중했다. 그런데
도 비명을 지르거나 불평 한마디 하지 않고 다가왔다.

"정말로 정상이 아닌 건가."

"봤잖아요, 도망쳐요!"

우리는 젖 먹던 힘까지 다해 자담장으로 달렸다. 마지막까
지 광장에 남아 있었던 다쓰나미와 나바리는 우리가 출발한
지 얼마 되지도 않아 죽을 둥 살 둥 되돌아온 것을 보고 눈이
휘둥그레졌다.

"무슨 일이야, 어디 다치기라도 했어?"

아아, 뭐라고 설명해야 할까. 우리는 저마다 그 무시무시
한 사람들에 대해 큰 소리로 떠들어댔지만, 다쓰나미와 나바

리는 곤혹스러워할 따름이었다.

"아무튼 밖에 있으면 안 돼. 펜션으로 돌아가서 문단속을."

"아니, 달아나는 편이 나아."

"하지만 아직 다들 안 돌아왔는걸요."

"놈들이 여기까지 올지도 몰라. 무기가 필요해."

"간노 씨에게 말해서 무기로 쓸 만한 걸 찾아봐요."

우리는 광장 계단을 올라갔다. 계단 폭이 좁아서 놈들도 한꺼번에 올라올 수는 없다.

"도대체 뭐야."

나바리가 간노를 부르러 달려가고, 다쓰나미가 아직 뭐가 뭔지 모르겠다는 얼굴로 그렇게 중얼거렸을 때였다. 갑자기 자담장 뒤편 덤불을 헤치고 누군가가 나타났다. 일동은 깜짝 놀라 굳어버렸다. 확인하니 나나미야가 어깨를 들썩이며 거칠게 숨을 몰아쉬고 있었다.

"나나미야 씨, 도대체 어디서……"

"신사에서 덤불을 뚫고 왔겠지. 길도 없는데 무리했군."

아주 힘들었을 거라고 다쓰나미가 설명했다. 그의 말마따나 나나미야의 옷에는 여기저기 나뭇가지가 꽂혀 있었고, 찢어진 부분도 있었다. 깔끔을 떠는 그가 이렇게 될 정도로 무리해서 온 이유는 하나밖에 없다.

"돌아오는 도중에 웬 희한한 놈들이 덤벼들어서……."

그제야 나는 나나미야의 파트너가 없다는 사실을 알아차렸다.

"구다마쓰 씨는요?"

그 질문에 새하얀 얼굴이 이쪽을 향했다.

"글렀어. 놈들에게 붙잡혔지. 지금쯤은 이미……."

그 말을 듣고 다카기가 불같이 화를 냈다.

"이봐, 버리고 온 거야?"

"나도 어쩔 수 없었어! 놈들을 봤어? 사람을 먹는다고! 구다마쓰를 붙잡자마자 일제히 덤벼들었어! 나까지 잡아먹히라는 거야?"

"좀비다." 우리와 함께 그들을 보았던 시게모토가 중얼거렸다. "진짜로 있었어. 하지만 어째서……."

그때 간노가 나바리와 함께 현관에서 나왔다. 손에는 창 한 자루를 들었다. 2층 라운지에 전시되어 있던 물건이다.

"무슨 일입니까. 수상한 사람이라도……."

"왔다!"

줄지어 아래쪽 광장으로 침입한 자들에게 손전등을 비추었다. 그 추악한 모습을 보고 나바리의 입에서 찢어지는 듯한 비명이 터져 나왔다.

불빛에 비친 그것들은 사람의 모습을 하고 있었지만 몸 여기저기에 뜯어먹힌 자국이 남아 있었고, 옷차림도 넝마로 만든 걸레를 걸친 것이나 다름없는 꼴이었다. 온몸을 피로 물들인 채 이성을 잃은 모습으로 입을 크게 벌려 포효하는 괴물. 시게모토가 말한 대로 영화나 게임에 나오는 좀비 그 자체였다.

하지만 이제 막 도착한 간노는 눈치 없게도 "큰일났네, 빨리 병원으로" 하고 외치며 계단을 내려가 맨 앞에 있는 자에게 다가갔다. 그 순간 젊은이 모습을 한 그것은 고꾸라지듯이 몸을 움직여 간노를 덮쳤다.

"피해!"

간노를 말리려고 뒤따라간 다쓰나미가 그의 목숨을 구했다. 긴 다리를 활용해 재빨리 앞차기를 날리자 그것은 가슴팍을 얻어맞고 나동그라졌다. 하지만 곧이어 차례차례 두 사람에게 손이 뻗어왔다.

"도망치자!"

두 사람은 간신히 계단을 올라왔다.

"죽이지 않으면 당해!" 시게모토가 외쳤다. "좀비에게 물리면 끝장이야! 놈들은 인간이 아니라고. 죽이는 수밖에 없어! 아니면 우리 모두 죽어!"

무시무시한 좀비 무리는 광장에서 계단을 올라오고 있었다. 하지만 계단에 발을 올리는 동작조차 만족스럽게 할 수가 없는지 도중에 미끄러지거나 균형을 잃어 떨어지면서 실로 느릿느릿하게 전진했다. 이렇다면 선두에 선 놈을 하나씩 처리하면서 시간을 벌 수 있을 듯했다.

하지만 사람 모습을 한 그것들을 공격하기가 망설여지는지 간노는 움직이지 않았다.

"뭐해. 이리 내놔!"

다쓰나미가 창을 빼앗아 피를 토할 듯이 우렁차게 고함을 지르며 계단에서 얼굴을 내민 놈을 찔렀다. 날을 죽였다고는 하나 성인 남성이 혼신의 힘을 다해 가한 공격은 가슴을 단번에 꿰뚫었다. 하지만 피는 뿜어져 나오지 않았고, 좀비는 창에 꿰뚫린 상태로 계속 몸을 움직였다.

"젠장, 젠장."

한 번, 또 한 번 찔렀지만 좀처럼 안 죽는다. 시게모토가 다시 소리쳤다.

"심장을 찔러봤자 소용없어요. 뇌를 부수어야 해요."

"말은 쉽지!"

인간의 두개골은 단단하다. 날과 창끝이 무딘 창으로 꿰뚫기는 힘들다.

"눈으로." 히루코 씨가 외쳤다. "눈구멍으로 밀어넣어서 뇌를 찌르세요!"

그 말을 듣고 다쓰나미가 몇 번이나 눈구멍을 향해 창을 내질렀다. 마침내 그놈은 움직임을 멈추고 뒤따라오던 좀비들과 함께 계단을 굴러떨어졌다.

"우웨엑."

창끝에 들러붙은 살점을 보고 다쓰나미가 토했다. 하지만 놈들은 차례차례 올라온다. 히루코 씨가 목소리를 높였다.

"끝이 없네요. 자담장으로 피하죠."

"그보다 뒤편으로 달아나는 게 낫지 않을까?"

다쓰나미의 제안을 듣자 나나미야의 안색이 변했다.

"안 돼! 나는 산속에서도 쫓겼어. 놈들은 산을 넘어서 왔다고."

아케치 씨는 어떻게 됐을까. 좀비들에게 습격당하고 있지는 않을까. 구하러 가야 한다.

그런 한편으로 머릿속에서 몹시 냉정한 생각이 고개를 쳐들기 시작했다. 이미 늦었다. 좀비 무리를 뚫고 구하러 가다니 자살 행위다. 바로 그때였다.

"우아아아아앗."

자담장 뒤편에서 비명을 지르며 신도가 나타났다. 아마 그도 나나미야와 마찬가지로 덤불을 뚫고 도망쳐 온 거겠지. 하지만 파트너였던 호시카와는 옆에 없었다. 신도는 우리를 둘러보자마자 비통한 목소리로 물었다.

"레이카는 어디 있어? 먼저 돌아왔을 텐데!"

"호시카와랑 헤어졌나?" 다쓰나미가 입가를 닦았다.

"내가 괴물을 유인하는 틈에 도망치라고 했단 말이야! 아직 안 왔어?"

모두가 못 봤다고 고개를 저었다. 여기는 현관의 정면이다. 돌아온 사람이 있다면 몰랐을 리 없다. 사람들의 얼굴에서 곤혹스러운 기색을 읽었는지 신도는 "그럴 리 없어!" 하고 소리치며 미친듯이 자담장으로 헐레벌떡 뛰어갔다.

"레이카! 여기 있지? 레이카!"

주변에서 좀비들이 몰려들든 말든 신도의 머릿속에는 연인이 무사한지 확인해야겠다는 생각밖에 없는 모양이었다.

"우리도 안으로 들어가자. 펜션에 몸을 숨기고 버티는 수밖에 없어."

다쓰나미가 지시를 내렸다.

"하지만 미후유와 아케치가 아직……."

다카기가 미련을 보였다.

"어디 안전한 곳으로 피했을지도 모르잖아. 이대로 있다가는 우리가 위험해."

좀비들이 현관까지 당도하는 것은 시간문제다. 다카기가 안타깝다는 듯이 얼굴을 찡그렸지만 혼자 친구를 구하러 가겠다는 말은 꺼내지 않았다. 모두가 건물로 들어가서 간노가 지시한 대로 유리문 밖의 셔터를 내리려던 참이었다. 시계모토가 밖을 손가락질하며 비통하게 소리쳤다.

"다들, 저기!"

광장 계단을 거의 다 올라온 좀비가 뒤로 끌려 내려갔다. 그리고 눈에 익은 알로하셔츠를 입고 안경을 낀 남자가 나타났다.

"아케치 씨!"

"미후유!"

아케치 씨는 등뒤에 바싹 붙어 있던 시즈하라를 끌어올려 먼저 이쪽으로 보내고 자기는 밑에서 쫓아오는 추적자를 걷어찼다. 겁을 먹은데다 숨이 차서 얼굴이 새파랗게 질린 시즈하라가 황급히 현관으로 뛰어들었다.

"아아아, 우어엉."

시즈하라는 바로 풀썩 주저앉아 오열을 터뜨렸다. 다행히 다치지는 않은 것 같았다.

"아케치 씨도 빨리!"

나는 목이 찢어져라 소리쳤다.

내 목소리가 들렸는지 아케치 씨가 이쪽으로 몸을 돌려 달려오려는 차에 밑에서 뻗어 나온 손이 아케치 씨의 발목을 잡았다.

위험하다고 소리칠 틈도 없었다. 야윈 여자 좀비가 무정하게도 장딴지를 물었다.

"아앗."

훤칠한 몸이 비틀거리다가 뒤로 넘어갔다. 그 순간 눈이 마주치자 아케치 씨가 입을 움직였다.

마음먹은 대로는 안 되는군.

얼떨떨해하는 것 같다고 할까, 웃음과 울상이 섞인 것 같다고 할까, 뭐라고 형언하기 어려운 표정이 내 머릿속에 새겨졌다. 그 표정을 마지막으로 아케치 씨는 고작 몇 미터 아래 지옥으로 이어지는 계단을 굴러떨어져 우리 앞에서 사라졌다.

"아아."

누구인지 모르겠지만 절망의 한숨을 내쉬었다.

그래, 절망.

나는 비명을 삼키듯이 심호흡을 했다. 이미 늦었다.

"셔터를 내리죠." 나는 말했다. "놈들이 올라와요."

이리하여 나는 허망하게 나의 홈스를 잃었다.

8

현관은 봉쇄했지만 펜션의 수비벽은 미덥지 못하다. 1층 정면 벽은 유리로 된 커튼월●이라 취약하기 그지없으므로 좀비들이 실내로 침입하는 것은 시간문제다.

"여기는 안 돼."

"2층으로 올라가! 그리고 계단을 모조리 막아."

모두가 동쪽 계단을 올라 2층으로 대피했을 때 아래층에서 유리가 깨지는 소리가 울려 퍼졌다. 놈들이 건물 안으로 들어왔다!

우리는 서둘러 2층 라운지에서 선반장과 소파 등 가급적 큰 가구를 들고 와서 1층과 2층 중간에 있는 층계참과 2층 층계참에 2단으로 바리케이드를 쌓기 시작했다. 좀비들의 움직임을 살펴본바, 놈들은 평범한 계단을 오르는 것도 힘겨워한

● 하중을 부담하지 않고 커튼처럼 칸막이 구실을 하는 바깥벽.

다. 여기서 충분히 저지할 수 있을 것이다. 그러자 바리케이드를 쌓는 소리가 들렸는지 3층에서 신도가 내려왔다. 불쌍하게도 여태 호시카와를 찾아 건물을 돌아다니고 있었던 모양이다.

"없어……. 레이카가 어디에도 없어. 어디에 간 거야, 레이카."

잠꼬대처럼 중얼거리더니 신도는 하필이면 중간 층계참에 막 쌓아올린 가구를 치우려고 했다.

"야, 무슨 짓이야!"

다쓰나미가 허둥지둥 어깨를 잡았다.

"이거 놓으세요. 레이카를 찾으러 갈 겁니다."

"현실을 직시해. 어차피 벌써 죽었어."

"아니야!" 신도가 외쳤다. "분명 아직 살아 있어! 찾으러 갈 거야, 보내줘!"

"이 새끼가!"

다쓰나미에게 얻어맞은 신도는 바닥에 엎드려 엉엉 울기 시작했다. 아케치 씨의 죽음 때문에 신경이 마비가 되었는지 나는 차가운 눈으로 그를 바라보았다.

우리도 호시카와가 아직 살아 있다고 믿고 싶다. 하지만 지금은 좀비의 침입을 저지하는 것이 우선이다. 그에게 마음을 써줄 겨를은 없다.

바리케이드를 만드는 작업은 뜻밖에도 시게모토가 주도했다.

"장애물로 막는 것도 막는 거지만 계단 자체를 올라오기 힘들게 해야 해. 언덕길처럼. 그러면 놈들은 미끄러질 거야."

그 말에 따라 간노가 시게모토와 함께 마스터키로 빈방인 208호실에 들어가 욕실 발판처럼 생긴 큼지막한 침대 바닥판을 두 장 떼어내 계단에 깔았다. 그리고 리넨실에서 시트를 있는 대로 가지고 와서 펼쳐놓았다. 마지막으로 라운지에 있던 자동판매기를 여섯 명이 힘을 모아 왼쪽 오른쪽 교대로 한 발짝씩 이동시켜 선반장과 합쳐서 계단이 끝나는 부분에 벽을 만들었다. 마침내 바리케이드가 완성되자 나나미야가 지적했다.

"분명 반대쪽에 비상계단이 있을 거야. 그쪽은 안 막아도 될까?"

"비상계단에서 건물 안으로 들어오는 문은 철문이고, 방범상 안쪽에서만 열립니다. 바깥쪽으로 열리는 방식이니까 몸으로 부딪쳐서는 뚫고 들어오기 힘들 겁니다."

간노가 대답했다.

"아이코." 히루코 씨가 야단났다는 듯이 말했다. "엘리베이터!"

맞다! 만에 하나 엘리베이터에 올라타면 우연의 힘을 빌려 위층으로 간단히 침입할 수 있을지도 모른다. 부랴부랴 라운지로 돌아가자 엘리베이터는 아직 1층에 멈춰 있었다.

"어떻게 하죠? 벌써 몇 놈이 올라탔을지도 몰라요."

"그래도 이대로 놔두면 언제 올라올지 몰라. 두세 놈 탔더라도 죽여버리면 돼."

아까 전에 한 놈을 처리한 다쓰나미가 창을 꼬나잡고 엘리베이터 문을 노려보았다. 우리도 벽에 걸린 무기를 들고 다쓰나미를 따라 했다. 간노가 버튼을 누르자 문 위의 램프가 1에서 2로 이동했다. 모두가 숨을 죽이고 지켜보는 가운데 문이 열렸다.

엘리베이터 안에는 아무도 없었다. 사람들 사이에 약간의 안도가 퍼져나갔다.

"간노 씨, 엘리베이터용 전원을 끌 수는 없나요?"

히루코 씨가 물었다.

"배전반은 1층 프런트에 있습니다. 지금쯤은 괴물들이 우글거리겠죠."

"잠깐, 그럼 놈들이 어쩌다 버튼을 누르기라도 하면 엘리베이터가 아래로 내려간다는 거야?"

어처구니없다는 듯이 다카기가 따져 물었다.

"임시로 이렇게 해두죠."

히루코 씨는 그렇게 말하고 가까이 있던 의자를 엘리베이터 문에 끼웠다.

"이제 멋대로 움직이지 않을 거예요."

과연. 사고 방지를 위한 설정으로 문이 완전히 닫히지 않으면 작동되지 않을 것이다.

계단 입구에서 바리케이드를 지키고 있던 나바리의 목소리가 울려 퍼졌다.

"좀비가 올라와요!"

우리는 다시 무기를 들고 계단으로 향했다.

바리케이드 틈새로 아래를 내려다보자 펜션으로 몰려드는 좀비의 수가 점점 늘어나는지 아래층에서 밀물이 차오르듯 무수히 많은 머리가 좁은 계단을 천천히 메워나갔다. 하지만 좀비들은 운동 능력이 떨어져 계단을 오르는 속도가 평지에서 걷는 것보다 느렸고 걸음걸이도 불안정했다. 간신히 중간까지 올라온 놈도 바리케이드에 막히거나 시트를 밟고 미끄러져 균형을 잃고 뒤따라오는 놈들과 함께 계단을 굴러떨어지기를 반복했다. 현재까지는 시계모토가 제안한 바리케이드가 제 기능을 다하고 있다.

"하지만 언제 뚫릴지 몰라. 계속 이렇게 지켜보고 있어야 하나?"

나나미야가 우리 반응을 살피듯이 말했다.

"마침 딱 좋은 게 있어."

다카기와 시즈하라가 호주머니에서 호신용 경보기를 꺼냈다. 핀을 뽑으면 경보음이 요란하게 울려 퍼지는 물건이다. 다쓰나미는 휘파람을 불었고, 반대로 나나미야는 불만스러운 듯이 입을 삐죽거렸다.

"그딴 걸 가지고 오다니."

참가자가 한정된 합숙에 호신용 경보기를 지참했다는 건 남자 참가자를 경계한다는 의미다. 하지만 다카기는 전혀 미안해하는 기색이 없었다. 시즈하라도 다카기의 충고를 받아들여 준비했으리라.

"만일에 대비해서 가져온 것뿐이야. 놀랄 일은 아니잖아? 아무튼 이걸 좀비 경보기로 사용하면 바리케이드가 뚫렸을 때 바로 눈치챌 수 있어."

다카기의 제안을 받아들여 간노가 창고에서 낚싯줄을 가지고 와서 바리케이드 앞쪽에다 경보기를 장치했다. 바리케이드가 뚫리면 낚싯줄이 당겨져 핀이 빠지고 경보음이 울린다. 이로써 일단은 방비를 끝낸 셈이다.

"이 경보기는 어떻게 할까요?"

시즈하라가 그렇게 말하자 나나미야가 경보기를 낚아챘다.

"무슨 짓이야!"

다카기가 목소리를 높여 항의했다.

"이건 3층 비상문에 설치할 거야. 3층이 함락되면 끝장이니까."

확실히 나나미야 말처럼 좀비가 3층을 점령하면 우리는 달아날 곳이 없다. 하지만 그렇게 말하는 나나미야의 방이야말로 3층 비상문에 제일 가까웠다.

그 후에 우리는 2층 라운지에 모였다.

오후 10시 반이었다. 담력 시험이 시작된 지 고작 한 시간 반 만에 세상이 완전히 달라졌다.

살아남은, 아니, 현재 여기에 있는 사람은 재학생인 나, 히루코 씨, 신도, 다카기, 시즈하라, 나바리, 시게모토. 졸업생 나나미야와 다쓰나미. 그리고 관리인 간노. 합쳐서 열 명이다. 합숙 참가자가 네 명이나 줄었다. 간노가 모두에게 커피를 내려주었지만 나는 마실 기분이 아니었다.

텔레비전을 켰다. 휴대전화가 여전히 먹통이라 주변에서 무슨 일이 벌어지고 있는지 통 알 수가 없었다.

"데메는?"

다쓰나미가 묻자 나나미야는 고개를 저었다.

"내가 신사에 도착하니 이미 뜯어먹히고 있더군. 구다마쓰도 놈들에게 당했어."

구다마쓰. 처음 만났는데도 낯가림 없이 말을 걸고 고기를 권해준 사람. 환하게 웃는 그녀의 얼굴이 머리를 스쳤다. 구다마쓰의 명랑한 성격 덕분에 적잖이 도움을 받았는데 고맙다는 말 한마디 하지 못했다.

"이것 좀 봐!"

다카기가 리모컨을 조작하던 손을 멈췄다.

뉴스가 방송되는 텔레비전 화면에 짙은 녹음에 싸인 풍경과 "테러 가능성"이라는 불길한 글씨가 큼지막하게 비쳤다.

간노가 음량을 키웠다.

"오늘 오후 4시경, S현 사베아 자연공원에서 열린 야외 라이브 사베아 록 페스티벌을 관람하던 관객 여러 명이 몸에 이상이 있다고 호소해 경찰과 119가 출동했습니다. 그후로도 비슷한 증상을 호소하는 관객의 수가 급증하자 경찰은 화학 병기에 의한 테러일 가능성을 염두에 두고 일대를 봉쇄했으며, 현재도 구조 활동을 벌이는 한편으로 원인을 규명하는 중입니다."

뉴스는 평범한 일반인인 내가 보기에도 기묘했다. 테러 가능성이 있는 대사건인데, 현장 영상과 인터뷰는 일절 나오지 않았다. 자연공원 홍보 영상이 일부 나왔을 뿐이다. 설령 방송국 카메라가 현장에 진입하지 못했더라도 요즘 같은 세상에는 트위터나 동영상 사이트에 바로 정보가 올라올 것이다.

히루코 씨가 간노에게 물었다.

"휴대전화는 먹통이에요. 유선전화는 어떤가요?"

간노는 라운지의 전화기를 붙들고 몇 번 조작하다가 고개를 흔들며 수화기를 내려놓았다.

"안 되네요. 도대체 어째서……."

"정보를 아주 엄중하게 통제하고 있을지도 모르겠네요."

히루코 씨가 납득했다는 듯이 중얼거렸다.

"그렇다면 이 좀비들은……."

"몸에 이상이 생긴 관객들이겠지. 복장도 페스티벌에 맞춘 느낌이고, 그들이 나타난 방향에는 공연장이 있어. 어쩐지 부근에 민가가 별로 없는데 좀비가 많다 싶더라니. 화학병기인지 생물병기인지 생물재해인지는 모르겠지만, 아무튼 분명 거기서 무슨 일이 생겨서 관객들이 저렇게 변했을 거야."

"골때리네." 시게모토가 허둥대는 목소리로 말했다. "하루에 약 오만 명이 사베아 록 페스티벌을 보러 와. 좀비에 물린 사람도 결국은 좀비로 변하지. 만약 대다수의 관객이 감염됐다면……."

뉴스에서는 오후 4시에 사건이 발생했다고 했지만, 정확한 시간인지는 불분명하다. 오늘 저녁부터 반나절도 지나기 전에 이렇게 큰 소동으로 발전했다. 그야말로 끔찍한 사태다.

"그럼 정부는 이 상황을 파악하고 있다는 뜻이잖아요. 분명 구조대도 올 거예요."

시즈하라가 모깃소리 같은 목소리로 그렇게 말했지만 히루코 씨는 매정하게도 그 견해를 부정했다.

"우리가 이렇듯 '그들'에게 습격당한 이상 정부가 피해를 통제하지 못하는 상황이라고 봐야겠죠. 쓸데없는 혼란을 막기 위해 현장 상황을 보도하지 않고, 통신도 차단한 걸로 추정돼요. 이러한 상황에서 정부는 무엇보다도 피해 확산 방지를 우선할 거예요. 일단 감염이라는 말을 사용하자면, 감염자를 사베아 호수 주변에서 한 명도 내보내지 않는 게 최우선 사항. 남겨진 사람들을 구하는 건 그다음. 섣불리 나섰다가는 2차 피해가 발생할 우려가 있으니까요."

그도 그럴 것이 담력 시험을 하러 갈 때 차를 한 대도 못 봤다. 그때 이미 도로는 봉쇄된 뒤였으리라. 그리고 몇 시간 전에 본 헬리콥터 편대. 그건 도대체 무슨 임무를 띠고 현장으로 향했을까.

"어쨌든 여기서 방어하며 버틸 각오를 해야겠죠."

"버티다니, 얼마나 기다려야 구조대가 오는데!"

지금까지 침울하게 입을 다물고 있던 나바리가 고함을 질렀다. 대답할 수 있는 사람은 아무도 없다.

언젠가 영화에서 본 적이 있다. 감염 확산을 막는 데 실패하자 정부는 폭탄을 투하해 살아남은 사람들과 함께 마을을 불살라버린다. 지나치게 거창한 조치일지도 모르지만 이 펜션은 이를테면 육지의 외딴섬이나 다를 바 없다. 전멸해도 기껏 열 명. 정부가 내버릴 가능성은 아주 크다. 그러자 히루코 씨가 모두에게 이렇게 말했다.

"너무 비관적인 생각은 그만두죠. 좀비가 움직이는 시체라면 며칠 안에 자가 융해●와 부패가 진행돼서 활동을 멈출 거예요. 하물며 한여름이니까 부패도 빠르겠죠. 일주일도 안 걸릴 거예요."

이어서 시계모토가 감정적인 목소리로 중얼거렸다.

"방어하며 버틸 때 중요한 건 식량, 식수, 전기 그리고 무기."

"아까 커피를 내릴 때 물은 나왔습니다."

● 시체가 원래 가지고 있던 다양한 효소들에 의해 근육과 내장이 저절로 녹아서 분해되는 과정.

간노가 증언했다.

현재 전기도 문제없다. 문제는 식량이다. 라운지에 생수와 커피메이커가 있지만 먹을 것은 눈에 띄지 않는다.

"1층 주방에는 식재료가 며칠 분 있습니다만……."

간노가 안타깝다는 듯이 중얼거렸다.

우리는 각자 가져온 짐에서 식량을 긁어모았다. 간노가 3층 창고에 비축해둔 비상식량을 가지고 왔다. 이 지역에서는 지진이 드물어서 형식만 갖추어 대비해두었다고 한다. 그리고 시게모토가 오백 밀리리터짜리 콜라를 열두 개쯤 가지고 왔기에 놀랐다. "난 평소에 이것밖에 안 마셔" 하고 그는 말했다.

"죽은 사람들의 짐은 어떻게 하지?"

다쓰나미가 아무래도 좀 찜찜하다는 듯이 말하기에 나는 냉큼 주장했다.

"그냥 놔두죠. 아직 생명이 위험할 만큼 굶주린 것도 아니니까요."

다들 친구들의 짐을 뒤지는 데 심리적인 반감이 드는지 아무도 반대하지 않았다.

간노가 비상용으로 마련해두었다는 마스크를 나누어주었다.

"혹시 좀비와 싸우게 되면 쓰는 편이 낫지 않을까 싶어서 요."

지당한 지적이다. 감염증일 가능성이 있는 이상 조심하는 게 최고다.

이제는 무기를 갖추어야 한다. 검과 창은 넘칠 만큼 많지 만 이것들이 실제로 쓸모가 있을지는 의심스럽다. 날이 무딘 데다 상상 이상으로 무겁다. 남자도 다루기 힘들다. 나랑 신 도, 시즈하라가 검을 집어 들었고 나머지는 창을 선택한 듯했 다. 확실히 길이를 고려하면 그쪽이 유리하지만 좁은 복도에 서 휘두른다면 검이 다루기 쉬울 것 같았다.

"누구 무술 배운 사람 없어요?"

나바리가 불안한 눈으로 둘러보았지만 남자들은 하나도 빠 짐없이 고개를 저었다. 나는 운동신경이 없지는 않지만 특정 한 운동을 열심히 해본 경험이 없으며, 인도어파 느낌이 물씬 풍기는 신도와 시계모토, 부잣집 아들로 귀하게 자란 나나미 야도 두말할 나위 없이 마찬가지일 것이다. 간노는 테니스밖 에 경험이 없다고 한다. 체격이 가장 좋은 다쓰나미는 고등학 교 때까지 수영만 팠다고 한다. 그러자 여자 중 한 명이 손을 들었다.

"어릴 적에 집안 방침으로 나기나타* 다루는 법과 합기도

를 배웠는데요."

웬걸, 히루코 씨다. 하지만 몸집이 아담한 히루코 씨는 강하고 다부지다는 말과는 동떨어진 이미지라 나바리는 미묘한 표정으로 "그렇구나" 하고 고개를 끄덕일 뿐이었다.

다쓰나미의 말을 들어보니 좀비들은 베고 때려도 전혀 개의치 않는다고 한다. 그렇다면 접근전은 최대한 피해야 한다. 현재 시점에서 유효하다고 추정되는 방법은 창 따위로 멀리서 단숨에 눈을 찔러 뇌를 파괴하는 것뿐이다. 하지만 남자인 나도 거침없이 해낼 수 있을 것 같지는 않다. 이 좁은 건물에서 좀비가 우르르 몰려들면 어떻게 할까. 역시 도망을 가장 우선시해야겠지.

더불어 어디서 밤을 보내야 할 것인가가 커다란 문제로 떠올랐다. 우리에게 남은 공간은 2층과 3층. 그리고 3층 창고 안에 있는 계단으로 옥상에 올라갈 수 있다고 한다. 모두가 편하게 지낼 수 있는 곳은 가장 넓은 라운지다. 하지만 계단에 설치한 바리케이드가 뚫리면 제일 먼저 좀비들에게 유린당할 곳도 라운지다.

"다 같이 3층으로 올라가자. 바리케이드도 좀더 높이 쌓아

● 긴 자루 끝에 완만하게 구부러진 칼날이 달린 무기.

올리고."

"영화에서도 이럴 때 흩어져서 행동하는 건 금물이에요. 모두 함께 있는 편이 낫다고요."

다카기와 나바리가 제각기 말했다. 하지만 신도가 이의를 제기했다.

"함께 있자니, 한 방에 몇 명씩이나 들어갈 수 있겠어? 말도 안 되는 소리야."

시게모토도 뒤이어 말했다.

"모, 모두 한곳에 모여 있자는 의견에는 찬성할 수 없어. 영화에서 한 명씩 죽임을 당하는 건 적의 영역에서 함부로 행동하거나 적의 모습을 포착하지 못한 탓이라고."

"그럼 어쩌자고."

다카기가 노려보았다.

"현재 우리는 저, 전쟁에 가까운 상황에 처한 셈이에요. 전멸만은 반드시 피해야 한다고요. 모두가 한곳에 뭉쳐 있다가는 놈들이 몰려 들어왔을 때 아무도 달아나지 못해요. 하지만 두 층에 분산되어 있으면 적어도 절반은 달아날 수 있어요."

"쳇. 2층에 있는 놈들은 미끼가 되어 시간이나 끌라는 거냐."

나나미야가 마음을 가라앉히려는지 호주머니에서 꺼낸 안약을 넣으면서 비웃었다.

"잠깐만요." 간노가 끼어들었다. "꼭 2층이 먼저 습격당한다는 보장은 없습니다."

그의 주장은 이랬다. 바리케이드를 돌파한 좀비가 2층을 그대로 지나쳐 3층으로 향할 가능성이 있다. 그리고 남쪽 구역 끄트머리에 설치된 비상계단은 건물 바깥에서 2층과 3층 각각의 비상문으로 연결되므로 2층을 지나쳐 3층 비상문이 먼저 뚫릴 가능성도 있다.

"그래도 2층이 더 위험한 건 변함없잖아요. 좀비는 계단을 올라오는 게 더디니까 3층 사람은 경보기가 울린 뒤에도 도망칠 시간이 충분하지만, 2층 사람은 그럴 여유가 없으니까."

나바리가 신경질적으로 주장했다.

"아니요, 동쪽 구역과 라운지 사이의 문을 닫아두면 됩니다."

간노가 가리킨 것은 각 구역 경계에 있는 문이었다.

"보시다시피 중앙 구역과 접한 동쪽과 남쪽 구역은 문으로 막을 수 있습니다. 다만 열쇠가 있어야 문을 잠그고 열 수 있으니까 일단 잠그면 여차할 때 대처하기가 힘듭니다. 즉 밤중만이라도 라운지와 동쪽 구역 사이의 문을 잠가두면 설령 바리케이드가 뚫리더라도 바로 2층 전체에 피해가 미치지는 않을 겁니다."

방 배치도를 보니 2층 동쪽 구역의 방을 사용하는 사람은 206호실의 나바리와 207호실의 데메였다. 나바리만 다른 방으로 옮기면 이 문을 닫을 수 있다.

"게다가 앞으로 며칠이나 여기서 버텨야 할지 모릅니다. 생활공간은 최대한 사수하도록 노력해야겠죠."

처음부터 2층을 포기하면 남은 도주 공간은 옥상밖에 없다. 하다못해 라운지만이라도 지켜내면 3층에서 엘리베이터로 오갈 수도 있다.

잠시 입을 다물고 있던 히루코 씨가 말했다.

"간노 씨. 위아래층을 오가는 방법은 계단과 엘리베이터뿐인가요?"

"아니요, 하나 더 있습니다."

간노는 그렇게 말하고 창고에서 대피용 알루미늄 줄사다리를 가지고 왔다.

"사다리를 3층 발코니에서 늘어뜨리면 2층 방으로 오갈 수 있어요. 하나뿐입니다만."

"그거면 충분해요. 그럼 이렇게 하지 않으실래요? 기본적으로는 지금까지와 똑같이 각자의 방에서 밤을 보냅니다. 비상문이 뚫리거나 경보기가 울리면 즉시 내선 전화로 서로에게 연락을 취하고 실내에서 대기합니다. 문은 밖으로 열리는 방식이니까 몸으로 부딪쳐도 금방 부서지지는 않을 거예요. 안전한 장소에 있는 사람은 구역 사이의 문을 닫아 좀비의 습격을 늦추고, 줄사다리를 사용해 방에 갇힌 사람을 구출합니다."

히루코 씨가 말한 방법이라면 기습으로 인한 전멸을 방지하고 동료도 구할 수 있을 듯했다. 집단으로 행동할 것을 주장하던 다카기와 나바리도 마지못한 느낌이었지만 이 방법을 받아들였다. 줄사다리는 누구나 사용할 수 있도록 3층 엘리베이터 앞에 놓아두기로 했다.

간노가 모두를 둘러보았다.

"구역 사이에 위치한 문의 열쇠는 텔레비전 받침대 위에 놓아두겠습니다. 상황에 따라 사용해주십시오. 그리고 나바리 씨는 방을 바꾸셔야 할 텐데 다른 방 카드키는 꺼내 올 여유가 없었어요. 관리인용 마스터키를 드릴 테니 사용하세요."

그 결과 나바리는 비어 있던 205호실로 방을 바꾸었고 2층 동쪽 구역은 폐쇄됐다. 이로써 설령 바리케이드가 뚫려도 라운지까지 단숨에 습격당할 걱정은 없어졌다.

"간노 씨는 어느 방에?"

나는 문득 궁금해졌다. 그는 평소 1층 관리인실에서 생활했을 것이다.

"죄송합니다만…… 호시카와 씨 방을 쓰려고요. 저도 2층을 감시하고 싶거든요."

그렇게 말하고 신도의 안색을 살폈다. 연인의 방을 쓰겠다고 해서 화를 내지 않을까 싶었지만 신도는 예상외로 순순히 고개를 끄덕였다.

"알겠습니다……. 다만 레이카의 짐은 제가 맡을게요."

신도가 마스터키로 호시카와가 사용하던 203호실을 열고 들어가서 짐을 자기 방으로 옮겼다. 그 모습을 지켜보던 히루코 씨가 입을 열었다.

"그런데 간노 씨, 이 방 문단속과 전기는 어떻게 하시려고요? 마스터키를 나바리 씨에게 주면 사용할 수 있는 카드키가 없잖아요."

203호실 카드키는 호시카와가 가지고 나갔기 때문이다.

"방 밖에 있을 때는 도어가드를 문틈에 끼워놓으면 되니까 그렇게 불편하지는 않을 겁니다. 전기는 나바리 씨에게 받은 206호실 카드키를 꽂아두면 사용할 수 있고요."

그러자 다카기가 물었다.

"홀더에 면허증 같은 걸 대신 꽂아두면 전기를 사용할 수 있지 않나요? 비즈니스호텔에서 외출할 때 그런 식으로 에어컨을 틀어놓고 나갔는데."

나도 그런 경험이 있다. 카드식이라면 다카기 말마따나 면
허증이나 명함으로 대신할 수 있고, 막대 모양 키홀더를 꽂는
타입이라면 칫솔로 대신할 수 있다.

"이 펜션의 카드 홀더는 카드 뒷면의 마그네틱 선이 없으
면 인식을 하지 않습니다. 그래서 다른 방 카드키는 쓸 수 있
지만 면허증 같은 걸로 대신할 수는 없어요."

이번에는 다쓰나미가 입을 열었다.

"그건 그렇고 바리케이드는 어떻게 감시할 거야? 남자들만
이라도 교대로 불침번을 선다든가."

그러자 나바리가 고개를 휘휘 내저었다.

"됐어요, 그런 건. 침입한 걸 알아차린들 뭘 어떻게 할 건
데요? 무기를 휘둘러서 물리칠 건가요? 결국은 방으로 대피
하는 수밖에 없잖아요."

"게다가 밤에는 모두 문을 잠근 방에서 자고 있어요. 자칫
하면 불침번을 서던 사람만 갈 곳을 잃을 위험성도 있지 않을
까요?"

히루코 씨가 말했다. 다른 사람들도 저마다 불안이 섞인 말
을 꺼내놓았다. 확실히 개별 행동을 하기로 선택한 시점에서
불침번의 효과는 약해졌다고 할 수 있다.

간노가 모두를 둘러보며 말했다.

"다들 밤에는 섣불리 방에서 나오지 마십시오. 좀비가 벽을 기어오를 수 있을 것 같지는 않지만 발코니 유리문도 잠그시고요. 그리고 만약에 대비해 무기를 하나씩 소지하십시오. 바리케이드와 비상문은 제가 한 시간마다 점검하겠습니다."

간노 한 사람에게 고생을 떠안기는 것 같아서 미안하지만, 위험을 최소화하기 위해서는 그러는 것이 제일 낫겠지.

이리하여 가능한 모든 준비가 끝났다.

벌써 오후 11시가 지났다. 하지만 아무도 방에 돌아가려 하지 않았다. 당연하다. 좀비가 주위를 둘러싸고 있는 상황에서 대체 누가 혼자 있고 싶을까. 하지만 지금까지 팽팽했던 긴장의 끈이 느슨해져 졸음이 몰려오는 것도 사실이었다. 하루 만에 너무나 많은 일이 벌어진 탓에 뇌가 정리할 시간을 요구했다. 이제 피곤하다. 잠 좀 자자. 그리고 일어나면 이 모든 것이 꿈이었기를.

"하무라. 그만 방에 가서 쉬어."

히루코 씨가 어깨를 흔들어 몽롱하던 의식이 또렷해지자 정면에 있던 시게모토가 삼지창을 들고 일어섰다. 그 모습은 마치 저팔계 같았다.

"나도 방에 가야겠다."

그 말에 이끌리듯 다른 사람들도 차례차례 무거운 엉덩이를 들었다.

3층으로 올라가는 사람은 나나미야, 시게모토, 신도, 시즈하라 그리고 나. 엘리베이터에 다 탈 수 없으므로 나는 동쪽 계단을 이용하기로 했다. 좀비들의 기척이 가득한 곳 옆을 지나가려니 섬뜩했지만 바리케이드를 한 번 더 확인하고 싶었다. 검 한 자루를 들고 일어섰다.

"히루코 씨, 저는 이쪽으로 돌아갈게요. 문 좀 잠가주시겠어요?"

아까 밤에는 2층 동쪽 구역 문을 잠가두기로 했다. 내가 나간 후 누군가 라운지에서 문을 잠가야 한다.

"바래다줄게. 문은 돌아오면서 잠그면 돼."

그렇게 말하고 히루코 씨는 창을 들었다. 여름옷으로 몸을 감싸고 거창한 무기를 들고 걸어가는 우리 모습이 어쩐지 생뚱맞게 느껴졌다.

동쪽 구역 복도를 통과해 계단 층계참으로 나갔다. 2층 입구와 층계참의 턱을 이용해 내려놓은 가구와 자판기의 뒤편이 보이고 그 너머에서 쾅쾅 두드리는 소리와 나지막하게 으르렁대는 소리가 수없이 들려왔다. 현재 바리케이드에 별문제는 없어 보이지만, 좀비들이 한꺼번에 몰려들면 어떻게 될까 생각하자 구역질을 억누를 수 없었다.

3층으로 올라가자 내게 배정된 308호실 문이 바로 눈에 들어왔다. 만약 바리케이드를 돌파한 좀비들이 3층까지 올라오면 내 방이 제일 먼저 포위되는 셈이다. 하지만 그런 불평을 늘어놓기 시작하면 끝이 없다. 히루코 씨 방은 2층 비상문에서 제일 가깝고, 아무 힘도 없어 보이는 시즈하라는 내 옆방이다. 3층이니만큼 그나마 낫다고 여겨야 한다.

"혹시 밤중에 무슨 소리가 들려도 무턱대고 문을 열면 안 돼. 상대의 목소리부터 확인해야 해."

히루코 씨가 마치 보호자 같은 투로 말했다.

"히루코 씨도 조심해서 돌아가세요."

문을 열고 안으로 들어가려 하자 "하무라" 하고 히루코 씨가 불렀다.

"그 이야기 진심이야. 내 조수가 되어줘. 아케치 씨 일은 안됐지만……."

"그만하세요."

나도 모르게 말투가 강해졌다.

"이럴 때 할 이야기는 아니잖아요. 아케치 씨에 대해 아직 마음의 정리도 못 했어요. 사람이 어쩜 그렇게 무신경해요?"

히루코 씨는 깜짝 놀란 듯한 표정으로 쭈뼛대며 눈을 돌렸다.

"확실히 그러네. 미안해, 내가 어떻게 좀 됐나 봐. 지금 한 말은 잊어버려. 그럼 잘 자."

히루코 씨가 소리 나지 않도록 천천히 문을 닫았다. 나는 카드키를 홀더에 꽂아 불을 켰다. 문이 제대로 잠겼는지 확인했다. 문제는 없었다.

신발만 벗고 침대에 누웠다.

방금 전에는 화를 참을 수가 없었다.

무슨 생각을 하는지 알 수 없는 구석이 있지만 상식은 갖춘 사람이라고 생각했는데. 조수가 뭐 어쩌고 어째? 이런 상황에서도 탐정놀이를 할 작정인가. 어처구니가 없다.

나는 문득 일어나서 유리문을 열고 발코니로 나갔다.

두꺼운 구름 아래, 광장 주변에 외등이 몇 개 켜져 있지만 불빛이 약해서 광장 전체를 똑똑히 살펴볼 수는 없다. 다만 거친 파도 소리처럼 밑에서 좀비들의 괴성이 밀려 올라왔고, 습기를 띤 바람이 죽음의 냄새를 날라 오는 것처럼 느껴졌다.

지진 피해를 입었을 때의 심경과 흡사하다. 숨쉬는 것도 잊어버릴 만큼 지독한 무력감. 절망스러운 광경. 고작 하루 만에 손안에서 흘러내린 것이 얼마나 큰가. 온 세상이 발끝부터 빙글 뒤집힌 것만 같다.

제기랄. 이래서는 자담장이 아니라 시인장屍人莊이잖아.

심호흡.

어쩌겠는가. 이미 벌어진 일이다.

마음이 조금 차분해졌다. 놈들의 뭔가가 공기로 감염되지는 않을까. 그런 의문이 새삼 고개를 쳐들어 부랴부랴 유리문을 닫았다.

아침이 올 때까지 기다리자. 다행히 놈들에게 영화에서 본 것 같은 무시무시한 전투 능력은 없다. 단순한 바리케이드에도 애를 먹고 계단도 제대로 올라오지 못한다.

적어도 방에 있는 한은 안전하다.

그렇게 생각했기에 밤사이 새로운 희생자가 나올 줄은 꿈에도 몰랐다.

004 혼란 속의 희생자

1

이것은 하늘의 계시다.

되살아난 시체들의 등장도 그렇고, 벼락치듯 불현듯 머릿속에 떠오른 아이디어도 그렇고, 운명을 조종하는 누군가— 신 혹은 악마—가 편을 들어주고 있는 것이 분명했다.

이제 한동안은 경찰도 여기에 접근할 수 없다. 그야말로 천재일우의 기회다.

실행에 옮기라는 뜻이다. 널 위해 모든 것을 마련해놓았다며.

무대가 있다. 수단이 있다. 증오하는 상대가 있다. 그리고 각오는 이미 다졌다.

뭘 망설이겠는가.

이날을 위해 이를 갈아왔다.

가자. 놈은 방에 있다.

어둡게 타오르는 기쁨을 가슴에 품고 돌이킬 수 없는 발걸음을 내디뎠다.

2

잠에서 깨자마자 무의식적으로 침대 옆 나이트테이블을 더듬었다. 손이 두세 번 허공을 가른 뒤에야 손목시계를 잃어버렸다는 사실이 떠올라서 몸을 일으켰다.

벽에 걸린 전자시계를 보니 숫자가 오전 6시를 나타냈다.

다행히 잠든 사이에 밖에서 문을 쾅쾅 두드리지도, 다른 방에서 내선 전화로 구조를 요청하지도 않아서, 비상사태인데도 불구하고 푹 잤다. 역시 몸과 마음이 많이 지쳤던 모양이다.

너무나 조용했다. 밖을 보자 어느 틈엔가 비가 부슬부슬 내리고 있었다. 발코니 아래에 우글거리는 좀비들의 숫자는 습격 당시보다 늘어난 것 같았지만, 무방비하게 비를 맞으며 참회하듯이 하늘을 향해 입을 벌리는 모습은 애처롭게 느껴지기도 했다.

평소 같으면 분명 다시 잠을 청할 시간이지만 이런 상황에서 태평하게 잠 욕심을 부릴 마음은 들지 않았다.

간단하게 샤워를 하고 검을 들었다. 모조품 주제에 차갑고 묵직하다. 만약에 대비해 도어가드를 채우고 밖을 살피자 인기척 없는 복도 끝에 계단이 보였다. 아무도 없다는 것을 확인한 후 신중하게 복도로 나섰다.

바리케이드를 확인해야 한다는 생각이 제일 먼저 떠올랐다. 방 오른편에 있는 계단을 내려갔다. 그러자 라운지 쪽에서 무슨 음악 소리가 들려왔다. 라운지에 스테레오는 없었을 테니 바비큐 파티 때 사용했던 CD 카세트를 틀어놓은 걸까.

바리케이드는 건재했다. 가구는 원래 있던 위치에서 움직이지 않았고, 경보 장치의 핀에 묶은 낚싯줄도 멀쩡했다. 하룻밤 내내 무사히 제 역할을 다한 것 같았다. 변함없이 미련하게 몸을 부딪다가 균형을 잃고 계단을 굴러떨어지는 좀비들의 모습이 가구 틈새로 언뜻 보였다. 마치 상품의 내구성을 시험하는 것 같다. 가구가 메이드 인 재팬이길 빌자.

라운지 가까이에 가서야 중앙 구역으로 통하는 문이 잠겨 있다는 것이 생각났다. 열쇠는 라운지의 텔레비전 받침대에 놓여 있으므로 이쪽에서는 못 연다. 혹시 누가 라운지에 있다면 문을 두드리는 소리를 듣고 열어줄지도 모르지만, 좀비가 왔다고 착각할 수도 있으므로 3층으로 돌아가 엘리베이터를 사용하기로 했다.

3층에 멈춰 있는 엘리베이터 문틈에는 티슈 상자가 끼워져 있었다. 어제 3층 사람이 올라온 뒤로 쭉 이 상태였겠지. 그런 생각을 하다 나는 굳어버렸다. 이걸 타고 내려가도 될까.

그때 옆방을 쓰는 시즈하라가 다가왔다.

"안녕하세요."

"안녕. 일찍 일어났네. 혹시 나 때문에 깼어?"

"아니요. 저도 방금 일어났어요."

우습게도 이것이 나와 시즈하라가 거의 처음으로 나눈 대화였다.

상황이 상황이니만큼 시즈하라도 표정이 밝지 않았지만 혈색은 나쁘지 않아 보였다.

시즈하라는 내가 엘리베이터 앞에 우두커니 서 있는 것을 보고 고개를 갸웃했다.

"왜 그러세요?"

"우리가 이걸 타고 2층으로 내려가면 1층으로 내려가지 않도록 문틈에 뭔가 끼워야겠지. 하지만 그러면 3층에 있는 사람은 엘리베이터를 못 불러."

"아아……." 시즈하라도 고개를 끄덕였다. "3층 사람이 사용하려면 2층에 내선 전화를 걸어서 끼워놓은 물건을 치워달라고 해야 할 테니 번거롭겠네요."

어차피 번거로울 거면 우리가 계단으로 내려가는 편이 낫겠지. 내 방에서 라운지로 전화를 걸자 일어나 있던 간노가 받았다. 내 목소리를 듣자 그는 이렇게 말했다.

"아아, 마침 잘됐네요. 지금 이상한 걸 발견했거든요. 바로 내려와주시겠습니까?"

서둘러 계단을 내려가 라운지로 들어가자 간노말고도 다쓰나미와 시게모토가 있었다. 요란한 음악은 아무래도 라운지에 면한 다쓰나미의 방에서 들려오는 것 같았다. 때마침 남쪽 구역에서 히루코 씨도 모습을 나타냈다. 우리는 편하게 티셔츠와 반바지를 입었지만 히루코 씨는 품이 낙낙한 파란색 블라우스와 흰색 스커트를 변함없이 단정하게 차려입었다.

"도대체 무슨 일인데요?"

내가 묻자 간노가 들고 있던 종이를 내밀었다.

"시게모토 씨가 이게 신도 씨 방문에 끼워져 있었다고."

그 종이에는 지저분한 글씨체로 딱 한 줄 "잘 먹었습니다"라고 적혀 있었다.

"누가 장난친 거 아니야?"

다쓰나미의 말을 들으며 나는 당사자인 신도가 여기 없는 것이 마음에 걸렸다. 예전에 영연 동아리방에 놓여 있었다는 협박장이 생각났기 때문이다.

"신도 씨, 문을 두드려도 안 나오더라고."

시계모토가 차분하지 못하게 시선을 이리저리 움직였다. 간노가 신도 방에 내선 전화를 걸었지만 한마디도 없이 수상하다는 표정으로 수화기를 내려놓았다.

"안 받습니다."

꺼림칙한 예감이 급격히 부풀어 오르는 가운데 히루코 씨가 제안했다.

"신도 씨 방은 3층 305호실이죠? 2층 사람을 전부 깨워서 상황을 보러 가죠."

바로 다카기와 나바리를 깨워 모두 함께 계단을 이용해 3층으로 올라갔다. 나말고는 아무도 무기를 들고 오지 않았다. 역시 창은 커서 거추장스러웠으리라.

신도의 방에 가서 문을 두드려보았지만 대답이 없었다.

"신도 씨, 일어나셨습니까?"

"신도, 대답해. 씻는 중이냐?"

하는 수 없이 간노가 나바리에게 손을 내밀었다.

"어제 드린 마스터키를 빌려주십시오."

새하얀 얼굴로 나바리가 고개를 끄덕였다.

다쓰나미가 이 자리에 없는 나나미야를 깨워 오겠다며 남쪽 구역으로 향했고, 간노는 마스터키를 슬롯에 꽂았다. 삑소리가 나며 자물쇠가 풀렸다. 천천히 문을 열었다.

그 순간 역한 냄새가 코를 찔렀다.

"우욱……."

안을 들여다본 간노가 숨을 토해냈다. 그의 어깨 너머로 아무도 예상치 못한 광경이 펼쳐졌다.

바닥에 흩뿌려지고 천장까지 튄 피. 흩어진 살점.

여기저기 뜯어먹혀 너덜너덜한 넝마처럼 끔찍한 몰골로 변한 신도의 시체가 활짝 열린 유리문에서 발코니로 몸을 내민채 쓰러져 있었다.

"맙소사."

간노가 안으로 들어가려 했다.

"조심하세요!" 히루코 씨가 재빨리 외쳤다. "아직 좀비가 방안에 있을지도 몰라요!"

간노가 허둥지둥 뒷걸음쳤고 나는 검을 들어올려 공격 자세를 취했다. 다카기가 "무기를 가져올게!" 하고 외치더니 시즈하라를 데리고 계단으로 달려갔다.

호주머니를 더듬어 어제 받은 마스크를 착용했다. 다른 사람들 역시 가지고 있는 사람은 마스크를 꼈고, 손수건이나 수건으로 입을 막는 사람도 있었다.

나는 입구에서 고개만 들이밀어 방안을 관찰했다. 이 방 카드키는 홀더에 꽂혀 있다. 피는 사방으로 튀었지만 방안은 그다지 어질러져 있지 않았다. 바로 왼편 벽에는 신도가 가지고 온 장검이 기대어져 있었다. 신도는 도망치려고 했는지 발코니 유리문이 밖을 향해 활짝 열려 있었고, 발자국이라 할 만큼 형태가 명확하지는 않지만 누군가가 걸어간 듯한 핏자국이 발코니로 이어진 채 난간에도 온통 피가 묻어 있었다.

"도대체 무슨 일인데…… 우왁."

나나미야와 함께 돌아온 다쓰나미가 방안에 펼쳐진 참상을 보고 소리를 질렀다.

유일하게 검을 들고 온 내가 천천히 안으로 발을 들여놓았다. 인기척은 없다. 경계하면서 욕실 겸 화장실 문을 열었지만 안에 사람은 없었다.

"괜찮아요, 아무도 없어요."

다카기와 시즈하라가 무기를 들고 돌아왔다. 각자 검과 창을 받아들었지만 내 뒤를 따라 들어온 사람은 히루코 씨와 간노뿐이었다.

무리도 아니다. 그만큼 신도는 무참한 죽음을 당했다. 몸뿐만 아니라 옆을 향해 있는 얼굴도 누군지 구분이 안 갈 만큼 뜯어먹혔다.

나는 시체를 건드리지 않도록 조심하며 핏자국이 이어진 발코니로 나가서 아래를 내려다보았다. 로프도 줄사다리도 없다. 변함없이 지상을 가득 메운 좀비들이 신음 소리를 토해 내고 있을 뿐이다. 그동안 히루코 씨는 문을 조사하여 잔꾀를 부린 흔적이 전혀 없음을 확인했다.

"쯧쯧……. 가엾게도."

"안 돼!" 간노가 시체 옆에 쪼그려 앉으려고 하자 밖에서 시게모토가 만류했다. "가까이 가지 않는 게 좋아."

"왜요?"

"좀비에게 물려 죽은 지 시간이 얼마나 지났는지 몰라. 지금 당장이라도 좀비로 변해 움직일지도 모른다고."

그 말을 듣고 우리는 흠칫 놀라 신도의 시체에서 거리를 두었다. 그때 나나미야가 중얼거렸다.

"어이, 그 자식 지금 움직이지 않았어?"

"예?"

"손끝이 살짝 움직였다니까. 틀림없어. 그 자식 아직 숨이 붙어 있다고."

설마. 이렇게 심하게 다쳤는데 안 죽었다니.

"말도 안 돼." 시게모토가 다시 소리쳤다. "상처에서 흘러

나온 피가 무슨 색깔인지 잘 봐!"

깨물린 것으로 추정되는 신도의 온몸 상처에서 흘러나온 피는 이미 시커멓게 굳었고, 미묘하게 녹색으로 변색된 부분도 있었다.

"피가 저렇게 굳을 때까지 방치됐는데 살아 있을 리 없어! 이미 인간이 아니야, 좀비라고! 처치하지 않으면 우리가 당할 거야!"

그렇게 주장하면서도 시게모토는 부들부들 떨 뿐이었다. 방안에 있는 간노와 히루코 씨도 망설였다. 나도 마찬가지다.

그럴 리 없다고 생각하면서도 만에 하나 신도가 아직 살아 있을지도 모른다는 희망을 완전히 버리지 못했다. 숨이 붙어 있다면 한시라도 빨리 응급처치를 해야 하고, 반대로 좀비로 변하는 중이라면 지금 당장 마지막 일격을 가해야 한다. 손을 내밀 것인가, 창을 내지를 것인가. 답답한 침묵이 방안을 지배했다.

그때였다. 뒤에서 들어온 누군가가 망설임 없이 창을 내질러 오른쪽 눈에서 뒤통수까지 단숨에 꿰뚫었다. 신도의 몸이 한 번 꿈틀하더니 움직임을 멈추었다.

"히익!"

한심하게도 처치하라고 다그친 시게모토 본인이 비명을 질렀다.

"허억, 허억."

"선배……."

시즈하라가 중얼거렸다.

나선 것은 다카기였다. 다카기는 같은 동아리였던 남자를 망설임 없이 찔렀다.

"어쩔 수 없어."

창끝을 두 번 휘젓듯이 돌리고 나서 다카기는 창을 뽑았다. 눈알이 뽑혀 나왔고, 뇌로 추정되는 물컹한 것이 날에 잔뜩 들러붙었다.

"미후유, 손쓰기에는 늦었어. 죽이는 수밖에 없다고."

고요한 박력을 느끼고 우리는 모두 입을 다물었다.

그후 우리는 신도의 시체를 방구석으로 밀어놓고 시트로 덮었다. 주변이 그의 피와 살점 천지다. 이제 이 방은 원상 복구할 수가 없으니 한시라도 빨리 여기서 나가고 싶었다.

"계절이 계절이니만큼 시체는 빨리 썩을 겁니다. 하다못해 에어컨이라도 틀어놓죠."

간노가 리모컨을 조작했다.

그때 문 가까이에 있던 시즈하라가 "저어……" 하고 말을 꺼냈다.

"이게 뭘까요?"

쳐다보자 입구 바로 옆, 방구석에 접힌 종이가 떨어져 있었다. 펼쳐보니 본 적 있는 지저분한 글씨체로 메시지가 적혀 있었다.

잘 먹겠습니다.

3

그후 신도를 물어 죽인 좀비가 건물 어딘가에 숨어 있을지도 모른다는 히루코 씨의 의견을 받아들여 2층과 3층의 빈방 및 옥상까지 사람이 숨을 수 있을 만한 공간을 분담하여 수색했지만 우리말고 다른 존재는 발견하지 못했다. 역시 핏자국이 가리키는 대로 발코니에서 떨어졌으리라.

일동은 다시 라운지에 모였다. 아직 사실을 받아들이지 못하고 물어보고 싶어 하는 기색이 각자의 얼굴에 역력했다. 그 의문을 한데 모아 요약하면 이렇다.

신도를 물어 죽인 좀비는 어디로 침입했을까?

잠시 종잡을 수 없는 억측과 의문을 저마다 늘어놓고 있자니 "여러분" 하고 분위기를 진정시키는 목소리가 들렸다. 히루코 씨다.

"어젯밤 신도 씨에게 무슨 일이 일어났는지 정리해보면 어떨까요? 지금 단계에서는 언제 어디서 좀비가 침입했는지도 알 수 없어요. 어젯밤 뭔가 알아차린 점은 없는지 한 사람씩 정보를 내놓아보죠."

"뭐야, 상황이 이런데 탐정놀이나 하겠다는 거냐."

또 안약을 넣던 나나미야가 툭 내뱉듯이 말했다. 그는 아까부터 계속 머리를 툭툭 두드리고 안약을 넣는 등 어제보다 더 정신 사납게 굴었다.

"뭐 어때. 다들 신경쓰일 거야. 애한테 맡겨보자고."

다쓰나미가 그렇게 말했다. 그는 평정을 유지하고 있다. 연장자인 그도 동의했으므로 우리는 진술을 청취하고 싶다는 히루코 씨의 제안에 응하기로 했다.

"그전에 이 음악 어떻게 좀 안 돼요?"

아침부터 흥겨운 리듬의 음악을 계속 틀어놓은 탓인지 나바리가 인상을 쓰자 다쓰나미가 "장례식장 같은 분위기가 되는 건 싫은데" 하고 어깨를 움츠리면서도 방으로 돌아가 CD 카세트를 껐다.

라운지가 침묵으로 가득차자 히루코 씨는 안내서의 방 배치도를 확인하면서 말을 꺼냈다.

"그럼 신도 씨 방 주변 분들의 이야기부터 들어볼까요. 시게모토 씨, 어젯밤에 방에 돌아가신 후 뭘 하셨나요? 그리고 뭔가 알아차리신 점이 있다면 말씀해주세요."

신도의 옆방 304호실을 사용하는 시게모토가 음울한 얼굴을 들었다.

"……어젯밤은 신도 씨, 시즈하라, 나나미야 씨와 함께 엘리베이터로 3층에 올라와서 헤어졌어. 그런 뒤 아무래도 잠이 안 와서 가지고 온 DVD를 봤지. 하지만 한 편 다 보고 또 한 편을 보다가 나도 모르게 잠들었어. 아마도 1시가 되기 전이었던 것 같은데. 잠에서 깬 건 5시 50분쯤. 이른 시간이었지만 상황이 어찌됐는지 걱정돼서 방을 나섰어. 그런데 신도 씨 방문에 하얀 종이가 끼워져 있는 게 보여서……."

"끼워져 있었다고요?"

"응. 이런 식으로."

시게모토는 종이를 집어 3등분으로 접어서 보여주었다.

"이렇게 약간 두툼하게 만들어서 문틈에 끼워놨더라고. 고약한 장난이라 생각하면서 문을 두드리고 불러도 봤지만 대답이 없어서 라운지로 가져갔지."

"즉 종이는 방 밖에서 끼워놓았다는 뜻인가요?"

"응. 이 종이를 봐. 깨끗하잖아. 종이 위에다 대고 억지로 문을 닫았다면 좀더 쭈글쭈글할 거야. 빼낼 때도 뻑뻑한 느낌 없이 쑥 빠졌어."

"그나저나 벽을 마주한 방에서 신도가 그런 꼴을 당했는데 아무 낌새도 못 느낀 거야?"

나나미야가 따지듯이 묻자 시게모토는 고개를 끄덕였다. 간노가 끼어들어 설명했다.

"칸막이벽에는 방음재가 들어가니까 옆방에서 나는 소리는 거의 안 들릴 겁니다."

"하지만……." 시게모토가 덧붙여 말했다. "어젯밤부터 다쓰나미 씨가 아래층 방에 틀어놓은 CD 카세트 소리가 계속 들렸어. 귀에 거슬려서 잠을 잘 수가 있어야지. DVD를 보는 데도 방해됐고."

기가 막혔다. 어젯밤부터 음악을 계속 틀어놓은 건가.

"그것참 미안하게 됐다."

다쓰나미가 전혀 주눅드는 기색 없이 말했다.

나는 한 가지 마음에 걸리는 일을 간노에게 물어보았다.

"방음벽이라면 바리케이드에 설치한 경보기가 울려도 안 들리지 않을까요?"

"아니요, 그건 괜찮을 겁니다. 문과 천장에는 방음재가 안 들어갔으니까 복도와 라운지에서 나는 소리는 들려요. 위치상 하무라 씨 방이라면 계단에 울려 퍼지는 경보기 소리가 확실히 들릴 겁니다. 옆방 소리만 안 들릴 뿐이에요."

시게모토의 이야기는 그것으로 끝이었다. 딱히 참고가 될 만한 사항은 없는 듯했다. 다음은 신도의 방 바로 아래, 205호실에 있던 나바리다.

"참 힘든 밤이었어. 평소에는 수면 유도제를 먹거든. 하지만 괴물들이 언제 몰려들지 모르는데 약을 먹을 수는 없잖아. 그래서 밤새 깨어 있었지. 바깥에는 괴물이 득시글거리지, 이대로 있다가는 정신이 이상해지겠다 싶어서 물을 마시러 한 번 나갔어. 방 밖으로 나가는 건 삼가라고 했지만 탕비실은 엎어지면 코 닿을 데 있으니 뭐. 나갔는데 순찰을 하러 가는 간노 씨와 마주쳤어. 그게 몇 시였더라……."

"두 번째 순찰이었으니까 2시경이었을 겁니다."

"그래, 그쯤이었을 거야. 한 십 분 정도 있다 방으로 돌아와서 이불을 덮어쓰고 누웠지. 머릿속에서 계속 놈들이 으르렁거리는 소리가 울려 퍼지더라. 아침이 영영 안 올 줄만 알았어."

"그 밖에 알아차리신 점은 없나요?"

"그러고 보니……." 나바리가 생각났다는 듯이 중얼거렸다. "언제였더라, 위에서 쿵 하고 울리는 소리가 들린 것 같아. 어쩌면 그때……."

신도가 죽었을지도 모른다.

"그건 몇 시쯤이었나요?"

히루코 씨가 콕 집어 물어보았다.

"기억은 잘 안 나지만 물을 마시러 다녀온 다음이었으니까 2시 반쯤? 어쩌면 더 나중이었는지도 모르겠네. 하지만 비명은 안 들렸어."

"그렇군요. 피가 천장까지 튄 걸로 보아 신도 씨는 목을 제일 먼저 물어뜯겨 비명을 지르지 못했는지도 모르겠어요."

히루코 씨가 고개를 끄덕였다.

"이어서 방금 이야기에 나온 간노 씨, 부탁드려도 될까요?"

"예." 간노가 긴장한 표정으로 이야기를 시작했다. "어젯밤에 여러분이 방에 돌아가시는 걸 보고 나서 한 번 더 비상문과 바리케이드를 확인했습니다. 그때 3층에서 내려오신 겐자키 씨와 마주쳤죠. 이것저것 정리하고 점검을 마친 후 자정이 되기 전에 방으로 돌아갔습니다. 그리고 한 시간마다 순찰을 돌기로 마음먹었죠. 다양한 아르바이트로 단련된 몸이라 수면 시간이 불규칙한 데는 익숙하거든요. 쪽잠을 자다가 1시에 일어나서 처음으로 순찰을 돌았습니다. 그때 라운지에서 신도 씨와 마주쳤어요. 신도 씨가 타고 온 엘리베이터도 2층에 있었습니다."

"신도 씨는 뭘 하러?"

"역시 물을 마시러 온 것 같았습니다. 호시카와 씨 일로 머리가 꽉 차서 잠이 안 온다고 하셨어요. 다만……."

간노는 말을 잠시 머뭇거렸다.

"지금 다시 생각하니 그렇게 느껴지는 건지도 모르겠습니다만, 어쩐지 낌새가 이상했어요. 제가 나타나서 당황한 듯한 인상이었다고 할까요. 급히 엘리베이터를 타고 3층으로 돌아가셨습니다."

"당황했다고요?"

"예. 혹시 여기서 누구랑 만났나 싶기도 했습니다만……."

"이야기를 나누는 소리는 못 들으신 거군요."

"예. 지금 그건 제 상상이에요. 죄송합니다."

그냥 넘어가도 될 테지만 간노는 사과를 빼먹지 않았다.

"두 번째로 순찰을 돌 때 나바리 씨와 마주쳤습니다. 그후에 순찰을 돌 때는 어떤 분과도 마주치지 않았고요."

"나바리 씨가 말씀하신, 쿵 하는 소리는 못 들으셨어요?"

간노는 고개를 저었다.

"문단속에 이상이 있었던 적은 없었고요?"

"예. 그건 틀림없어요. 비상문, 바리케이드, 동쪽 구역을 구분하는 문, 엘리베이터까지 아무 이상 없었습니다."

"그럼 신도 씨 방의 문에 저 종이가 끼워져 있었던 건?"

"그게……."

간노는 미안한 듯이 말을 머뭇거렸다.

"세 번째로 순찰을 돌 때, 그러니까 오전 3시까지는 아무것도 없었을 겁니다. 하지만 그후에는 어땠는지 확실히 단언할 수 없겠네요. 분명 방 앞은 지나갔습니다만, 순찰에 점점 익숙해진 탓인지 비상문과 바리케이드에만 신경을 쓰고 객실에는 그다지 주의를 기울이지 않았습니다."

건물 내부에 조명을 켜놓아 시야는 양호했겠지만, 의식하지 않으면 그럴 수도 있다. 나도 어젯밤 방에 돌아올 때 다른 방의 문은 주의해서 보지 않았다.

그후에도 진술 청취가 계속되었지만 신도가 습격당한 일에 관해 유력한 정보를 가지고 있는 사람은 없었다. 2층에 있던 사람은 당연히 3층의 신도 방에서 무슨 일이 있었는지 알 도리가 없고, 같은 3층이라도 구조상 나랑 시즈하라가 있는 동쪽 구역과 나나미야가 있는 남쪽 구역에는 중앙 구역에서 나는 소리가 잘 전달되지 않는지 나바리가 증언한 소리를 들은 사람은 없었다.

진술을 다 듣고 나서 히루코 씨는 "감사합니다" 하고 고개를 숙였다.

"현재 단계에서 범행과 관계가 있어 보이는 정보는 세 가지예요. 오전 1시에는 아직 신도 씨가 살아 있었다, 2시 반 전후에 나바리 씨가 무슨 소리를 들었다, 메시지가 적힌 종이는 3시 이후에 남겨진 것으로 추정된다. 하지만 이것만으로는 무슨 일이 있었는지 설명할 수가 없겠네요."

순간 나는 모순 하나를 알아차렸다.

"잠깐만요. 2시 반 전후에 신도 씨가 죽임을 당했다면 3시 순찰 때 메시지가 적힌 종이가 문에 끼워져 있지 않았다는 건 이상하지 않나요? 살해한 후에 범인은 뭘 했을까요?"

하지만 히루코 씨는 그 모순에 그다지 관심을 보이지 않았다.

"나바리 씨가 들은 소리가 범행을 저지를 때 난 소리라는 보증이 없고, 시간 자체도 애매하잖아. 문제될 일은 아니라고 보는데."

그때 다카기가 모두의 의견을 대변했다.

"그건 그렇고 도대체…… 신도를 죽인 건 인간이야? 좀비야?"

"그게 인간의 소행으로 보였어요? 잇자국도 선명하게 남아 있었잖아요. 그건 틀림없이 물어 죽인 흔적이었다고요. 좀비가 신도 씨를 죽인 후 발코니에서 밖으로 떨어진 거겠죠."

시게모토가 떠들어댔다. 다쓰나미가 그 의견에 반박했다.

"그 좀비는 어디로 들어왔는데? 비상문도 바리케이드도 이상이 없는 걸 확인했잖아. 그렇게 쉽사리 뚫릴 것 같았으면 지금쯤 우리도 좀비가 됐겠지."

확실히 방어벽이 뚫렸다고 보기는 힘들다.

하지만 나는 현재 3층에 멈춰 있는 엘리베이터 문을 흘긋 보고 한 가지 가능성을 언급했다.

"엘리베이터는 어떨까요? 간노 씨 이야기로는 라운지에 내려와 있던 신도 씨가 1시경에 사용했죠. 그때 뭔가 실수해서 1층으로 내려가는 바람에 좀비가 올라탔다면……."

히루코 씨가 즉시 부정하고 나섰다.

"그렇다면 살해 현장은 엘리베이터 안이겠지. 하지만 엘리베이터 안에는 핏자국 하나 없어. 신도 씨는 틀림없이 방에서 살해당했을 거야."

"뭐, 그렇겠죠."

나도 그렇게 확신한 건 아니었기에 바로 동의했다. 하지만 시게모토는 좀비 범인설에 미련이 남은 듯 또 다른 가설을 꺼냈다.

"바리케이드를 만들기 전부터 좀비가 어딘가에 숨어 있었다면?"

여기에는 다쓰나미가 난색을 표했다.

"우리가 모르는 사이에 좀비가 들어왔다고? 그럴 만한 틈은 없었을 텐데."

"아니야, 있었어!" 다카기가 목소리를 높였다. "우리가 담력 시험을 하러 갔다가 도망쳐 돌아온 후에 무기를 든 간노 씨가 광장으로 내려갔잖아. 그때라면 펜션에 아무도 없었을 거야."

"광장에 내려간 건 간노 씨랑 다쓰나미 씨뿐인데요. 다른 사람들은 현관 앞에 있었으니 좀비가 들어오려고 했다면 알아차렸겠죠. 실제로 나나미야 씨와 신도 씨가 뒤편에서 나타났을 때 금방 알아차렸고요."

나바리가 반론했다.

"그럼 분명 뒷문으로 들어왔겠지."

시게모토도 끈덕지게 버텼다. 흡연실을 겸한 1층 테라스에 분명 밖으로 통하는 문이 있었을 것이다. 하지만 간노는 거기로 들어왔다는 주장을 부정했다.

"그건 절대로 아닙니다. 여러분이 담력 시험을 하러 나가신 후 1층을 꼼꼼히 문단속했어요. 테라스 문도 그때 잠갔고 복도 창문은 열림 방지용 스토퍼가 달려 있어서 머리도 안 들어갑니다. 그후로는 나바리 씨가 뛰어 들어오실 때까지 계속 프런트에 있었어요. 현관 감시 카메라 모니터도 있으니 누가 숨어들었다면 알아챘을 겁니다."

"나도 처음에는 테라스 문으로 들어가려고 했는데 잠겨 있어서 현관으로 돌아갔어."

나나미야도 증언했다.

"게다가 침입한 좀비가 우리를 공격하지도 않고 사람들이 잠들어 조용해질 때까지 얌전하게 숨어 있었다는 거냐? 바리케이드를 만들 때 다들 건물 안을 사방팔방 뛰어다녔지만 수상한 형체는 목격하지 못했어. 무엇보다 방에서 발견된 메시지는? 좀비가 그딴 걸 쓰겠냐?"

잇달아 반박을 당해 궁지에 몰린 시계모토가 언짢은 표정으로 물었다.

"좀비가 아니라면 누구 짓인데요?"

"살아 있는 인간이지. 누구인지는 모르겠지만 신도에게 원한을 품은 녀석이 죽인 거야."

"방금 밖에서는 아무도 들어올 수 없었다고 간노 씨가 그랬잖아요. 설마……."

"그래, 이 중에 범인이 있다는 뜻이지."

다쓰나미의 목소리에 긴장이 어렸다. 하지만 시게모토는 받아들일 수 없다는 듯이 콧방귀를 뀌었다.

"흥, 저는 납득이 안 가는데요. 신도 씨 몸에 난 상처는 어쩌고요? 그건 어떻게 봐도 칼자국 같은 게 아니었어요. 물어뜯은 자국이라고요."

그러자 다쓰나미는 놀랄 만한 가설을 내놓았다.

"그렇고말고. 하지만 사람을 물어 죽이는 게 과연 좀비만의 특권일까?"

"……예?"

"인간이 인간을 물어 죽이는 것도 가능하다는 말이야. 그렇게 하면 의혹의 눈길이 좀비에게 돌아갈 테니 범인은 혐의를 벗을 수 있어."

과연. 확실히 좀비가 그 잇자국을 냈다고 단정할 수는 없다. 다카기가 마지막 일격을 가한 셈이었지만 신도가 정말로 '감염'됐는지 아닌지도 확실치 않다. 만약 범인이 우리가 마지막 일격을 가할 것까지 계산에 넣고 범행에 나섰다면 좀비를 범인으로 보는 건 그자의 농간에 놀아나는 짓이다.

하지만 히루코 씨는 이 의견에도 고개를 저었다.

"아주 독특한 추리지만 현재 시점에서는 적극적으로 찬성을 못 하겠네요."

"아, 그래?"

다쓰나미는 히루코 씨의 내력을 모를 테지만 차분한 태도에 흥미를 느낀 모양이다.

"이유를 말해주지 않겠어?"

"예. 아주 단순한데요, 신도 씨의 몸에는 물린 자국이 수십 군데나 돼요. 옷 위로 물어뜯은 것은 물론이고 뼈에도 잇자국이 남아 있었죠. 인간이 그 정도까지 했다면 틀림없이 이와 잇몸을 다쳐서 입안이 피투성이가 됐을 거예요. 하지만 여기 계신 분들을 보니 입을 다친 사람은 없는 것 같군요."

모두 당황하여 가까이 있는 사람과 서로 입안을 확인했지만 아무도 이상은 없었다.

히루코 씨의 냉정한 관찰안에 나는 가벼운 충격을 받았다. 우리가 참혹한 시체에 눈을 빼앗긴 사이에 히루코 씨는 거기까지 생각했단 말인가.

"덧붙여 의혹의 눈길을 좀비에게 돌리기 위해서 그랬다고 말씀하셨는데, 그렇다면 메시지를 남긴 이유를 설명할 수 없어요. 오히려 그런 건 없는 편이 나을 텐데."

논리적으로 주장을 부정당했지만 다쓰나미의 표정은 여유가 있었다.

"듣고 보니 그럴지도 모르겠군. 하지만 네 의견이 옳다면 역시 좀비가 범인인 셈이야. 그놈은 도대체 어디로 들어왔을까? 벽을 기어올라 발코니 유리문으로 들어왔나?"

"아니요, 그건 어렵겠죠. 어제부터 상태를 계속 지켜본바, 좀비는 계단도 잘 올라오지 못하고 고생하더군요. 하물며 벽이나 사다리를 타고 오르는 재주를 부릴 수 있을 것 같지는 않아요. 그리고 한 가지 확인해두고 싶은데요, 이 중에 이 메시지를 남기신 분 계세요? 신도 씨가 살해당한 일과는 상관없이 장난삼아 남기신 분. 혹시 계신다면 지금 솔직하게 나서주세요."

일동의 시선이 테이블에 놓인 종이에 집중됐다.

"잘 먹겠습니다"와 "잘 먹었습니다"라는 글이 적힌 종이 두 장. 사용된 종이와 펜은 동일하다고 봐도 될 것이다. 하지만 손을 드는 사람은 아무도 없었다.

"안 계세요? 그렇다면 이건 역시 범인이 남긴 메시지, 즉 범인은 인간인 셈이군요. 그리고 그중 한 장은 시게모토 씨 말씀대로 밖에서 문틈에 끼워놨어요. 다시 말해 범인이 범행 후에 방 밖으로 나와서 종이를 끼운 거죠. 아직 건물 안에 있다는 뜻이에요."

그렇다면 역시 이 가운데 한 명이 범인이며, 그 사람이 어디선가 좀비를 데려왔다는 말이다. 이것은 좀비가 어디로 들어왔느냐는 문제로 되돌아간다.

"후우. 뭐가 뭔지 통 모르겠군."

다쓰나미가 담배를 물고 불을 붙였다. 천장을 올려다보고 담배 연기를 내뿜었다.

라운지에 있는 모두가 같은 기분이었다.

"지금 태평하게 담배나 피울 때냐, 다쓰나미!"

나나미야가 고함을 지르고 테이블을 내리쳤다.

"그 협박장이랑 똑같아. 이 메시지는 우리 모두에게 보내는 거라고!"

"나나미야, 진정해."

"좀비도 인간도 아니라면 답은 하나잖아! 자아를 가진 좀비가 있다는 뜻이야! 그놈이 우리에게 원한을 풀려고……."

"어지간히 좀 해, 나나미야!"

다쓰나미가 호통을 치자 나나미야는 침착하지 못하게 자기 뺨을 만지작거리다가 "젠장" 하고 말을 내뱉고 일어서서 선반에 놓아둔 비상식량과 물이 든 페트병을 몇 개 끌어안았다.

"뭐하려고?"

"난 방에서 안 나올 거야. 구조대가 올 때까지 아무도 가까이 오지 마!"

그렇게 말하고 쌩하니 라운지를 나섰다. 아무도 말리려고 하지 않았다.

"신경쓸 것 없어. 온실 속 꽃처럼 자란 몸이라 역경에 약해."

다쓰나미는 어깨를 으쓱하며 말했다.

"아, 진짜. 식량도 얼마 없는데."

다카기가 나나미야보다 식량이 자못 아쉽다는 듯이 투덜거렸다.

그후, 간단하게 아침을 먹기로 했지만 아침 댓바람부터 동료의 시체를 코앞에서 보았으니 다들 식욕이 있을 리 없었다. 대부분 비상식량의 수프로 한끼를 때우고 요양 시설에 들어간 노인들처럼 다 같이 모여 음량을 키운 텔레비전을 보았지만 새로운 정보는 없었다.

아무도 입에 담지는 않았지만 문이 잠긴 방에서 동료가 살해당했다는 사실은 각자의 마음에 커다란 불안을 심기에 충분했다.

자칫 잘못했다면. 지금쯤 온몸을 물어뜯긴 끝에 동료의 창에 머리를 꿰뚫린 사람은 자신일지도 모른다.

잠시 후에 다쓰나미가 이렇게 제안했다.

"잠깐 생각해봤는데, 아무도 안 쓰는 방은 아예 문을 열어두는 게 좋지 않을까. 도어가드를 끼워서 살짝 열린 상태로 놔두면 오토 록이 안 잠기겠지."

"가능은 합니다만 어째서요?"

간노가 미간을 찌푸렸다.

"예를 들어 이렇게 자기 방 밖에 있다가 바리케이드가 뚫리면 최대한 빨리 가까운 방으로 도망치는 게 상책이야. 하지만 문이 잠겨 있으면 도망칠 곳은 자기 방밖에 없잖아. 그럼 위험하지 않겠어?"

"좋은 생각이네요. 아무도 사용하지 않으니까 문을 열어둬도 문제없을 것 같은데요."

히루코 씨도 찬성했다. 아무래도 남은 사람들 중에서 히루코 씨, 다쓰나미, 간노가 이야기의 주도권을 쥐는 추세다. 딱히 반대 의견도 없었으므로 신도의 시체가 있는 방을 제외하고 빈방과 구다마쓰와 아케치 씨가 사용했던 방의 문틈에 도어가드를 끼워놓기로 했다.

4

9시가 지나자 라운지에서 얼굴을 마주하고 있는 것도 지겨워진 우리는 각자 행동하기 시작했다.

다쓰나미가 침울한 분위기를 떨쳐내겠다는 듯 다시 방의

CD 카세트를 틀자 서양 록 음악이 라운지에 울려 퍼졌다. 시게모토는 느릿느릿 자기 방으로 돌아갔고, 간노가 도움이 될만한 것이 또 없는지 확인하고 오겠다며 3층 창고로 향하자 다쓰나미와 히루코 씨도 뒤따라갔다. 나바리는 어젯밤에 잠을 못 잔 탓인지, 아니면 시끄러운 록 음악이 귀에 거슬린 때문인지 잠깐 누워야겠다며 방에 틀어박혔다.

나도 방으로 돌아갔지만 쉬어야겠다는 마음은 들지 않았다. 물론 목숨이 위태로운 상황이 계속되어 무섭기도 했지만, 신도가 너무나 불가해한 상황에서 살해당한 일이 끊임없이 머릿속을 맴돌았기 때문이다. 아케치 씨라면 눈앞에 들이닥친 수수께끼를 보고 잠자코 있지는 않을 것이다. 나는 신도의 방을 한 번 더 살펴보러 가기로 했다.

다행히 먼저 온 손님이 있어 신도의 방은 열려 있었다.

"히루코 씨."

아침부터 시체가 발견되어 난리가 나는 바람에 흐지부지 넘어갔지만, 어젯밤에 거북하게 헤어진 것이 마음에 걸려서 나는 뭐라 표현하기 힘든 긴장감을 느끼며 "와 계셨군요" 하고 말을 걸었다.

시체를 보존하기 위해 에어컨을 틀어놓은 방은 여름이 아닌 것처럼 추웠다. 하지만 방에 가득한 죽음의 냄새는 지워지지 않는다. 나는 다시 마스크를 꼈다.

"어, 아아, 하무라였구나."

내가 나타나자 히루코 씨는 라운지에서 냉정한 모습을 보여준 그 사람이 맞나 싶을 만큼 동요하여 눈동자를 이리저리 왔다갔다했다. 냉철해 보여도 이런 본심을 숨기는 데는 서투른 모양이다.

"음, 그게…… 어제는 내가 정말 생각 없이 말했어. 미안해. 용서해줘."

나도 잘한 건 없으므로 히루코 씨가 이렇게까지 선선히 사과하는 태도로 나오자 양심에 찔렸다.

"아니에요. 저도 마음에 여유가 없었어요. 지나간 일이니까 둘 다 잊어버리도록 하죠."

히루코 씨가 안도했는지 어깨에서 힘을 빼는 것을 보고 이야기를 꺼냈다.

"아무래도 이해가 안 되는 사건이네요."

"응. 동감이야."

"좀비에게 둘러싸인 자담장과 오토 록이 설치된 방, 살인이 벌어진 현장은 이중의 밀실로 보호받고 있었어요. 범인은 어떻게 그 안에 있는 신도 씨를 죽였을까요?"

"엇?"

"네?"

히루코 씨가 갑자기 이상한 목소리를 내서 내가 무슨 이상한 말이라도 했는지 걱정됐다.

"어, 그러니까 밀실 안에 있던 신도 씨를 죽인 방법을⋯⋯."

"아아, 그렇구나. 하무라는 그쪽부터 생각하는 유형이네."

히루코 씨가 의외라는 듯이 손뼉을 쳤다.

"그쪽부터라니요?"

"난 살해 방법에는 별로 관심이 없거든."

이 고백에는 놀랐다. 히루코 씨만큼 다양한 사건에 깊이 관여해온 사람이라면 틀림없이 밀실이나 알리바이 트릭에 사족을 못 쓸 줄 알았는데.

히루코 씨는 아름다운 흑발을 한줌 잡아 입가에 대고 만지작거리면서 말했다.

"여기가 밀실이든 아니든 신도 씨는 실제로 살해당했잖아. 불가능하다느니 절대로 무리라느니 그런 말만 반복해봤자 아무 의미 없어. 뭔가 절묘한 방법이 있었다, 그뿐이니까."

뭐, 그건 그럴지도 모르지만.

"그럼 히루코 씨는 뭐에 관심이 있으신데요?"

"범인의 의도라고 하면 되려나."

"동기라는 말씀이세요?"

"동기하고는 조금 다른 것 같아. 사람이 사람을 죽이는 이유야말로 알 바 아니지. 경찰은 동기부터 수사를 진행할 때도 있겠지만, 그건 불특정 다수 중에서 용의자를 추려내기 위해서야. 막말로 쾌락주의부터 하늘의 계시까지 뭐든지 동기가 될 수 있잖아. 범인은 왜 이 방법을 선택했느냐, 왜 꼭 지금이어야 했느냐, 내가 하고 싶은 말은 그거야."

"즉 와이더닛이라는 말씀이시군요."

"와이더닛?"

나는 와이더닛whydunit에 더해 후더닛whodunit과 하우더닛howdunit의 뜻도 함께 설명했다.

각각 왜why, 누가who, 어떻게how 그 일을 했느냐는 뜻이다. '후더닛'은 범인, '하우더닛'은 수법을 나타내고, '와이더닛'은 그렇게 할 수밖에 없었던 이유를 가리킨다.

"응, 그거야."

내 설명을 들은 히루코 씨는 고개를 끄덕하고 천천히 방안을 오가기 시작했다. 카펫에 피가 스며든 부분과 흩어진 살점을 용케 피하며 말을 이었다.

"나는 미스터리에 관해서는 잘 모르지만 실제 범죄 현장에는 범인이 뭘 바라고 어떻게 하고 싶은지를 암시하는 증거가 강렬하게 남아 있는데, 난 그런 걸 민감하게 포착하는 체질인가 봐."

소설과 드라마 등 허구의 살해 현장만 접해온 나로서는 이해가 잘 안 되는 감각이다.

"현실에서 살인은 대부분 원한과 증오가 앞서 나가서 충동적으로 발생해. 즉 '상대를 죽인다'는 목적을 우선한 탓에 은폐 공작은 허술해서 높은 확률로 어떤 수법을 사용했는지 나타내는 증거가 현장에 남지. 그러니까 경찰이 움직이면 바로 꼬리를 잡혀. 그 외에는 유산이나 보험금처럼 '피해자가 죽으면 생기는 이익'을 노리고 저지르는 살인이 있겠네. 이때는 어디까지나 사고나 병으로 죽은 것처럼 위장해 타살 의혹을 배제하고자 하는 의사가 현장에 어른거려.

요컨대 내가 보기에 제일 이치에 안 맞는 게 밀실 살인이야. 밀실을 만드는 목적이라고 해봤자 자살로 위장하는 정도가 다잖아. 밀실에서 명백한 살인을 저지르는 것만큼 무의미한 짓은 또 없어."

여기서 내가 끼어들었다.

"예를 들어 밀실의 열쇠를 가지고 있는 사람에게 죄를 뒤집어씌우기 위해 그랬다면요? 그건 엄연한 이유가 되지 않을까요?"

"말도 안 돼. 열쇠를 가진 사람이 현장을 굳이 밀실로 만들리 없는걸."

맞는 말이다. 밀실에 들어갈 특권을 가지고 있다면 범행 후에 현장을 아무나 들어갈 수 있는 상태로 해두어야 마땅하다. 아니면 자신이 의심받는다.

"게다가 밀실을 이용해 현대 경찰을 속여넘기는 건 대단히 용기가 필요한 행위야. 소설이나 드라마에 완전범죄라는 말이 자주 등장하는데, 내 생각에 시체가 발견된 시점에서 사건은 이미 절반쯤 해결된 셈이나 마찬가지거든. 살해 방법, 범행 시간, 범행 동기…… 시체는 정보의 보물 창고니까. 진짜 완전범죄란 경찰을 항복시키는 게 아니야. 범죄 행위 자체가 드러나지 않도록 하는 거지. 아무도 모르게 죽여서 아무도 모르게 시체를 처리하고 아무도 모르게 일상으로 녹아드는 것, 그게 바로 완전범죄라고.

아차, 이야기를 되돌리자. 다시 말해 나는 자질구레한 트릭에는 별로 흥미가 없어.

왜 범인은 이 시점에 신도 씨를 죽였느냐에 관심이 있지. 생각해봐, 지금 우리는 좀비에게 포위되어 대혼란의 소용돌이에 빠졌잖아? 모두가 죽느냐 사느냐 하는 절체절명의 상황에서 밀실 속의 신도 씨를 굳이 죽일 필요가 있을까?"

히루코 씨가 무슨 말을 하고 싶은 건지 점점 이해가 갔다.

범인이 신도에게 아무리 강한 살의를 품었을지언정 모두가 좀비에게서 살아남기 위해서는 중요한 전력이다. 모조리 죽을 위기에 처했는데 그를 제일 먼저 죽인들 무슨 이점이 있단 말인가.

"히루코 씨는 좀비가 아니라 인간이 범인이라고 생각하시는 거군요."

"응. 아까는 동료들이 쓸데없이 분열될까 봐 입안의 상처를 화제에 올렸지만."

나는 떠오른 생각을 말해보았다.

"범인은 신도 씨에게 워낙 강한 원한을 품고 있어서 신도 씨만은 꼭 자기 손으로 해치우고 싶었던 걸까요?"

"그게 이유로서는 제일 그럴듯하겠지. 하지만 현장을 봐. 그만큼 자기 손으로 해치우길 바랐던 범인이 일부러 좀비를 이용해 그를 덮쳤어. 이건 이상하지 않아?"

맞다. 좀비에게 죽게 놔두기 싫어서 범행에 나섰는데 결국 좀비에게 습격하도록 했다. 명백한 모순이다.

"의혹의 눈길을 좀비에게 돌리려고 했다, 이건 아까 이야기에 나왔죠."

"응. 그렇다면 왜 그런 메시지를 남겼는지 설명이 안 돼. 그건 인간의 소행임을 주장하는 명백한 증거야."

그렇다. 그 메시지만 없었다면 우리는 순순히 좀비 범행설을 받아들였을 텐데.

히루코 씨가 머리카락을 만지작거리며 중얼거렸다.

"혹시 이런 상황이라서 되레 살해하기로 마음먹은 걸까."

"그게 무슨 뜻인가요?"

"이렇듯 극한의 상황에서 범행을 저지르면 설령 나중에 재판을 받더라도 정신 상태가 정상이 아니었다고 변명할 수 있을지도 모르지."

"형벌을 조금이라도 가볍게 하려는 속셈이다, 그건가요?"

과연, 거기까지는 생각을 못 했다. 좀비라는 괴물에게 위협받고 있는 상황이니 냉정함을 잃는 것도 당연하다. 지금 죄를 지어도 어느 정도의 벌을 받을지는 아무도 예상할 수 없다. 어쩌면 그야말로 심신상실이 인정되어 무죄를 선고받을 가능성도 있지 않을까. 메시지는 냉정한 판단력을 잃었음을 암시하기 위해 남겼는지도 모른다. 하지만 히루코 씨는 자신의 가설이 미진하게 느껴지는지 끙, 하고 앓는 소리를 냈다.

"그렇다고 해도 굳이 좀비에게 습격시킨 이유를 모르겠네……."

점점 꼬이기 시작했다.

강한 원한을 풀기 위함도 아니다. 좀비에게 의혹의 눈길을 돌리기 위함도 아니다. 자살로 위장하기 위함도 아니다. 히루코 씨 말처럼 왜 이 시점에 밀실 속의 신도를 죽였는지 범인의 진의가 전혀 짐작이 가지 않았다.

"안 보인다 싶더니만 역시 여기 있었네."

생각이 꽉 막혔을 때 밖에서 다카기가 얼굴을 디밀었다.

"뭐야, 어느새 탐정놀이를 시작한 거야? 역겨워서 토 나올 것 같은 방에 잘도 들어가 있구나."

"죄송해요. 마음에 좀 걸려서요."

내가 나서서 사과했다.

"화내는 거 아닌데. 라운지의 분위기가 영 불편해서 온 거야. 아아, 하지만 들어가긴 싫다. 너희들이 나와. 그래서 뭐 좀 알아냈어?"

내가 지금까지 대화한 내용을 다카기에게 설명하자 히루코 씨가 제안했다.

"아무래도 내 방식으로는 진척이 없겠어. 그러고 보니 하무라, 아까 대뜸 밀실을 언급했잖아. 내가 미스터리 쪽 이론에 어두워서 그러는데 밀실에 대해 강의를 해주면 안 될까?"

"다 소설에 나오는 건데요."

"괜찮아."

히루코 씨의 부탁을 받아들여 미스터리 소설을 접하며 쌓아올린 밀실 지식을 선보이기로 했다. 다행히 밀실은 아케치 씨와 몇 번이나 토론을 거듭한 주제다. 그리 힘들지는 않겠지.

"밀실이란 안팎에서 자유로이 드나들 수 없는 공간을 가리켜요. 신도 씨 방은 밖에서 들어가기는 어렵지만 이른바 호텔 록, 즉 문이 닫히면 자동으로 잠기는 방식이라 밖으로 나가기는 간단하니 절반의 밀실이라고나 할까요. 덧붙여 바리케이드와 1층을 가득채운 좀비 때문에 외부에서 펜션으로 사람이 드나들기는 불가능해요. 따라서 이 펜션 자체도 거대한 밀실이니까 이중으로 밀실인 셈입니다.

자, 밀실 살인이란 이름 그대로 밀실에서 벌어지는 살인인데요. 미스터리 소설에서 제시하는 대부분의 밀실 살인은, 정확하게 말하면 '밀실 살인으로 위장한 살인'에 지나지 않아요."

"실은 밀실이 아니라는 뜻?"

"네. 예를 들면 끝이 없겠지만, 이번처럼 시체가 밀실에서 발견되는 유형을 살펴보죠. 실내에 있는 사람을 방 밖에서 살해하는 방법이 흔히 사용되는데요. 저격을 하거나 독가스를 살포하고, 또는 도구를 이용해서 교살하기도 해요. 범인이 방에 들어갈 수 없어도 작은 틈만 있으면 범행이 가능한 셈이죠."

"하지만 시체에 난 상처와 엄청난 출혈량만 봐도 이번에는 실내에서 물어 죽인 게 틀림없잖아. 밖에서 공격해서는 이 정도까지 안 돼."

다카기가 천장까지 튄 피를 올려다보며 반론했다. 물론 내 생각도 같다.

"다음은 밖에서 빈사 상태에 빠진 피해자가 방으로 뛰어든 후 사망한 유형. 범인은 방에 한 발짝도 발을 들일 필요가 없어요. 하지만 이건 아까 다카기 씨가 말씀하신 것과 같은 이유로 제외해야겠네요. 신도 씨는 틀림없이 이 방에서 살해당했으니까."

내가 알아서 끝을 맺고 다음으로.

"다음은 피해자가 살인으로 위장하여 자살한 유형이에요. 요컨대 자작극이죠. 이번에는 이것도 아니겠지만요."

"자기 얼굴을 물어뜯을 수 있는 인간이 존재하지 않는 한은."

다카기가 말했다.

히루코 씨가 "잠깐만" 하고 말을 가로막았다.

"절반만 자살이었을 가능성은 없을까?"

"절반만?"

"신도 씨가 고의로 좀비를 맞아들여 습격을 당했다는 뜻이야."

미스터리 애호가인 나로서는 마음에 드는 해석이지만 역시 몇 가지 문제가 남는다.

"동의 살인이라는 말씀이시군요. 잠긴 방에 들어간 방법과 처참한 시체의 몰골은 그걸로 설명이 가능하겠지만, 문에 끼워져 있던 메시지는 설명이 안 돼요. 범행 후에 좀비가 복도로 나와서 끼웠다고는 볼 수 없으니까요. 그리고 좀비를 어디로 불러들였고 어떻게 탈출시켰는지 역시 불분명하고요. 신도 씨 혼자서 바리케이드를 치우기는 힘들 테니 비상문이나 엘리베이터로 데려온 걸까요?"

히루코 씨도 그 부분은 염두에 두고 있었던 듯했다.

"어쨌거나 '밖에 우글거리는 좀비' 중에서 하나, 또는 소수만 방까지 데리고 와야 해. 너무 위험하니까 현실적인 수단은 아니야."

엘리베이터를 타고 1층으로 내려가서 좀비와 함께 돌아온다? 비상문을 열고 딱 한 놈만 들어왔을 때 문을 닫는다? 어느 쪽이든 대번에 좀비에게 공격당할 테고, 그런 모험에 성공할 만한 배짱과 실력이 있다면 냉큼 펜션에서 탈출했겠지. 참신한 가설이었지만 이번에는 이것도 아니다.

그럼 밖에서 침입한 것이 좀비가 아니라 인간이라면 어떨까.

"외부인의 범행이라고 보면 어떨까요? 밀실이 되기 전에 범인이 이미 안에 침입한 유형인데요."

"아까 라운지에서 다카기 씨와 시계모토 씨가 내놓은 가설이구나. 좀비가 나타난 뒤로는 펜션 입구에 사람의 시선이 끊이지 않았지만 그전에, 예를 들어 간노 씨가 건물 내부의 문단속을 확인하는 틈에 누군가가 침입했을지도 몰라."

다카기가 힘차게 고개를 끄덕였다.

"카드키를 프런트 어디에 보관해두는지만 안다면 빈방 중 하나에 몰래 숨는 것도 가능해."

그렇다면 '바깥쪽 밀실'은 뚫을 수 있다. 하지만 오늘 아침 우리가 펜션을 이잡듯이 뒤졌는데도 발견된 사람은 없었다.

"밖에서 들어온 누군가가 범인이라면, 범인은 신도 씨를 살해한 후에 메시지를 남기고 펜션에서 연기처럼 사라진 셈이에요. 이런 말씀 드리기는 좀 그렇지만……."

"우리 중에 범인이 있다고 봐야 수수께끼가 적어지겠지."

내 말을 히루코 씨가 이어받았다. 좀비도 외부인도 범인이 아니라, 우리 중 한 명이 범인이라면 '바깥쪽 밀실'은 처음부터 무시할 수 있다.

나는 밀실 강의로 되돌아갔다.

"다음은 물리적인 트릭이에요. 외벽을 타고 들어온다, 로프를 던져서 발코니에 건다, 문을 통째로 떼어낸다 등등 얼핏 생각하기에는 터무니없어 보이는 방법이 실은 가능했다는 유형이죠. 그리고 비밀 통로가 있다든가."

"흐음. 아무리 그래도 그 정도까지 의심하고 들면 한도 끝도 없겠는데."

그렇게 말하면서도 히루코 씨는 방으로 돌아가 발코니 난간에 뭔가 건 흔적이 없는지, 방 어딘가에 빠져나갈 구멍이 없는지 꼼꼼히 조사했다. 하지만 그런 수단을 사용한 흔적은 하나도 발견되지 않았다. 뭐, 아야쓰지 유키토가 창조한 '관' 시리즈의 등장인물 나카무라 세이지가 만든 저택도 아니니까.

"난간 페인트가 생각했던 것보다 잘 벗어지네요. 줄사다리나 로프를 걸면 확실히 흔적이 남겠어요."

가느다란 와이어로 고리를 만들어 미리 발코니 난간에 연결해놓고 로프를 맸나 싶기도 했지만, 그것도 무리일 듯했다. 물론 붙잡거나 발을 디딜 돌출부가 없으니 벽을 타고 올라오기도 불가능하다. 하나하나 다 짚어본 후 나는 어쩐지 미안함을 느끼며 말을 꺼냈다.

"저기, 밀실이 뭔지 설명하려고 마지막까지 말을 안 했는데요."

"뭐야, 또 있어?"

다카기가 어이없다는 듯이 말했다.

"실은 지금까지 설명한 방법을 사용하지 않아도 이런 방식의 잠금장치는 밖에서 열 수 있어요."

"뭐?"

"참, 그렇지."

히루코 씨가 고개를 끄덕였다.

"역시 알고 계셨군요."

"도난 사건에서는 그 방법이 자주 사용되니까."

"야, 둘이서만 알고 넘어가기냐."

이야기에서 소외된 다카기가 화를 냈다.

히루코 씨는 설명을 하기 위해 문 아래쪽을 가리켰다.

"일단은 L 자 모양 철사를 준비해요. 길이는 바닥에서 문손잡이에 닿을 만큼이면 되고, 끝부분은 살짝 구부려요. 그걸 문 밑의 틈새로 집어넣죠. 위를 향해 빙글 돌린 후 구부린 끝부분을 문손잡이에 걸고 아래로 당기면 키 없이도 문을 열 수 있답니다. 동영상 사이트 같은 데 올라와 있어요. 그리고 자물쇠만 풀면 도어체인이나 도어가드도 끈이나 고무줄을 이용해 밖에서 벗길 수 있고요."

다카기는 황당하다는 표정으로 우리를 보았다.

"야, 야. 그럼 지금까지 한 이야기는 다 뭐였어? 도구만 있으면 이 방은 밀실이고 뭐고 아니었다는 뜻이잖아."

다카기 말이 맞다. 나아가 이렇게 번거로운 방법을 사용할 것 없이 밖에서 살살 구슬려 신도에게 직접 문을 열게 하면 되니까 이걸 밀실이라 부르기는 민망하다.

마지막으로 하나 더 추가해야 한다.

"이것도 미스터리 소설에서 쓰면 욕먹을 방법이라 말을 안했는데요. 나바리 씨는 어제 마스터키를 받았으니까 언제든지 침입할 수 있었어요."

"그러게."

히루코 씨는 당연하다는 듯이 고개를 끄덕였다. 다카기는 입만 떡 벌리고 있다가 천천히 다가와서 내 배를 주먹으로 쿡 쑤셨다.

"빙빙 돌리기는."

지금까지 밀실에 관해 토의한 결과 범인이 '바깥쪽 밀실을 무시할 수 있는 존재', 즉 우리 가운데 누군가라면 신도의 방에 침입할 수 있음이 확실해졌다. 나바리가 범인이라면 더더욱 그렇다.

히루코 씨는 만족스러운 듯이 고개를 끄덕였다.

"고마워. 하무라 덕분에 생각이 조금 정리됐어. 이건 역시 전대미문의 밀실 살인이야."

"어디가? 결국 자물쇠는 간단히 풀 수 있는 거잖아. 난 뭣 때문에 쓸데없이 긴 이야기를 했나 싶었는데. 나만 이야기를 못 따라간 거야?"

"어렵게 생각하실 필요 없어요, 다카기 씨. 밀실은 지금까지 설명한 방법으로 돌파할 수 있지만, 살인까지 고려하면 하나 더 짚고 넘어갈 점이 있어요."

"그게 뭔데?"

히루코 씨는 진지한 목소리로 말했다.

"이러한 방법으로 밀실을 돌파할 수 있는 건 인간뿐이라는 점이에요. 하무라 덕분에 우연이나 사고로 좀비가 이중 밀실을 돌파할 가능성은 없다는 확신이 섰어요. 그리고 우리 중에 신도 씨를 물어 죽인 흔적이 있는 사람은 없었고요. 즉, 우리는 밀실을 돌파할 수 있지만 신도 씨를 죽일 수는 없어요. 반대로 좀비는 신도 씨를 죽일 수 있지만 밀실을 돌파하지 못해요. 이건 침입 방법과 살해 방법, 두 가지 조건을 해결해야 하는 밀실 살인이에요."

다카기가 머리를 긁적긁적했다.

"그게 뭐야. 범행이 가능한 사람이 없잖아. 그 밖에 다른 가능성은 없어?"

"아까는 부정했지만 인간이 비상문 등을 통해 좀비를 끌어들였을 가능성도 있겠죠. 범인도 엄청난 위험을 감수해야겠지만요."

히루코 씨가 답했다.

"그리고 나나미야 씨 말처럼 좀비가 인간과 대등한 지능을 지녔을 가능성도 있고요."

내 입으로 말했지만 말도 안 되는 소리다. 하지만 따지고 보면 좀비 자체가 우리의 상상을 초월하는 존재다. 어디까지 말이 될지 나로서는 판단이 안 선다. 아케치 씨와 승부를 겨루었던 여학생의 점심 메뉴 맞히기와 똑같다.

또 생각이 꽉 막혔을 때 히루코 씨가 손뼉을 짝 쳤다.

"접근법을 한번 바꿔볼까. 좀비라는 이 미지의 괴물에 대해 정보를 좀더 얻어야 할 것 같아."

5

히루코 씨는 방금 전까지 머물렀던 신도의 옆방인 시게모토의 방으로 향했다. 문을 두드리자 시게모토가 문을 살짝 열고 음울한 얼굴로 대답했다.

"왜, 무슨 볼일이라도……?"

불을 켜지 않은데다 커튼을 단단히 쳤는지 그의 등뒤로 보이는 방은 어두침침했다. 벽에 비치는 푸르스름한 빛은 텔레비전 불빛이겠지.

"바쁘세요? 실은 그 흉측한 좀비에 대해 시게모토 씨의 의견을 듣고 싶어서요."

"왜 그걸 나한테?"

시게모토가 안경 안쪽의 눈을 깜박였다.

"시게모토 씨는 어제 좀비를 처음 봤는데도 뇌를 파괴해야 놈들이 멈춘다는 걸 간파했고, 오늘 아침에도 신도 씨가 좀비가 되어 되살아날 위험성을 누구보다도 먼저 지적하셨어요. 혹시나 그런 괴물에 대해 해박하신가 싶어서요."

히루코 씨가 상냥하게 말을 붙였다. 계산한 행동인지 원래 성격이 그런지는 모르겠지만, 이런 미인에게 칭찬을 받고 기분 나쁠 남자는 없다. 물론 시게모토도 예외는 아니었다.

"딱히 해박한 건 아닌데." 경계심이 풀린 말투다. "뭐, 들어와. 대접할 건 콜라밖에 없지만."

방에 들어가니 냉방이 제법 강해서 반소매로는 추울 정도였다. 귀를 기울이자 다쓰나미가 자기 방에 틀어놓은 음악이 방바닥을 통해 들려왔다. 칠칠치 못한 성격인지 침대 시트는 고작 하루가 지났다는 게 믿기지 않을 만큼 흐트러져 있고, 나이트테이블에는 반쯤 마시고 남은 콜라가 놓여 있었다. 쓰레기통 옆에는 빈 페트병이 다섯 개. 콜라 중독자는 새 페트병을 냉장고에서 꺼내 테이블에 내려놓았다.

"목마르면 마셔."

방에 비치된 텔레비전 앞에는 소형 DVD 플레이어가 연결되어 있었고, 화면에는 영화가 일시정지 상태였다. 화면에 나온 외국인 여배우는 본 적이 있었다. 머리는 짧은 금발, 모래먼지가 묻은 매력적인 얼굴로 매서운 표정을 짓고 있으며, 양손에는 총을 들었다.

"이거 〈레지던트 이블〉 아닌가요?"

"응."

시계모토는 고개를 끄덕였다.

좀비 게임을 영화화한 작품으로 다들 한 번쯤은 들어봤을 만큼 유명한 영화다. 하기야 DVD를 보든 게임을 하든 자기 마음이지만 아무리 그래도 이런 상황에서 좀비 영화를 감상하다니 대담함을 넘어 둔감하게 느껴져서 말문이 막혔다. 다카기도 "무슨 생각인지 모르겠네……" 하고 떨떠름한 표정을 지었다.

카펫을 깐 바닥에 앉은 시게모토를 둘러싸고 나와 히루코 씨는 침대에, 다카기는 의자를 뒤로 돌려 걸터앉았다.

"평소에 이런 영화를 자주 보세요?"

"뭐, 좀비 영화라고 불리는 건 대체로 다 봐. 좀비라고 해도 작품마다 설정은 다르지만. 지금은 실제로 좀비의 습격을 받았을 때를 대비한 서바이벌 가이드까지 출판되어 있어. 읽긴 읽었는데 역시 총이 없는 나라에서 할 수 있는 일에는 한계가 있더라."

시게모토는 히루코 씨의 질문에 속사포처럼 대답한 후 가방에서 DVD와 관련 서적을 차례차례 꺼내 바닥에 늘어놓았다. 이거야 원, 상상 이상의 마니아인 모양이다.

신이 난 시게모토의 기분을 가라앉히듯이 히루코 씨는 부드럽게 말을 꺼냈다.

"아까 저희끼리 신도 씨가 살해당한 상황에 대해 고민해봤는데요, 아무래도 그 괴물에 관해 모르는 점이 많더라고요. 신체 능력은 어느 정도인지, 이쪽을 속일 만큼 머리가 잘 돌아가는지 등등요. 그래서 시게모토 씨께 조언을 듣고 싶어요. 시게모토 씨는 그들의 정체가 뭐라고 생각하시나요?"

그러자 시게모토는 방금 전까지 들떴던 표정을 거두고 탁상으로 다가가 다이어리에서 빼놓은 종이 몇 장을 집었다. 종이는 난잡한 글씨로 가득했고, 강조하려고 했는지 한복판의 "좀비란?"이라는 물음에는 시커먼 동그라미를 여러 번 쳐놓았다. 아무래도 이 좀비 마니아는 지난밤에 자기 나름대로 검토를 마친 모양이다.

"좀비, 놈들을 좀비라고 호칭함에 있어서 먼저 확인해야 할 점은 그들이 좀비가 된 원인이야. 그래서 이것저것 관찰을 좀 해봤지.

첫 번째, 여기를 습격한 좀비들은 상황과 복장으로 보건대 대부분이 사베아 록 페스티벌의 관객일 거야. 몸에 이상이 있다고 호소한 관객이 급증했다고 뉴스에 나왔잖아. 그 일이 좀비랑 관계가 있는 게 틀림없어. 뉴스에서는 생물병기나 화학병기에 의한 테러를 암시했지.

두 번째, 그들은 몸에 육안으로 확인할 수 있는 상처를 입었고, 그들 스스로도 우리 친구를 먹었어. 뉴스에 나온 정보와 결부시켜 생각하면 상처가 그들이 좀비로 변한 원인일 가능성이 높아. 다시 말해 영화의 흔한 설정처럼 그들이 세균이나 바이러스에 감염된 걸로 단정해도 상관없을 듯해.

세 번째, 자세한 감염 경로는 확실치 않지만 주된 원인은 접촉감염이겠지, 깨무는 거 말이야. 우리가 무사한 걸 보면 아마 공기로 감염되지는 않겠지만. 비말감염 여부에 대해서는 아직 어떤지 몰라. 어쨌거나 피나 체액을 직접 뒤집어쓰는 건 피해야겠지. 한 가지 더, 벡터감염도 있어."

"벡터?"

"동물이나 곤충을 매개로 해서 감염되는 걸 뜻해. 지금 같은 계절이면 모기겠네."

확실히 그렇다. 인간 이외의 동물 중에서는 모기가 사람을 가장 많이 죽이는 것으로 유명하다. 만약 좀비의 피를 빤 모기에게 물리면…….

"뭐, 어쩌면 좀비의 피를 빤 시점에 모기가 죽을지도 모르지만. 가능하면 긴소매 옷을 입는 게 제일 낫겠지."

정작 그렇게 말하는 시게모토는 반소매 차림이다.

"감염증이라면 치료의 여지는 있을까요?"

이 질문에 그는 고개를 젓더니 가방에서 꺼낸 책을 펼쳐 우리 쪽으로 내밀었다.

"『좀비 서바이벌 가이드』에 따르면 좀비 바이러스는 혈류를 타고 뇌로 운반되어 증식하면서 전두엽을 파괴하고 심장을 정지시켜 감염자를 '죽음'에 이르게 해. 그리고 체내 기관을 세포 단계에서 변이시킴으로써 여러모로 한계를 뛰어넘은 괴물로 되살려낸다고 적혀 있어. 어디까지 믿어야 할지는 모르겠지만, 이 책의 몇몇 내용은 우리를 둘러싼 좀비들에게도 들어맞는 것 같아."

말을 마치고는 가방에서 어제 촬영에 사용한 비디오카메라를 꺼내더니 재빨리 텔레비전에 연결해 영상을 재생했다. 폐허에서 촬영한 심령 영상이 아니라 펜션 주변을 돌아다니는 좀비들을 촬영한 영상이었다. 언제 이런 영상까지 찍은 걸까.

좀비를 최대한 클로즈업하여 찍은 영상에는 인간과 동떨어진 감염자들의 모습이 구석구석까지 자세하게 담겨 있었다. 저도 모르게 눈을 돌리고 싶어지는 광경을 보고 다카기가 짜증 섞인 목소리로 말했다.

"혐오 영상은 이만 됐으니까 알아낸 사실이나 말해."

"이제부터 말할 이야기는 전부 제 상상에 지나지 않아서요. 다른 사람의 의견도 듣고 싶습니다. 보면 알겠지만 아무리 깊은 상처를 입은 좀비도 출혈은 멎었어. 시간이 흐르면서 응고된 것도 원인이겠지만, 녹색으로 변색되어 굳은 부분도 있지. 이건 대량 출혈로 혈액량이 줄어든 것에 더해 혈액 자체가 변질되어 유동성을 잃은 상태가 아닐까 싶어. 어젯밤에 다쓰나미 씨가 죽인 좀비도 아무리 창으로 찔러도 피는 뿜어져 나오지 않았지."

"그게 뭐 어쨌는데?"

"당연한 걸 물으시네요. 좀비의 몸속에서는 혈액이 순환하지 않습니다. 놈들은 산소를 필요로 하지 않는다는 뜻이죠. 그러니까 심장이 박살나도 움직일 수 있어요. 그야말로 움직이는 시체라고요."

시게모토는 요령 있게 말투를 바꾸어가며 다카기와 우리에게 힘주어 말했다.

"하지만 근육 조직은 경직된 상태라 민첩성과 보행 속도는 살아 있을 때보다 현저하게 뒤떨어져. 산소가 공급되지 않다 보니 뇌가 몸에 지시를 내려도 팔다리가 연계하여 움직이는 능력도 좋지 않고 복잡한 사고는 못 할 거야. 요컨대 뇌를 강탈한 바이러스의 단순한 명령에 따라서만 움직인다고 할 수 있겠지."

"단순한 명령이라니요?"

내가 되물었다.

"생존과 번식. 좀비의 머릿속에 있는 건 그 두 가지뿐이야. 우리를 공격하는 것도 딱히 죽이고 싶어서는 아니지. 우리를 번식 도구로 이용하는 거야."

나는 그의 견해에 어떻게 반응해야 할지 몰랐다. 하지만 히루코 씨는 감탄한 듯 "그렇구나" 하고 중얼거렸다.

"왜 좀비는 좀비를 습격하지 않는지 내내 궁금했거든요. 배가 고프면 몇 안 되는 인간을 쫓아다니기보다 서로 잡아먹는 편이 빠를 텐데 말이죠. 하지만 번식이 목적이라면 수긍이 가네요."

"그래, 바로 그거야."

지지를 받아서 기쁜지 시게모토는 몸을 내밀고 더욱 열변을 토했다.

"그렇게 생각하면 우리가 그들의 행동을 '먹는다'고 표현하는 것도 잘못됐다고 할 수 있지. 그렇잖아. 만약 놈들이 허기를 채우려고 사람을 습격한다면 시체는 우리가 치킨을 먹을 때처럼 뼈만 남아야 마땅해. 하지만 어떤 좀비도 뼈까지 쪽쪽 빨아먹은 느낌은 아니야. 즉, 물어뜯는 행위가 바이러스를 감염시키기 위한 수단에 지나지 않는다는 뜻이지. 무슨 기능이 있는지는 모르지만 놈들은 바이러스에 감염되지 않은 인간을 판별해서 공격하는 거야."

예전에 읽은 인터넷 기사가 생각났다. 브라질에 사는 개미였을 텐데, 어떤 신종 곰팡이에 감염되어 뇌를 지배당한 왕개미는 좀비로 변해 곰팡이 포자를 퍼뜨리기에 최적의 장소로 이동한다고 한다. 번식을 위해 동물의 뇌를 강탈하는 것은 실제로 존재하는 수단이다. 그렇게 생각하면 좀비가 서로 잡아먹지 않는 건 당연할지도 모르겠다.

정보량이 점점 늘어나서 다이어리의 종이를 몇 장 빌려 좀비에 대해 확실하다고 추정되는 사항을 메모하기로 했다.

"……혈액이 순환하지 않으면 당연히 소화기관도 움직이지 않겠네. 신도 씨의 살점이 그렇게 널려 있던 것도 그 때문이야. 좀비는 살을 뜯어먹는 게 아니었어……. 그럼 몸이 부패할 때까지 며칠 기다리면 우리는 살아남을 수 있다는 뜻인가요?"

히루코 씨가 묻자 흥분하여 떠들던 시게모토의 말투가 무거워졌다.

"그게…… 좀 골치 아파질지도 몰라. 이것도 책에서 읽은 건데, 일반적으로 시체의 부패에는 미생물이 관여해. 만약 좀비 바이러스가 미생물을 즉시 사멸시키거나 미생물의 접근을 막는 성질을 띠고 있다면 놈들의 육체는 상상하는 것보다 훨씬 오래 보존될 우려가 있어. 모두의 앞에서는 말하지 못했지만, 어쩌면 완전히 부패하는 데 몇 주나 걸릴지도……."

"미생물이라. 확실히 그건 맹점이네요……."

히루코 씨는 조용히 수긍했다. 한편 다카기는 화난 듯한 투로 말했다.

"말이 나온 김에 가르쳐줘. 좀비들이 왜 여기로 모여드는 거지? 록 페스티벌 공연장에서 여기로 오려면 산을 넘어야 해. 왜 산을 넘으면서까지……."

"저한테 화풀이하지 마세요. 록 페스티벌에는 하루에 오만 명 가까운 사람이 몰려들어요. 예를 들어 테러가 발생해 그중 십 퍼센트만 감염돼도 좀비가 오천 마리나 생기는 셈이죠. 발코니 유리문으로 보니까 이 건물 주변에 모여든 좀비는 채 오백 마리도 안 되겠던데요. 고작 한줌에 지나지 않는다고요. 그건 그렇고 주목해야 할 점은 놈들이 밝고 소란스러운 록 페스티벌 공연장을 떠나 자담장으로 왔다는 겁니다. 오감 이외의 인지능력을 활용해 살아 있는 인간을 찾아낸다는 뜻이죠. 그렇지 않고서야 한사코 여기만 포위하고 있을 리가 없어요."

"인간만 감염된다고 생각하세요?"

"……그건 장담할 수 없어. 영화에 따라 해석도 다양하거든. 하지만 특정한 동물에게만 해를 입히는 세균이나 바이러스는 얼마든지 있어. 좀비 바이러스에 인간을 집중적으로 노리는 특성이 있다고 해도 이상할 건 없겠지."

그럼 좀비는 어느 정도 수준의 행동이 가능할까. 나는 구체적으로 물어보았다.

"뇌가 정상적으로 기능하지 않는다면 도구를 사용해 자물쇠를 풀거나 신도 씨를 잘 구슬려서 문을 열게 할 수는 없겠네요?"

"아무렴." 시게모토는 즉시 답했다. "그러니까 저딴 바리케이드도 해결하지 못하고 쩔쩔 매는 거지. 놈들이 어쩌는지 봤어? 선반장에 정면으로 부딪치더니 반동으로 균형을 잃고 계단에서 굴러떨어진다니까. 그런 짓을 몇 번이고 되풀이하는 중이야. 유아 수준의 학습 능력도 없어. 뇌가 단순한 지시밖에 내리지 않는 탓인지 팔다리가 따로 놀아서 달리지도 못해. 장점은 체력이 무한하다는 것 정도겠지. 영화에 나오는 좀비가 훨씬 팔팔해서 버거워."

"물리고 나서 얼마나 지나야 좀비가 될까요?"

히루코 씨가 질문했다.

"어려운 문제로군. 물린 부위와 다친 정도, 피해자의 체격에도 좌우될지 몰라. 지금쯤 정부 기관이 상세하게 검증하기 위해 애쓰고 있겠지만, 결과가 보도될 때까지 살아남을 수 있으려나."

시게모토가 비관적으로 말하고 페트병 뚜껑을 열자 김이 빠지는 소리가 났다.

"뭐야, 결국 좀비는 신도의 방에 숨어들 수 없다는 결론이잖아."

헛걸음을 했다는 듯이 다카기가 한탄했다.

시게모토의 방을 뒤로한 우리는 귀신의 집에서 빠져나오기라도 한 것처럼 숨을 후 내쉬었다.

정리한 메모의 내용은 다음과 같다.

1. 좀비가 되는 원인은 아마도 세균이나 바이러스. 물리면 감염되어 좀비로 변한다. 좀비로 변하는 시간과 자세한 감염 경로는 불명확.

2. 그들은 산소를 필요로 하지 않으므로 뇌를 파괴하지 않는 한 계속 활동한다. 따라서 체력은 무한하다. 하지만 학습 능력, 운동 능력은 낮다.

3. 먹기 위해서가 아니라 번식을 하기 위해 사람을 문다. 어느 정도 감염시키고 나면 목표물에서 떨어진다.

4. 살아 있는 사람의 기척에 민감하다.

이렇게 보니 확실히 난감하기 짝이 없는 괴물이기는 하지만 지능과 운동 능력이 낮다면 대처할 방법은 있을 듯하다.

그때 마침 남쪽 구역 복도에서 다쓰나미가 창을 걸머메고 나타났다.

"이야, 탐정단. 수확은 좀 있었어?"

말투를 들어보니 비아냥거리는 게 아니라 단순히 흥미가 있는 모양이다. 나는 고개를 저었다.

"아니요. 오히려 수렁에 빠진 듯한 느낌인데요."

"어딘가에 인간이 얽혀 있어서 복잡해지는 거야. 좀비의 소행으로 꾸민 건 우리에게 겁을 주려는 속셈이겠지."

"그러게요……. 현재로서는 그 말씀이 제일 딱 와닿네요."

히루코 씨도 다쓰나미의 의견에 동조했다. 범인은 단순한 증오의 표출로도, 혐의를 회피하기 위한 술수로도 볼 수 없는 단서를 남기고 사라졌다. 그 결과 우리의 내면에는 곤혹스러움과 공포가 싹텄다. 그것이 범인이 의도한 바라면 범행의 배후에 있는 것은 인간이 틀림없다.

나는 다쓰나미가 나온 남쪽 구역에 나나미야의 방인 301호실이 있다는 것이 생각났다.

"나나미야 씨를 보러 갔다 오셨어요?"

"응, 혼자 있으니 심심할 것 같아서. 그런데 그 야박한 놈이 문을 열어줘야 말이지. 인간이 그렇게 소심해서야 원. 지금쯤 방안에서 벌벌 떨고 있겠지."

그렇게 말하고 관자놀이를 두드리는 시늉을 했다. 그래, 왜 그러는지 궁금했다.

"그러고 보니 나나미야 씨는 늘 머리를 두드리시던데, 그거 왜 그러는 거예요?"

"지난달부터 두통이 심한가 봐. 진통제를 달고 살더라고."

그러자 옆에서 듣고 있던 다카기가 퉁명스럽게 말했다.

"콘택트렌즈 때문에 그런 거 아닌가?"

"콘택트렌즈?"

"그 사람, 안약도 자주 넣던데. 미후유도 같은 안약을 넣는 걸 본 적 있어. 그건 렌즈용 안약이야. 미후유한테 들었는데 과교정이라고 도수가 너무 높은 렌즈를 끼면 눈이 뻐근한 것부터 시작해서 혈액순환이 나빠지거나 스트레스 때문에 체내 호르몬에 말썽이 생겨서 두통과 구역질을 유발하기도 한대."

"시즈하라 씨도 렌즈를 끼는군요." 내가 말했다.

다카기의 말을 듣고 다쓰나미도 짚이는 구석이 있는 모양이다.

"그러고 보니 그 녀석, 인터넷으로 적당히 렌즈를 샀다고 했는데."

우리는 엘리베이터를 타고 2층으로 내려갔다. 내부가 작아서 겨우 네 명인데도 서로 어깨가 닿을 만큼 공간이 협소했다.

"시게모토가 있었으면 세 명만 타도 중량 초과였겠네."

나는 다쓰나미가 농담을 하다 실수로 1층 버튼을 누르지는 않을까 조마조마했다. 버튼 하나만 잘못 눌러도 좀비 지옥으로 직행이다.

다행히 그는 실수하지 않았고 엘리베이터는 무사히 2층에 도착했다. 잊지 않고 문틈에 의자를 끼웠다.

라운지에는 시즈하라가 남아 있었다. 다쓰나미 방에서는 변함없이 요란한 록 음악이 새어 나오고 있었다. 라운지에 면한 그의 방을 자세히 보니 도어가드를 끼워서 문을 열어둔 상태였지만, 정작 본인은 태연한 얼굴이었다. 상황이 이런데도 방범에 신경쓸 생각은 별로 없는 모양이다.

낮 12시가 지났다.

사베아 록 페스티벌에서 사건이 발생한 지 만 하루 가까이 지나자 텔레비전에서 보도하는 내용에 약간이나마 변화가 생겼다. 희생자 수와 피해 확산 상황에 대해서는 여전히 언급하지 않지만 바이오해저드, 이른바 인위적으로 야기된 생물재해임을 암시하며 주의를 환기하는 내용이 늘어났다.

"사베아 호수의 수질을 관측한 결과 아무 이상도 발견되지 않았지만 현재 사베아 호수에서는 용수 공급이 중단된 상태입니다. 사베아 호수 주변에 거주하시는 분들은 안전을 위해 절대로 호숫물을 입에 대지 않도록 주의하십시오. 혹시 눈이나 입에 들어가거나 손에 묻으면 즉시 깨끗한 물로 씻어내시기 바랍니다. 그리고 어제 사베아 록 페스티벌에 참가하신 분은 지금 당장 아래 자막으로 나가는 번호나 경찰에 전화 주시기 바랍니다."

"어, 물이 끊겼어?"

다카기가 다급한 목소리로 말했다.

마침 나타난 간노에게 물어보자 옥상에 저수탱크가 있으므로 당장 물을 못 쓸 걱정은 없다고 한다.

"객실이 가득차도 한나절은 너끈히 버틸 만한 양이 저장되어 있고, 마시는 물은 따로 생수가 있으니까 이삼일은 문제없을 겁니다. 하지만 결국에는 물이 모자랄 테니 낭비는 금물이죠."

"외딴섬에 낙오된 꼴이 따로 없군."

다카기가 그렇게 말하고 한숨을 내쉬자 다른 사람들도 저마다 불안을 토로했다.

"당분간 샤워는 물 건너갔네요."

내 말에 뜻밖에도 히루코 씨가 민감하게 반응했다. 갑자기 머리카락을 붙잡고 강아지처럼 냄새를 맡았다.

"그렇게 걱정 안 하셔도 돼요."

"그런가. 하지만 혹시라도 불쾌하게 느껴지면 서슴없이 말해줘, 하무라. 나도 일단은 여자니까."

"오, 듬직한 믿을맨인가 보네. 부럽다, 야."

다쓰나미가 능글맞게 웃으며 놀렸다. 나는 뭐라고 대답해야 할지 몰랐다.

그때까지 조용히 있던 시즈하라가 "저어……" 하고 말을 꺼냈다.

"어떻게든 주차장까지 갈 수는 없을까요? 차에만 타면 좀비들한테 붙잡힐 걱정은 없을 것 같은데요."

"주차장도 쉽지는……."

다카기가 곤혹스럽다는 듯이 일동을 둘러보았다.

건물 주위는 좀비들이 에워싸고 있다. 그래도 시즈하라는 꿋꿋이 말했다.

"좀비들은 2층과 3층에 주의를 집중하고 있어요. 반대로 아래쪽 광장과 주차장 부근은 빈틈이 많죠. 무슨 수를 써서 이 포위망에 구멍을 낼 수만 있다면……."

"차로 좀비들을 밀어버리면서 도망칠 수 있다는 건가. 그런데 간노 씨, 자동차 키는 가지고 있어?"

다쓰나미가 이야기를 돌렸다.

"프런트에 있습니다. 죄송합니다……."

"그럼 나머지 두 대를 사용하는 수밖에 없겠네. 볼만하겠어. 애지중지하는 GT-R이 좀비의 피로 물들면 나나미야가 어떤 표정을 지을지 기대되는군."

"빨간색이니까 딱 좋잖아요."

시즈하라도 제법 과격한 소리를 할 줄 아는구나.

"그런데 어떻게 밖으로 나가지? 발코니에서 뛰어내리는 정도로는 좀비 무리를 못 뛰어넘어."

"불요. 예전에 횃불을 들이대서 좀비의 접근을 막는 영화를 본 적이 있어요. 정 안 되면 이 건물에다 불을 질러서……."

어이쿠, 점점 더 과격해진다. 하지만…….

"그건 소용없어."

난입자의 한마디가 시즈하라의 열변을 막았다. 3층에서 내려온 좀비 마니아 시게모토다.

"나도 놈들의 약점을 알고 싶어서 오늘밤에 가지고 놀 예정이었던 불꽃놀이 도구를 놈들 한복판에 던져봤지. 결과는 실패. 소리에는 반응해도 불이나 열기가 두려워서 달아나지는 않더라고."

할말을 다 했는지 시게모토는 비상식량 중에서 시리얼바 하나를 가지고 재빨리 방으로 돌아갔다.

"……박사님이 그렇다는데. 여기를 불태우는 건 없었던 일로 하자."

다쓰나미가 어깨를 으쓱하자 시즈하라는 아쉬운 듯이 입을 다물었다.

비상식량만으로 점심을 때우고 나서 라운지에 진을 치고 있자니 사람들이 몇 번 갈마들었다. 계속 방에 틀어박혀 있던 나바리가 얼굴을 내밀자 이번에는 시즈하라가 방에 가겠다며 동쪽 계단으로 향했고, 다카기가 바래다주겠다며 같이 갔다. 잠시 후에 히루코 씨도 좀 쉬겠다는 말을 남기고 방으로 돌아갔다. 나는 따분해서 라운지에 있던 나무 퍼즐—나무 조각 몇 개를 조합하여 견본과 똑같은 모양을 만드는 그거다—을 가지고 놀았다. 그러고 있자니 돌아온 다카기가 옆에 앉아 참견하기 시작했다.

그 옆에 있던 다쓰나미가 자리에서 일어나더니 자기 방에 가지 않고 엘리베이터를 타고 3층으로 올라갔다.

"어디 가는 걸까."

내가 중얼거리자 간노가 대답했다.

"담배 피우러 옥상에 가셨을 겁니다. 아까 창고 문을 열어놔서 계단으로 자유로이 올라갈 수 있거든요. 계속 건물 안에만 갇혀 있으면 기분도 울적해질 테니까요."

"담배라, 좋으시겠네."

다카기가 투덜거리며 나무 조각 하나를 가장자리에 갖다

붙였다. 그건 명백히 아니었으므로 집어서 다른 조각과 바꾸었다. 그러자 또 틀린 조각을 냉큼 가져왔다. 이 사람은 진지하게 완성시킬 생각 없이 내게 장난을 치는 중이다.

"다카기 씨도 담배 피우세요?"

"금연중. 미후유가 끊으라고 하더라고."

시무룩한 표정이다.

"둘이 사이가 좋으시군요."

"동아리에 들어오자마자 내가 붙잡아놓고 메이크업 순서 같은 걸 가르쳐줬거든. 말이 없는 편인데 건강에 관해서는 잔소리가 심해. 걔, 간호학과야."

"의학부인데 일부러 영연에?"

일반학부 교육동이 있는 본교 캠퍼스와 의학부가 있는 의대 캠퍼스 사이에는 직통 버스가 없고, 자전거로는 삼십 분이나 걸리므로 의학부 학생이 본교 캠퍼스에 소속된 동아리에 가입하면 고생이 이만저만 아니다.

"1학년은 일반교양이니 뭐니 해서 본교 캠퍼스에서 수업을 들을 일이 많으니까. 학년이 올라가면 어떻게 할지는 모르겠다만."

학부 이야기를 계속하다가 다카기가 나처럼 경제학부임이 밝혀졌다. 세상 참 좁다더니만 생각지도 못한 곳에서 인연이 닿았다.

나바리는 잠시 텔레비전 리모컨을 쥐고 있다가 "돌아버릴 것 같아" 하고 중얼거리고 자리를 떴다. 우리가 처해 있는 상황 때문인가 싶었지만 살짝 열린 문을 독기 어린 눈으로 노려본 것으로 추측건대 다쓰나미의 방에서 새어 나오는 음악에 진절머리가 난 듯했다. 동시에 간노도 라운지를 나서, 남은 사람은 나와 다카기뿐이었다.

"다카기 씨, 영연에 왔다는 협박장이랑 오늘 아침에 발견된 메시지 말인데요."

나는 이 기회를 놓치지 않고 물어보기로 했다.

"나나미야 씨는 이상하리만치 예민하게 굴었어요. 즉 협박장에 적힌 희생양이라는 문구는 작년에 찍은 영상의 저주나 지벌이 아니라 합숙에서 일어난 무슨 일과 관련이 있는 거겠죠."

"……역시 그렇겠지."

다카기는 후회스럽다는 듯이 눈을 내리깔았다.

"작년에도 합숙에 참가는 했지만 난 성격이 이렇잖아. 다행히 그 세 명 중 누구도 내게는 눈독을 들이지 않아서 마음 편히 지냈어. 그런데 이틀째였나. 아침에 얼굴을 내밀었더니 분위기가 싸하더라고. 무슨 일이냐고 선배들에게 물어봐도 제대로 안 가르쳐주더군. 하지만 아무래도 데메 놈이 밤중에 여자 부원의 몸을 노리고 방에 기어든 것 같았어."

망할 놈. 작년에 그런 추태를 보여놓고 어제도 나바리를 건드리려고 했나.

"하지만 그쪽은 그나마 나았지. 실패로 끝났으니까."

"……다른 두 사람은 성공했다?"

즉 나나미야와 다쓰나미는.

"성공이라고 할까. 각자 합숙이 끝난 후에도 여자 부원과 사귀기는 했나 봐. 하지만 여름방학이 끝나고 둘 다 파국에 이르렀지. 아니, 파국이라기보다 매정하게 찼다고 들었어. 다쓰나미와 사귀었던 사람은 학교를 그만두고 본가로 돌아갔는데 그후로 연락이 뚝 끊겼어. 엄청 지독한 일이 있었던 모양이야."

"나나미야와 사귀었던 사람은요?"

"자살했어." 다카기가 제자리를 찾지 못한 나무 조각을 손가락으로 튕겼다. "아파트에서 수면제를 잔뜩 먹었지. 메구미 씨라고 나도 여러모로 신세를 많이 진 선배였어. 소문으로는 유서도 남겼다고 하던데."

……그렇군. 그 사람이 자살했다는 사람이구나.

"영연 부원들에게도 자세한 사정은 전해지지 않았나 보네요?"

"나나미야네 변호사가 재빨리 움직여서 합의금으로 어르고 소문이 나면 좋지 않다고 겁을 주며 입을 단단히 틀어막았나 보더라."

그렇다면 신도가 살해당한 이유도 상상이 간다.

"……신도 씨는 그 일을 알고 있었겠군요. 그런데 올해도 합숙을?"

"나나미야는 아래 기수 부장들이 명령에 따를 때까지 집요하게 압력을 가했어. 선배들 사이에서는 유명한 이야기지. 신도는 착실해 보이는 외모와는 달리 희생양을 제공하는 짓인 줄 다 알면서 여자 참가자를 긁어모은 거야. 죽은 사람을 나쁘게 말하면 벌을 받을 것 같지만 내가 보기에 신도는 죽어도 싼 놈이었어."

7

만들다 만 퍼즐을 다카기에게 떠넘기고 3층으로 올라갔다. 일단 방으로 돌아갈까 하다가 창고 문이 열려 있는 걸 보고 흥미가 생겨 처음으로 안에 발을 들여놓았다.

콘크리트로 마감한 창고는 우리가 사용하는 방보다 조금 넓었다. 일 미터쯤 간격을 두고 나란히 놓인 2단 선반에 여분의 파이프의자와 탁상, 업무용 청소기와 페인트칠하는 데 쓰는 도구 등을 꽉꽉 채워놓았고, 안쪽에는 옥상으로 이어지는 계단이 있었다. 그 옆에는 펜션 사장이나 나나미야의 것인 듯한 낚싯대와 스노보드용 도구가 놓여 있었다.

계단을 올라 철문을 밀어서 열자 잔뜩 흐려 답답하게 느껴지는 하늘이 보였다. 빗발은 약해진 것 같지만 찌꺼기 같은 빗방울이 바람을 타고 흩날렸다. 다쓰나미는 흩날리는 빗속에 우두커니 서서 담배를 피우고 있었다. 담배를 피우지 않는 나는 불이 잘도 꺼지지 않는구나 싶었다.

"기분 좋다. 이쪽으로 와."

내가 온 걸 알고 다쓰나미가 불렀다.

옥상은 바람이 조금 강해서 기분이 상쾌했다. 물안개가 피어오르는 사베아 호수가 숲 너머에 드넓게 펼쳐져 있는 덕분에 바로 아래의 좀비만 눈에 들어오지 않도록 조심하면 여름방학 기분이 난다.

"피울래?"

다쓰나미가 담배를 권했지만 정중하게 사양했다.

보슬비가 끊임없이 내리는 하늘로 담배 연기 한줄기가 솟아올랐다. 마치 선향 같다.

선향 연기는 저승과 이승에 다리를 놓는다는 의미가 있다고 옛날에 돌아가신 할아버지에게 들은 적이 있다.

참으로 얄궂다. 우리의 십 수 미터 아래에서는 수백 명이나 되는 사람들이 저승으로 가지 못하고 방황하고 있는데 선향 하나 피워줄 수 없다. 무엇보다 그걸 막고 있는 것은 그들 자신이다.

옥상 서쪽 가장자리에서는 각층의 비상문에 인접한 비상계단이 내려다보였다. 철제 난간 안쪽은 계단을 올라온 좀비들로 북적거렸고, 각층으로 통하는 비상문을 부수려고 쾅쾅 두드리는 소리가 옥상까지 울려 퍼졌다.

그때 계단 중간에 있는 몇 마리가 내 기척을 느꼈는지 이쪽을 올려다봐서 눈이 마주쳤다. 탁한 눈동자를 보고 내가 움츠러들자 집단의 바깥쪽에 있던 중년 남자 좀비가 내게 시선을 고정한 채 난간 밖으로 몸을 내미는 게 아닌가.

앗, 하고 소리를 지를 틈도 없이 중년 남자 좀비는 균형을 잃고 난간을 넘어 지상을 가득채운 좀비 무리 사이로 떨어졌다. 놀랍게도 그후에도 내가 있음을 알아차린 비상계단의 좀비들은 차례차례 난간을 넘어 허공을 가르며 떨어졌다.

그 광경을 보고 있자니 구역질이 났다.

"완전히 레밍스로군."

어느 틈엔가 다쓰나미가 곁에 있었다.

"레밍스?"

"비디오게임이야. 해본 적 없어? 각 판마다 차례차례 내려오는 레밍이라는 쥐에게 지시를 내려서 골인 지점까지 잘 유도하는 게임이지. 각 판에는 절벽과 구덩이가 있어서 플레이어가 지시를 내리지 않으면 레밍들은 줄줄이 떨어져 죽거나 구덩이에 빠져 오도 가도 못하게 돼. 딱 저놈들처럼 말이야."

나는 황급히 좀비들의 눈에 띄지 않을 곳까지 물러났다. 좀비들이라고는 하나 내 탓에 몇 명이 떨어졌다고 생각하자 지금까지와는 다른 의미에서 공포가 솟아올라 심장이 날뛰기 시작했다.

"자책할 것 없어. 놈들한테 지능이 제대로 남아 있지 않은 탓이니까."

그렇게 말하고 또 선향이 연상되는 하얀 연기를 후 내뿜었다.

두 남자 사이에 침묵이 흘렀다.

아까부터 형뻘인 다쓰나미 혼자 말하게 놔둬서 미안했지만, 미스터리 마니아라는 성향을 방패로 삼아 어두운 성격을 가리는 나로서는 이럴 때 기발한 화제가 떠오르지 않아 난처하다. 고심한 끝에 별 지장 없는 질문을 던졌다.

"다쓰나미 씨는 록 음악을 좋아하세요?"

CD 카세트에서 흘러나오는 음악 이야기다.

"시끌시끌하니 소란스러운 게 좋아. 쓸데없는 생각을 안 해도 되니까. 하지만 지금 틀어놓은 건 좋아하는 가수의 곡이야."

"누군데요?"

"브루스 스프링스틴."

큰일났다. 누군지 짐작도 안 가.

"70년대에 데뷔한 싱어송라이터야. 미국을 대표하는 록 가수지. 이제 일흔 살이 다 되어가지만 지금도 활동중이고. 옛날에 가게에서 나오는 노래를 우연히 들었는데 가사가 마음에 쏙 들더라고. 뭐, 아무렴 어때. 그것보다⋯⋯."

다쓰나미는 짧아진 담배를 바람 속으로 던졌다. 움직이는 시체들이 입을 벌리고 담배를 올려다보았다.

"여기서 살아 나갈 수 있을 것 같아?"

새 담배에 불을 붙이며 물었다.

"글쎄요. 반반쯤?"

"힘을 합쳐 최선을 다해봅시다, 이럴 때는 그런 대답이 나와야 하지 않을까."

그건 그렇다. 진지하게 확률을 분석한들 무슨 소용이람. "죄송해요" 하고 사과하자 그는 쓴웃음을 지었다.

"아니, 마음에 들었어. 허울 좋은 소리를 늘어놓거나 낙관적인 기대만 품는 것보다는 훨씬 낫지. 립서비스가 좋아본들 좀비를 상대로는 아무 도움도 안 되니까. 그렇지만 아주 차분해 보이는걸. 너한테는 생난리를 치던 나나미야가 얼간이처럼 보였을지도 모르겠군. 낮살이나 먹고서 빽빽거리질 않나, 방에 틀어박히질 않나."

"아니요. 그런 생각은……." 잠깐 멈칫했던 것을 얼버무리려고 말을 이었다. "저는 옛날에 비슷한 경험을 해봤거든요."

말하고 나서 아차 싶었다. 이래서는 일부러 감질나게 뜸들이는 것 같잖아.

"괜찮으면 무슨 일이 있었는지 말해주지 않을래?"

다쓰나미는 기분 나빠하는 기색 없이 이야기를 재촉했다.

"중학생 때 지진 피해를 입었어요. 그때도 이렇게 건물 위에서 현실감 없는 풍경을 내려다봤죠. 이제 끝장인가 생각하면서. 그 감각과 비슷해요. 뭐랄까, 무섭기는 해요. 죽기는 싫고 모두를 구해야 한다는 생각도 들죠. 하지만 아무리 허둥대고 난리를 친들 압도적인 힘 앞에서는 어쩔 도리가 없어요."

발아래 우글거리는 좀비들이 일제히 몰려드는데 고작 열 명쯤 되는 사람들로 뭘 할 수 있단 말인가. 그날 이후로 내 냉정함은 체념과 동거하고 있다.

다쓰나미는 "그렇구나" 하고 중얼거리고 잠시 입을 다물었다가 느닷없이 물었다.

"하무라, 겐자키 씨랑 사귀어?"

가슴이 철렁했다.

단순히 히루코 씨 같은 미인의 짝으로 봐주어 쑥스러웠기 때문이기도 하지만 그가 여자를 화제로 삼았기 때문이다. 하지만 "딱히 그런 건 아닌데요" 하고 내가 대답하자 그는 의외의 말을 꺼냈다.

"걔, 너한테 반했어."

마치 날씨 이야기라도 하는 듯한 말투였다.

"히루코 씨가요?"

설마.

"너, 여자랑 사귄 경험은?"

내가 솔직하게 고개를 젓자 그는 작게 웃었다.

"그렇군. 둘 다 초심자인 셈이야. 제일 즐거운 시기지."

"그쪽이 초심자라는 보장은 없는데요."

"내 감이야. 하지만 아마 맞을걸. 남자를 안다면 그렇게 무방비하게 굴 리가 없지."

어쩐지 알 것 같다. 하지만 일부러 삐딱하게 말해보았다.

"순진하고 붙임성 좋은 성격인지도 모르죠."

"확실히 그래. 처음 봤을 때는 나도 진심으로 밀어붙여볼까 싶었어. 머리도 잘 돌아가는데다 그런 미인은 좀처럼 보기 힘들거든. 하지만 그만뒀어. 걔는 여간내기가 아닌 것처럼 보여도 알맹이는 순수해. 그런 애는 상대하다 보면 지쳐. 끝이 났는데도 끝인 줄 몰라. 정말 성가시지."

그가 여자에 관해 약한 소리를 하다니 의외였다.

"실례지만…… 다쓰나미 씨는 그렇게 따지고 가리는 사람이 아닌 줄 알았어요."

"경험한 수를 헤아리면 그야 많기는 하지. 하지만 뱉어버리고 싶은 기억뿐이야. 만나기 시작할 무렵은 즐거워. 하지만 상대를 알면 알수록 서로를 진짜 좋아하는 게 맞는지 모르겠더라고. 상대를 믿을 수가 없어져. 끝나고 나면 전부 기만이었다는 생각밖에 안 들지."

"다쓰나미 씨 같은 사람도 그렇다면 저는 평생 이해를 못할 것 같네요."

거렇게 젖은 콘크리트에 툭 떨어진 담배꽁초를 커다란 발이 짓밟았다.

"질병 같은 걸 거야."

불이 꺼졌는데도 다쓰나미는 꽁초를 발로 계속 비볐다.

"그, 연애관이?"

"사람의 애정 자체가. 좀비랑 똑같지. 놈들을 봐. 자신이
병에 걸린 줄도 모르잖아. 연애 감정도 똑같아. 전 세계 사람
이 거기에 감염돼서 즐겁게 춤추고 있지. 나만 완전히 좀비가
되지 못한 거야. 나는 맨정신으로 그들을 흉내내려 해. 표정
과 행동을 흉내내고 비슷한 소리를 내지. 모두랑 똑같다는 얼
굴로 살점을 물어뜯다가 더이상 견디지 못해 옆에 있는 좀비
를 때려눕히고 달아나는 거야."

그의 눈에는 이 건물에 몰려드는 좀비가 맹목적으로 사랑
을 갈구하는 인간과 겹쳐 보이는 걸까.

지금 다쓰나미가 진심을 말하고 있다는 증거는 없다. 의미
심장한 말로 그럴듯하게 치장하는 데 심취했을 뿐인지도 모
른다. 다카기의 이야기가 사실이라면 그는 작년에 잘못을 저
질렀다. 그래도 나는 종말이 찾아온 듯한 현재 상황이 이 고
백을 끌어낸 것만 같았다.

하지만 아쉽게도 나는 다쓰나미의 고민에 적절한 조언을
해줄 수 없다.

나는 대놓고 속을 떠보는 것밖에 할 줄 모른다.

"다쓰나미 씨, 신도 씨가 왜 살해당했다고 생각하세요?"

다쓰나미는 전혀 동요를 보이지 않고 대답했다.

"글쎄다. 나나미야는 아주 겁을 먹은 것 같다만, 누구든지 미움받을 이유를 하나쯤은 가지고 있겠지. 신의 이름 아래 불살不殺을 설파하는 자도 있거니와 신의 의지를 내세워 사람을 죽이는 자도 있어. 뭐가 사람을 움직이게 만드는지는 모르지. 중요한 건 살아남을 수 있느냐 없느냐야."

그렇게 말하고 다쓰나미는 셔츠 자락을 걷어올렸다. 허리춤에 라운지의 장식품이 아닌 칼 한 자루가 꽂혀 있었다. 개인적으로 가져온 물건이겠지.

다쓰나미는 누군가가 자신에게 원한을 품고 있다는 사실을 평소에 자각하고 있었다는 뜻일까.

"너도 가능한 한 겐자키 씨 옆에 붙어 있어."

다쓰나미가 새 담배에 불을 붙이는 것과 동시에 방으로 돌아갔을 나바리가 옥상으로 올라왔다.

"바람 좀 쐬러 왔어."

눈이 마주치자 나바리는 그렇게 말했지만 다쓰나미의 뒷모습을 보자마자 눈살을 살짝 찌푸리고 우리와는 반대쪽으로 걸어갔다.

"먼저 갈게요."

나는 다쓰나미에게 말하고 옥상을 뒤로했다.

8

방으로 돌아와 시계를 보자 4시 반이었다. 비에 젖은 머리를 말리고 침대에 누워 한숨 잤다.

한 시간 반쯤 후에 깼다. 휴대전화는 여전히 먹통이었다.

나는 히루코 씨 방에 가보기로 했다. 다쓰나미와 이야기하면서 그녀를 약간 의식하기도 했고, 히루코 씨가 오늘 아침처럼 수수께끼를 팔짱 끼고 보고만 있을 것 같지도 않았기 때문이다.

히루코 씨 방은 201호실. 2층 남쪽 구역의 제일 끄트머리, 비상문 바로 옆이다. 검을 가져가는 것도 잊지 않았다.

좀비들의 습격을 받은 뒤로 여기에는 처음 와봤는데, 상황을 직접 접하고 아연실색했다. 비상문 자체는 묵직한 철제라 우리가 급조한 바리케이드보다 훨씬 안정감이 있다. 하지만 문 너머에서는 지금도 좀비들이 문을 부수려고 두드리는 소리가 끊임없이 이어지고 있다.

쾅! 쾅! 쾅! 쾅!

그때마다 금속으로 된 문틀이 살짝 삐걱거렸다. 한나절 넘게 받은 충격이 누적됐다. 몸으로 부딪는 게 아니다. 살보다 단단하지만 금속은 아닌 뭔가로 두들기고 있다. 마치 나무방망이를 힘껏 휘두르는 듯한 느낌.

머리인가.

힘을 조절할 줄 모르는 좀비들이 피와 살점을 흩뿌리며 문에 머리를 찧고 있는 모습을 상상하자 몸이 부르르 떨렸다.

내가 착각했는지도 모른다. 농성의 급소는 급조한 바리케이드고, 철제 비상문은 튼튼한 반석이라고 믿었다. 하지만 실제로는 철제 비상문 쪽이야말로 좀비들이 힘을 더 발휘할 수 있는 모양이다.

원인은 발디딜 곳이겠지. 좁은 계단밖에 발을 디딜 곳이 없는 바리케이드 쪽과 달리 이 문 밖에는 공간이 어느 정도 되는 층계참이 있다. 그래서 좀비가 안정된 자세로 공격하는 동작을 취할 수 있는 것이다.

그건 그렇고, 문을 때리는 소리는 당연히 히루코 씨 방에도 전해질 터. 이래서는 한시도 마음 편히 쉴 수 없다. 히루코 씨는 스트레스가 꽤 많이 쌓이지 않았을까.

노크하자 문 너머에서 "예" 하고 대답하는 소리가 들렸다.

"하무라예요. 지금 괜찮으세요?"

"우와, 헙. 자, 잠깐만 기다려줄래?"

부스럭부스럭하는 소리가 들리더니 삼사 분쯤 지나 문이 열렸다.

"미안해. 오래 기다렸지."

"뭐 하셨어요?"

그러자 히루코 씨는 얼굴을 붉히며 옷을 갈아입었다고 대답했다. 보아하니 오늘 아침과 옷차림이 달라진 것 같지는 않았다.

"그게 아니라 낮잠을 자려고 가벼운 복장으로 갈아입었었거든."

머리가 헝클어졌을까 봐 걱정되는지 몇 번이고 머리카락을 쓸어내렸다. 어제부터 생각했는데, 히루코 씨는 역시 좋은 집안 출신인 듯 남들보다 몸차림에 훨씬 신경을 쓰는 경향이 있다.

"속옷만 입고, 아니면 다 벗고 주무셨어요?"

"어휴, 망측해라. 편한 셔츠와 바지였어."

"그럼 그렇게 입고 나왔어도 괜찮았을 텐데."

"내, 내가 안 괜찮아!"

얼굴이 더 발개졌다. 갑자기 아까 전에 다쓰나미가 한 말이 머릿속에 되살아나서 히루코 씨를 똑바로 쳐다볼 수가 없었다.

"잠깐 이야기를 하고 싶어서요."

"마침 잘됐네. 나도 누가 이야기를 들어줬으면 했거든."

방으로 들어가서 의자에 앉았다.

"자, 누구부터 시작할까?"

잠깐 생각하다 나부터 이야기하기로 했다.

"저는 여전히 하우더닛, 트릭에 관한 건데요. 히루코 씨 이야기를 먼저 들으면 허점이 드러나서 폐기해야 할지도 모르니까요."

히루코 씨가 고개를 끄덕이기에 이야기를 시작했다.

"오늘 아침의 밀실 설명과 연결되는 내용이에요. 밀실의 몇몇 유형에 대해 설명했는데, 실은 꽤 오래전부터 미스터리 분야에서는 밀실 트릭의 광맥이 다 소진됐다는 말이 나돌았어요."

"그거 큰일이네. 책이 안 팔리겠어."

"예. 하지만 실제로는 여전히 미스터리 소설이 집필되고 있고, 밀실을 앞세운 작품도 계속 출간돼요. 여러 유형을 조합하여 문제를 복잡하게 만드는 게 최근 작품들의 특징 중 하나죠."

가령 트릭이 다섯 개밖에 없더라도 그중 두 개를 조합하면 열 가지 형태로 변주할 수 있다. 개개의 트릭 자체는 간단해도 여러 요소를 얽으면 난해한 수수께끼를 꾸며낼 수 있다.

"그래서 신도 씨가 살해당한 사건에도 몇 가지 트릭을 조합해봤어요."

"그거 재미있겠다."

너무 기대감을 심어준 것 같아서 후회했지만 이미 늦었다. 나는 설명을 시작했다.

"일단 시체에 남아 있던 잇자국을 좀비말고 인간이 냈다고 칠게요."

"인간이 신도 씨를 물어 죽였다고?"

"예. 그런데 히루코 씨가 지적하신 대로 우리 중에 그런 사람은 없어요. 즉 제삼자가 신도 씨 방에 침입한 셈이죠."

"그렇다면 자담장 자체와 오토 록이라는 이중 밀실이 문제네."

"예. 그런데 안쪽 밀실, 즉 방안으로는 신도 씨 본인이 맞아들였다고 치죠."

"'동의 살인' 유형인가. 바깥쪽 밀실인 펜션에는 어떻게 침입했는데?"

"그 누군가, 가령 X는 좀비가 오기 전부터 건물 안에 있었다고 치죠. 예를 들어 간노 씨는 어제 역까지 우리를 마중나왔어요. 그 틈에 숨어들 수 있었겠죠. 무슨 목적이었는지는 모르지만 신도 씨는 우리 몰래 X를 자담장에 불러들일 계획이었던 거예요."

"하지만 프런트에서 카드키를 슬쩍할 수는 없었을 텐데."

과연 히루코 씨다. 카드키를 나누어줄 때 프런트 문이 잠겨 있었던 걸 기억하고 있었다.

"예. 그러니까 X는 객실이 아니라 1층 어딘가에 숨어 있었어요. 그동안 밤이 됐고 좀비가 주변을 포위하고 말았죠."

"'처음부터 안에 있었다' 유형. X는 1층에서 좀비를 피해 쥐죽은듯이 숨어 있었다는 건가. 그래서?"

"밤이 되어 모두가 잠들었을 무렵, X는 2층으로 달아났어요. 신도 씨가 유도했겠죠."

"유도라니, 휴대전화는 먹통인데?"

"내선 전화가 있잖아요. X가 처음부터 신도 씨와 내통하는 사이였다면 당연히 신도 씨가 어느 방을 쓰는지도 알고 있었을 거예요. 1층 어딘가에서 내선으로 연락을 취해 언제 어떤 경로로 달아날지 상의했어요."

간노는 어젯밤 1시경에 신도와 마주쳤다고 했다. 만약 그때 그가 X의 대피를 도왔다면 엘리베이터를 1층으로 내려보내주었을 가능성도 있다.

"아무래도 엘리베이터는 위험하지 않을까. 만에 하나 좀비가 올라타면 계획이 들통날 뿐만 아니라 우리 모두가 위험해져."

"통풍용 덕트를 타고 올 수는 없을까요? 영화에서는 자주 그러던데."

"나왔다, '비밀 통로' 유형. 뭐, 범행 후에 X가 2층에서 사라진 걸 고려하면 엘리베이터보다는 현실적이려나."

"신도 씨 방으로 간 X는 신도 씨를 물어 죽이고 메시지를 남긴 후 1층으로 돌아갔어요."

내가 추리를 마치자 히루코 씨는 머리카락을 화장 브러시처럼 쥐고 뺨을 쓰다듬었다.

완벽한 추리에 반론할 말이 떠오르지 않아 난감해하는 것은 물론 아닐 테고, 지적할 부분이 너무 많아서 고민이겠지. 그런데도 대놓고 혹평하지 않다니 역시 다정하다.

"으음, X가 인간이라면 왜 신도 씨를 그렇게까지 집요하게 물어 죽였을까? 평범하게 죽여도 될 것 같은데."

"확실히 그러네요. 그럼 이건 어떨까요? 살해당한 사람은 X고 범인은 신도 씨. 그 사실을 감추기 위해서는 X의 얼굴을 식별이 불가능할 만큼 망가뜨려야 했다. 그 때문에 좀비의 소행으로 위장해 물어 죽였다. '인물 교환' 유형이에요."

"하지만 그렇다면 메시지를 남긴 이유를 모르겠고, 신도 씨는 현재 1층에 숨어 있다는 말이 되는데……."

히루코 씨는 머리를 끌어안았다. 미안하다. 미스터리 지식을 넉넉하게 담아보았더니 이렇게 됐다.

"저어, 너무 진지하게 받아들이실 것 없어요. 얼굴이 망가졌지만 헤어스타일 같은 걸 보면 그건 신도 씨 시체가 거의 틀림없어요. 다만 와이더닛을 완전히 무시하면 이런 추리도 가능하지 않을까 싶었을 뿐이에요. 이제 히루코 씨 차례예요."

재촉하자 히루코 씨는 머리카락에서 손을 뗐다.

"내 생각은 추리라기보다 푸념에 지나지 않아. 우리 지금까지 다양한 가능성을 검토해봤잖아. 그런데 검토가 지지부진한 가장 큰 원인은 두 메시지가 아닐까 해. '잘 먹겠습니다'와 '잘 먹었습니다'라는 메시지 때문에 추리의 방향이 비틀리는 거지. 즉 '신도 씨의 살해에는 인간이 관여했다'와 '그 범인은 지금도 펜션에 있다'는 전제를 무시할 수 없어."

"예. 제 생각도 그래요."

그렇다. 신도가 살해당한 현장만 보면 아무리 생각해도 좀비의 소행인데, 메시지 때문에 그 사실이 부정된다.

"어쩌면 추리에 혼란을 주는 게 메시지의 목적일지도 모르지. 애당초 메시지를 두 개 남긴 것도 이상해. 인간이 관여했다는 사실을 강조하고 싶다면 방안의 '잘 먹겠습니다'만으로 충분해. 우리 가운데 범인이 있다는 사실을 강조하고 싶다면 문에 끼워둔 '잘 먹었습니다'만으로 충분하고. 굳이 두 군데에 메시지를 남긴 이유야말로 수수께끼의 본질일지도 모르겠네."

그러고 보니 시즈하라가 "잘 먹겠습니다"라고 적힌 종이를 발견했을 때 마음에 걸린 점이 있었다.

"'잘 먹었습니다'는 문에 고이 끼워놨으면서 '잘 먹겠습니다'는 적당한 곳에 아무렇게나 놔두었다는 생각이 들었어요. 이왕이면 좀더 시체 가까이 놔두지 그랬냐 싶었죠. 그래서 생각해봤는데요. 방구석에서 발견된 그 종이, 처음에는 아무도 거기 있는 줄 몰랐죠?"

히루코 씨는 내가 무슨 말을 하려는지 바로 이해했다.

"그러니까 우리가 방에 들어가고 나서 몰래 놓아두었다는 거로구나."

"예. 그렇다면 기회는 누구에게나 있었어요."

"그렇다면 메시지는 두 장 다 밖에 있었던 셈이야. 다시 말해 메시지를 남긴 인물은 '잘 먹겠습니다'와 '잘 먹었습니다'라는 연속성 있는 메시지를 준비함으로써 좀비가 아니라 인간이 방에 들어갔다는 인상을 우리에게 심어주려고 했어."

"사실 인간은 방에 들어가지 않았고요."

우리는 번갈아 말을 이어나갔다.

"그래. 그럴 수도 있겠다. 그럼 메시지를 남긴 누군가는 신도 씨가 살해된 사건과는 무관한 사람이라는 건가……."

수수께끼는 여전히 안개에 싸여 있다.

그후 간노에게 물어보니 이 건물의 통풍용 덕트는 좁은데다 군데군데 통풍 조절판으로 막혀 있어서 사람이 지나다니기는 불가능했다. 그리하여 미스터리 요소를 곱빼기로 담은 내 트릭은 덧없이 쓰레기통으로 들어갔다.

9

오후 7시 반. 어제 이맘때 바비큐 파티를 즐긴 것이 먼 옛날의 추억처럼 느껴졌다.

저녁 식사 시간에도 나나미야는 나타나지 않았다. 나중에 간노가 식사를 가지고 가보겠다고 했다.

변함없이 비상식량 위주였지만 캔에 든 대니시를 바게트처럼 비스듬히 썰어서 예쁘게 담아놓은 것을 보자 살짝 웃음이 났다. 물어보니 식탁을 조금이라도 화사하게 꾸며보려고 시즈하라가 궁리했다고 한다. 게다가 상온에서 먹을 수 있는 찜과 밥 등 요즘 비상식량은 메뉴도 풍부하다. 식사에 조금이나마 사람의 손맛이 더해졌다고 생각하자 마음이 가벼워져서 신기했다.

식사중에는 히루코 씨와 나, 다쓰나미가 자주 입을 열었다. 그렇게라도 하지 않으면 식탁 분위기가 바로 어두워지기 때문이다.

나바리는 안색이 낮보다 더 안 좋았고, 단정하고 예쁜 달걀형 얼굴에는 유령같이 음울한 기운이 감돌았다. 원래부터 신경이 예민한데다 극한의 상황에 처해 심신이 피폐해진 것이리라. 시즈하라는 옆에 앉은 다카기가 말을 걸면 한두 마디 대답하는 것 빼고는 묵묵히 빵을 뜯어 식사를 할 뿐이었다. 시계모토는 좋아하는 콜라를 옆에 놓아둔 채 아무와도 눈을 마주치지 않고 텔레비전을 보았다. 하지만 뭐니 뭐니 해도 일동의 말수가 줄어든 가장 큰 원인은 밤이 왔다는 사실이었다.

"누가……."

한순간 누구 목소리인지 몰랐다. 웬일로 시즈하라가 먼저 입을 열었다.

"누가 저런 괴물을 만들어낸 걸까요?"

근본적이지만 지금까지 아무도 입에 담지 않았던 문제다. 뉴스를 보건대 사베아 록 페스티벌에서 몸 상태에 이상이 생긴 관객을 시발점으로 감염이 퍼져나간 것은 틀림없는 듯했다. 그리고 분명히 말하지는 않았지만 테러의 가능성을 암시했다. 하지만 누가 주모자인지까지는…….

"마다라메야."

갑자기 시게모토가 대답했다. 익숙지 않은 단어를 듣고 자리에 있던 모두가 고개를 돌렸다.

"그게 누군데요?"

"몰라. 하지만 사람 이름이라기보다는 조직이나 단체 이름인 것 같아."

"뉴스에서 그런 소릴 했어?"

낮에 라운지에서 꽤 오랜 시간을 보낸 다카기가 미심쩍다는 듯이 물었다. 특히 뉴스에서 사베아 호수 주변의 지명을 언급할 때마다 새로운 정보를 얻고자 온 신경을 귀에 집중했다. 인터넷 회선도 회복되지 않은 상황에서 시게모토 혼자 남들과 다른 정보를 가지고 있다니 이상하다.

"어제 주운 수첩에 적혀 있었어요."

"수첩이라니, 폐업한 호텔에 있던 그거요?"

역시 시게모토는 남의 수첩을 읽었다. 나는 눈썹을 찡그렸지만 시게모토는 그런 줄도 모르고 고개를 끄덕였다.

"일부러 그런 건지 다양한 외국어를 섞어서 내용을 써놨더라고. 궁금해서 스마트폰 사전을 동원해 어떻게든 번역해보려고 했는데, 문장이 아니라 간단한 메모 같은 것들뿐이라 무슨 뜻인지 종잡을 수가 있어야지. 전문용어 같은 말도 많아서 좀처럼 진도가 안 나가."

"그래서 마다라메는 뭔데?"

다카기가 재차 물었다.

"'MADARAME'라고 적혀 있었는데 그게 유일한 일본어 같더군요. 'MADARAMEorg'라고 표기된 부분도 있었으니 organ, 즉 마다라메 기관이라 불러야 맞을 것 같기는 한데, 그것도 자세한 설명은 없었어요. 다만 메모는 아무래도 바이러스 연구에 관한 내용인 것 같았어요. 불로不老니 죽은 자니 하는 단어도 몇 개 있었고요. 인터넷이 연결되면 진도가 팍팍 나갈 텐데."

"하지만 그게 이번 사건과 관계가 있다고는……."

"그뿐만이 아니에요. 수첩 마지막 장에 어제 날짜가 적혀 있었어요. 'Pandemic'이라는 단어와 함께."

다들 조용해진 가운데 히루코 씨가 중얼거렸다.

"폐허에는 누군가 생활한 듯한 흔적이 남아 있었고, 주사기도 떨어져 있었어요. 어쩌면 테러 실행범이 테러에 나서기 직전까지 잠복했을지도 모르겠네요."

"나쁜 놈들." 나바리가 툭 내뱉었다. "좀비 같은 걸 만들어내다니 완전히 미쳤어."

시게모토가 이의를 제기했다.

"그건 아니야. 바이러스를 만든 건 그들일지도 모르지만, 좀비의 탄생을 바란 건 전 세계 사람들이지."

"난 바란 적 없는데. 그런 걸 바라는 사람이 어디 있겠어?"

그러자 시게모토는 여느 때 없이 열띤 어조로 떠들어댔다.

"모두 당연하다는 듯이 그 괴물을 좀비라고 부르는데, 틀렸어. 좀비란 원래 부두교의 주술사가 만들어낸 노예를 가리켜. 아이티에서는 신경독을 사용해 가사 상태로 만든 사람을 일단 매장했다가 다시 파내서 노예로 부렸다는데, 과거 백인들 눈에 부두교는 신비성이 강한 종교로 비쳤거든. 그래서 다양한 억측과 상상을 결부시켜 좀비를 몬스터로 재창조한 거지. 1932년에 개봉된 〈화이트 좀비〉가 영화로는 최초로 좀비를 다뤘지만 거기에서도 좀비는 부두교의 주술로 만들어졌다는 설정이라 사람을 공격하거나 먹지는 않아. 오히려 주술에 조종당하는 가여운 희생자로 묘사되지.

사람을 공격하고 머리를 부수지 않으면 계속 움직이고 물린 사람도 좀비가 된다는 현재의 좀비상은 1968년에 개봉된 조지 A. 로메로 감독의 〈살아 있는 시체들의 밤〉에서 정립된 거야."

"옛날에 본 기억이 난다."

시게모토의 열기에 압도된 것처럼 다쓰나미가 고개를 끄덕였다.

"그 영화가 사람들에게 선사한 이미지가 너무 강렬해서 그 후로 좀비는 사람을 공격해 머릿수를 늘리는 괴물로 인식됐고, 호러의 대표 주자로 자리잡았지. 하지만 좀비에게 그러한 특징을 부여하는 데 공헌한 일등공신이 있어."

"일등공신?"

다쓰나미가 고개를 갸웃했다.

"불사신. 무덤에서 되살아나 사람을 습격한다. 물린 사람도 괴물로 변한다. 이런 특징을 지닌 몬스터가 이미 인기였으니까요."

"……뱀파이어구나."

그 대답에 고개를 끄덕인 시계모토는 더욱 유창하게 말을 늘어놓았다.

"좀비가 부두교의 노예로 묘사되던 시대에는 흡혈귀와 프랑켄슈타인 같은 몬스터가 압도적인 인기를 누렸지. 그러한 인기 몬스터들의 특징을 도입한 게 로메로식 좀비, 말하자면 모던 좀비지. 그 증거로 이후 모던 좀비 영화가 급격하게 늘어난 것과 대조적으로 뱀파이어 영화 제작은 시들시들해져."

"우리 무슨 이야기하는 중이었더라?"

옆에 앉은 히루코 씨가 귀에 대고 속삭였지만 나는 고개를 살짝 저었다. 지금은 실컷 떠들도록 내버려두는 편이 낫다.

"시간이 흘러 90년대에 제1차 좀비 붐이 끝날 때까지 다양한 좀비 영화가 만들어졌어. 제왕 로메로의 속편 〈시체들의 새벽〉, 스플래터 붐을 일으킨 〈이블 데드〉, 코미디풍인 〈바탈리언〉. 유명한 것만 해도 다 헤아릴 수가 없을 정도야. 그리고 한때 좀비 영화는 사이코킬러에게 호러의 왕좌를 넘겨줬지만, 2000년대 들어 〈레지던트 이블〉이 흥행한 걸 계기로 다시 활기를 되찾아. 〈28일 후〉, 〈시체들의 새벽〉을 리메이크한 〈새벽의 저주〉. 제왕 로메로도 〈랜드 오브 데드〉와 〈다이어리 오브 데드〉 등 신작을 차례차례 발표했지. 그 밖에도 패러디 좀비 영화의 걸작 〈새벽의 황당한 저주〉나 POV 스타일의 스페인 영화 〈알.이.씨(REC)〉 등 표현 방식도 다채로워져.

하지만 난 좀비 영화가 단순한 호러에 머물지 않고 각 시대별로 사회를 풍자하며 사람들의 내면 변화를 크게 반영했다는 점에 주목하고 싶어. 〈시체들의 새벽〉에서는 쇼핑몰에 갇힌 주인공들이 좀비에 포위당해 절망적인 상황 속에서도 상품에 파묻혀 풍족한 생활을 누리는 모습을 보여줌으로써 물질문화를 비꼬기도 하고, 〈다이어리 오브 데드〉는 정보화 사회 및 매스컴의 공적과 죄과가 큰 주제지. 미국에서 동시다

발 테러가 발생한 이듬해에 〈레지던트 이블〉이 개봉된 이후로 신종 바이러스에 의한 감염이 좀비 사태의 원인으로 자리매김한 것도 인상적이야. 옛날에는 원인에는 큰 관심 없이 무덤에서 우르르 부활하거나 특수한 방사선 때문이라는 식으로 넘어갔거든. 이제 좀비는 단순히 공포나 잔학성뿐만 아니라 인간의 무거운 죄업, 빈부 격차 및 약자와 강자의 존재, 우정과 가족애, 동료가 순식간에 적으로 돌변하는 비극성 등 다양한 요소를 표현할 수 있는 존재가 됐어. 사람은 좀비에게 각자의 자아와 심상을 투영하는 거야."

대단한 열변이다. 그를 좀비 마니아에서 좀비 마스터로 부르기로 하자.

나는 좀비 마스터에게 물었다.

"그럼 이 좀비들을 탄생시킨 자아는 무엇일까요?"

"의학과 생물학의 현상태를 보면 알 텐데. 인공생식과 유전자 조작, 동물 복제……. 인간은 윤리를 어기고 있어. 그 과정에서 좀비 같은 부산물이 태어난들 전혀 이상할 것 없겠지. 학자들은 기술 자체에는 죄가 없다고 할 거야. 올바르게만 사용하면 문제가 없다고. 하지만 그 기술을 맡기기에 인간만큼 미덥지 못한 생물이 또 있을까. 난 이번 사태가 그러한 자만심의 대가라고 생각해."

시게모토가 숨을 내쉬었다.

그의 말인즉슨 좀비의 발생은 필연적이었다는 뜻이다. 가령 여기가 아니더라도 언젠가 세상 어딘가에서 비뚤어진 사상을 품은 고작 몇몇 사람이 같은 사태를 일으켰으리라는 말이다.

나는 운 나쁘게도 마침 그 현장에 있었을 뿐이다. 지진 피해를 입었던 예전 그때처럼.

10

텔레비전 화면 왼쪽 상단에 오후 10시라는 시각이 표시되었다.

결국 신도 살인 사건의 범인도 수법도 명확하게 밝혀내지 못했다. 오늘밤 범인의 마수에서 확실히 벗어날 수 있다고 장담할 수 있는 사람은 아무도 없다.

다카기가 시즈하라에게 문단속을 단단히 하라고 주의를 주자 다쓰나미가 말을 꺼냈다.

"문단속이니 자물쇠니 다 좋지만, 내가 보기에 이렇게 방 밖에 있을 때도 문을 잠가놓는 건 본말전도 같아."

"무슨 소린지 잘 모르겠는데."

다카기가 쌀쌀맞게 대꾸했다.

하지만 다쓰나미는 얄미울 만큼 친절하게 무슨 뜻인지 설명해주었다.

"건물 밖으로 달아날 수 없는 상황에서 평상시처럼 방범의식을 발휘해봤자 아무 소용도 없다는 뜻이야. 중요한 건 좀비가 들이닥쳤을 때 얼마나 재빨리 몸을 숨길 수 있느냐지. 좀비가 쫓아오는데 자물쇠를 푸느라 시간을 허비하다니 까딱하면 죽는다고. 그러니까 빈방들처럼 본인이 방 밖에 있을 때는 도어가드를 끼워서 문을 살짝 열어놓는 편이 나아. 방안에 있을 때만 문을 닫으면 돼."

낮에 계속 문을 열어두었던 다쓰나미의 주장은 확실히 흠잡을 데가 없는 듯했다. 하지만 여자들에게는 좋은 평가를 받지 못했다.

"절대로 싫어."

다카기가 즉시 답했다.

"덕분에 하루 종일 저질스러운 음악이 들려서 세뇌라도 당하는 기분이었다고요."

나바리도 불만을 토했다.

"위급할 때 빠르게 대처할 수 있다는 점에서는 찬성이지만, 제가 어지럽게 생활한 흔적이 남의 눈에 띌 수 있다고 생각하니 섬뜩하네요."

히루코 씨도 단연코 거부하겠다는 자세를 취했다. 이럴 때 여자들은 단단한 결속력을 보여준다.

"이런, 이런. 이만큼 수비가 탄탄하면 오늘밤은 범인도 고생하겠는걸."

호색한이 쓴웃음을 짓자 다카기가 경고했다.

"하지만 명탐정 말로는 밖에서도 얼마든지 자물쇠를 풀 수 있대."

"그래? 어떻게?"

나는 이야기를 이어받아 오늘 아침 다카기에게 들려준, 철사를 이용해 문을 여는 방법을 설명했다.

"그렇구나. 오토 록도 완벽하지는 않군."

괜한 말을 해서 사람들의 불안감을 부추긴 것은 아닐까 후회했지만 다쓰나미 본인이 지원사격을 해주었다.

"하지만 오늘 아침에 우리 중에는 신도를 물어 죽인 범인이 없다는 결론이 나왔지."

"예. 맞아요."

신도를 걸레짝이 될 만큼 물어뜯었는데 입안이 멀쩡할 리 없다.

"일단은 외부의 침입자만 주의하자고. 신도를 죽인 범인은 온몸에 피를 잔뜩 뒤집어썼을 거야. 그런데 복도에는 피가 한 방울도 안 묻었지. 즉 범인은 남은 핏자국이 가리키듯이 발코니를 통해 밖으로 달아난 거야."

그렇다. 아까 히루코 씨와 이야기를 나누었을 때도 그런 결론이 나왔다. 메시지를 남긴 것은 별개의 인물 아니겠느냐고.

시게모토가 물었다.

"방문보다 발코니 유리문을 조심하자는 거죠?"

"그런 셈이지. 상식에 얽매이지 말고 생각해보자. 만약 범인이 소방관이라면 사다리차를 타고 발코니로 침입할 수 있지 않겠어?"

"지나치게 역동적이네요."

나는 무심결에 딴지를 걸었다.

"마음에 들면 소설에 써먹어도 상관없어. 아무튼 발코니 유리문은 단단히 잠그도록 하자."

간노도 모두를 안심시키듯이 말했다.

"저도 되도록 순찰을 많이 돌 테니 안심하고 주무세요."

"간노 씨는 어제도 별로 못 주무셨잖아요. 너무 무리하지 마세요."

시즈하라가 간노를 걱정하자 어째서인지 나바리도 허둥지둥 동의했다.

"맞아요. 관리인이라고 해서 너무 책임감을 느낄 필요는 없어요."

"감사합니다. 하지만 지금은 저 나름대로 맡은 바 책임을 다하고 싶어요."

그후 간노가 자담장에서 일하기 전에는 무슨 일을 했는지가 화제에 올랐다. 그는 예전에 도쿄에서 다니던 회사가 도산하여 빈둥대다가 아는 사람의 연줄로 나나미야의 부모님을 소개받아 관리인 자리를 얻었다고 한다.

"본가는 어디예요?"

다카기가 물었다.

"천애고독한 몸입니다. 부모님은 어릴 적에 돌아가셨고, 여동생도 얼마 전에 사고로."

간노는 어물어물 말꼬리를 흐렸다.

그러고 나서 어젯밤과 똑같이 간노가 커피를 내려주었다. 커피를 마신 뒤에도 일동은 두서없는 잡담을 나누었고, 오후 11시쯤에 다쓰나미가 졸린다며 제일 먼저 일어섰다.

"먼저 자야겠다. 내일 한 명도 빠짐없이 모일 수 있기를 바랄게."

다쓰나미는 그렇게 말하고 도어가드를 끼워둔 문을 열었다. 시게모토가 부랴부랴 등에다 대고 말을 던졌다.

"오늘은 카세트 끄고 주무세요!"

문이 닫히기 직전에 다쓰나미는 알았다는 듯이 한 손을 들었고, 잠시 후에 CD 카세트 소리가 뚝 끊겼다. 조용해지자 신기하게도 이번에는 침묵을 견디기가 힘들어서 그만 자리를 파하기로 했다.

"하무라, 바래다줄게."

히루코 씨가 어제처럼 따라오려고 했지만 어쩐지 히루코 씨도 졸려 보였다.

"오늘은 제가 바래다드릴게요."

"아앗, 어째서?"

"히루코 씨 방 쪽이 더 <u>으스스</u>하잖아요. 혹시 원하시면 방 바꿔드릴게요."

"응? 아아, 비상문 말이구나. 방에 있으면 에어컨 소리 때문에 의외로 잘 안 들려. 하지만 모처럼 바래다주겠다고 하니 짧게나마 데이트라도 할까."

말 한마디에 이렇게 쉽게 동요하다니 난 역시 단순한 놈인가.

히루코 씨는 하품을 눌러 삼키며 투덜거렸다.

"끝내 좋은 생각이 안 났어."

신도 살인 사건이 머리를 떠나지 않는 모양이다.

"어쩔 수 없죠. 단서가 너무 적잖아요. 수상한 사람도 없지, 모두들 알리바이도 없지, 범행 시간도 모르지, 범행 수법도 확실치 않으니 범인을 알아낼 수 없는 것도 당연해요."

"음, 그런 게 아니라…… 뭐, 됐어."

히루코 씨는 뭔가 뼈가 있는 듯한 말과 함께 크게 하품을 하더니 방에 도착하자 카드키를 꽂았다.

"잘 자, 하무라. 문단속 확실히 해야 해. 발코니 유리문도 잠그고 무기도 가까이에 놔둬."

문을 닫기 직전까지 히루코 씨는 손을 흔들어주었다.

라운지로 돌아가다가 이번에는 자기 방에 들어가려던 다카기와 마주쳤다. 다카기도 피곤한지 반쯤 감긴 눈으로 부탁했다.

"아아…… 하무라. 미후유가 간노 씨를 도와서 뒷정리를 하고 있는데, 방까지 바래다주면 안 될까?"

좀 의외였다. 지금까지 다카기가 시즈하라를 방까지 바래다주는 모습을 몇 번이나 봤다. 남자에게 그 역할을 맡기다니 다카기답지 않다는 생각이 들었다.

"미후유가 너한테 할말이 있나 보더라. 바래다주면서 들어."

내 생각이 전해졌는지 다카기는 그렇게 말하며 카드키를

꽂으려고 했지만, 손놀림이 어설퍼서 좀처럼 잘되지 않았다.

"뒤집어졌어요."

반쯤 잠든 것 아닐까. 내가 카드를 뒤집어서 꽂자 자물쇠가 풀렸다.

"고마워."

다카기는 겨우 문을 열고 들어갔다.

라운지로 돌아가자 간노 씨와 시즈하라 두 명만 남아 있었다.

"여기는 제가 마무리할 테니 이만 주무세요."

나는 시즈하라와 함께 방으로 돌아가기로 했다. 엘리베이터를 보니 램프는 3층을 표시하고 있었다. 시게모토가 타고 올라갔겠지. 그렇다면 2층으로 부를 수 없으므로 우리는 졸리는지 눈을 비비는 간노의 배웅을 받으며 동쪽 계단으로 향했다.

시즈하라는 걷는 내내 고개를 푹 숙이고 있다가 내 방 앞에 도착해서야 겨우 입을 열었다.

"실은 좀더 빨리 사과드렸어야 했어요."

마치 아주 오래전에 기록된 음성처럼 조그마한 목소리였다.

"사과한다고?"

"제가 이렇게 살아 있는 건 아케치 씨 덕분이에요."

하고 싶었다는 말은 그건가. 바로 어제 아케치 씨를 잃었는데 정말로 오랜만에 그 이름을 들은 기분이라 하마터면 눈물이 핑 돌 뻔했다.

"담력 시험을 하러 갔을 때 좀비들에게 둘러싸인 와중에도 그분은 필사적으로 저를 도와주셨어요. 생판 남이었던 저를요."

"그래." 나는 고개를 끄덕였다. "그 남자는 그런 사람이야."

"그분이 안 계셨다면 저는 일찌감치 포기했겠죠. 그런데—마지막에 계단을 올라와서 자담장이 보였을 때 기쁜 나머지—그분을 한순간 잊어버렸어요. 그리고 그분은 좀비에게 희생됐어요. 저는 그분을 구하지 않고 도망쳤고요. 모두가 있는 곳으로."

그 순간의 광경이 머릿속에 되살아났다. 계단에서 뒤로 천천히 넘어가는 아케치 씨. 얼떨떨해하는 표정. 허공을 가르는 긴 팔.

심호흡을 해서 머릿속의 광경을 떨쳐냈다.

"죄송해요. 하무라 씨의 소중한 선배가 죽은 건 다 제 탓이에요. 사과한다고 용서될 일은 아니겠지만, 속죄를 위해 제가 할 수 있는 일이라면 뭐든지 할 테니 바라는 게 있으면 말씀하세요. 돈이든 몸이든."

자기가 무슨 말을 하는지 아는 건지 모르는 건지 시즈하라는 머리를 숙였다.

그래도 조금은 보답받은 기분이었다. 무모한 용기를 발휘한 아케치 씨를 기억해주는 사람이 여기 있었다.

아아, 맞다. 셜록 홈스도 한 번은 숙적과 사투를 벌인 끝에 폭포에서 떨어져 죽은 걸로 여겨졌다. 이야기 속의 왓슨뿐 아니라 전 세계의 팬들이 그의 죽음을 애도했다. 하지만 그는 기적적으로 생환하지 않았던가.

나는 아케치 씨의 시체를 직접 확인하지 못했다. 언제나 현장을 무람없이 기웃거리던 모습 그대로 훌쩍 돌아올지도 모르지 않는가. 그의 왓슨인 내가 이런 꼴이어서는 돌아온 아케치 씨가 실망하겠지.

나는 시즈하라에게 고개를 들라고 했다.

"사과는 그만해. 아케치 씨도 널 원망하지는 않을 거야. 마음 굳게 먹고 네가 원하는 대로 살아. 그럼 돼."

시즈하라는 입술을 깨물고 다시 한번 깊이 머리를 숙였다.

시즈하라의 눈길을 받으며 나는 방으로 들어가 커튼을 걷고 밖을 내려다보았다.

펜션 불빛이 어둠 속에 잠긴 좀비들을 희미하게 비추었다. 시선을 모았지만 그 속에서 낯익은 얼굴은 찾을 수 없었다.

안도하는 동시에 사라진 사람들이 지금도 어딘가에서 도움을 기다리고 있는 것은 아닐까 상상했다.

그때 문득 비스듬히 오른쪽 앞에 보이는 방의 유리문으로 불빛이 살짝 새어 나오는 것을 알아차렸다. 신도의 방이다. 아무래도 탁상 조명 같은 것이 켜져 있는 모양이다.

그렇구나, 스위치 위치 때문이다. 천장의 전등과 침대 스탠드는 침대 옆 나이트테이블에 달린 스위치로 조작할 수 있다. 하지만 탁상 조명은 탁상 거울 밑에 달린 스위치로만 켜고 끌 수 있다. 그래서 끄는 걸 깜빡했으리라.

뭐, 별일 아니다. 그만 자자.

하지만 그때 나는 몰랐다.

범인이 이미 두 번째 목표에 마수를 뻗쳤다는 사실을.

침
공

1

세상에는 구제불능 쓰레기가 있다.

자신의 욕망을 이루기 위해서라면 인간으로서 걸어야 할 길을 너무나 쉽게 벗어나는 짐승이.

놈도 그중 하나다. 그 몹쓸 남자들과 동류다.

그래서 저질렀다. 기회는 지금밖에 없었다.

어떻게든 목적은 달성했다.

다만 그녀에게는 미안하다.

그녀가 사건을 해결하기 위해 분주히 애쓰는 줄 알면서 나는 태연히 거짓말을 하려고 하니까.

2

날이 아직 완전히 밝지 않은 무렵이었다.

잠에서 깬 후, 침대 옆의 가방을 뒤적거리던 나는 고개를 들고 귀를 기울였다.

갑자기 문 밖, 멀리서 고함소리가 들렸다.

비명인가 싶어 반사적으로 숨을 죽였지만 아니었다. 몇 초 지나지 않아 방금 전보다 가까운 거리에서 다시 소리가 들렸던 것이다.

남자 목소리. 그래, 아무래도 간노 같았다.

시계를 보자 시곗바늘은 오전 4시 반이 되기 직전을 가리키고 있었다.

"큰일났다! 좀비다! 2층 비상문이 뚫렸다!"

목소리가 멀어졌다.

2층 비상문!

히루코 씨의 얼굴이 머릿속을 스쳤다.

나는 방의 문손잡이를 잡으려다가 아차 싶어 도어가드를 걸고 밖에 좀비가 없는지 기척을 살피고 난 뒤에야 신중하게 문을 열었다. 복도 조명이 눈부셨다.

동시에 바로 옆방 문이 열리더니 시즈하라가 좁은 틈새에 조심조심 얼굴을 갖다 댔다.

나는 겁을 먹은 그녀와 말없이 얼굴을 마주보았다.

뭔가 좋지 않은 일이 일어난 것은 분명했다.

간노가 달려간 곳은 3층 남쪽 구역. 나나미야의 방이 있는 방향이었다.

"문 좀 열어주세요, 가네미쓰 씨! 아랫방이 위험합니다!"

나와 시즈하라가 뒤쫓아 달려가자 간노는 평상시의 냉정함을 잃고 나나미야 방의 문을 마구 두드리고 있었다. 손에 줄사다리를 쥐고 있는 것을 보고 나는 드디어 사태를 이해했다.

좀비가 2층 비상문을 부수고 복도로 밀려들어 남쪽 구역에 있는 히루코 씨와 다카기가 방에 갇힌 것이다. 방문은 밖으로 열리지만 비상문에 비하면 내구성이 훨씬 약해서 좀비의 공격에 몇 시간도 버티지 못한다. 한시라도 빨리 구해야 한다.

뒤에서 시게모토가 다가오는 것과 거의 동시에 나나미야 방의 문이 열렸다.

"뭐라고! 아아, 망할. 아래층이 뚫렸다니."

속옷 차림으로 자는 게 습관인지 트렁크스 한 장에 마스크를 낀 괴상한 차림으로 나나미야가 얼굴을 내밀었다.

우리는 간노를 선두로 방으로 들어가서 발코니 난간에 줄사다리의 갈고리를 걸었다. 몸을 내밀고 아래쪽을 살피자 발코니에서 이쪽을 올려다보는 사람이 눈에 들어왔다.

"히루코 씨!"

내가 부르자 괜찮다는 듯이 손을 흔들고는 늘어뜨린 사다리에 발을 올렸다. 무게가 가해지자 난간이 삐걱거렸다.

"이봐. 난간에서 무슨 소리 나지 않았어?"

"사람 무게 정도는 견딜 수 있죠?"

"모르겠습니다! 처음 사용해보는 거라서요."

나랑 간노, 나나미야가 좁은 발코니에서 난간을 꽉 붙들었고, 시게모토와 시즈하라가 마른침을 삼키며 그 모습을 지켜보았다. 사다리는 히루코 씨의 무게 때문에 약간 밖으로 휜 것 같지만 어떻게든 잘 버티고 있다. 히루코 씨가 한 단씩 올라올 때마다 사다리가 앞뒤로 크게 요동쳤다. 나는 젖 먹던 힘까지 다해 흔들림을 억제하며 외쳤다.

"서두르지 말고 천천히! 떨어지면 안 돼요."

이윽고 손이 닿는 곳에 상반신이 다다르자 간노와 둘이서 히루코 씨를 끌어올렸다.

"후아, 평소에 이런 걸 쓸 일이 없다 보니 애먹었네."

히루코 씨는 내게 기대듯이 몸을 기울이며 안도의 한숨을 내쉬었다. 나도 모르게 히루코 씨를 꼭 끌어안았다.

"다음은 다카기 씨입니다."

끌어올린 사다리를 들고 간노는 방 밖으로 뛰쳐나갔다. 다카기의 위쪽 방은 일찍이 구다마쓰가 사용했던 302호실이므로 지금은 빈방이다. 첫 번째 구출 작전이 무사히 성공하자 그제야 주변이 눈에 들어오기 시작했다.

나나미야의 방은 어제 그가 줄곧 틀어박혀 있었던 것치고는 깔끔했다. 그리고 보니 그가 깔끔을 떠는 성격이었던가. 탁상에는 개별 포장된 마스크, 비상식량과 열지 않은 음료수 페트병, 두통 때문에 먹는 듯한 시판용 진통제와 콘택트렌즈용 안약 등을 가지런히 정돈해두었다.

"다카기 씨는 괜찮을까요?"

"응, 아까 발코니에서 얼굴을 봤어."

히루코 씨가 손에 묻은 난간의 하얀 도료를 신경쓰며 고개를 끄덕였다.

302호실로 달려가자 늘어뜨린 사다리를 타고 올라온 다카기를 간노가 힘껏 끌어올리는 참이었다. 다행이다. 다카기도 무사하다.

"다른 사람은요?"

"2층 남쪽 구역 문을 봉쇄해서 좀비를 막았습니다. 현재 라운지까지는 무사합니다만……."

거기서 간노가 뭔가 망설이듯 말을 끊었다. 찜찜한 예감이 들었다.

"저어, 다쓰나미 씨랑 나바리 씨는?"

시게모토가 여기에 없는 사람의 이름을 꺼냈다.

"나바리 씨 방에는 아직 안 가봤습니다. 그게 실은…… 라운지에서 다쓰나미 씨가 살해당했거든요."

그 말을 듣고 나나미야가 바닥에 주저앉았다.

3

다쓰나미의 시체는 신도와 똑같이, 아니 그 이상으로 참혹했다.

그는 2층에 멈춘 엘리베이터 안쪽에서 상반신을 라운지 바닥으로 내민 상태로 쓰러져 있었다. 분명 엘리베이터 안에서 살해당했으리라. 엘리베이터 안은 피바다로 변했고 라운지 바닥과 엘리베이터 사이의 어두운 틈새로 핏방울이 뚝뚝 떨어졌다. 시체를 질질 끌고 다닌 듯한 흔적이 남은 바닥, 벽에 튄 피. 그리고 무엇보다 다쓰나미의 몸에 남은 상처가 눈길을 끌었다.

신도 때와 마찬가지로 온몸에 물린 자국이 아주 많았지만,

이번에는 물린 자국뿐만이 아니었다.

원형이 짐작도 안 간다는 표현이 이처럼 어울리는 상황이 또 있을까 싶을 만큼 다쓰나미의 머리는 박살이 났다. 머리카락은 뼛조각과 함께 뇌를 파고들었고, 생전의 단정한 얼굴은 온데간데없이 사라졌다. 시체 바로 옆에는 흉기로 사용했을 철퇴가 살점이 들러붙은 상태로 널브러져 있었다. 철퇴는 길이 칠팔십 센티미터쯤 되는 자루 끝에 쇳덩이가 달린 타격용 무기다. 온 힘을 다해 휘두르면 금속 야구방망이 이상의 파괴력을 낼 것이다.

다쓰나미는 차마 보지 못할 만큼 끔찍한 시체로 변했으므로 좀비로 되살아나 움직일 염려는 없을 듯했다. 그리고 부서진 두개골에 끼워놓은 것처럼 또 종이 한 장이 남아 있었다. 내용은 이랬다.

앞으로 한 명. 반드시 먹으러 가겠다.

간노가 나바리를 불러내지 않은 건 현명한 판단이었다. 어젯밤에도 상당히 초췌했던 나바리가 자기 방 코앞에서 벌어진 이 참상을 봤다면 기절했을지도 모른다.

하지만 간노는 실수를 저질렀다. 아니, 간노뿐만이 아니다. 나를 포함해 그 자리에 있던 모두가 어느새 한 여자를 과신하고 있었다.

"어! 겐자키!"

뒤에서 다카기의 목소리가 들렸다. 돌아보자 히루코 씨가 다카기의 품에 안겨 있었다. 다쓰나미의 시체를 보고 실신한 것이다.

쾅! 쿵!

라운지에 끊임없이 울려 퍼지는, 문을 부수려는 소리가 우리 마음까지 부술 것만 같았다.

라운지에서 가까운 간노의 203호실 침대에 눕히자 히루코 씨는 십오 분쯤 지나 의식을 되찾았지만, 안색은 몹시 창백했다. 곁에서 내가 지켜보는 것을 알아차린 히루코 씨는 야무진 웃음을 짓더니 안쓰러울 만큼 가벼운 투로 말했다.

"으아아, 이런 꼴을 보이다니. 긴장이 풀렸을 때 시체를 보는 바람에 현기증이 좀 났을 뿐이야. 이제 괜찮아. 상황을 확인하러 가야겠어."

"안 된다니까요. 좀더 쉬셔야 해요."

나는 간청하는 기분으로 히루코 씨를 다시 눕히려 했으나 히루코 씨는 차가운 손으로 되밀며 거부했다.

"언제 좀비가 2층을 점령해도 이상하지 않은 상황이잖아. 그러기 전에 현장을 검증해야 해."

간노와 다른 사람들은 생활 거점을 라운지에서 3층으로 바꾸기 위해 나바리에게도 사정을 설명하고 식료품과 마실 물을 옮기기 시작했다. 좀비는 현재 2층 남쪽 구역에 머물러 있지만 각 구역 사이의 문은 비상문에 비해 약하므로 그렇게 오래는 못 버틴다.

하지만 히루코 씨가 다시 그 참상 앞에 서겠다고 하자 걱정이 앞섰다. 히루코 씨는 지금까지 수많은 사건을 해결해온 만큼 수수께끼를 풀어 살인범을 체포하는 데 남달리 강한 사명감을 품고 있는지도 모른다. 하지만 여기에는 형사도 감식반도 없다. 범인을 붙잡은들 수갑도 유치장도 없는데 히루코 씨 혼자 힘으로 도대체 뭘 할 수 있지? 이건 미스터리 소설이 아니다. 현실이다. 더이상 무리하게 놔둘 수는 없다.

"제 말 좀 들어보세요, 히루코 씨."

차가운 손을 잡고 그녀의 눈을 똑바로 들여다보았다.

"이건 분명 잔학한 사건이에요. 하지만 지금은 살아남는 데 전념해야 해요. 사건을 해결할 의무는 없다고요. 뭐가 당신을 그렇게까지 몰아붙이는 건가요? 범죄자를 용서할 수 없어서요? 수수께끼를 풀지 않고 남겨두는 걸 용납할 수 없어서요? 하지만 지금은 몸부터 챙기세요. 히루코 씨도 여자라고요. 사건을 내팽개쳤다고 당신한테 뭐라고 하는 사람이 있으면 제가 가만두지 않을 거예요."

히루코 씨는 깜짝 놀란 듯이 커다란 눈을 잠시 깜박거리다가 작게 웃음을 터뜨렸다.

"아하핫. 전부터 뭔가 오해하고 있는 것 같더니만 그거였구나. 넌 내가 지금까지 의무감과 정의감 때문에 사건을 해결해왔다고 생각했니?"

"그게 무슨 말씀인가요?"

"아유 참. 그렇게 멋진 이유는 아닌데. 쿡쿡."

곤혹스러워하는 나는 아랑곳하지 않고 잠시 웃더니 히루코 씨는 한숨을 쉬었다.

"아아, 그런 식으로 봤다니 부끄럽잖니. 난 네가 상상하는 그런 명탐정이 아니야."

"하지만 지금까지 히루코 씨가 수많은 사건을 해결했다고 들었는데요."

"그야 내 의견이 해결의 실마리가 된 적도 몇 번 있고, 경찰 내부에 지인이 많이 생긴 것도 사실이야. 하지만 난 그런 역할이 조금도 마음에 안 들어. 오히려 사건이 싫어서 죽을 지경인걸."

"그럼 왜 지금까지 사건에 관여하신 건데요? 경찰협력장을 받고, 명탐정이라는 별명까지 붙을 정도로."

"그게 바로 오해야. 남에게 부탁을 받거나 스스로 원해서 사건에 끼어든 적은 지금껏 단 한 번도 없어. 하무라, 이건 체질이야. 위험하고 기괴한 사건에만 말려드는 저주와도 비슷한 내 체질. 그런 의미에서 나는 네가 동경하는 탐정들과는 달라.

의뢰, 호기심, 범죄자에 대한 분노, 법의 수호자라는 역할, 진실 추구와는 아무 상관 없어. 나는 그저 사건에 휘말려 살아남기 위해 필사적으로 사건을 해결해왔을 뿐이야."

나는 할말을 잃었다. 히루코 씨는 스스로 나서서 사건에 끼어든 적이 없다. 원하지도 않는데 날아드는 불똥을 피하려고 갈팡질팡했을 뿐이라고 한다.

"난 저주받은 아이라고 불렸어."

이야기를 들어보니 히루코 씨가 태어났을 무렵부터 집과 친척, 그룹 내부에서 사건이 자주 일어나기 시작했다고 한다. 경찰에 신세를 지는 일이 너무 많다 보니 한때는 공안이 감시를 하기도 했었던 모양이다. 그러다 히루코 씨가 있으면 불행이 생긴다는 소문이 돌기 시작했고, 처음에는 진지하게 받아들이지 않았던 부모님도 히루코 씨가 중학교에 올라갈 즈음

딸을 집에서 멀리 내보냈다. 대를 이을 두 오빠가 걱정되었기 때문인 듯하다. 하지만 집안이 유복하여 혼자 살아도 불편하지는 않았다고 한다.

"열네 살 때 처음으로 살인 사건에 휘말렸어. 중학교 수학여행에서 두 명이 살해당했는데 범인은 담임선생님이었지. 그후로 사건에 휘말리는 빈도가 일 년에 두 번, 세 번으로 늘어나다가 지금은 석 달에 한 번은 시체를 보는 지경이야. 빈도가 늘어나면서 사건도 점점 흉악해지더라고. 사건 하나에 사람이 몇 명이나 죽어. 내가 피해자가 될 뻔한 적도 한두 번이 아니었어.

무서워서 못 견디겠어. 네가 좋아하는 미스터리 소설과는 달리 내게 탐정이라는 특등석은 준비되어 있지 않아. 까딱 잘못하면 나는 목격자, 범인에게 불리한 방해물, 적당한 먹잇감으로서 불행하게 사건에 말려들어 살해당하겠지. 그렇게 되지 않으려면 죽기 전에 범인을 밝혀내는 수밖에 없잖아."

연거푸 말을 쏟아내던 히루코 씨의 말투가 갑자기 부드러워졌다.

"그러던 어느 날 학교에서 소문을 들었어. 신코의 홈스, 아케치 씨의 소문을. 처음에는 별난 사람도 다 있구나 싶었지. 원해서 사건을 찾아다니다니 나로서는 이해할 수가 없었거든. 하지만 그 소문은 그게 끝이 아니었어. 아케치라는 남자에게는 조수가 있다지 뭐야. 그야말로 벼락맞은 기분이었어. 그렇게 간단한 걸 왜 지금까지 몰랐을까. 혼자서 맞설 필요는 없어. 곁에서 받쳐주는 사람이 있으면 좀더 오래 살아남을 수 있을지도 모르겠다는 생각이 들더라. 웃기지? 이게 널 원한 이유야. 네 입장에서는 더할 나위 없이 성가신 이야기겠지만, 미스터리 소설을 좋아하는 너라면 내 체질을 받아들여줄지도 모르겠다고 기대하다 결국 이런 꼴이 되고 말았네. 정말 미안해."

자조적인 고백은 철퇴보다 묵직한 일격으로 나를 때려눕혔다.

나는 히루코 씨가 미스터리 소설의 세계에서 살아가는 초인적인 탐정들과 똑같은 존재라고 믿었다. 나와 아케치 씨가 바라마지않던 자질을 당연하다는 듯이 갖춘 이 사람을 눈부신 존재로 느끼면서도 마음 한구석으로는 질투했고, 나를 조수로 발탁하려 들다니 무신경하다는 생각까지 했다.

그런 사람이 아니라는 건 이틀 동안 충분히 알고도 남았을 텐데.

때때로 어린아이같이 무구한 모습으로 내 심장을 폭행하고, 본심을 숨기는 데 서툴고, 생각지 못한 부분에서 수줍어

하는 등 그 나이에 어울리는 면모를 몇 번이나 보여주었는데.

오히려 히루코 씨 눈에는 우리가 우스꽝스러워 보였겠지. 미스터리가 어쩌고 탐정이 저쩌고 밀실이 어쩌고 트릭이 저쩌고. 이런 멍청이. 좀더 신중해야 했다. 히루코 씨가 사건을 통해 마주했던 것은 자신의 목숨 그 자체였는데.

지금도 히루코 씨는 오직 이 상황에서 살아남기 위해 수수께끼에 도전하려 한다.

"보내줘, 하무라. 이제 우리한테는 시간이 얼마 없어."

하지만 그래도 그녀가 무리를 하지 않았으면 한다.

나는 고민한 끝에 타협안을 하나 제시했다.

"모두의 증언을 종합해서 어젯밤에 무슨 일이 있었는지 정리부터 해보죠. 현장을 먼저 본들 혼란스러울 뿐이에요. 헛수고를 피하기 위해서라도 먼저 상황부터 파악해야 해요."

"……응."

히루코 씨는 잠시 침묵을 지키다 고개를 끄덕였다.

"역시 신코의 왓슨답다. 네 말이 맞아. 일단 다른 사람들의 이야기를 들어보자."

히루코 씨를 설득하는 데 성공하여 한숨 놓는 것과 동시에 까끌까끌한 감정이 느껴졌다.

난 왓슨이 될 자격이 없는데.

4

3층 엘리베이터 홀. 우리는 어젯밤까지는 아무것도 없었던 곳에 간이 테이블과 사람 수만큼 파이프의자를 갖다놓고 모여 앉았다.

이제 2층이 좀비에게 점령당하는 것도 시간문제다. 우리에게 남은 공간은 3층과 옥상뿐. 만약 좀비가 동쪽 계단의 바리케이드를 돌파하거나 3층 비상문으로 침입하면 창고에서 옥상으로 달아나는 수밖에 없다. 그러므로 창고에서 가까운 이곳을 새로운 거점으로 선택했다.

다쓰나미가 죽은 지금, 의논을 이끄는 사람은 역시 히루코 씨였다. 잠옷 차림으로 방에서 탈출한 히루코 씨는 시즈하라에게 빌린 상의를 걸쳤다.

"여러분께 이야기를 듣기 전에 확인하고 싶은 게 있는데요. 저는 어젯밤 방에 돌아가기 전부터 너무 졸린 나머지 침대에 쓰러지듯이 눕자마자 잠에 빠졌어요. 아까 좀비들이 비상문을 부수고 복도로 밀려든 줄도 모를 만큼 깊이 잠들었죠. 게다가 일어났을 때 손에 힘이 잘 안 들어가고 다리도 휘청거렸고요. 지금 돌이켜봐도 좀 이상해요. 혹시 여러분도 그러지 않으셨나요?"

그러자 저마다 입을 열어 긍정했다.

"맞아. 나도 손에 힘이 안 들어가서 사다리에서 떨어지는 줄 알았어."

다카기에 이어 간노도 동의했다.

"예. 실은 어젯밤에도 한 시간마다 순찰을 돌려고 했습니다. 그런데 쪽잠을 자다가 휴대전화 알람 소리를 못 들었어요……. 그대로 푹 잤죠."

시즈하라와 불면증인 나바리도 비슷한 상황이었던 듯하다.

"이거 혹시……."

"예, 우리는 수면제를 먹은 거예요."

일동의 얼굴에 긴장이 서렸다. 이는 틀림없이 우리 중에 범인이 있음을 나타내기 때문이다.

"드디어 확실해졌군. 방에 틀어박혀 있던 나는 아무렇지도 않았어. 그러니까 너희들이 어제 모여서 먹은 음식에다 약을 탄 거야. 너희들 중 하나가 살인귀라고!"

"말 함부로 하지 말아요!"

나나미야가 공포와 분노로 인해 핏발이 선 눈으로 우리를 노려보자 나바리가 대들었다.

"저기, 잠깐만." 시게모토가 머뭇머뭇 말을 꺼냈다. "나도 아무렇지 않았는데."

다카기가 미간에 주름을 잡았다.

"뭐야? 수면제가 안 든 음식이 있었다는 뜻?"

시계모토가 고개를 저었다.

"아니요. 제가 입에 대지 않은 게 딱 하나 있어요. 식후 커피요. 평소에 콜라만 마시는 관계로 어제 나온 커피에도 입을 안 댔어요."

나도 가세했다.

"저도 커피를 안 마셨어요. 밤에 이상하게 졸리지도 않았고요."

그러자 나나미야가 의심이 가득한 눈을 이쪽으로 돌렸다.

"밥은 먹었는데 커피를 안 마신 놈이 동시에 두 놈이나 있었다고?"

"전 커피 알레르기거든요."

"커피 알레르기? 뭐야 그건."

"저, 들어봤어요." 간호학과에 다니는 시즈하라가 구원의 손길을 내밀어주었다. "지발성 알레르기라 마시고 나서 몇 시간 후, 길면 며칠 후에 몸 상태가 안 좋아진대요. 카페인 중독이랑 증세가 비슷해서 구분하기가 어렵다고 하던데요."

"녹차랑 홍차는 괜찮아요. 직접 실험해서 증명할 수도 있지만, 민폐겠죠."

"아니, 그럴 필요 없어." 히루코 씨가 말했다. "분명 너랑 처음으로 카페에서 만났을 때도 아케치 씨는 커피를 주문했는데 넌 크림소다를 마셨지."

대단하다, 그런 것까지 기억하고 있었나.

"아무튼 커피에 수면제가 들어 있었다면 납득이 가요. 그저께도 간노 씨가 커피를 내려주셨죠?"

"예, 그랬죠."

"즉, 어제도 커피가 나올 거라는 예상이 가능해요. 만약 안 나오더라도 마시고 싶은 기색을 보이면 간노 씨가 내려주셨겠죠. 그 커피메이커는 전용 캡슐에 포트의 뜨거운 물을 부어서 내리는 방식이니까 포트에 수면제를 타놓으면 돼요. 밤이 되기 전에 커피메이커에 다가갈 기회는 누구에게나 있었고요. 다른 것, 예를 들어 냉온수기에 수면제를 탄들 모두가 그걸 마신다는 보장은 없으니까 커피를 선택한 건 현명한 방법이에요."

설마 저녁을 먹는 시점에서 사전 준비를 마쳤다니. 아니, 그것보다 이로써 우리 중에 범인이 있음이 확정되었다.

"예외가 몇 명 있었지만 범인은 우리에게 수면제를 먹여서 야간의 행동을 제한한 거예요. 각자 방에 돌아가고 나서 있었던 일부터 정리해보죠. 저부터 이야기할게요."

히루코 씨의 목소리에는 반발을 용납지 않는 박력이 있었다. 나나미야는 무릎을 달달 떨며 또 관자놀이를 두드렸다. 간노는 생각을 정리하듯이 몇 번이고 고개를 살짝 끄덕였고, 나바리는 현실을 거부하듯이 머리를 감싸 안았다.

"어젯밤, 하무라가 저를 방까지 바래다줬어요. 너무 졸려서 꾸벅꾸벅하며 침대에 들어간 건 아마 11시 반쯤이었을 거예요. 그리고 한 번도 깨지 않고 푹 자다가 전화벨 소리를 듣고 눈을 떴죠."

"전화요?"

내가 되물었다.

"내선 전화였어. 어느 방에서 걸었는지는 모르겠네. 그 전화기에는 발신자 표시 화면이 없으니까. 하여튼 꽤 오랫동안 전화벨이 울린 것 같아. 무거운 머리를 흔들며 전화를 받았더니 기묘한 목소리가 들리더라고."

어제와는 상황이 완전히 다르게 흘러가 모두가 곤혹스러운 표정을 지었다.

"마치 좀비들이 흘리는 신음 소리 같았어요. 남자인지 여자인지도 모를 목소리로 그저 '우우' '아아' 하다가 십 초쯤 후에 전화가 끊어지더라고요. 처음에는 장난인 줄 알았는데 그제야 누가 방문을 두드리고 있다는 걸 알아차렸어요. 노크라

기보다 주정뱅이가 몸으로 부딪치는 것처럼 불규칙한 소리
였죠. 문에 귀를 대자 수많은 사람이 복도를 돌아다니는 기
척이 전해졌고요. 마침내 좀비가 비상문을 부쉈구나 싶어서
즉시 203호실의 간노 씨에게 전화를 걸었어요. 그때 처음으
로 시계를 봤는데 4시 25분이었다고 기억해요. 하지만 간노
씨도 수면제에 취해서 그런지 한참 있다가 전화를 받으시더
라고요."

이야기에 등장한 간노가 미안하다는 듯이 고개를 끄덕였
다.

"예, 정말로 푹 잠들어서 몰랐습니다."

"삼십 초쯤 지나서 전화를 받으신 간노 씨께 좀비가 남쪽
구역에 침입했다고 알리고, 건물 내부 상황을 확인해달라고
부탁했어요. 만약 좀비가 라운지까지 도달했다면 간노 씨도
밖으로 나가실 수 없을 테니까요. 가능하다면 위층에서 줄사
다리를 내려달라고 부탁하고 전화를 끊었죠. 통화 시간은 이
분 정도였을 거예요."

현재 단계에서 범인말고 제일 먼저 깨어난 사람은 히루코
씨인 듯하다.

"이어서 옆방의 다카기 씨께 전화를 걸었어요. 다카기 씨
가 자칫해서 복도로 나가기라도 하면 안 되니까요. 다카기 씨

는 십 초도 지나기 전에 받으셨을 거예요."

"나도 완전히 잠들었었어. 좀비들이 복도로 밀고 들어온 줄도 몰랐지."

"다카기 씨께 상황을 설명하고 조금 지나자 위쪽 나나미야 씨 방에서 줄사다리를 내려주신 덕분에 탈출할 수 있었어요. 제가 겪은 상황은 이 정도예요."

이어서 간노가 입을 열었다.

"어젯밤에는 제가 마지막으로 라운지를 나섰습니다. 동쪽 계단으로 향하는 하무라 씨와 시즈하라 씨를 배웅하고 나서 평소처럼 2층과 3층을 둘러보고 동쪽 구역 문을 잠갔죠. 엘리베이터는 3층에 멈춰 있었고요. 그후에 방으로 돌아가서 전날 밤처럼 휴대전화 알람을 맞추고 잠자리에 들었습니다. 하지만 겐자키 씨 말씀대로 겐자키 씨가 전화로 깨우실 때까지 정신없이 계속 잤죠. 전화벨 소리가 겨우 귀에 들어오자마자 제가 무슨 실수를 했는지 깨닫고 잠이 확 달아나더군요. 분명 4시 25분이었고, 통화중에 26분이 됐습니다. 좀비가 침입했다는 말씀을 듣고 전화를 끊은 후 조심조심 방을 나서자 라운지에 좀비의 모습은 눈에 띄지 않았지만, 다쓰나미 씨가 그 상태로 쓰러져 계셨습니다. 저는 혼란스러운 와중에도 다쓰나미 씨가 돌아가신 것을 확인하고 주변 상황을 살폈죠. 그러자 어제 잠가둔 동쪽 구역 문이 열려 있고, 활짝 열어둔 남쪽 구역 문이 닫혀 있더군요."

분명 바리케이드에 가까운 2층 동쪽 구역 문만 잠가두기로 했을 텐데.

"그럼 간노 씨가 남쪽 구역 문을 닫아 좀비의 발을 묶어두신 게 아니군요."

"제가 일어났을 때는 이미 닫혀 있었습니다. 하지만 잠겨 있지는 않았어요. 그저 닫혀 있을 뿐이라 문손잡이를 돌리면 바로 열리는 상태였죠."

"열쇠는 어디에?"

"평소처럼 텔레비전 받침대 위에 놓여 있었습니다. 그걸 보고 허겁지겁 남쪽 구역 문을 잠갔죠. 좀비에게 문을 열 만한 지능이 없었기에 망정이지, 까딱 잘못하면 라운지까지 점령당해 우리도 방에 갇힐 뻔했습니다."

참으로 기묘한 상황이 펼쳐졌다고 느끼며 다음 이야기에 귀를 기울였다.

"저는 이렇게 판단했습니다. 다쓰나미 씨의 시체는 일단 놓아두는 수밖에 없다. 지금은 남쪽 구역에 남겨진 겐자키 씨와 다카기 씨를 구해야 한다. 하지만 시체가 너무 참혹한지라 나바리 씨의 충격이 너무 클 것 같아서 그대로 3층으로 향했습니다. 한 분 한 분 깨우며 돌아다닐 여유가 없어서 고함을 치며 엘리베이터 홀로 가서 줄사다리를 들고 가네미쓰 씨 방으로 직행했죠."

내가 방에서 들은 고함소리였다.

"그후에는 여러분과 함께 행동했습니다. 자느라 몰랐을 가능성도 없지는 않지만, 제 방에 전화를 주신 분은 겐자키 씨뿐입니다. 다른 수상한 전화는 없었습니다."

다음으로 다카기가 들려준 이야기는 앞선 두 사람의 증언을 뒷받침하는 역할을 했지만 한 가지 이상한 점이 있었다.

"난 어젯밤에 라운지에서 간노 씨랑 미후유와 헤어진 후 복도에서 하무라와 마주쳐 잠깐 이야기를 하다가 방에 들어갔어. 그때도 얼마나 졸리던지 카드키를 제대로 못 꽂겠더라니까……. 대략 11시가 지났을 쯤에 잠들었을 거야. 한 번도 안 깨고 푹 자다가 겐자키가 전화를 줘서 일어났지. 그런데…… 겐자키가 전화를 주기 직전까지도 꽤 오랫동안 전화벨이 울렸던 것 같아. 십 초나 이십 초 정도가 아니야. 일 분 넘게 울리지 않았나 싶은데. 그때는 머리가 멍해서 전화를 못 받았어. 그 전화가 끊긴 후에 바로 전화벨이 다시 울렸어. 그제야 겨우 정신이 맑아져서 전화를 받았더니 겐자키였지. 겐자키, 전화를 여러 번 걸었어?"

"아니요. 저는 한 번만 걸었어요."

"그렇구나……. 아무튼 겐자키의 전화를 받고 시계를 보니 딱 4시 28분이었어. 겐자키가 절대 복도로 나가지 말라고 신신당부했는데, 밖에서 문을 두드리는 소리가 들려서 다가갈 엄두도 안 나더라. 그후에 구조를 받았지. 그 밖에 뭔가 알아차린 점은 없어."

가장 중요한 세 사람의 이야기가 끝나자 히루코 씨가 일동의 얼굴을 둘러보았으므로 다음에는 내가 이야기하기로 했다.

"이미 증언이 있었다시피 어젯밤은 히루코 씨를 방에 바래다준 후 다카기 씨가 방에 돌아가는 것도 봤어요. 그다음에 라운지에 있던 시즈하라 씨와 함께 3층으로 올라가서 잠깐 이야기를 나누고 방 앞에서 헤어졌고요. 수면제를 먹지 않아서 그런지 비교적 늦게까지 깨어 있었죠. 딱히 하는 일도 없이 침대에서 뒹굴뒹굴하다가 몇 시에 잠들었는지는 확실하게 모르겠네요. 1시나 1시 반 정도 아니었을까 싶은데요. 아침에 문득 눈을 뜨자 복도에서 간노 씨의 고함소리가 들렸어요. 2층 비상문이 부서졌다고 하셨죠. 분명 4시 반이 되기 조금 전이었어요."

간노를 보자 그가 고개를 끄덕여 답해주었다.

"놀라서 도어가드를 채운 채 복도를 엿봤죠. 마침 옆방에서 저처럼 문틈으로 밖을 내다보는 시즈하라 씨와 눈이 마주쳐서 함께 간노 씨를 뒤쫓아갔어요. 그리고 제 방에는 아무 전화도 안 왔어요."

"그렇다면 범인은 나랑 다카기 씨한테만 전화를 건 걸까."

히루코 씨는 생각할 때의 버릇이 나왔는지 머리카락 끝을 입술에 대면서 다음으로 시즈하라에게 이야기를 재촉했다.

시즈하라의 증언도 나랑 대체로 비슷했다. 시즈하라는 수면제의 영향으로 의식을 잃듯이 잠에 빠졌다가 간노의 고함 소리를 듣고 깨어났다고 한다. 다만 몇 시에 잠들었고 몇 시에 일어났는지는 확실하게 기억하지 못했다.

남은 나바리와 시게모토, 나나미야의 증언에서도 새로운 사실은 나오지 않았다. 나바리는 소동이 다 끝날 때까지 자기 방에서 자고 있었다고 하고, 시게모토와 나나미야는 나랑 시즈하라와 마찬가지로 간노의 목소리가 들릴 때까지 2층에서 이변이 일어난 줄 몰랐을뿐더러 아무데서도 전화는 오지 않았다고 했다.

이야기를 다 듣고 나서 히루코 씨는 살해 현장을 다시 보러 가겠다고 했다.

"언제까지 2층에 갈 수 있을지 모르니까요."

"저도 가겠습니다. 만에 하나 좀비가 문을 부수고 들어오면 큰일이니까요."

그렇게 말하고 간노가 검을 쥐었다.

"저도 갈게요."

"……그럼 나도."

"흠."

뜻밖에도 시즈하라와 다카기를 빼고 나머지는 다 따라왔다. 범인이 누군지조차 모르는 상황에서 그대로 있기는 싫었는지도 모르겠다.

5

라운지에 도착하자 간노는 좀비의 침입에 대비하려는지 남쪽 구역 문 앞에 자리를 잡았다. 문 너머에서는 변함없이 몸을 부딪는 소리가 들려왔다.

마스크를 낀 히루코 씨는 제일 먼저 엘리베이터 문에 낀 다쓰나미의 시체를 보러 갔다. 손상이 심한 머리 부위는 천으로 덮어놓았지만 히루코 씨가 또 졸도하지는 않을까 싶어 나는 최대한 가까이에서 대기했다.

"끔찍하네. 머리를 완전히 박살냈어. 하지만 이상한걸. 신도 씨 때는 이렇게 마지막 일격을 가하지 않았는데."

듣고 보니 그랬다. 왜 이번에는 끝장을 냈을까. 혹시 신도를 물어 죽인 건 좀비가 아니라서 감염을 막기 위한 마지막 일격이 필요 없었던 걸까.

"여기 좀 봐."

히루코 씨가 다쓰나미의 손목을 가리켰다. 손목에 피가 몰려서 생긴 자국 같은 것이 띠 모양으로 남아 있었다.

"분명 끈 따위로 묶었을 거야. 입가에도 자국이 남았으니 재갈도 물렸겠지."

어제 옥상에서 사랑에 대해 이야기한 다쓰나미. 내게 히루코 씨 옆에 붙어 있으라고 말한 다쓰나미. 그리고 모두 함께 아침을 맞이하기를 바란 그가 고작 몇 시간 만에 이런 꼴로 변하고 말았다.

여자와 관련해서는 문제가 있었겠지만 나는 그가 싫지만은 않았다.

"분명 잠든 틈을 노렸겠군요."

"응. 그렇다면……."

다음에는 다쓰나미 방의 문을 조사했다. 이미 마스터키로 열어서 도어가드를 끼워놓았다. 그는 수면제 때문에 깊이 잠들었을 테니 범인은 자기 힘으로 방에 침입한 셈이다. 도대체 어떻게 자물쇠를 풀었을까.

쪼그려 앉은 히루코 씨가 어라, 하고 말했다. 방 안쪽 문손
잡이 밑에 티슈 상자가 붙어 있었다.

"이건 분명 어제 하무라가 말한 철사를 이용한 침입 트릭
의 대책이겠구나."

"예, 괜찮은 방법이에요. 이러면 티슈 상자가 방해가 돼서
문손잡이에 철사를 못 걸죠."

어젯밤에 철사 트릭은 사용할 수 없었다는 뜻이다.

"의자 좀 갖다 줄래?"

이어서 히루코 씨는 문 위쪽을 조사했다.

"먼지가 부자연스럽게 쓸려나간 흔적이 있어. 하무라, 너
도 확인해봐."

히루코 씨의 지적은 옳았다. 어지간해서는 청소를 하지 않
을 문 윗면에 얇게 쌓인 먼지가 끄트머리에서부터 몇십 센티
미터쯤 닦아낸 것처럼 없었다.

"하무라의 견해는?"

"끈을 사용해 도어가드를 벗긴 흔적이겠죠. 무슨 방법으로
자물쇠를 풀고 살짝 벌어진 문틈으로 도어가드에 끈을 묶은
후 문 위쪽으로 끈 한쪽을 꺼내고 문을 닫아요. 그 상태로 끈
을 옆으로 당기면 도어가드가 벗겨지겠죠."

"그렇다면 범인은 틀림없이 문으로 침입했겠네."

우리는 협력하여 문과 주변 바닥을 구석구석까지 조사했지만 그 밖에 이렇다 할 흔적은 찾지 못했다. 방안도 살펴보았지만 역시 잠에 취한 틈에 신체의 자유를 빼앗겼는지 싸움을 벌인 듯한 흔적도 없었다. 그가 애용하던 CD 카세트는 방 왼쪽 구석, 침대 뒤편의 콘센트 옆에 플러그가 꽂힌 상태로 놓여 있었다.

그러자 방 밖에서 우리를 지켜보던 나바리가 미심쩍다는 듯이 말했다.

"저기, 범인이 이 방에 침입해서 잠든 다쓰나미 씨를 묶었다 치자. 하지만 그를 엘리베이터까지 끌고 갈 수 있는 건 남자 아닐까? 다쓰나미 씨는 우리 중에 키가 제일 크고, 날씬해 보이지만 몸무게도 칠십 킬로그램은 나갈 거야."

이건 상당히 현실적인 문제였다. 미스터리 소설에서는 무시하고 넘어가기 십상이지만 혼자서 시체를 운반하려면 힘이 꽤 많이 든다. 덧붙여 라운지에서는 카펫이 미끄럼을 방지하는 역할을 하므로 끌고 가는 것도 결코 쉽지 않다.

"아아, 그건 큰 문제가 아니에요." 히루코 씨는 뜻밖에도 시원스레 대답하더니 바닥을 가리켰다. "하무라, 너도 몸무게가 육십 킬로그램대 후반쯤 되지? 여기에 다리를 펴고 앉아볼래?"

시키는 대로 내가 자세를 취하자 히루코 씨는 뒤로 돌아갔다.

"사람을 들어올리는 비결이 있어요."

그렇게 말하더니 내 양쪽 겨드랑이 밑에 팔을 넣고 그대로 잡아당겨 일으키려고 한다. 하지만 히루코 씨는 몸집이 작으므로 당연히 힘이 모자란다.

"보통은 이렇게 겨드랑이 밑에 팔을 넣거나 겨드랑이 사이로 빼낸 손을 앞에서 맞잡고 일으키려고 하겠죠. 하지만 그렇게 하면 잘 안 돼요. 자신과 상대의 중심이 너무 떨어진 상태에서 허리 힘만으로 일으켜 세우려고 하기 때문이죠. 그러니까 이렇게……."

갑자기 내 등에 히루코 씨의 가슴이 밀착됐다.

히루코 씨! 아담한 몸에 히말라야 산봉우리를 숨기고 있었군요!

"최대한 바싹 붙어서 중심을 가깝게 해야 해요."

귓가에 입김이 닿았다. 내 순정이 직하형 지진처럼 요동치는 걸 아는지 모르는지 히루코 씨는 두 팔을 좀더 앞으로 뻗었다. 방금 전과는 달리 팔을 쭉 펴고 손바닥을 앞으로 내밀었다. 그리고 오른쪽 팔꿈치만 바닥과 수평이 되게 구부려 자기 왼팔을 잡았다. 손가마를 만드는 방식이다. 내 양쪽 겨드랑이는 히루코 씨의 위팔에 얹혀 있다. 히루코 씨는 자기 다리 사이에 내가 들어오도록 몸을 더욱 바싹 붙였다.

"그럼 간다."

부드럽게 쑥 뽑히듯이 나는 히루코 씨와 함께 일어섰다. 마치 크레인으로 들어올린 것 같았다.

"자, 어때요? 허리가 아니라 두 다리에 힘을 주고 똑바로 일어선다는 느낌으로 하는 게 비결이에요. 전통 무술이나 간병 현장에서도 흔히 사용하는 방법이죠. 제일 몸집이 작은 시즈하라 씨도 저랑 체격이 거의 비슷하니까 이런 식으로 몸을 일으켜서 끌고 간다면 누구든지 가능할 거예요."

으음, 굉장하다. 굉장하지만 이건 누구에게나 범행이 가능하다는 뜻이다.

히루코 씨에게 나쁜 뜻은 없었겠지만 시범에 성공했다고 순수하게 감탄할 기분은 들지 않았다.

그러자 그 모습을 보고 있던 나나미야가 봇물 터지듯 말을 쏟아냈다.

"생각해보면 누가 범인인지는 명확해. 신도 때도 그렇고 이번에도 그렇고, 마스터키를 가지고 있는 사람이 있었잖아. 그 사람은 아무 지장 없이 마음대로 방에 드나들 수 있어. 안 그러냐, 나바리?"

나바리가 유령처럼 생기가 느껴지지 않는 눈으로 나나미야를 올려다보았다.

"날 범인으로 의심하는 거예요?"

"아아, 그래. 어제 아침에 넌 이렇게도 말했어. 평소에 수면 유도제를 먹는다고. 네가 커피에 약을 탄 것 아니야?"

두 사건 모두 피해자는 온몸을 심하게 물어뜯겼으므로 그저 방에 들어갈 수만 있으면 범인이라는 단순한 구도는 성립하지 않지만, 나나미야는 그 점을 깊이 생각할 여유를 잃은 것 같았다.

그러자 나바리는 무릎을 내려다보듯이 고개를 숙이더니 어깨를 떨었다. 굴욕 혹은 분노를 느껴 그러는 줄 알았지만 아니었다.

나바리는 머리카락을 휙 젖히며 고개를 번쩍 들더니 소리 높여 까랑까랑하게 웃었다.

"아하하하! 하앗하하하!"

마치 광인이라도 연기하듯이 귀기가 넘치는 웃음이었다. 나나미야도 기가 죽었는지 숨을 삼킨 채 상황을 지켜보았다.

나바리는 한바탕 웃고 나서 간노에게 고개를 돌리더니 사람이 싹 바뀐 것처럼 부드러운 목소리로 말했다.

"봐요, 간노 씨. 내가 걱정한 대로잖아요. 그 카드키 때문에 내게 죄를 덮어씌우려는 멍청한 인간이 나타났어요."

관리인은 애처로운 표정으로 거북한 듯이 우리에게 비밀을 털어놓았다.

"죄송합니다. 조금 전에도 말할까 말까 고민은 했습니다만……."

"뭔데요?"

"실은 어젯밤 여러분이 돌아가신 후에 나바리 씨가 라운지에 오셔서 마스터키를 제 카드키와 교환했습니다."

이 말에는 나나미야뿐만 아니라 우리도 놀랐다.

간노는 원래 나바리가 사용하다 지금은 빈방이 된 206호실 카드키를 가지고 있었을 것이다. 나바리는 호주머니에서 '206'이라는 숫자가 박힌 카드키를 꺼내서 보여주었다.

"이 사람은 잘못 없어. 내가 다른 사람들에게는 비밀로 해달라고 부탁했으니까."

아까 추궁을 당한 것의 보답이라는 듯이 나바리가 톡 쏘아붙였다.

"신도 씨가 살해당했을 때 알아차렸지. 앞으로 비슷한 사건이 벌어지면 마스터키를 가지고 있는 사람이 제일 먼저 의심받을 거라는 걸. 한밤중에 알리바이가 있을 리도 없으니,

일단 의심을 받으면 풀기가 거의 불가능하다는 걸! 그래서 아무도 모르게 간노 씨에게 마스터키를 돌려줬어."

과연, 이래서는 어젯밤에 나바리가 마스터키를 사용해 다쓰나미의 방에 들어가기는 불가능하다.

히루코 씨가 끼어들었다.

"나바리 씨, 평소에 드신다는 약을 보여주실 수 있겠어요?"

"응, 물론이지."

간노가 마스터키로 205호실 문을 열자 나바리는 바로 약을 가지고 나왔다. 히루코 씨는 나바리가 내민 약을 확인하고 고개를 끄덕였다.

"어제 범행에 사용된 건 이 약이 아니네요."

"그걸 어떻게 알아!"

바로 나나미야가 물고 늘어졌다.

"예전에 수면 유도제가 사용된 사건에 관여한 적이 있어요."

히루코 씨는 태연하게 대답했다.

"수면 유도제와 수면제는 거의 똑같지만, 특히 졸음을 유발하고 작용하는 데 걸리는 시간이 짧은 걸 수면 유도제라고 불러요. 종류에 따라 작용하는 데 걸리는 시간과 지속 시간에 차이가 있지만, 나바리 씨가 복용하시는 약은 최단 시간 작용형이라고 불리는 제품으로 비교적 가벼운 수면 장애를 겪는 분에게 처방하죠. 먹은 후 약효가 빨리 나타나고, 약효가 지속되는 시간도 짧아요. 그저 잠이 쉽게 오도록 하는 약이에요. 우리가 깨어났을 때 근육이 이완되어 손에 힘이 들어가지 않고 다리가 휘청거렸는데요, 그런 작용은 없을 거예요."

"그럼, 그럼 간노가 범인이겠지! 이 자식이 마스터키를 가지고 있었다면."

될 대로 되라는 듯이 나나미야가 소리치자 이번에는 나바리가 그 주장을 일축했다.

"간노 씨한테 카드키를 바꾸자고 제안한 건 나예요. 간노 씨가 그걸 예상할 수 있었겠어요? 하물며 의심받기 싫다며 카드키를 돌려줬는데, 간노 씨가 멍청하게도 그걸 사용해서 범행을 저질렀다는 건가요? 아까부터 형편없는 추리만 내놓고 있는데 여기는 당신 부모님 건물이잖아요. 여벌 열쇠 하나쯤은 가지고 있을 만도 한데. 안 그래요, 도련님? 작년에도 몹쓸 장난을 쳤다면서요."

나바리도 소문 정도는 들었겠지. 가차없이 되받아치자 나나미야의 얼굴이 벌겋게 달아오르다 못해 새파랗게 질렸다.

"으아아아아아아아아! 빌어먹을! 너희 같은 살인자들하고는 같이 못 있겠어!"

나나미야는 괴조처럼 괴성을 내지르더니 라운지 벽으로 달려가서 석궁을 집어 들었다. 일동 사이에 긴장이 번졌다.

"뭘 어쩌시려고요!"

"내 방에 한 발짝도 다가오지 마. 오면 쏴 죽일 거야! 알겠지, 경고는 했다!"

그렇게 일방적인 말을 남긴 후 석궁을 들고 3층으로 맹렬히 달려갔다.

6

"……죄송합니다."

간노가 중얼거리는 소리와 함께 거북한 침묵이 흘렀지만 히루코 씨는 "조사를 속행하죠. 시간이 없어요" 하고 건조하게 대응했다.

"어차피 화살은 한 발밖에 없어. 그냥 내버려둬. 쏘는 무기를 선택하다니 아마추어로군."

시게모토도 어깨를 으쓱하며 나나미야를 헐뜯었다.

"그 인간, 3층에 남은 사람들한테 괜히 시비나 거는 거 아닌지 모르겠네. 내가 보고 올게."

나바리는 방금 전에 비해 약간 혈색이 좋아진 얼굴로 3층으로 향했다.

라운지로 돌아온 히루코 씨는 단서를 찾아 잠시 테이블 주변을 돌아다녔지만 이렇다 할 게 없었는지 간노에게 고개를 돌렸다.

　"간노 씨가 보시기에 평소와 달라진 점은 없나요?"

　"글쎄요……. 특히 눈에 띄는 차이점은 없는 것 같은데요. 그러고 보니……."

　간노는 텔레비전 옆에 자리잡은 동상 아홉 개로 다가갔다. 아서왕과 다윗 등 아홉 위인의 모습을 본떠서 만든 허리 높이의 전신상이다.

　"아주 약간이지만…… 동상의 방향이 바뀐 것 같기도 하네요."

　"방향?"

　"진열된 순서는 평소와 같지만 얼굴 방향이 미묘하게 다른 것 같습니다. 평소에는 시선이 똑바로 테이블을 향하도록 진열해놓는데, 지금 보니 오른쪽 끄트머리에 있는 두 개가 다른 방향을 보고 있는 느낌이네요."

　우리는 무슨 차이가 있는지 전혀 감이 오지 않았지만, 간노는 동상을 손질할 기회가 많다.

　"어쩌면 제가 본 후에 누가 만졌을지도 모르죠. 범인의 소행이라는 근거는 없습니다."

나는 동상 중 하나로 다가가 무게를 확인해보았다.

……제법 무겁다. 기껏해야 일 미터 정도밖에 안 되지만 사오십 킬로그램은 나가지 않을까. 간신히 들어올릴 수는 있겠지만 무기로 사용하기는 남자라도 무리다.

그렇게 말하자 히루코 씨는 알겠다며 고개를 끄덕이고 다시 다쓰나미의 시체 쪽으로 걸어갔다.

"한 가지 더 마음에 걸리는 점은 역시 이 잇자국이에요. 신도 씨 때와 똑같죠. 옷의 섬유가 찢어졌고 뼈가 으스러진 곳도 있어요."

"역시 범인은 좀비야!"

시게모토가 흥분한 기색으로 소리쳤다.

"좀비가 우리한테 수면제를 먹였다고요?"

도무지 믿기지 않아서 물어보았다.

"전부 지능이 없다고 누가 보장할 수 있겠어. 〈랜드 오브 데드〉에서는 총을 다룰 줄 아는 좀비 하나가 다른 좀비들을 지휘해서 인간과 싸운다고. 게다가 좀비를 발생시킨 원인이 세균이나 바이러스인 이상, 항체를 가졌거나 세균이나 바이러스에 완벽하게 적응한 인간이 있을 가능성도 부정할 수는 없어."

좀비 마스터의 주장을 듣고 간노는 인상을 찌푸렸다.

"인간과 동등한 지성을 갖춘 좀비라니, 진심이십니까?"

"간노 씨, 잊어버렸습니까! 그들은 원래 인간이었어요! 그 놈은 다른 좀비와 함께 비상문으로 들어온 거예요. 그리고 다 쓰나미 씨를 죽이고 남쪽 구역 문으로 나갔어요. 그래서 문이 잠겨 있지 않았던 겁니다."

"그럼 겐자키 씨와 다카기 씨에게 걸려 온 전화는……."

"그 좀비가 걸었겠죠!"

좀비 마스터는 신명이 났다. 그의 추리는 상식의 경계선을 넘어도 한참 넘었지만, 정말로 그런 놈이 있다면 이번 범행이 가능했을지도 모른다.

히루코 씨는 일단 그 주장을 받아들인 후에 이렇게 반론했다.

"예. 그래도 이번 다쓰나미 씨 살해 사건에는 모순이 생겨요. 지금 시계모토 씨가 말씀하신 것처럼 비상문을 부수고 들어온 좀비가 범인이라면 우리에게 수면제를 먹일 수는 없어요."

좀비 마스터가 입을 다물었다.

확실히 그렇다. 어제 아침 시점에서 펜션에는 우리말고 아무도 없었다. 만약 그때 이미 수면제를 포트에 넣었다면 누군가 커피메이커를 사용할 때마다 잠들어야 마땅하다. 하지만 부자연스러운 졸음을 호소하는 사람은 없었다.

그 말인즉슨 저녁 먹기 직전에 우리 중 누군가가 수면제를 탔다는 뜻이다.

젠장, 또 신도 때와 똑같은 유형이다. 인간에게만 가능한 일과 좀비에 의해 살해된 흔적이 동시에 존재한다. 설마 시게모토가 말한 지성 있는 좀비와 우리 중 한 명이 손을 잡기라도 했다는 건가.

만약 그렇다면 여러 가지 일을 설명할 수 있다.

범인이 모두에게 수면제를 먹인 후 밤에 다쓰나미를 방 밖으로 끌어내고 지성 있는 좀비를 비상문으로 불러들인다. 지성 있는 좀비는 다쓰나미를 물어 죽이고 조용히 라운지에서 나가면 된다.

신도 때도 그렇다. 범인은 비상문으로 불러들인 지성 있는 좀비와 함께 신도의 방으로 가서 말재주로 잘 구슬려 신도가 문을 열게 한다. 그 순간 지성 있는 좀비가 방으로 밀고 들어가서 신도를 물어 죽이고 범인이 메시지를 남기면 끝이다.

무슨 말도 안 되는 생각을!

머릿속에서 현실과 공상의 경계가 완전히 허물어지고 있었다.

그때 3층을 살피러 갔던 나바리가 돌아왔다.

"그 인가, 정말로 방에 틀어박혔나 봐. 두 사람한테는 별일 없었어."

그 보고를 들은 히루코 씨는 기분을 전환하자는 듯이 손뼉을 짝 치며 네 사람을 둘러보았다.

"트릭에 집착하지 말고 남은 사실만 객관적으로 따져보죠. 밀실이었을 방에서 다쓰나미 씨가 끌려 나왔다. 그는 엘리베이터 안에서 좀비에게 물려 죽었다. 이상이 일어난 일이에요. 범인의 메시지도 복도의 좀비도 일단 잊어버리세요. 그럼 이상한 점이 보일 거예요."

히루코 씨는 우리에게 혼란을 주던 요소를 거침없이 잘라내서 문제를 단순화시켰다.

"이상한 점요?"

내가 물었다.

"왜 엘리베이터를 살해 현장으로 선택했는가. 범인이 좀비든 인간이든 왜 신도 씨 때처럼 방안에서 죽이지 않았을까?"

다른 세 명은 두 손 두 발 다 들었다는 표정이다.

나는 생각이 떠오르는 대로 말해보았다.

"……범인은 목표물이 좀비에게 물려 죽는 걸 고집하는 듯해요. 그러기 위해서는 방 밖으로 끌어내는 편이 유리했겠죠."

"그거야." 히루코 씨가 손가락으로 나를 가리켰다. "좀비에게 물려 죽으라고 방 밖으로 끌어냈다고 치자. 하지만 다쓰나미 씨가 좀비에게 물려 죽기를 원한다면 더 간단한 방법이 있어.

예를 들어 다쓰나미 씨를 묶어서 남쪽 구역 복도에 눕혀놔. 그리고 비상문을 연 후 부리나케 뛰어서 라운지로 대피해 남쪽 구역 문을 잠가. 그럼 복도에 방치된 다쓰나미 씨만 좀비에게 물려. 상황 종료.

어때? 이게 훨씬 수고가 덜 하지. 나라면 이렇게 할 거야."

그 말이 맞다. 나는 여전히 트릭, 하우더닛에만 정신이 팔려 왜 그렇게 해야 했느냐는 와이더닛을 깜박 잊었다. 그건 그렇고 멋진 살해 방법이다. 이 방법을 '히루코법'이라고 불러야겠다.

히루코 씨가 이야기를 이어나갔다.

"그럼에도 3층에 있던 엘리베이터를 일부러 불러 내리면서까지 다쓰나미 씨를 밀어넣은 데는 범인 나름대로 큰 의도가 있었겠지."

큰 의도. 히루코 씨가 내놓은 살해 방법으로는 이룰 수 없는 어떤 목적.

그때 피바다로 변한 엘리베이터를 바라보던 히루코 씨가 뭔가 알아차렸다.

"아차. 아무래도 아직 잠이 덜 깼나 봐."

그렇게 말하고 시체로 다가갔다. 하지만 시체에 다다르기 직전에 주저하듯 발을 멈추었다.

"하무라."

갑자기 목소리가 날카로워졌다.

"어, 예?"

"거래하자."

오랜만에 그 말을 들었다. 여기에 온 계기가 된 말이다.

"제가 뭘 하면 되나요?"

"다쓰나미 씨의 시체를 옮겨줘. 옮기면 뽀뽀해줄게."

"으예에엣."

한심한 목소리가 새어 나왔다.

시체라니, 질척질척 엉망이 된 이걸? 아니, 이렇게 말하면 다쓰나미에게 실례일지도 모르지만 보여서는 안 될 부분이 많이 보이는 이걸 만질 엄두는 안 난다. 또한 뉴스 내용을 보건대 피에 접촉하는 건 피하는 편이 나을 듯했다.

"멀리까지 옮기라는 게 아니야. 하다못해 엘리베이터 밖으로만이라도. 응? 부탁해."

아, 그야 히루코 씨에게 도움이 되고 싶고 거래 조건도 매력적이기는 하지만, 이건 코모도왕도마뱀이나 타란툴라를 만지라는 것보다 난도가 높다.

그러자 내가 뒤로 빼는 모습을 보고 책임감 덩어리인 관리인이 머뭇머뭇 끼어들었다.

"저어, 제가 할까요?"

나바리가 민감하게 반응했다.

"간노 씨! 뽀뽀를 받으려고, 그런 파렴치한!"

"아, 아, 아닙니다. 저는 그저 연장자로서 필요한 일을 하려고."

결국 다쓰나미의 방에서 가져온 이불에 시체를 얹고 남자 셋이서 끌어냈다. 물론 거래는 백지화됐다. 그건 그렇고 나바리는 어느 틈에 간노를 의식하게 되었을까.

"자, 이걸로 뭘 알 수 있는데요?"

히루코 씨는 옮긴 시체가 아니라 피로 떡칠이 된 엘리베이터 쪽으로 다가갔다.

"하무라. 거래를."

"이제 그만. 뭘 하면 되나요?"

될 대로 되라는 식으로 묻자 역시 만만치 않은 임무가 히루코 씨 입에서 튀어나왔다.

"엘리베이터에 들어가서 문을 닫아줘."

와, 피로 발디딜 틈도 없는데요.

나는 엘리베이터 안에 다른 시트를 던져놓고 울며 겨자 먹기로 그 위에 섰다. 문이 완전히 닫히지 않도록 스토퍼를 놓아두고 '닫힘' 버튼을 눌렀다. 그러자 문이 천천히 닫히다가 스토퍼에 반응해서 다시 열렸다.

그때 나는 히루코 씨의 의도를 완벽히 이해했다.

"어때?"

"……거의 없네요. 벽면은 이렇게 피투성이인데. 그렇다면……."

"다쓰나미 씨를 죽인 건 1층 좀비들인가."

히루코 씨가 중얼거리자 다른 사람들이 깜짝 놀란 표정을 지었다.

"도대체 뭘 찾아내신 겁니까?"

"못 찾아냈어요, 혈흔을. 엘리베이터 앞에 깔린 카펫을 한번 보세요."

히루코 씨가 엘리베이터 앞의 카펫을 가리켰다. 다쓰나미가 쓰러져 있던 부분을 제외하면 거의 피가 묻지 않았다.

"별로 안 더럽죠. 그래서 다쓰나미 씨가 살해당했을 때는 엘리베이터 문이 닫혀 있지 않았을까 싶었어요. 하지만 하무라가 확인한 결과 문 안쪽에 핏자국은 남아 있지 않았죠. 즉, 살해당했을 때 문은 열려 있었던 거예요."

시게모토가 당황한 목소리로 말했다.

"어, 하지만 그럼 카펫까지 피가 튈 텐데…… 아, 엇?"

그도 깨달은 모양이다.

"그래요. 2층에도 3층에도 피가 튄 흔적은 없었어요. 다쓰나미 씨는 1층에서 살해당한 셈이에요."

간노와 나바리도 창백해진 얼굴로 각자 부정적인 의견을 내놓았다.

"도대체 어떻게요? 범인이 같이 타고 내려가기라도 했다는 말씀이십니까?"

"말도 안 돼. 그럼 범인도 좀비에게 습격당할 텐데."

하지만 나는 히루코 씨가 무슨 말을 하려는지 조금 알 것 같았다.

"엘리베이터를 내렸다 올릴 뿐이라면 범인이 같이 탈 필요는 없어요. 다쓰나미 씨를 태우고 1층 버튼을 누른 후 범인은 엘리베이터가 내려가는 모습을 여기서 지켜봐요. 그리고 나서 평범하게 상하 버튼 중 하나를 눌러 엘리베이터를 불러오면 돼요."

이 방법이라면 범인은 엘리베이터에 타지 않고도 다쓰나미만 1층 좀비들에게 내밀 수 있다. 하지만 문제는 있다. 나바리가 그 문제를 지적했다.

"재미있는 생각이지만 위험해. 좀비가 다쓰나비 씨에게 들러붙어 있을 때 문이 닫히면 함께 올라오잖아."

바로 그거다. 좀비는 티슈 상자처럼 항상 문을 붙잡아놓지 않는다. 엘리베이터에 완전히 올라타면 문이 닫히고 올라올 때까지 열리지 않는다. 그러면 여기서 기다리는 범인도 위험에 처할 테니 그렇게 번거로운 방법 대신 그냥 '히루코법'으로 죽이면 되지 않을까 싶은데.

"그리고 만약 이 방법이 사용됐다면, 비상문으로 좀비를 맞아들인 데는 무슨 의미가 있을까요. 히루코 씨와 다카기 씨를 죽이려고 한 걸까요?"

"그건 아닐 거야. 범인이 일부러 전화를 걸어준 덕분에 우리는 살아남았으니까. 순수하게 생각하면 정말 우연히 비상문이 부서졌거나, 아니면 복도에 남이 보지 말았으면 하는 것이라도 있었거나……. 이것도 일단 보류하는 수밖에 없겠네."

히루코 씨는 보류라고 말했다. 즉, 단념할 생각은 없다는 뜻이다.

돌을 또 하나 삼킨 것처럼 내 마음이 무거워졌다.

7

다음으로 히루코 씨는 간노 씨에게 양해를 구하고 그가 머무르는 203호실로 들어갔다.

뭘 하나 지켜보자 비치되어 있는 전화의 수화기를 집어 들고 물었다.

"간노 씨. 이 전화기에 재다이얼 기능은 있나요?"

"오른쪽 밑에 있는 작은 버튼을 누르면 가장 최근에 건 방으로 연결됩니다."

간노의 대답을 듣고 이번에는 내게 고개를 돌려 말했다.

"하무라. 3층에 올라가서 다카기 씨의 바로 윗방, 구다마쓰 씨가 사용했던 302호실로 가줘."

"앗, 다카기 씨 방의 전화가 울리는지 확인하시려는 거군요."

"정답. 일 분 후에 걸 테니까 잘 부탁해."

다카기가 사용하던 202호실은 좀비에게 포위되어 들어갈 수 없으므로 바로 윗방인 302호실에서 상황을 살피는 수밖에 없다. 3층에 올라가자 엘리베이터 홀에서 시간을 때우고 있던 다카기와 시즈하라가 나를 보고 뒤따라왔다.

"이번에는 뭘 하려고?"

"재다이얼 기능을 실험하려고요."

나나미야의 옆방, 다카기를 끌어올리는 데 사용한 302호실로 들어가서 발코니로 나갔다. 비가 그치고 드디어 하늘이 희붐해졌다. 그래, 이제 겨우 아침 6시가 지났다.

나는 지금부터 진행할 실험을 두 사람에게 설명했다.

"오늘 아침에 히루코 씨와 다카기 씨는 범인이 건 것으로 추정되는 수상한 전화를 받았어요. 범인이 두 분에게만 전화를 걸었다면 범인이 사용한 전화의 재다이얼 기능으로 다카기 씨나 히루코 씨 방에 전화를 걸 수 있겠죠. 히루코 씨는 그걸로 범인이 어느 방에서 전화를 걸었는지 조사할 생각이에요."

슬슬 일 분이 지났을 테지. 나는 발코니에서 몸을 내밀어 아래층에 귀를 기울였다. 하지만 아무리 기다려도 전화벨 소리는 들리지 않았다. 즉 간노 방의 전화는 사용되지 않았다는 뜻이다.

나는 이왕 온 김에 302호실의 전화도 시험해보았지만 아래층에서는 소리가 들리지 않았고, 누가 전화를 받지도 않았다. 1층 프런트나 빈방의 전화로 연결된 모양이다.

"하지만……." 방을 나서면서 다카기가 말했다. "꽤 예전에 통화한 이력이 남아 있을 가능성도 있잖아. 설령 내 방에 전화가 오더라도 오늘 새벽에 걸었다는 증거는 안 될 텐데?"

확실히 다카기 말이 맞다. 하지만 휴대전화가 보급된 요즘 시대에 다른 방의 친구에게 볼일이 있다고 해서 내선 전화를 사용하는 일은 거의 없다. 기껏해야 프런트에 연락할 때나 사용하는 정도겠지. 만약 모든 방을 조사한 결과 해당하는 전화가 하나밖에 없다면 범인이 그 전화를 사용했을 가능성은 상당히 높지 않을까.

그렇다, 자칫하면, 아니, 잘하면 이번 조사로 범인의 정체가 드러날지도 모른다. 어느 틈엔가 등이 땀으로 흥건하게 젖었다.

2층으로 돌아가서 히루코 씨에게 전화가 오지 않았다고 알리자 방을 바꾸어가며 같은 실험을 차례차례 되풀이했다. 나는 전화벨 소리가 들릴 때까지 302호실에서 대기하기로 했다. 그리고 십 분쯤 지났을 때…….

아래층 다카기의 방에서 희미하게 전화벨 소리가 들렸다. 서둘러 2층으로 뛰어 내려가자 히루코 씨와 사람들은 206호실, 나바리가 처음에 사용한 동쪽 구역의 빈방에 있었다.

"전화가 왔어요!"

내 보고를 듣자 나바리의 안색이 바뀌었다.

"내가 처음에 썼던 방이잖아. 이상한데. 난 첫날 도착하자마자 벽시계 전지가 다 떨어진 걸 보고 내선으로 프런트에 전화를 걸었다고. 그렇죠, 간노 씨?"

"예. 분명 전화를 받고 전지를 갈았습니다."

그렇다면 재다이얼 기능으로 프런트에 전화가 걸리지 않는 것은 확실히 이상하다. 생각지 못한 우연으로 재다이얼 기능이 첫날 이후에 사용되었을, 즉 몇 시간 전에 범인이 사용했을 가능성이 높아졌다.

"마지막으로 프런트나 적당한 곳에 전화를 걸면 통화 이력을 지울 수 있었을 텐데. 범인은 재다이얼 기능이 있다는 걸 깜박한 걸까요?"

내 의문에 히루코 씨는 복잡한 표정을 지었다.

"뭐라고 하기가 애매하네. 어차피 자기 방이 아니니까 들통나도 상관없었는지도 모르고, 그럴 여유가 없었을지도 모르지."

"여유라고요?"

"범인도 좀비가 비상문을 뚫고 들어올 줄은 예상 못 했을 수도 있어. 범인은 자신이 수면제를 먹인 탓에 나랑 다카기 씨가 희생되는 걸 피하고 싶었겠지. 그래서 빈방 중 가장 가까이에 있던 206호실에서 전화를 걸어 내게 주의를 줬어. 하지만 내가 이변이 생긴 걸 알아차린 이상 여러 사람에게 연락을 돌려서 행동에 나서겠지. 범인은 남에게 들키기 전에 206

호실에서 자기 방으로 돌아가야 하니까 재다이얼 기능까지 신경쓸 여유는 없었는지도 몰라."

확실히 그럴싸하게 느껴졌다.

"그…… 겐자키 씨."

나바리가 조심스러운 말투로 입을 열었다.

"역시 간노 씨는 마스터키를 가지고 있던 탓에 입장이 불리해진 거야? 다쓰나미 씨 방에 자유로이 드나들 수 있었다는 이유로."

그렇게 말하고 이쪽 안색을 살폈다. 나바리는 의심을 면하기 위해 간노에게 마스터키를 돌려주었다. 하지만 그 일 때문에 그가 터무니없는 의심을 받을까 봐 걱정인 것이리라.

"그것 말인데요. 현재 시점에서 간노 씨가 범인일 가능성은 아주 낮다고 생각해요."

"그렇습니까?"

대답을 듣고 간노 본인이 놀란 목소리로 말했다. 그는 의심받을 각오를 하고 있었던 모양이다.

"어림셈이지만 시계열을 정리하면 간노 씨께는 알리바이가 있어요. 다카기 씨가 제 전화를 받기 전에 전화벨이 일 분 넘게 울렸다고 증언하셨죠. 그게 범인의 전화였다고 치고 시간을 정리하면 이렇게 돼요.

하나, 범인이 제게 전화를 겁니다.

둘, 제가 간노 씨께 전화를 겁니다. 상황을 설명하고 구조를 부탁하는 데 적어도 이 분은 걸렸을 거예요.

셋, 그 직후에 제가 다카기 씨께 전화를 겁니다. 다카기 씨는 십 초가 지나기 전에 받으셨고요.

넷, 다만 그 직전에 범인이 일 분도 넘게 다카기 씨 방에 전화를 걸었어요."

맞다. 범인이 206호실에서 다카기에게 일 분 이상 전화를 거는 동안 간노는 히루코 씨와 통화중이었다. 간노 방의 수화기를 잡아당겨 206호실까지 가기는 불가능하고, 가능하더라도 만에 하나 다카기가 범인의 전화를 받는다면 그는 두 사람과 동시에 통화해야 한다. 고작 수십 초라고는 하지만 간노에게는 통화중이었다는 알리바이가 있다.

"간노 씨의 혐의가 약해졌다니 다행이네."

나바리도 안도하는 표정을 지었다.

"덧붙이자면 간노 씨와 통화한 저도 알리바이가 성립하는 셈이에요. 제 입으로 말씀드리려니 송구스럽지만요."

그때 나는 알리바이가 확실한 인물이 한 명 더 있음을 깨달았다.

"그렇다면 다카기 씨도 용의선상에서 벗어나는 것 아닌가요? 206호실에서 전화를 걸었을 때 남쪽 구역 복도는 이미 좀비에게 점령당한 뒤였으니까 방으로 돌아갈 수 없잖아요."

"그게 그렇지도 않아."

히루코 씨가 또 미안하다는 듯이 고개를 저었다.

"다카기 씨의 방에 일 분 넘게 전화가 걸려 왔다는 건 거짓말이고, 이 재다이얼 이력이 함정일 가능성도 있어. 예를 들어 다쓰나미 씨를 살해한 후 다카기 씨는 206호실에서 자기 방에 전화를 걸어서 재다이얼 이력을 남겨. 그리고 비상문을 열어 좀비를 안으로 들이고 뛰어서 자기 방으로 대피해. 그다음에 자기 방 전화로 내게 수상한 전화를 걸면 되지."

다카기의 거짓말이라는 가설에 나는 무심결에 이의를 제기했다.

"다카기 씨의 증언이 거짓말이라면 간노 씨의 알리바이도 성립되지 않잖아요."

"그럴 경우 간노 씨가 재다이얼 이력을 남기기는 무리겠지. 다카기 씨가 그런 거짓말을 할 줄 어떻게 예상하겠어?"

찍소리도 안 나왔다. 애당초 이 알리바이는 히루코 씨가 때마침 다카기와 간노에게 전화를 걸었기 때문에 성립했다. 의도적으로 조작하기는 불가능하기 때문에 신용할 수 있다.

다카기가 이해가 잘 안 된다는 듯이 머리를 긁적긁적했다.

"이야기가 까다롭네. 그러니까 나는 아직 용의자라는 거지?"

"예. 남쪽 구역 문의 열쇠는 텔레비전 받침대 위에 놓여 있었으니까 만약 남쪽 구역 문이 잠겨 있었다면 범인이 라운지에서 자물쇠를 잠근 셈이 되어 다카기 씨도 당당하게 무죄를 주장할 수 있으셨을 텐데요."

그렇구나. 문 하나 때문에 다카기는 혐의를 벗을 수가 없다. 어쩌면 범인은 그걸 알고서 일부러 문을 잠그지 않았을지도 모른다.

"다만……." 히루코 씨는 말을 이었다. "다카기 씨가 범인일 가능성은 낮지 않을까 싶어요. 왜냐하면 간노 씨와 제 알리바이가 성립된 건 '겐자키가 전화를 주기 직전에 일 분 넘게 전화벨이 울렸다'고 다카기 씨가 증언해주신 덕분이거든요. 굳이 저희 두 사람에게는 유리하고 반대로 본인에게는 아무 이득도 안 되는 거짓 증언을 하실 리는 없겠죠."

분명 아까 엘리베이터 홀에서 모두에게 오늘 아침에 어떻게 행동했는지 들었을 때, 다카기는 히루코 씨와 간노 다음으로 이야기했다. 만약 다카기가 범인이라면 나중에 발언하는 입장을 이용해 본인에게 좀더 유리하도록 증언할 수 있었을 것이다.

아무튼 범인이 206호실 전화를 사용했다고 가정하고, 뭔가 단서가 남아 있지 않는지 조사했다.

"저것 좀 봐!" 발코니로 나간 시게모토가 외쳤다. "저거, 자 담장의 유카타• 아니야?"

그는 발코니 바로 아래를 가리켰다. 좀비들이 우글대는 지 상에 떨어진 희읍스름한 천이 보였다. 좀비들에게 짓밟혀서 확실치는 않지만 한 벌이 아닌 듯했다.

"왜 저런 곳에."

"범인 짓이겠죠. 다쓰나미 씨의 시체를 엘리베이터에서 끌 어내거나 머리를 박살내도 피를 덮어쓰지 않도록 미리 유카 타로 갈아입었을 거예요. DNA 검사를 하면 누가 입었는지 판명할 수 있을지도 모르지만, 지금은 회수할 방도가 없네 요."

히루코 씨의 추측은 그랬다.

그 이상은 발견다운 발견을 하지 못했으므로 우리는 현장 검증을 마쳤다.

라운지로 돌아가보니 남쪽 구역 문은 건너편에서 난타를 당하면서도 아직 잘 버티고 있었다. 만약에 대비해 우리는 라

• 목욕 후나 여름철에 입는 긴 무명 홑옷.

운지를 뒤로하고 동쪽 구역 문도 잠갔다.

8

3층으로 돌아가자 히루코 씨는 신도가 쓰던 305호실도 한 번 더 보고 싶다고 했다.

간노에게 마스터키를 빌려 안에 들어가자 여전히 냉방이 너무 강해서 겨울처럼 추웠다. 덕분에 시체가 부패하는 속도는 어느 정도 늦춰진 것 같지만 코를 찌르는 피 냄새만은 어쩔 도리가 없다.

"어라."

히루코 씨가 중얼거린 이유는 바로 알았다. 탁상 조명이 켜져 있었기 때문이다.

"어제 끄는 걸 잊었나."

"그렇겠죠. 어젯밤 제 방에서도 켜져 있는 게 보였거든요. 이 불은 나이트테이블에 달린 스위치로 끌 수 없으니까 잊어 버렸을 거예요."

나는 탁상으로 다가가 거울 밑에 달린 스위치를 껐다.

"하무라 방에서는 305호실이 보여?"

"여기에서 왼쪽으로 비스듬히 제일 안쪽에 보이는 방이 제

방이에요. 그 앞이 시즈하라 씨 방."

카펫에 달라붙은 피와 살점을 피하며 창가로 가서 비스듬히 보이는 시즈하라의 방을 가리켰다.

"흐음……."

히루코 씨는 손가락에 머리카락을 꼬불꼬불 감다가 방안을 다시 한번 살피기 시작했다. 나는 암묵적으로 발코니를 담당해 난간에 무슨 흔적은 없는지, 옥상이나 다른 방으로 이동하는 데 사용할 만한 돌출부는 없는지 찾아보았지만 이렇다 할 수확은 얻지 못했다.

히루코 씨는 다쓰나미의 방에서처럼 문 윗면에 쌓인 먼지도 확인했지만 도구를 사용한 흔적은 전혀 발견하지 못한 듯했다.

"그러고 보니 발코니 유리문이 열려 있고 신도 씨는 밖을 향해 쓰러져 있었잖아요. 밖으로 도망치려고 한 거겠죠?"

"그렇겠지. 즉 좀비는 문 쪽, 복도에서 들어온 셈이야. 하지만 그 흔적이 조금도 눈에 띄질 않네……."

"그거랑 마음에 걸리는 점이 하나 더 있는데요. 신도 씨가 가져다둔 검이 문 바로 옆 벽에 기대어져 있었어요. 그러니까 신도 씨는 범인에게 전혀 경계심을 품지 않았던 거죠."

"역시 밀실을 돌파한 건 우리 중 누군가인가……."

히루코 씨는 긴 머리를 손가락에 감고 잠시 끙끙대다가 내게 손짓했다.

"하무라, 머리!"

"예?"

"내 머리카락으로는 안 되겠어. 머리카락 만지게 해줘."

"에이. 부끄러워서 싫어요."

"거래하자. 침대로 올라가. 무릎베개 해줄게."

"안 돼요, 여기에도 피가 튄걸요!"

피가 없으면 눕겠다는 뜻은 아니지만.

무릎베개로도 거래가 성립되지 않자 히루코 씨는 잔뜩 뾰로통해져서 원망스럽다는 듯이 피로 얼룩진 이불을 침대에서 걷어냈다. 침대에 아무것도 없는 것은 어제 확인했다.

"어라?"

당혹스러운 목소리였다.

히루코 씨는 이불 뒷면을 바라보고 있었다. 침대에 면해 있어 지금까지 보이지 않던 쪽이다.

"피가 묻었어."

히루코 씨 말대로 이불 뒷면에는 핏빛 얼룩이 묻어 있었다. 하지만 앞면처럼 튄 느낌이 아니라 상처에 문지르기라도 한 것처럼 약간 번진 느낌이다.

히루코 씨는 즉시 이불을 뒤집어 앞면을 살펴보았다. 물론 거기에도 피는 묻어 있다.

"이상하네. 왜 이불 앞뒤에 동시에 피가 묻었을까?"

양쪽 핏자국을 비교해보았지만 앞뒤에 묻은 위치가 일치하지 않았다. 앞면에 묻은 피가 뒷면까지 배어 나온 것은 아닌 듯하다. 혹시 신도가 이불을 좀비에게 던지거나 방패로 사용한 걸까? 아니다. 그런 것치고는 원래부터 이불은 제대로 침대 위에 있었고 몹시 흐트러져 있다는 인상도 아니었다.

"이건 도대체……."

의견을 물어보려고 옆을 보자 히루코 씨는 미동도 없이 눈을 부릅뜨고 있었다.

눈의 초점은 손에 든 이불이 아니라 어딘가 먼 곳에 맺혀 있었다.

"히루코 씨?"

"그랬구나. 그렇다면 내가 느낀 위화감과도 합치해. 위화감이 느껴지는 게 당연하지."

히루코 씨는 흥분한 기색으로 계속 말했다.

"나도 잘난 척 남에게 뭐라고 할 입장은 못 되네. 역시 이 위화감을 중요하게 받아들여야 했어. 좀더 시야를 넓혀서 생각해야 했는데."

"뭔가 알아내셨군요."

"신도 씨 살해 사건에 대해서는. 남은 건 다쓰나미 씨 살해 사건뿐……. 그전에."

히루코 씨는 내게 고개를 돌리고 말했다.

"휴대전화 가지고 있니? 내 건 배터리가 다 됐어."

"있긴 하지만 아직 전파가 안 잡히는데요."

스마트폰을 내밀자 히루코 씨는 고개를 저었다.

"아니야. 사진 찍으려고."

과연. 나는 이불에 묻은 혈흔을 향해 셔터를 눌렀다.

"하나 더 찍었으면 하는데."

"알겠어요. 어딘데요?"

"가방 속."

9

밖에는 또 보슬비가 내리기 시작했고, 우리는 3층의 한정된 공간에서 시간을 보냈다. 각자 알아서 물을 아껴 쓴 덕분에 저수탱크에는 아직 물이 남아 있었지만, 문제는 식량이었다. 라운지에 남은 걸 몽땅 가져왔지만 그래도 하루에 세끼를 먹으면 앞으로 이틀도 지나지 않아 다 떨어진다. 첫날 히루코 씨는 일주일 이내에 좀비의 육체가 부패할 것이라 예상했지만, 아직 절반도 지나지 않았다. 시게모토의 견해로는 시간이 더 걸릴 가능성도 있다니까 좀비가 자멸하기를 기다리는 것은 성공할 가망이 희박하다고 봐야 하리라.

덧붙여 생활공간도 문제다. 이제 사용할 수 있는 방보다 인원수가 더 많아졌으므로 나나미야와 신도의 방말고는 항상 문틈에 도어가드를 끼워서 출입을 자유롭게 해두었다. 그래도 이틀 만에 1층과 2층의 대부분을 점령당한데다 이제 곧 지붕조차 없는 옥상으로 밀려날지도 모른다는 사실은 우리에게 큰 스트레스였다.

게다가 이 한정된 공간에는 두 명의 목숨을 빼앗은 살인범이 있다.

하지만 남은 사람들은 의외일 만큼 침착해 보였다. 방에 틀어박힌 나나미야를 제외하면 자포자기하거나 주변 사람을 노골적으로 의심하는 사람도 없었다. 분명 좀비라는 절대적인 적이 존재하기 때문이겠지. 집단에서 고립되면 그 무시무시한 죽은 자들에게서 몸을 지킬 수 없음을 알고 있다.

부족한 식량과 좀비, 그리고 살인자. 여러 곳에서 밀려오는 파도가 서로 부딪혀 상쇄됨으로써 신기하게도 평온함이 유지되고 있었다. 그것이 잠깐의 평온에 지나지 않는다는 사실을 머릿속 한구석으로는 알고 있지만.

긴 아침이 지나고 정오에 접어들 때였다.

"빨리, 뉴스에 나온다!"

시게모토가 방에서 고개를 내밀고 외쳤다. 나나미야를 제외한 일곱 명이 시게모토의 방 텔레비전 앞으로 모여들었다.

화면에는 며칠 만에 일본에서 제일 유명해진 사베아라는 지명과 함께 지금까지는 사용되지 않았던 "살인 바이러스 테러", "폭발적인 감염 의혹"이라는 충격적이면서도 직설적인 자막이 떠 있었다. 옆으로 긴 책상을 앞에 두고 앉아 번쩍이는 카메라 플래시 세례를 받는 남자들이 클로즈업됐다. 그 중심에 있는 사람은 관방장관*이다. 그가 직접 나서서 사건에 대해서 설명할 정도이니 이 뉴스가 얼마나 중요한지 짐작이 갔다.

"정오가 되자마자 나오더라고." 시게모토가 빠르게 말했다. "모든 방송국이 이 영상을 내보내는 중이야."

머리가 홀딱 벗어진 관방장관은 원고를 들고 정치가 특유의 장황하고 완곡한 말투로 사건의 개요와 현재 상황을 설명

● 官房長官. 일본 내각에서 국가의 기밀 사항, 인사, 문서, 회계 따위의 총괄적 사무를 담당하는 기관의 우두머리를 가리킨다.

했다. 지금 사건의 소용돌이 한복판에 있는 우리가 보기에는 머리에 김이 피어오를 만큼 답답한 기자회견이었지만, 그래도 새로이 알게 된 정보는 다음과 같다.

범인은 최근에 공안이 감시 대상으로 지정한 어떤 대학 부교수와 그의 동료 몇 명으로 추정된다. 그들은 사베아 록 페스티벌 공연장에 잠입해 미확인 바이러스를 퍼뜨렸다. 그 바이러스는 전염성이 아주 높으며, 일단 감염되면 거의 예외 없이 사망할 뿐 아니라 감염자를 일종의 착란 상태에 빠뜨린다 (역시 좀비라는 표현은 사용하지 않았다). 그리고 사베아 호수 주변에서 이미 천 명이 넘는 감염자가 확인되었다고 한다.

자담장 주변만 해도 오백 마리가 넘는 좀비가 모여 있을 테고, 사베아 록 페스티벌은 매년 수만 명의 사람이 보러 오므로 이 숫자도 수상쩍다.

어쨌거나 정부가 처음으로 테러에 의해 생물재해가 발생했음을 공식적으로 인정했다.

관방장관은 혼란을 방지하기 위해 사베아 호수 주변의 통신을 제한했지만, 감염자들이 빠져나오지 못하도록 격리하는 데 성공했으며 상황을 완벽하게 통제하고 있다고 진지한 표정으로 지껄였다.

웃기고 있네. 그럼 빨리 여기 있는 좀비들이나 밖으로 좀

쫓아내.

문제의 살인 바이러스는 감염증연구소와 이화학연구소가 중심이 되어 정체를 해명하는 중이라고 한다.

"아직 봉쇄 구역 내부에 남아 계신 분들은 자위대가 차례대로 구조하겠습니다. 봉쇄 구역 내부에 계시는 분들은 안전한 건물 안으로 대피하여 차분히 구조를 기다려주십시오. 또한 감염자의 혈액과 체액이 절대로 눈이나 입에 들어가지 않도록 주의해주시기 바랍니다. 들어갔을 경우에는 즉시 씻어내고 경찰 또는 119에 신고해주시기 바랍니다."

다카기가 화가 나다 못해 어처구니없다는 목소리로 말했다.

"기다리라니, 구조대보다 좀비가 훨씬 발 빠르게 움직일 텐데."

"정부와 달리 적극성도 있고요."

시즈하라까지 독설을 내뱉었다.

이어서 연구 기관의 높으신 양반이 카메라 앞에 서서 현재까지 바이러스에 관해 알아낸 사실을 설명했다. 어려운 전문용어가 난무하는 가운데 한 가지 내용이 머릿속에 쏙 들어왔다.

"상처나 점막을 통해 바이러스에 감염되면 통상적인 뇌기능을 상실해 이른바 착란상태에 빠질 때까지 세 시간에서 다섯 시간이 걸리는 것으로 추정됩니다."

"뇌기능을 상실. 시게모토 씨의 추론이 옳았던 것 같네요."

히루코 씨가 칭찬하자 좀비 마스터도 싫지는 않은지 입을 헤벌쭉 벌렸다.

"뭐, 그냥 감이었지만."

기자회견은 한 시간쯤 지나서 끝났다. 이 지역에 서식하는 모기 등의 곤충이 감염자의 피를 빨더라도 독성 때문에 죽으므로 벡터감염이 일어날 우려는 없다는 것이 유일하게 도움이 되는 정보였다.

각 방송국의 아나운서와 리포터로 화면이 바뀌자 간노가 일어섰다.

"이제 구조될 전망이 보이네요. 빨리 발견되도록 옥상에 SOS라도 그릴까요. 누가 도와주시지 않겠습니까?"

"제가 할게요. 도료는?"

"창고에 페인트가 좀 남아 있을 겁니다."

시게모토는 그대로 뉴스를 계속 확인할 모양이었다.

나는 간노와 둘이서 비를 부슬부슬 뿌려대는 콘크리트 빛깔 하늘 아래로 발을 내디뎠다.

10

"이제야 끝이 다가오는군요."

물기를 최대한 닦아낸 콘크리트 바닥에 엉거주춤한 자세로 페인트를 칠하며 간노는 한숨을 내쉬었다.

"이곳의 관리 책임자면서 벌써 손님들을 반 가까이 잃었습니다. 하다못해 지금 계시는 분만이라도 한 분도 빠짐없이 구조돼야죠."

"간노 씨 탓이 아니에요. 이런 사태는 정부도 대처를 못 한다고요."

일그러진 S 자를 그리면서 관리인을 위로했다. 문득, 연쇄살인이 발생했는데도 그가 너무 냉정하게 대응하는 것 아닌가 싶었다. 합숙에 참가한 우리는 다소나마 신도와 다쓰나미가 살해당한 이유에 대해 짚이는 구석이 있다. 나나미야는 두말하면 잔소리다.

하지만 이 사람 좋은 남자, 작년 가을부터 일하기 시작한 간노는 그러한 사정을 모를 터. 손님으로 받은 사람이 참살당한 영문도 모르면서 이렇게까지 침착할 수 있을까.

그런 생각을 하고 있자니 간노가 손을 움직이며 푸념했다.

"다쓰나미 씨는 죽지 않았으면 했습니다."

"사이가 좋으셨나 봐요?"

"아니요. 뵌 건 이번이 처음이에요. 제가 일을 시작한 뒤로 가네미쓰 씨는 몇 번 놀러오셨지만 데메 씨와 다쓰나미 씨는 여름에만 같이 오시는 모양이더라고요. 하지만 그 사람들이 변을 당한 건 아마도 작년 합숙이 원인일 테죠?"

알고 있었나. 내가 시선을 주자 그는 변명하듯이 말했다.

"가네미쓰 씨는 반드시 여자와 함께 오시거든요. 분명 두 사람도 비슷했겠죠."

"혹시 예전 관리인이 그만둔 건 작년 합숙과 관계가 있나요?"

간노는 고개를 저었다.

"가네미쓰 씨가 무리한 요구를 많이 해서 그만둔 것 같아요. 갑자기 다른 손님의 예약을 취소하고 방을 비우라고 하거나 이렇게 외진 곳으로 당장 피자를 배달시키라고 할 때도 있었다더군요. 작년 일에 대해서는 여자에 얽힌 말썽이 있었다는 말밖에 못 들었습니다."

간노는 일어서서 O자가 잘 그려졌는지 확인하며 말을 이었다.

"그런데 언제였더라, 가네미쓰 씨가 같이 온 여자분께 술 김에 하는 소리를 들었어요. 다쓰나미 씨가 관계를 오래 유지하지 못하고 여자를 자꾸 갈아치우는 건 어머니에게 콤플렉스가 있어서 그렇다고 하시더군요."

"콤플렉스요?"

"다쓰나미 씨가 초등학생 때 부모님이 이혼하셨답니다. 원인은 어머니의 불륜. 다쓰나미 씨는 아버지가 거두어 키우셨다던가. 그전에도 어머니가 몇 번 바람을 피웠다고 들었습니다만."

과연, 그래서 여자에게 굴절된 심리를 품게 되었나. 이야기는 계속되었다.

"몇 년 후에 아버지가 의문사를 당해 원치 않았지만 다쓰나미 씨는 어머니에게 맡겨졌답니다. 하지만 얼마 지나지 않아 어머니는 체포당했어요."

"왜요?"

"사실 아버지의 사고사는 어머니와 어머니의 불륜 상대가 꾸민 짓이었거든요. 아버지를 죽이면 보험금과 유산은 아들 다쓰나미 씨가 받습니다. 다쓰나미 씨의 양육권을 얻으면 재산을 독차지할 수 있겠다 싶어서 계획을 세운 모양입니다. 그때 어머니와 불륜 상대에게는 막대한 빚이 있었대요."

끔찍하다. 정말로 끔찍한 이야기다.

나는 어제 여기서 다쓰나미가 한 말을 떠올렸다.

—만나기 시작했을 무렵은 즐거워. 하지만 상대를 알면 알수록 서로를 진짜 좋아하는 게 맞는지 모르겠더라고. 상대를 믿을 수가 없어져. 끝나고 나면 전부 다 기만이었다는 생각밖에 안 들지.

　다쓰나미는 자신의 몸 절반에 흐르는 어머니의 피를 저주했는지도 모른다.

　어머니를 부정하고자 사랑을 찾아 여자에게 접근하고, 그 여자에게 어머니를 투영하여 파국에 다다른다. 앞뒤가 없는 뫼비우스의 띠다.

　SOS.

　어쩌면 그도 단정한 외모 아래에서 누군가에게 계속 구조를 요청하고 있었는지도 모르겠다.

　"다쓰나미 씨의 행동은 많은 말썽의 씨앗이 됐을지도 모르지만…… 역시 살아남기를 바랐어요."

　그렇다. 나도 그가 싫지는 않았다.

　이렇게 크게 SOS를 그린 건 초등학생 때 수업을 마치고 묘하게 기분이 들떠서 같은 반 남자애들과 운동장에 낙서를 하다 선생님에게 꿀밤을 맞은 이후로 처음이었다. 그리고 이제 두 번 다시는 없으리라.

여름이라지만 흠뻑 젖은 몸은 쉽게 체온을 잃는다. 따끈한 물로 샤워라도 하고 싶었지만 남은 물은 아껴서 사용해야 한다고 생각하며 옥상에서 내려왔다.

창고에서 나오자 엘리베이터 홀에 있던 여자들이 노고를 치하해주었다. 그런데 히루코 씨의 모습이 보이지 않았다. 방에 돌아갈 수 없으니까 히루코 씨와 다카기는 계속 여기에 있었을 텐데. 또 현장을 보러 갔나 생각하며 도어가드를 문틈에 끼워둔 내 방으로 돌아가자 히루코 씨가 있었다.

"고생 많았어. 흠뻑 젖었네."

그렇게 말하며 수건을 건네주었다.

받아들고 놀랐다. 수건이 따뜻하다. 드라이어로 데워놓은 걸까.

티셔츠도 갈아입자. 원래 2박 3일 예정이었던데다 야외 활동도 많을 것 같아서 넉넉히 가져왔으므로 갈아입을 옷은 아직 몇 벌 남았다.

"나가 있을까?"

"괜찮아요."

변함없이 배려심이 깊은 히루코 씨가 번거롭게 왔다갔다하지 않도록 단숨에 젖은 셔츠를 갈아입었다.

"그럼 이쪽으로."

탁상 앞 의자를 권하기에 앉자 히루코 씨가 뒤에서 드라이어로 머리를 말려주었다. 참으로 극진한 대접이다. 일하고 오길 잘했다.

윙, 하는 소리와 부드러운 손가락의 감촉이 내 머리를 기분 좋게 어루만지자 머리카락은 순식간에 말랐다. 그러자 히루코 씨는 드라이어를 끄고 머리카락에 손가락을 밀어넣은 채 불쑥 중얼거렸다.

"시간이 없어."

3층이 좀비에게 습격당하기까지 남은 시간이?

아니, 그게 아니다. 학습을 좀 해라. 히루코 씨는 본인이 살아남고 다른 사람들도 죽지 않도록 하기 위해 수수께끼를 푸는 사람이다. 다쓰나미의 시체에 놓여 있던 종이에 뭐라고 적혀 있었지?

앞으로 한 명. 반드시 먹으러 가겠다

방금 전 뉴스로 구조될 가능성이 현실성을 띠기 시작했다. 범인은 외부에서 수사의 손길이 미치기 전에 어떻게든 마지막 목표물을 살해하려 들겠지. 히루코 씨는 그걸 걱정하는 것이다.

"좀비에게 점점 몰리고 있는 상황인데도 범인이 계획을 속행하는 데 집착할까요?"

"……글쎄. 목표물로 추정되는 나나미야 씨는 방에 꼭 틀어박혀 있고, 우리의 눈도 있어. 그렇게 쉽게 손을 쓸 수 있는 상황이 아닌 건 분명해. 어쩌면 밤이 되기 전에 구조대가 올 가능성도 없지는 않고. 다만, 이런 비상사태에 휘말렸는데도 계획을 수행해온 범인이 순순히 포기할 것 같지는 않아."

히루코 씨는 손끝으로 머리를 빗다가 이윽고 머리카락의 감촉을 만끽하듯이 요염하게 손가락을 움직여 당장이라도 머릿속으로 파고드는 게 아닐까 싶을 만큼 매끄럽게 두피를 이리저리 쓰다듬었다. 나는 등이 간질간질하니 온몸이 비비 꼬이는 걸 참느라 고생했다.

"그런데 뭘까. 목표물에게 품은 강한 증오가 느껴지는 한편으로, 우리에게 전화로 위험을 경고한 일에서는 인정 같은 것도 느껴져. 원래 범인한테 나는 눈에 거슬리는 존재일 텐데. 정신이 오락가락하나? 아니야. 범인은 이성을 똑바로 유지하고 있어. 죽여야 하는 사람과 설령 목적을 위해서라도 해쳐서는 안 될 사람이 누구인지 똑똑히 인식하고 있는 거야. 그렇지만 목표물에게는 한없이 잔인해질 수 있지. 이래서는 마치……."

그제야 내 머리가 부스스해진 걸 알아차린 모양이다. "와 앗" 하고 소리를 지르더니 히루코 씨가 내 머리를 매만지기 시작했다.

"미안, 미안. 왠지 남의 머리가 집중이 더 잘되는 것 같아 서."

"미안하기는요. 그런데 범행 동기 말인데요."

나는 지난 합숙 때 있었다는 일을 다카기에게 들은 대로 이 야기해주었다. 졸업생 세 명이 각각 영연 여자 부원과 문제를 일으켰다. 데메는 밤중에 여자 부원의 몸을 노리고 몰래 방에 기어들려다가 실패했고, 다른 두 사람은 교제하는 사이로 발 전했지만 결국 파국에 이르렀다. 여자 부원 중 한 명은 학교 를 그만두었고 다른 한 명은 스스로 목숨을 끊었다.

"신도 씨는 무슨 말썽이 있었는지 전부 알면서 올해도 같 은 이벤트를 기획했으니 원한을 살 이유는 있죠."

"그러게. '희생양'과 '먹는다'는 표현을 사용한 것도 여자 에게 손대는 남자에게 분노를 표출하기 위해서였는지도 몰 라. 그렇다면 남은 한 명은 당연히 나나미야 씨야."

잠깐만요, 히루코 씨. 또 손가락을 꼼지락대고 계시는데 요.

"그렇게 생각하면 또 의문이 생겨. 나나미야 씨는 처음부터 자기 방에 틀어박힐 만큼 남을 경계했어. '앞으로 한 명'이라고 위협을 가하면 더더욱 몸을 사릴 줄 알고 있었을 텐데. 이럴 때 미스터리 소설에서는 어떤 식으로 전개돼?"

"나나미야 씨는 자기가 범인이라고 고백하는 내용의 유서를 남기고 자살하겠죠. 물론 그것도 진범의 소행이지만요."

"그렇구나, 흥미로워. 하지만 이번에 그 방법은 무리겠다. 그 사람은 어제 낮 이후로 오늘 좀비가 2층 비상문을 뚫고 들어올 때까지 라운지에 한 번도 얼굴을 안 내비쳤어. 수면제를 탈 기회가 없으니까 범인일 리 만무하지. 뭐, 그건 제쳐두고 나나미야 씨를 어떻게 해야 할지 고민이야. 혼자 놔두면 위험할 것도 같지만, 모든 사람을 내내 감시할 수 있는 지금이라면 이대로 방에 틀어박혀 있는 편이 안전할 것 같기도 해."

너무 무신경한 건지도 모르지만 이 또한 미스터리 소설에서는 보기 힘든 전개라는 생각이 들었다.

보통 클로즈드 서클에서 살인이 벌어지면 다음에 누가 희생될지 모르므로 등장인물들은 서로를 의심하며 불안해하는 법이지만, 이번에는 목표물이 확정되지 않았음에도 우리는 다음으로 나나미야가 습격당할 것이라는 공감대를 형성했고 본인도 자신의 처지를 잘 알고 있는 듯하다. 하지만 잘 알고 있는 까닭에 나나미야는 무기를 들고 자기 방에 틀어박혔고 범인은 구조대가 오기 전에 죽여야만 하므로 둘 다 마음이 초조할 것이다.

그때 갑자기 히루코 씨가 특이체질이라는 사실이 생각났다.

"범인에게 적으로 찍히기 싫으면 나나미야 씨를 그냥 내버려두는 게 낫지 않을까요?"

"그건 안 돼."

히루코 씨는 내 의견을 딱 잘라 거절했다. 뭐야, 역시 건실한 사람이구나 싶어 감명을 받았는데 뒷말이 남아 있었다.

"우리에게 가장 위협적인 적은 좀비야. 점점 위태로워지는 상황에서 살아남으려면 사람이 한 명이라도 더 필요해. 그 사람도 귀중한 전력인데 죽으면 곤란하잖아."

냉철하면서도 적확한 견해였다. 과연, 이게 히루코이즘인가.

"그건 그렇고, 여기 308호실은 여차하면 제일 먼저 공격받겠네."

히루코 씨는 드디어 내 머리에서 손을 떼고 침대에 걸터앉으며 말했다.

"계단에서는 제일 가깝고 옥상까지는 제일 멀어. 또 줄사다리를 타고 올라가는 건 사양인데. 그건 좀더 사용하기 편하

게 만들어야 해. 안정감이 없어서 발을 헛디디기 쉽고 평소에
안 쓰던 근육을 사용해야 해서 얼마나 고생이었다고."

"옥상에는 난간이 없으니까 줄사다리는 못 걸 거예요."

"그럼 여기에 갇히면 어떻게 해?"

"글쎄요. 로프도 눈에 띄지 않으니 시트라도 묶어서 내려
달라고 해야 하려나요."

"그거 줄사다리보다 올라가기 힘들잖아. 괜찮아, 난 너한
테 업히면 되니까."

"중량 초과예요."

가벼운 농담으로 받아쳤다. 그러나 히루코 씨는 아무 대꾸
도 하지 않았다.

등에 식은땀이 흘렀다. 망했다. 여자에게 몸무게 이야기는
금기였나.

히루코 씨는 갑자기 "응, 그거야!" 하고 벌떡 일어섰다.

"자, 잠깐만. 어디 가세요?"

"라운지! 넌 역시 최고야!"

11

우리는 간노에게 구역을 구분하는 문의 열쇠를 빌려 2층

라운지에 들어갔다. 아침보다 피 냄새가 진해진 기분이 들어 무심코 입을 막았다. 마스크, 마스크.

"히루코 씨, 문이."

내가 가리킨 것은 좀비들을 저지하는 남쪽 구역 문이다. 오늘 아침부터 좀비들이 마구 두드린 탓인지 삐걱삐걱 소리를 내며 흔들리고 있다. 이래서는 언제 부서져도 이상할 것 없다.

"시간이 없어. 서두르자."

히루코 씨는 불을 켜고 엘리베이터를 조사하는가 싶더니 텔레비전 양옆에 세워놓은 일 미터 높이의 동상 아홉 개에 얼굴을 가까이 대고 면밀히 관찰했다. 나는 언제 좀비들이 밀려들어도 보호할 수 있도록 검을 들고 문과 히루코 씨 사이에 섰다.

기분 탓일까. 문이 삐걱대는 소리가 점점 커지는 것 같다. 라운지를 둘러보았지만 방어벽으로 사용할 수 있을 만한 가구는 남아 있지 않았다. 이대로는 위험하다. 한시라도 빨리 여기서 벗어나고 싶다. 하지만 한창 집중하고 있는 히루코 씨를 방해해서는 안 된다. 히루코 씨는 뭔가 목적을 가지고 라운지에 왔을 것이다. 그때까지 시간을 벌어야 한다.

영원처럼 느껴지는 몇 분이 흐른 후 나를 부르는 소리가 들렸다.

"여기, 사진 좀 찍어줄래?"

"동상요?"

"밑동 부분."

자세히 보자 바닥에 접하는 부분보다 조금 위쪽에 검붉은 색깔이 희미하게 묻어 있었다. 빠뜨리지 않도록 방향을 바꾸어가며 몇 번이나 셔터를 눌렀다.

"피인가요? 왜 이런 데 피가……."

"이게 다쓰나미 씨를 살해하는 데 사용된 트릭의 핵심이라는 뜻이지."

너무나 갑작스러운 말을 주저 없이 꺼내는 바람에 하마터면 이야기를 못 따라갈 뻔했다.

"알아내신 거예요? 다쓰나미 씨를 살해한 방법을?"

"응. 그거라면 거의 틀림없이 이 상황을 만들어낼 수 있어. 왜 이 방법을 선택했는지는 모르겠지만."

히루코 씨는 아직 와이더닛에 미련이 남는 모양이다.

그때였다.

빠직!

나무가 뜯어지는 듯한 소리가 나더니 좀비를 막고 있던 문이 이쪽으로 기울었다. 벌어진 틈새로 피와 흙으로 범벅이 된 좀비의 모습이 보였다.

아뿔싸! 우리는 문에서 보았을 때 라운지 제일 안쪽에 있다. 이대로 있다가는 도망칠 기회를 놓친다.

나는 그렇게 판단하자마자 좀비 무리를 향해 검을 휘둘렀다.

"히루코 씨! 도망쳐요!"

부서진 문으로 상반신을 들이민 좀비의 머리를 내리쳤다. 하지만 얕다. 머리가 움푹 들어갔지만 좀비는 손톱이 떨어져 나간 양손을 이쪽으로 뻗었다.

"이런 젠장."

다음 일격으로 드디어 제일 앞에 있던 좀비가 쓰러졌다. 하지만 이미 두 번째와 세 번째 좀비가 라운지에 침입했다. 상대해보고 나서야 이해했다. 집단이라는 원시적이자 궁극적인 폭력이 얼마나 강한지를. 한 마리를 쓰러뜨리는 것보다 한 마리가 접근하는 것이 절대적으로 빠르다.

"하무라!"

히루코 씨가 뒤로 물러났다. 나도 덤벼드는 좀비를 떨쳐내며 라운지를 뛰쳐나갔다.

하지만 동쪽 구역 문을 닫기 직전에 좀비의 손가락이 문틈에 끼었다. 맞은편에서 엄청난 압력이 가해지자 몸집이 작은 히루코 씨가 튕겨나갈 뻔했다. 나는 황급히 문에 몸을 날려 겨우 되밀어냈지만 좀비의 손가락 때문에 닫히지 않는다. 둘이 힘을 합쳐 버티는 것이 고작이다.

"누구 없어요! 도와줘요!"

목소리를 듣고 3층에서 다카기와 시즈하라 그리고 나바리가 무기를 들고 뛰어 내려왔다.

"맙소사."

문을 사이에 두고 벌어지는 사투를 보고 나바리에게서 딱딱하게 굳은 목소리가 흘러나왔다.

한순간 적의 힘이 우세해져 문틈이 주먹 두 개가 들어갈 만큼 벌어졌다. 좀비 한 마리가 머리를 욱여넣었다. 그걸 보고 다카기가 외쳤다.

"데, 데메!"

온몸의 땀구멍이 커지는 듯한 감각을 느끼면서 나도 좀비의 얼굴을 보았다.

그건 담력 시험을 하다 행방불명된 데메였다. 얼굴 왼편이 크게 뜯겨나갔지만 어류를 연상시키는 생김새와 헤어스타일은 잘못 볼 수가 없다. 데메가 입가에서 허연 거품을 뿜으며 초점 없는 눈으로 이쪽을 쳐다보았다.

"이야야야야!"

굳어버린 내 뒤에서 시즈하라가 기백이 넘치는 고함을 지르며 뛰어와서 창을 내질렀다. 그 일격은 멋지게 데메의 왼쪽 눈을 뚫으며 그를 라운지로 밀어냈다. 정신을 차린 다른 사람들도 가세하여 간신히 문을 닫고 자물쇠를 잠갔다.

"고, 고마워. 덕분에 살았어."

시즈하라가 피 묻은 창을 보고 제자리에 주저앉았고, 나와 히루코 씨는 벽에 등을 기대고 숨을 가다듬었다.

"그 사람, 역시 좀비로 변했네. 우리도 못 알아보고……"

나바리가 떨리는 목소리로 말했다. 데메에게 좋은 감정은 없었겠지만 막상 사람이 아닌 존재로 변한 모습을 보자 측은한 생각이 들었겠지.

아케치 씨도 저렇게 된 걸까. 자아를 잃어 내 얼굴도 못 알아보는 상태로 지금도 이 펜션 주변을 돌아다니고 있을지도 모른다.

그러다 만약 눈앞에 나타나면 나는 그를 죽일 수 있을까?

12

우리는 재차 침입한 좀비들을 피해 간신히 달아났지만 정신적으로는 더더욱 궁지에 몰렸다. 휴식의 상징이었던 라운지가 결국 함락된 것과 완전히 좀비로 변한 지인의 모습을 처

음으로 목격한 것이 그 원인이었다. 양쪽 다 우리 마음에 절
망을 새겨넣기에 충분했다.

간노와 시게모토는 시게모토의 방에서 텔레비전을 보느라
2층에서 소동이 벌어진 줄도 몰랐던 모양이지만, 소식을 전
하자 두 사람의 입에서도 무거운 한숨이 흘러나왔다.

피로에 찌든 모두의 얼굴을 둘러보다 문득 의문이 떠올랐
다. 그러고 보니 데메는 온몸에 상처를 입었지만 얼굴은 충분
히 본인임을 확인할 수 있는 수준이었다. 다른 좀비들도 마찬
가지다. 다양한 상처를 입었지만 생김새를 못 알아볼 만한 놈
들은 없다.

그럼 왜 신도는 그토록 심하게 얼굴을 물어뜯겼을까. 설마
좀비가 아니라 인간이 뭔가 명확한 목적을 품고 그를 덮치기
라도 했다는 건가.

오후 2시. 엘리베이터 홀에 일곱 명이 모여 이제 보기만 해
도 물리는 비상식량을 우물우물 먹었다.

대화는 활기를 띠지 못했다.

"나나미야 씨는 여전히 나올 생각이 없나 보죠?"

문득 생각난 듯이 히루코 씨가 주변 사람들의 얼굴을 둘러
보았다. 간노가 고개를 끄덕였다.

"오전에 시게모토 씨랑 같이 가서 말을 걸어봤는데 전혀

상대해주지 않으시더군요."

"그 정도가 아니었지. 문을 열면 쏴 죽이겠다고 협박하더라니까. 분명 안에서 계속 석궁을 겨누고 있지 않으려나. 선을 뽑아놨는지 내선 전화도 연결이 안 되고. 진심으로 구조대가 올 때까지 틀어박혀 있을 작정인가 봐."

시게모토도 어깨를 움츠렸다.

"그냥 내버려둬." 다카기가 내뱉듯이 말했다. "괜히 건드렸다가 석궁에 맞으면 이쪽만 손해야. 멋대로 하라지 뭐."

그 말을 끝으로 또 거북한 침묵이 찾아왔다.

시게모토는 결국 콜라가 바닥났는지 인스턴트 카페오레를 맛없다는 듯이 마셨다. 다카기는 팔짱을 끼고 등받이에 몸을 맡긴 채 눈을 감았고, 시즈하라는 종이컵 바닥만 가만히 들여다보았다. 나바리는 누구보다도 초췌한 얼굴로 입을 꾹 다물었다.

나는 히루코 씨를 보았다. 히루코 씨는 진상에 얼마나 다가갔을까. 무슨 생각을 하며 그들의 얼굴을 보고 있는 걸까.

"어쩐지 음악이 안 들리니까 허전하네요."

간노가 말했다. 다쓰나미가 틀어놓았던 록 음악 이야기다.

"귀에 거슬렸지만 갑자기 이렇게 조용해지니 좀……."

몇 명이 머뭇머뭇 고개를 끄덕였다. 그러자 시게모토가 누구에게랄 것도 없이 말했다.

"아아, 브루스 스프링스틴."

나는 고개를 들었다. 시게모토가 그 가수의 이름을 알고 있다니 의외였다.

"아세요?"

"조금. CD 카세트에서 흘러나오던 음악 중에 〈헝그리 하트〉라는 곡이 좀비 영화에 사용됐거든."

그 순간 다카기와 시즈하라가 날카로운 눈빛으로 '이 녀석한테 좀비에 관한 화제를 꺼내지 마'라는 뜻을 전했다. 잠깐, 지금 이건 어떻게 생각해도 불가항력이잖아.

그런 줄도 모르고 좀비 마스터는 설명을 계속했다.

"〈웜 바디스〉라는 영화야. 볼래?"

그렇게 말하면서 자기 가방에서 노트북과 DVD를 꺼냈다.

"이럴 때 좀비 영화? 적당히 좀 하지."

나바리가 비난했다.

"걱정 마. 공포물이 아니라 연애코미디 요소도 강하니까."

시게모토의 추천을 받아들여 우리는 다닥다닥 붙어 앉아 작은 화면을 들여다보았다.

영화에서는 좀비가 된 청년이 인간 소녀를 사랑하게 된다. 그는 충동적으로 소녀를 납치해 은신처로 데려오지만 이미 죽은 터라 그녀에게 말을 잘 전할 수 없다. 하지만 은신처에서 도망치려 한 그녀를 다른 좀비에게서 지켜준 것을 계기로 마음이 통한 두 사람은 청년이 수집한 레코드를 틀고 음악에 귀를 기울인다. 그 장면에 우리에게도 익숙한 곡이 삽입된다. 몇 번이나 흘려들은 노랫말이 무슨 뜻이었는지 나는 이제야 자막으로 알았다.

채워지지 않는 마음을 노래하는 노랫말에 다쓰나미의 인생이 겹쳐졌다.

이 두 사람은 분명 해피엔딩을 맞이하겠지. 하지만 다쓰나미는……

그만. 이런 생각을 해봤자 아무 소용 없다.

영화가 반환점을 맞이했을 즈음에 시게모토가 입을 열었다.

"아아, CD 카세트 하니까 생각나네. 어제저녁에 음악이 부자연스럽게 한 번 멈추지 않았어?"

"멈췄다고요?"

나는 전혀 기억에 없었다.

"겨우 몇 초 정도였지만. 그러다가 다시 첫 번째 곡부터 흘러나왔는데. 마침 간노 씨가 쓰레기를 치우러 와서 내 방에서 영화 이야기를 하던 중이었어. 그렇죠, 간노 씨?"

이야기를 이어받은 간노도 분명하게 긍정했다.

"예. 확실히 멈췄습니다. 다른 CD를 틀려다가 마음을 바꾼 거겠죠."

그러자 히루코 씨가 강한 어조로 물었다.

"몇 시쯤에 있었던 일인가요?"

"정확한 시간은…… 잘 모르겠네요. 시계를 안 봤거든요."

"전 알아요. 딱 구십 분짜리 DVD를 한 편 다 봤을 때였어. 3시에 보기 시작했으니 4시 반이네. 도중에 빨리 감기도 안 했고 몇 번이나 본 DVD니까 틀림없어."

그때 내 기억에 어떤 시각이 되살아났다. 옥상에서 다쓰나 미와 이야기를 하고 내 방에 돌아온 시간. 4시 반 정각이었다.

"잠깐만요. 그때 다쓰나미 씨는 아직 옥상에서 담배를 피 우고 있었을 텐데요. 분명 나바리 씨도 함께였어요."

"함께였다는 표현에는 어폐가 있지만." 나바리는 조금 발 끈하여 말했다. "분명 그 사람은 옥상에서 담배를 피우고 있 었어. 내가 옥상에 올라간 게 25분쯤이었으니까 확실해. 시 계모토 씨가 시간을 착각한 거 아닌가?"

그러자 시계모토는 불만스럽다는 듯이 반론했다.

"절대 아니야. 보기 전에 몇 시인지 확인했다고. DVD도 구십 분짜리가 맞아. 못 믿겠으면 지금 확인하든지."

그도 시간에는 백 퍼센트 자신이 있는 듯 물러설 낌새를 보이지 않았다. 이상하다. 자담장의 시계는 기본적으로 디지털 전자시계다. 설령 전지가 많이 닳아도 숫자가 희미해질 뿐 시계가 느려지지는 않는다.

"어떻게 된 거지. 누가 시끄러운 소리에 화딱지가 나서 다 쓰나미 씨가 없는 사이에 끈 건가."

다카기가 의아해하자 시즈하라가 머뭇머뭇 끼어들었다.

"하지만 다시 나오기 시작했다고……."

"잘못 들은 거 아니야?"

"아니에요. 둘이서 들었으니까."

시게모토가 득달같이 부정했다.

그러자 히루코 씨가 갑자기 다른 화제를 꺼냈다.

"간노 씨. 어제 주무시기 전에 순찰을 한 번 하셨죠. 그때 305호실, 신도 씨 방은 확인하셨어요?"

"예. 신도 씨가 어떻게 돌아가셨는지도 아직 확실치 않으니, 방안에 아무도 없는지 확인하는 편이 나을 것 같아서요."

그는 나바리에게 마스터키를 받았으므로 어젯밤에 신도의 방에도 들어갈 수 있었다.

"그때 불은 어떤 상태였나요?"

어젯밤에 내가 본 탁상 조명에 대해 확인하려는 모양이다.

당연히 간노도 나와 같은 증언을 했다.

"탁상에 조그마한 불이 켜져 있었습니다. 끄는 걸 깜박했겠지만 컴컴하게 해놓으려니 어쩐지 으스스해서 그대로 놔뒀죠."

"그러셨군요."

히루코 씨가 다른 데 정신이 팔린 표정으로 중얼거렸다.

도대체 왜 그러냐고 물으려고 했을 때였다.

"하무라, 잠깐만."

히루코 씨가 일어서서 내 소맷자락을 잡아당겼다.

모두의 시선을 받으며 엘리베이터 홀을 뒤로하고 향한 곳은 내 방이었다.

"갑자기 왜 그러세요?"

"와이더닛말고는 전부 풀어냈어."

히루코 씨는 방에 들어가자마자 확신에 찬 목소리로 말했다. 나는 몇 초 늦게야 무슨 뜻인지 이해했다.

후더닛과 하우더닛은 풀어냈다는 뜻이다. 즉, 누가 범인이고 무슨 트릭을 썼는지 알아냈다는 것이다.

하지만 아직 조사에 진전이 없는 수수께끼가 남아 있을 텐데.

"다쓰나미 씨가 살해당했을 때 범인이 잠긴 문을 어떻게 열었는지는 아직 모르잖아요."

그러자 히루코 씨는 "아아, 그거" 하고 놀랄 만큼 담담하게 고개를 끄덕였다.

"그건 어떻게 했을지 어느 정도 예상이 가. 궁금하면 지금 해볼까?"

"어, 지금요?"

"응. 정말로 간단한 트릭이거든."

히루코 씨는 그렇게 말하고 문으로 향했다.

"네가 다쓰나미 씨 역할을 해줄래? 실은 도어가드도 채워져 있었지만 그걸 벗기는 방법은 아니까 이번에는 생략하자."

히루코 씨는 나를 방에 남겨두고 복도로 나가서 문을 꼭 닫았다. 확인하자 자물쇠는 제대로 잠겼고 홀더에는 카드키가 꽂혀 있었다.

히루코 씨는 도대체 뭘 보여주려는 걸까. 나는 기대하며 문을 바라보았다.

그런데 다음 순간 자물쇠가 찰칵 풀리는 소리가 나더니, 히루코 씨가 아무렇지도 않은 얼굴로 문을 열고 들어오는 게 아닌가.

너무 뜻밖이라 눈이 휘둥그레졌다.

히루코 씨의 손을 보자 카드키 하나를 들고 있었다.

"뭐야. 마스터키잖아요."

나는 김이 팍 샜다.

"아니야. 이게 이 방 카드키."

히루코 씨가 장난스럽게 웃으며 카드 앞면을 보여주었다. 거기에는 '308'이라는 숫자가 적혀 있었다. 나는 그제야 이해했다. 히루코 씨는 어느 틈엔가 홀더에 꽂혀 있던 이 방 카드키를 바꿔친 것이다.

아니, 어느 틈인지 생각할 필요도 없다. 방에 자유로이 드나들 수 있도록 해두었으니까 내가 옥상에서 SOS를 그리는 사이에 바꿔쳤겠지. 나는 홀더에 꽂혀 있다는 이유만으로 그게 내 방 카드키라고 믿고서 생활했다.

그때 머릿속에 뭔가 번뜩여서 나는 "아" 하는 소리를 흘렸다.

"알아차린 모양이네. 지금 넌 그야말로 다쓰나미 씨와 똑같이 행동하고 있었어. 낮에는 도망쳐 들어오기 쉽도록 도어가드를 문틈에 끼워두고, 방안에 있을 때는 안전을 위해 문을 닫아. 전기를 쓸 수 있으니까 카드키가 어느 틈에 바뀐 줄도 모르고서 말이야."

방 주인은 카드키가 '계속 거기 있다'고 인식하고 있으니 어지간해서는 바뀐 줄 알아차리지 못한다.

확실히 어제 사람들과 대화를 나눌 때도 다쓰나미는 이렇게 말했다. 방 밖에 있을 때도 문을 잠가놓는 건 본말전도 같다고. 실제로 그가 방 밖에 있는 동안 문은 항상 살짝 열린 상태였고, 그 때문에 CD 카세트 소리가 라운지로 줄줄 새어 나왔다.

"어젯밤이 되기 전에 누군가가 다쓰나미 씨 방의 카드키를 바꿔치기한 거로군요."

"응. 다쓰나미 씨는 방에 있을 때가 적었고, 옥상에서 담배를 피우거나 나나미야 씨에게 말을 걸러 가는 등 라운지에서 벗어날 때도 많았어. 범인이 라운지에 혼자 있을 시간이 몇 초만 주어진다면 카드키를 바꿔칠 수 있겠지. 바꿔친 카드키는 침입한 후에 원래대로 되돌려놓으면 되고."

즉 누구나 카드키를 바꿔칠 수 있었다는 뜻이다.

하지만 이 방법을 알아낸 것만으로 범인을 가려내기는 불가능하지 않을까.

그때였다.

나나미야의 방이 있는 방향에서 뭔가가 우당탕 넘어지는 듯한 소리와 함께 요란한 경보음이 울려 퍼졌다.

차
가
운
창

1

무슨 일이 일어났는지는 명백했다.

좀비들이 3층 비상문을 부순 것이다. 2층 비상문은 새벽까지밖에 버티지 못했으니 잘 견뎌준 셈이다.

나와 간노가 제일 먼저 검을 쥐고 남쪽 구역으로 향했다. 서두르지 않으면 나나미야가 방에 고립된다. 그러면 옥상에서는 줄사다리를 내릴 수 없으니 구출하기 힘들어진다.

달리면서 마스크를 꼈다. 하지만 나나미야의 방으로 이어지는 모퉁이를 돌려는 순간 맞은편에서 누군가 나타났다. 좀비다!

"우아아아아!"

나는 고함을 질러 용기를 북돋으며 눈앞에 있는 좀비의 머리를 향해 칼을 힘껏 휘둘렀다.

뱃속이 쿵 울리는 것과 같은 충격과 함께 좀비의 관자놀이가 터지고 자잘한 살점이 튀었다. 옆으로 날아간 남자 좀비는 벽에 부딪혀 풀썩 쓰러졌다.

마지막 일격을 날려야 할지 나나미야의 방으로 가야 할지 망설였지만, 둘 다 뜻대로 할 수 없었다. 안쪽에서 차례차례 좀비가 나타났기 때문이다. 이 상태라면 나나미야의 방은 이미 포위됐으리라.

라운지에서 고전한 기억이 머리를 스쳐서 나는 즉시 철수하기로 마음을 굳혔다.

"더이상은 못 가요. 돌아가죠!"

"가네미쓰 씨! 절대로 복도로 나오시면 안 됩니다!"

방에 있을 나나미야에게 소리치고 나와 간노는 서둘러 물러났다.

남쪽 구역을 나서자마자 간노가 문을 잠갔다. 엘리베이터홀에 사람들이 모두 모인 가운데 히루코 씨가 절박한 표정으로 물었다.

"나나미야 씨는?"

나는 고개를 저었다.

"틀렸어요. 좀비에게 복도가 점령됐어요."

"녀석은 아직 몰라?"

다카기가 물었다.

"이렇게 소란스러운데 모를 리는 없겠죠."

좀비들이 울부짖는 소리와 문을 두드리는 소리보다 경보음이 훨씬 시끄럽다. 모퉁이를 꺾어 문을 사이에 둔 엘리베이터 홀에서도 들린다. 비상문 바로 옆방에 있는 나나미야가 못 들었을 리 없다.

"다른 방에서 구조할 수는 없을까요?"

히루코 씨가 묻자 간노가 괴로운 표정으로 답했다.

"이쪽에서는 남쪽 구역의 발코니가 보이지 않는 구조입니다. 이제 우리가 손쓸 방도는 없어요."

그래도 히루코 씨는 체념하지 않았다.

"어쩔 수 없죠. 옥상에서 상황을 살펴봐요."

우리는 분담하여 행동했다. 다행히 남쪽 구역 문이 부서져도 옥상에 다다를 때까지는 창고 문이 방패가 되어준다. 다카기와 나바리, 시즈하라는 필요한 물자를 창고로 옮겼고 히루코 씨와 간노는 옥상에서 나나미야를 불렀다. 그리고 나와 시게모토는 만에 하나 문이 부서져서 좀비가 밀려들 때에 대비해 경비를 서기로 했다.

"바리케이드보다 비상문 두 개가 먼저 뚫릴 줄이야."

어설프게 창을 만지작거리며 시게모토가 중얼거렸다.

"강도만 따지면 비상문이 훨씬 튼튼할 텐데 말이죠."

"놈들에게는 발밑이 안정적이냐 그렇지 못하냐가 더 중요해. 좀비는 체력이 무한하고 아픔도 느끼지 않으니까 단순히 파괴하는 속도만 따지면 우리보다 월등할걸."

2층 남쪽 구역 문은 한나절도 버티지 못하고 부서졌다. 우리가 옥상으로 몰릴 때까지 도대체 시간이 얼마쯤 남았을까? 범인은 그동안 어떤 수단을 사용해 나나미야를 죽일 생각일까.

잠시 후 옥상에서 두 사람이 내려왔다. 얼굴에 곤혹스러운 기색이 역력했다.

"이상해. 아무리 불러도 발코니로 안 나오네."

초조한 목소리를 듣고, 히루코 씨가 최악의 사태를 상정했음을 알 수 있었다.

최악의 사태. 범인이 이미 목적을 달성했음을 가리킨다.

나는 무심결에 창밖으로 눈길을 주었지만 그렇게 마침맞게 구조대가 나타날 리는 없다.

우리는 나나미야 씨의 방에 내려갈 방법이 없을까 지혜를 짜냈다.

옥상에는 줄사다리를 걸 수 있을 만한 난간이 없고, 내 생각처럼 주변에 있는 천을 길게 묶어서 나나미야를 끌어올리는 방법은 너무 위험하다.

우리는 사람을 내리거나 올리기는 단념하고, 시계모토의 비디오카메라를 묶은 천을 옥상에서 늘어뜨려서 나나미야의 상태를 살펴보기로 했다.

"아이고, 뭘 어떻게 해도 카메라가 고정이 안 되네."

"상관없어요. 방안 상황을 잠깐만 볼 수 있으면 되니까요."

몇 분간 촬영한 후 카메라를 끌어올려 창고에서 영상을 재생했다.

풍경이 빙글빙글 돌아가는 가운데 방안이 삼 초쯤 비쳤다.

"멈추세요."

정지된 화면에 나나미야의 모습이 담겨 있었다. 히루코 씨가 중얼거렸다.

"나나미야 씨……."

"쓰러졌군요."

간노가 말하자 창고 안에 비통함이 감돌았다.

나나미야 방의 문은 아직 부서지지 않았고, 방안은 오늘 아침과 달라진 점이 별로 없어 보인다. 나나미야는 문 앞에 옆으로 쓰러져 있었다. 몸을 부자연스럽게 뒤로 젖히고 고통스러운 듯이 양손으로 머리를 감싸 안은 모습이다.

영상을 몇 번이나 확인했지만 나나미야는 미동도 없는 것처럼 보였다.

"당했어."

히루코 씨가 안타깝다는 듯이 말을 흘렸다. 무슨 의미인지는 명백했다.

범인은 마지막 목표물인 나나미야의 목숨을 멋지게 빼앗았다.

"아아……." 간노가 어깨를 축 늘어뜨렸다. "어째서 가네미쓰 씨까지."

동료를 지키지 못해 슬프고 분한 걸까. 아니면 관리인의 입장에서 느끼는 감정? 어쩌면 고용주의 아들을 잃어서 자책감을 느끼는 건지도 모르겠다.

다카기와 시즈하라는 마음이 편치 않은 듯 화면에서 눈을 돌렸지만 마지막까지 애석해하는 말은 꺼내지 않았다.

오늘 아침 나나미야와 충돌한 나바리는 맥이 풀린 것처럼 바닥에 주저앉았고, 시게모토는 말없이 카메라 전원을 껐다.

나는 히루코 씨를 바라보았다. 백 퍼센트 안전하다고 여겨지던 상황에서 나나미야가 범인에게 당했을 뿐 아니라, 이제와서 밀실 살인이라는 수수께끼가 새로이 덧붙여졌다. 오늘 아침 나나미야가 틀어박힌 이후로 아무도 들어가지 않은 방. 서로 시선이 닿는 곳에 있었던 동료들. 어떻게 생각해도 살해하기는 불가능하다.

히루코 씨도 여기까지인가. 아니면 기사회생의 한 수를 숨기고 있을까.

하지만 예상과 달리 히루코 씨는 차분한 목소리로 말했다.

"여러분, 지금부터는 구조대가 올 때까지 살아남는 데 전념하도록 하죠. 우리의 가장 큰 적은 좀비예요. 결국 3층도 그들에게 점령당할 겁니다. 거점을 창고로 옮겨서 단단히 방어해야 해요."

간노도 마음을 다잡은 듯 그 말에 동의했다.

"어쩌면 연기를 피워서 신호를 보내야 할 필요가 있을지도 모르겠네요. 일단 남은 천을 모으고……. 그런데 누구 라이터 갖고 있는 분 안 계십니까?"

"여기요. 금연중이지만 라이터는 가지고 왔죠."

다카기가 말했다.

저마다 기분을 전환하여 움직이기 시작했다. 그때였다.

"잠깐만요."

뜻밖에도 시즈하라가 사람들을 불러 세웠다. 사람들 앞에서는 좀처럼 먼저 입을 열지 않았던 만큼 모두가 놀란 표정으로 시선을 집중했다.

"왜 그래, 미후유?"

다카기가 물었다.

"겐자키 씨, 혹시 범인이 누구인지 이미 알고 계신 것 아닌가요?"

나는 그 말을 듣고 움찔했다.

히루코 씨를 돌아보자 그녀는 조용히 한숨을 쉬었다.

그렇구나. 히루코 씨는 꿰뚫어 보았던 건가. 전부 다 알면서 입을 다물어준 거야.

"역시." 시즈하라는 전에 없이 강한 눈빛을 히루코 씨에게 던졌다. "아까부터 뭔가 이상하다 싶었어요. 말씀해주시겠어요, 겐자키 씨? 사흘 동안 우리에게 못된 짓을 한 게 누구인지."

"범인의 목적은 이미 달성됐어요."

히루코 씨는 그렇게 말하며 천천히 고개를 저었다.

"여기서 죄상을 폭로하고 살인자를 지목한들 뭐가 달라지나요? 우리는 힘을 합쳐 살아남아야 하는 상황에 있어요. 범인은 우리가 구조된 후에 경찰이 검거해줄 거예요."

"아니요. 우리에게는 알 권리가 있어요. 책망할 권리가 있다고요. 어떤 이유가 있든 범인은 세 명이나 되는 사람의 목숨을 빼앗았으니까."

시즈하라는 물러서지 않았다. 다카기를 비롯한 다른 사람들은 그런 두 사람을 그저 지켜볼 뿐이었다. 모두의 얼굴에 당혹감이 서려 있었다.

무리도 아니다. 여기에 남은 사람들은 사흘간 고난을 함께한 동료다. 지금 죄를 폭로하여 무리에서 배척하는 것이 앞으로 며칠 남지 않았을 협력 관계에 필요한 일인지 판단을 내리지 못해 주저하고 있는 것이다.

아마도 마음속으로나마 수수께끼 풀이에 명확히 반대한 사람은 나 하나뿐이겠지.

"알겠어요. 이제 별 의미가 없는 제 추리라도 괜찮으시다면 들려드리죠."

히루코 씨가 눈을 꼭 감았다가 심판의 시작을 선언했다.

2

"각 수수께끼에 대해 설명하기에 앞서 일련의 사건을 저지른 범인의 인물상에 대해 말씀드리고 싶네요. 일단 작년 합숙 때 나나미야 씨, 다쓰나미 씨, 데메 씨가 남녀관계에서 말썽을 일으킨 것이 범행의 계기로 추정돼요. 자세한 사정은 불명확하지만 강한 수면제를 가져온 것만 보더라도 범인은 애초부터 졸업생 세 명과 이번 합숙을 계획한 신도 씨에게 살의를 품고 참가했겠죠. 그런데 좀비의 습격이라는 비상사태에 직면하고 말았어요. 그렇지만 범인은 사소한 우연을 바탕으로 악마적인 발상을 활용해 멋지게 목적을 달성했습니다.

애당초 일련의 범행에는 제가 이해할 수 없는 부분이 너무 많았어요. 모두의 생사가 걸린 이 상황에 왜 위험한 다리를 건너면서까지 직접 손을 썼을까. 여기서 범인이 목표물 네 명에게 상상을 초월할 만큼 깊은 증오를 품었다는 것이 느껴집니다. 하지만 동시에 범인은 우리에게 전화를 걸어 위기를 알리는 등 인도적인 측면도 보여줬어요. 격한 증오와 인간적인 이성. 두 가지 면모를 갖춘 범인의 심리가 좀처럼 상상이 되지 않아 저는 마지막까지 농락당했습니다.

서론이 길어졌는데요, 이제 수수께끼 풀이를 시작하겠습니다.

첫 번째로 신도 씨 살인 사건입니다.

신도 씨는 문이 잠긴 방에서 온몸을 물려서 숨졌습니다. 시체와 현장의 상황으로 보건대 신도 씨가 방안에서 누군가에게 물려 죽었다는 것은 의심의 여지가 없는 사실이죠. 그렇지만 이건 이상한 상황이에요. 그날 밤 우리는 좀비의 침입을 막고자 바리케이드를 설치했고, 엘리베이터의 이동을 제한했습니다. 비상문은 밖에서는 열리지 않고, 벽에는 타고 오르는 데 도움이 될 만한 돌출부도 없었습니다. 줄사다리를 건 흔적도 없었고요. 밖에서 누군가가 숨어들 수 있는 경로는 어디에도 없었던 셈입니다.

즉 우리 중 누군가라면 신도 씨를 잘 구슬려서 방으로 침입할 수 있겠지만, 누구의 입에도 범행을 저지른 흔적은 없었습니다. 반대로 좀비라면 신도 씨를 그렇게 죽일 수 있겠지만 침입이 불가능하죠. 덧붙여 메시지가 적힌 종이는 복도에서 끼운 겁니다. 요컨대 범인이 건물 안 어딘가로 도망쳤다고밖에 볼 수 없는 상황에서 발견됐어요. 이러한 모순이 저를 괴롭혔습니다."

여기까지 단숨에 말하고 히루코 씨는 크게 숨을 내쉬었다.

"그리고 두 살인 사건이 다른 양상을 보인다는 것에서도 위화감을 느꼈습니다. 신도 씨는 방안에서 살해했는데 다쓰나미 씨는 일부러 밖으로 옮겨서 살해했죠. 또한 신도 씨는 물린 상태로 방치했으면서, 다쓰나미 씨는 집요하다 할 만큼 잔혹하게 머리를 박살냈어요.

그렇지만 이건 당연한 일이었습니다. 두 살인 사건은 서로 다른 인물의 소행이었으니까요."

"뭐라고요!" 간노가 놀라서 외쳤다. "이 중에 살인범이 두 명이나 있다는 말씀이십니까?"

히루코 씨는 그 말을 부정했다.

"아니요. 이 중에 범인은 한 명뿐이에요. 왜냐하면 다른 한 명은 이미 인간이 아니니까."

"인간이 아니다?"

"하무라, 사진 좀."

나는 스마트폰을 꺼내 신도 방에서 찍은 핏자국이 묻은 이불 사진을 화면에 띄웠다.

"이걸 보세요. 이상하지 않으신가요? 살해할 때 튀었다고 추정되는 피는 이불 앞면에 묻었어요. 그런데 그 피가 스며들어 배어 나온 것도 아닌데 뒷면에도 피가 묻어 있었죠."

"정말 그렇군요. 하지만 양면에 피가 묻을 리는 없는데."

"도대체 어떻게 된 거야?"

다카기가 물었다.

"이렇게 된 거예요. 신도 씨가 습격당하기 전에 상처를 입은 인물이 침대에 누워 있었다. 신도 씨는 그 인물을 방으로 데려와 간병했다. 하지만 그 인물은 밤중에 증상이 진행되어 좀비로 변해 신도 씨를 물어 죽였다."

"설마……."

"신도 씨가 모두에게 비밀로 한 채 방에 데려오면서까지 구하려 한 인물. 그건 연인 호시카와 씨말고는 없어요. 신도 씨는 좀비로 변한 호시카와 씨에게 살해당한 겁니다."

일동이 비명과도 같은 소리를 질렀다.

"그런 터무니없는!"

"그래. 그날 밤 신도 씨는 담력 시험을 갔다가 혼자 돌아왔어. 우리 모두 현관 앞에서 봤잖아. 호시카와 씨는 한 번도 못 봤어."

시게모토가 담력 시험 후에 있었던 일을 회상했다.

"잘 생각해보세요. 당시 신도 씨는 펜션 뒤편에서 나타났죠. 그리고 호시카와 씨를 먼저 도망치게 했다고 이야기하고 호시카와 씨를 찾아 펜션으로 들어갔어요. 그때 호시카와 씨는 펜션 뒤편에 숨어 있었겠죠. 신도 씨는 비상문을 열러 안에 들어간 겁니다. 비상계단을 사용하면 남의 눈에 띄지 않고 펜션으로 들어올 수 있어요. 그렇게 해서 뒤편에서 기다리고 있던 호시카와 씨를 몰래 불러들인 거예요."

다카기가 이의를 제기했다.

"잠깐. 신도는 왜 모두에게 도움을 청하지 않았지? 그때는 아직 아무도 좀비의 생태가 어떤지 몰랐잖아."

그러자 히루코 씨는 처음으로 망설이듯이 입을 다물었다가 다시 입을 열었다.

"신도 씨가 나타나기 직전의 상황을 떠올려보세요. 우리는 좀비에게 쫓겨 광장에서 펜션 앞으로 도망쳤어요. 그리고 광장에서 올라오려고 하는 좀비를 다쓰나미 씨가 고생한 끝에 창으로 처리했고요. 그때 상황을 지켜보고 있던 시게모토 씨가 이렇게 외치셨죠. '좀비에게 물리면 끝장이야! 놈들은 인간이 아니라고. 죽이는 수밖에 없어'라고."

"아……."

시게모토가 깜짝 놀라 목소리를 흘려냈다.

"신도 씨와 호시카와 씨는 분명 그 광경을 뒤편에서 보고 있었겠죠. 시게모토 씨의 말이 진실인지 아닌지는 제쳐두고 신도 씨는 이렇게 생각했을 거예요. 물려서 다친 호시카와 씨를 데리고 나가면 좀비와 똑같이 죽임을 당할 거라고."

결과적으로 시게모토의 지적은 옳았으니 결국 호시카와는 좀비 꼴을 면치 못했으리라. 하지만 시게모토의 발언 때문에 신도는 연인을 숨기기로 결정하여 호시카와에게 참혹하게 살해당하고 말았다.

히루코 씨는 더이상은 이 부분을 언급하지 않겠다는 듯이 말을 이었다.

"미친 것처럼 호시카와 씨를 찾는 신도 씨의 연기는 실로 대단했어요. 때문에 누구도 호시카와 씨가 펜션으로 돌아온 걸 눈치채지 못했죠. 그래서 그후에 신도 씨는 모두 모여서 밤을 보내는 데 난색을 표한 거예요. 하지만 간병한 보람도 없이 호시카와 씨는 좀비로 변하고 말았어요. 뉴스에서는 감염되고 증상이 나타날 때까지 세 시간에서 다섯 시간이 걸린다고 했죠. 이불에 묻은 피가 얼마 되지 않은 것으로 보아 호시카와 씨는 그렇게 큰 상처를 입지 않았을 테니 약 다섯 시간 후에 좀비로 변했을 거예요. 담력 시험이 시작된 시간이 밤 9시, 호시카와 씨가 9시 반에 감염됐다면 나바리 씨가 무슨 소리를 들었다는 새벽 2시 반 전후에 신도 씨가 습격당했다고 볼 수 있겠죠. 자세한 상황은 알 수 없지만 발코니에 남은 핏자국으로 추측건대 호시카와 씨는 신도 씨와 몸싸움을 벌이다가 난간을 넘어 아래로 떨어졌을 거예요. 좀비는 뇌가 파괴되지 않는 한 계속 움직입니다. 분명 호시카와 씨는 지금도 좀비 무리 속에 있겠죠."

"하지만 겐자키 씨." 나바리가 말하기 거북하다는 듯이 물었다. "그건 겐자키 씨의 추측이잖아. 정말로 그, 호시카와 씨가 좀비로 변해 신도 씨를 죽였는지는……."

"증거라면 있어요."

다시 스마트폰에 사진을 띄웠다.

"실례를 무릅쓰고 신도 씨 방에 있던 호시카와 씨의 가방 속을 조사했어요."

사진에 찍힌 물건을 보고 다들 놀라서 소리쳤다.

"구두다!"

"설마 호시카와 씨의……."

그건 바로 호시카와가 신었던 흰색 펌프스였다.

"그렇습니다. 첫날 폐허로 향하기 전에 호시카와 씨는 갈아 신을 신발을 가지고 오지 않았다고 신도 씨와 이야기를 나누었어요. 그럼 왜 가방에 행방불명된 호시카와 씨의 구두가 들어 있었을까요? 답은 하나입니다. 호시카와 씨는 담력 시험에서 돌아왔어요. 그리고 구두를 벗고 침대에 누웠죠. 그 구두를 신도 씨가 가방에 감추었고요. 그렇다고밖에 생각할 수 없습니다."

그날 밤, 신도 방에 감염됐을까 봐 공포에 떠는 호시카와가 있었을 줄이야.

나바리는 친구에 얽힌 잔혹한 진실에서 시선을 돌리듯이 고개를 숙였다.

"범인은 뭔가를 계기로 신도 씨 방에서 무슨 일이 일어났는지 알아차렸어요. 신도 씨는 좀비에게 물려 죽었고, 방에는 그의 시체만 남았죠. 그리고 범인은 이 상황을 이용해야겠다고 생각했어요. 즉, 우리 중 누군가가 살인을 저지른 것처럼 위장하려 한 겁니다. 그러면 차후에 다쓰나미 씨와 나나미야 씨를 살해했을 때 자신이 의심을 받더라도 신도 씨를 어떻게 죽였느냐고 반론할 수 있을 테니까요. 저는 내내 인간의 범행을 좀비에게 덮어씌운다는 발상밖에 하지 못했어요. 그야말로 발상의 전환이죠.

그러기 위해서는 인간이 범인이라는 흔적을 현장에 남겨둘 필요가 있었어요. 그래서 범인은 메시지를 적은 종이를 두 장 준비해 한 장을 문에 끼워놓고 다른 한 장은 다음날 아침 모두가 시체에 눈을 빼앗긴 틈을 타 방구석에 놓아둔 거예요. 범인이 의도한 대로 그 메시지 때문에 우리는 인간과 좀비의 범행을 합쳐서 받아들여 수렁에 빠지고 말았습니다."

여기서 내가 의문을 제기했다.

"범인은 왜 메시지를 두 장이나 남겼을까요? 한 장이면 됐을 것도 같은데요."

"문에 한 장 끼워놓은 것 정도로는 인간이 방안에까지 들어갔다는 인상이 약해. 그래서 메시지 두 장을 방 안팎에 남김으로써 '범인은 복도에서 방으로 들어갔다가 나왔다'는 인상을 준 거야."

"그렇다면 방안에 한 장 놓아두는 걸로도 충분할 텐데요?"

히루코 씨는 고개를 설레설레 저었다.

"아니, 문에 끼워둔 메시지에는 따로 중요한 역할이 있었어. 잘 들어. 범인은 호시카와 씨가 좀비로 변했다는 걸 알고 있었어. 즉 물린 지 얼마 만에 인간이 좀비로 변하는지 뉴스로 정보를 접하기에 앞서 대충 짐작하고 있었던 거야. 신도 씨가 좀비로 변하면 그를 죽인 건 좀비로 확정돼. 그러면 메시지는 다른 사람이 남겼다는 사실이 들통나겠지. 그래서는 상황이 불리해져. 인간이 신도 씨를 죽였다는 착각이 사람들의 머릿속에 싹을 내려야 범인에게는 이득이야. 그러니까 신도 씨가 좀비로 변하기 전에 어떻게든 시체가 발견될 필요가 있었지. 그래서 메시지를 문에 끼운 거야. 한 시간에 한 번 순찰을 도는 간노 씨가 발견하기를 기대하며."

자기 이름이 나오자 간노가 새파랗게 질린 얼굴로 중얼거렸다.

"하지만 그 종이를 몇 번이나 못 보고 지나쳤는데⋯⋯."

"예. 범인은 초조했을 거예요. 이대로 가다가는 신도 씨가 좀비로 변할 테니까요. 하지만 시게모토 씨가 운 좋게 종이를 발견하고 모두에게 알리셨죠."

모두가 일제히 시게모토를 바라보았다. 안달하던 범인이 스스로 발견자로 나선 것은 아닐까, 그렇게 생각한 것이다.

"아, 아니야! 나는……."

"예. 그것만으로 범인 취급하기는 일러요. 시게모토 씨는 신도 씨 옆방에 계시니만큼 메시지를 발견해도 전혀 이상할 것 없어요. 메시지를 본 우리는 신도 씨 방으로 가서 그의 시체를 발견했습니다. 6시가 조금 지났을 무렵에요."

나바리가 소리를 들은 것이 2시 반 이후. 그즈음에 호시카와가 신도를 물었다면 우리가 신도를 발견한 것은 물린 지 약 네 시간 후.

"……아슬아슬했네요."

생각만 해도 한기가 돈다.

"응. 마침 우리는 신도 씨가 좀비로 변할락 말락 하는 시점에 방에 발을 들여놓은 거야. 호시카와 씨와 달리 신도 씨는 온몸을 물려서 증상도 빨리 나타났을 테니까."

그때 나나미야가 쓰러진 신도를 보고 '손끝이 살짝 움직였다'면서 난리를 떨었다. 어쩌면 나나미야가 잘못 본 게 아니라 그야말로 신도가 좀비로 변해 일어나기 직전이었는지도 모른다.

"이상이 신도 씨 살해 사건의 전모입니다. 다음은 다쓰나미 씨 살해 사건으로 갈까요."

3

신도 살해 사건의 예상치 못했던 진상에 모두 어안이 벙벙해졌지만, 아직 범인이 누구인지 지목할 수 있는 정보는 나오지 않았다. 문제는 지금부터다. 나는 심장이 경종을 두드리듯 쿵쿵 뛰는 것을 느끼며 귀를 기울였다.

"다쓰나미 씨 살해 사건의 주된 수수께끼는 두 가지예요. 첫 번째는 범인은 어떻게 다쓰나미 씨 방에 들어갔는가. 두 번째는 어떻게 다쓰나미 씨를 좀비에게 습격당하도록 만드느냐. 일단 두 번째 수수께끼부터 설명하겠습니다. 오늘 아침에 하무라가 설명한 대로 결박한 다쓰나미 씨를 엘리베이터에 태워서 1층에 내려보내 좀비에게 물리게 한다. 그후에 범인이 상하 버튼 중 하나를 눌러 엘리베이터를 불러오면 되죠.

그런데 여기서 문제는 1층에서 문이 열려 있을 때 좀비가 올라타서 같이 올라오는 경우예요."

"그렇지. 아주 큰 문제야."

아침에 그 점을 지적했던 나바리가 고개를 끄덕였다.

"그래서 범인은 한 가지 장치를 했어요."

히루코 씨의 부탁으로 스마트폰에 다른 사진을 띄웠다. 텔레비전 옆에 줄지은 동상을 찍은 사진이다.

"이게 왜요?"

간노가 궁금하다는 듯이 물었다.

"연지색 카펫 때문에 헷갈려서 알아보기 힘드실지도 모르지만 동상 밑동, 바닥에 접한 부분을 봐주세요. 희미하게 피가 묻었는데, 모르시겠어요?"

엄지손가락과 집게손가락을 벌려 사진의 그 부분을 확대하자 히루코 씨 말대로 카펫과는 색감이 다른 빨간색이 묻어 있는 것이 확실했다.

"그러네요. 그런데 어째서? 동상은 시체에서 꽤 멀리 떨어져 있었을 텐데요."

"그건 이 동상을 다쓰나미 씨와 함께 엘리베이터에 실었기 때문이에요."

간노가 병한 표정을 지었다.

"도대체 뭣 때문에요?"

"좀비가 올라탈 여유를 주지 않기 위해서요."

나는 내심 그런 방법이 있었구나, 하고 혀를 내둘렀다.

"엘리베이터는 적재 하중이 제한되어 있어요. 범인은 다른 물건을 다쓰나미 씨와 함께 실어서 좀비가 올라타면 적재 하중을 초과하도록 해놓은 거예요.

구체적으로 계산해보죠. 엘리베이터는 몇 명밖에 탈 수 없을 만큼 좁아요. 정원은 네 명이라고 적혀 있었죠. 한 명당 65킬로그램으로 계산되니까 상품 안내서의 적재 하중은 기껏해야 260킬로그램 정도겠죠. 보통은 적재 하중보다 1.1배 무거울 때 경고음이 울리므로 290킬로그램까지 탈 수 있다고 칠게요. 다쓰나미 씨의 몸무게를 70킬로그램으로 가정하고, 이 동상은 높이 약 일 미터에 무게는 적게 잡아도 40킬로그램은 나갈 거예요. 들어올리기에는 다소 무거울지도 모르지만, 206호실 발코니 밖에 유카타가 버려져 있었던 것 기억하시나요. 펼친 유카타에 동상을 눕히고 감싸서 끌고 가면 누구에게든지 가능해요. 그렇게 해서 다섯 개의 동상을 실었다고 치죠. 다쓰나미 씨와 합쳐서 270킬로그램. 어떤가요, 이로써 몸무게가 20킬로그램이 넘는 좀비가 올라탄 시점에 경고음이 울리고 문이 닫히지 않게 됩니다. 어쩌면 적재 하중이 좀 더 높을지도 모르고, 엘리베이터에 실은 동상의 수가 하나 적었을지도 몰라요. 뜯겨 나가는 살점의 양도 계산에 넣으면 커트라인을 아주 세밀하게 조정해야 할지도 모르죠. 하지만 라운지에 남아 있던 무기를 이용하면 미세 조정이 가능합니다. 천칭의 균형을 잡을 때처럼 경고음이 울렸을 때 무기를 하나 덜어내면 되니까요.

이 상태로 엘리베이터를 1층에 내려보내면 좀비가 올라타고 있는 동안은 결코 엘리베이터가 올라오지 않겠죠. 그들은 식사를 하기 위해서가 아니라 바이러스를 감염시키기 위해 물어뜯으니까 다쓰나미 씨를 어느 정도 공격해 목적을 달성하면 엘리베이터에서 나갈 거예요. 그러면 문이 닫히고 엘리베이터는 다쓰나미 씨의 시체만 실은 채 돌아옵니다."

"하지만 그러면 엘리베이터가 언제 돌아올지 모르지 않습니까. 좀비가 다쓰나미 씨에게서 물러나는 타이밍까지 계산할 수는 없어요."

"예. 그래서 범인은 다쓰나미 씨뿐만 아니라 우리 모두에게 강력한 수면제를 먹인 거예요. 순서를 따지면 이렇게 돼요. 수면제가 효과를 발휘할 시간을 가늠하여 라운지로 온 범인이 목격당할 위험성을 줄이기 위해 텔레비전 받침대 위의 열쇠로 구역 사이의 문을 전부 잠가요. 그리고 동상을 어느 정도 엘리베이터에 실어놓고 다쓰나미 씨를 결박하여 방에서 끌어내요. 이때 다쓰나미 씨가 깨어났다면 머리를 때려서 기절시켰을지도 모르겠네요. 끌어낸 다쓰나미 씨를 엘리베이터에 태웁니다. 그다음에 검과 창 등의 물건을 실어서 경고음이 울리기 직전까지 무게를 미세 조정하고 엘리베이터를 1층으로 내려보낸 거예요. 하지만 한 번 만에 좀비가 습격해줄지는 미지수이므로 어쩌면 엘리베이터를 몇 번 올렸다 다시 내렸을지도 모르겠어요. 그리고 물려 죽은 다쓰나미 씨를 싣고 엘리베이터가 돌아오면 물건들을 내리고 피를 닦아냅니다. 시체의 머리를 때려서 박살내고 메시지가 적힌 종이를 남기고요. 이렇듯 일은 범인이 계획한 대로 잘 풀렸겠죠.

그런데 마지막 단계에서 우연하게도 2층 비상문을 부수고 침입한 좀비가 남쪽 구역 문을 두드리고 있다는 사실을 알아차린 거예요.

범인은 고민했을 겁니다. 목적은 달성했으니 시치미 뚝 떼고 방으로 돌아가면 의혹의 눈길을 피할 수 있어요. 하지만 이대로 놔두면 수면제에 취해 잠든 저와 다카기 씨가 달아나지 못하고 죽을 수도 있어요. 그래서 급히 빈방이었던 206호실로 가서 우리에게 전화를 건 거예요. 어쩌면 미리 그 방에다 몸과 옷에 묻은 피를 처리할 준비를 해놨는지도 모르고요. 아무튼 범인은 간노 씨와 모두가 움직이기 시작한 틈을 타 우리 앞에 나타났어요."

"그런데 범인은 왜 잠가둔 남쪽 구역 문의 자물쇠를 풀었을까요?"

간노가 물었다.

"저나 다카기 씨의 자작극일 가능성을 남겨두기 위해서일 거예요. 자물쇠 하나로 두 명이나 용의선상에 남겨둘 수 있으면 싸게 먹힌 셈이죠."

나는 히루코 씨가 들려준 범행의 자초지종을 머릿속에 그리면서 물었다.

"그게 사실이라면 다쓰나미 씨를 죽이는 데 시간이 꽤 많이 걸린 셈이네요."

범인은 범행을 전부 마친 직후에 전화를 걸었을 것이기 때문이다.

"그렇지. 좀비가 엘리베이터 안의 다쓰나미 씨를 잘 물어뜯지 않은 탓인지, 사용한 도구를 뒤처리하는 데 시간이 많이 걸렸기 때문인지는 모르겠지만."

엘리베이터 안에 다쓰나미 씨를 끌고 다닌 듯한 흔적이 남아 있던 이유도 설명이 된다. 그리 크지 않다고는 하나 동상을 네다섯 개나 실었으니 튄 피가 동상에 막혀서 바닥에 핏자국이 부자연스러운 형태로 남았을 것이다. 그걸 얼버무리기 위해 시체를 이리저리 끌고 다닌 거겠지.

"그렇지만 겐자키 씨." 시즈하라가 말을 꺼냈다. "자세히 설명해주신 덕분에 범행이 가능하다는 건 알았지만, 이래서는 범인이 도대체 누구인지 그 범위를 줄일 수는 없지 않을까요?"

히루코 씨는 고개를 끄덕였다.

"맞는 말씀이에요. 실제로 살인은 벌어졌으니 그게 가능하다는 걸 증명해본들 아무 의미도 없죠. 지금부터 범인을 가려내는 작업에 들어갈게요. 그러기 위해 우선 남아 있는 첫 번째 수수께끼, 범인이 어떻게 다쓰나미 씨 방에 침입했는지부터 설명하겠습니다."

히루코 씨는 다쓰나미 방의 문에 철사를 사용해 문을 여는 트릭을 무효화하기 위한 장치가 되어 있었다는 사실과 끈을 사용해 도어가드를 벗긴 흔적이 남아 있었다는 사실을 밝히고, 아까 내게 보여준 카드키 바꿔치기에 대해서도 설명했다.

"카드키 바꿔치기. 단순한 트릭이지만 몇 가지 요소가 범인에게 유리하게 작용했어요. 다쓰나미 씨가 평소에 문을 살짝 열어둔 채 움직여서 본인이 카드키를 만질 기회가 거의 없었다는 것. 그리고 다쓰나미 씨가 자주 방을 비운 것. 덕분에 범인은 쉽사리 카드키를 바꿔칠 수 있었어요."

거기까지는 좋다. 하지만 카드키를 바꿔쳤다는 사실만 가지고 정말로 범인을 가려낼 수 있을까.

낮에 라운지에는 사람이 빈번히 드나들었으므로 언제 누가 혼자 있었는지 정확하게 확인하기는 불가능하다. 계속 자기 방에 틀어박혀 있었던 나나미야를 제외하고 카드키를 바꿔칠 기회는 누구에게나 있었을 것이다.

히루코 씨가 일동을 둘러보았다.

"잘 생각해보세요. 범인은 다쓰나미 씨의 카드키를 바꿔쳤어요. 이 말은 곧, 대신에 자기 방 카드키를 포기했다는 뜻입니다. 자담장의 카드 홀더는 명함이나 면허증 같은 다른 카드를 꽂아도 전기는 못 써요. 바꿔친 줄 모르게 하려면 자기 카드키를 남겨두는 수밖에 없겠죠."

"잠깐만."

시게모토가 이의를 제기했다.

"다른 방 카드키를 가지고 있었다면 어떨까. 이제 와서 이런 이야기를 하려니 미안하지만, 간노 씨가 프런트에서 마스터키만 가져왔다는 건 거짓말이고, 실은 처음부터 카드키를 여러 개 가지고 있었을 가능성도 있어."

"무슨 말씀이세요? 제가 왜 그런 짓을."

느닷없는 지적을 받자 간노는 당혹감을 감추지 못했다.

"가능성의 이야기입니다. 범인을 지목하려는데 가능성을 무시하고 넘어갈 수는 없잖아요."

그러자 나바리가 대들었다.

"간노 씨만 의심하는 건 공평하지 못해. 구다마쓰 씨와 아케치 씨 방처럼 카드키가 없어진 방은 제쳐놓더라도 신도 씨 방에는 카드키가 남아 있었잖아. 거기에는 에어컨을 틀어놨으니까. 아까 그 철사를 사용하는 방법으로 방에 들어가서 카드키를 가지고 나올 수도 있을 텐데."

히루코 씨는 가설이 나올 때마다 고개를 끄덕인 후 침착한 말투로 설명을 시작했다.

"간노 씨가 처음부터 카드키를 여러 개 가지고 있었을 가능성은 완전히 부정할 수 없어요. 하지만 간노 씨는 용의선상에서 제외될 이유가 있죠. 다쓰나미 씨가 살해당한 후에 범인으로 추정되는 인물이 다카기 씨에게 전화를 건 시간과 제가 간노 씨와 통화한 시간이 겹치거든요. 따라서 간노 씨는 범인이 아니에요."

2층에서 우리에게 들려준 알리바이다.

"그랬었지, 참."

나바리가 고개를 끄덕였고, 간노는 가슴을 쓸어내렸다.

"다음으로 신도 씨 방의 카드키를 가지고 나왔을 가능성인데요, 이건 아니에요. 어젯밤에 저녁 식사가 시작된 후로 라운지에는 항상 모두의 눈이 있었고, 다쓰나미 씨는 누구보다도 먼저 방에 돌아갔어요. 즉 범인은 저녁 식사가 시작되기 이전에 카드키를 바꿔쳤을 거예요. 그런데 각자 방으로 돌아간 후 하무라는 자기 방에서 신도 씨 방에 불이 하나 켜져 있는 걸 목격했어요. 간노 씨도 순찰할 때 불이 켜져 있는 걸 확인했고요. 아까 말씀드렸듯이 전기를 사용하려면 꼭 카드키를 홀더에 꽂아야 합니다. 다른 물건으로 카드키를 대신할 수는 없어요. 따라서 이때 신도 씨 방의 카드키는 홀더에 꽂혀 있었던 셈입니다."

몇 명의 시선이 이쪽을 향했으므로 나는 고개를 끄덕여 틀림없다는 뜻을 나타냈다.

"종합하자면 우리는 각자 카드키를 하나씩만 가지고 있었습니다. 그리고 저녁 식사 때 이미 범인의 손안에는 다쓰나미 씨의 카드키만 있었고요. 우리는 수면제가 든 커피를 마신 후 다쓰나미 씨가 제일 먼저 방으로 돌아간 것을 계기로 자리를 파했습니다. 하지만 그후 우리 모르게 어떤 일이 진행됐죠."

그렇게 말하고 히루코 씨는 나바리에게 시선을 주었다.

"나바리 씨, 당신은 잠자리에 들기 직전에 라운지를 뒷정리하던 간노 씨께 부탁해 가지고 있던 카드키를 교환하셨어요."

"마스터키를 가지고 있기 싫었거든. 만약 누가 살해당했을 때 그걸 가지고 있으면 제일 먼저 의심받을 거 아냐."

히루코 씨는 그 말을 듣고 고개를 끄덕인 후 간노에게 시선을 옮겼다.

"나바리 씨에게 받은 건 마스터키가 틀림없나요?"

"틀림없습니다. 마지막에 그걸로 나바리 씨 방을 열어드리고 들어가시는 걸 봤고 제 방도 열었으니까요."

"그래요. 바꿔치기가 이미 끝난 뒤에 나바리 씨가 가지고 계셨던 건 틀림없이 마스터키였어요. 즉 나바리 씨는 범인이 아닙니다."

이리하여 간노와 나바리 두 명이 용의선상에서 사라졌다. 나머지는 다섯 명.

"포인트가 하나 더 있어요. 아까 시게모토 씨와 간노 씨가 증언한 내용입니다."

"어제 낮에 다쓰나미 씨 방에서 들리던 음악이 잠깐 멈췄었다는 이야기요?"

"응." 히루코 씨는 고개를 끄덕였다. "먼저 여쭤볼게요. 이 중에서 다쓰나미 씨의 CD 카세트를 만지셨거나 만지는 사람을 보신 분 계세요?"

아무도 손을 들지 않는 것을 보고 말을 이었다.

"시게모토 씨가 추정하신 바에 따르면 음악이 멈춘 시각은 오후 4시 반. 하지만 그 순간 다쓰나미 씨는 옥상에 있었다고 나바리 씨가 증언하셨어요. 그렇다면 왜 음악이 멈췄을까. 답은 간단해요. 바로 그때 범인이 다쓰나미 씨의 카드키를 홀더에서 빼냈기 때문에 전기가 끊겨 CD 카세트가 꺼진 거예요.

오늘 아침 다쓰나미 씨 방을 살펴보니 CD 카세트는 방 왼쪽, 입구에서는 보이지 않는 침대 뒤편에 플러그가 꽂힌 상태로 놓여 있더군요. 그래서 그런 실수가 생긴 거예요. 범인은 CD 카세트가 바비큐 파티 때처럼 건전지로 작동하고 있다고 생각했겠죠. 아니면 깜박하고 실수했는지도 모르지만.

아무튼 범인이 홀더에서 카드키를 빼낸 순간, 큰 소리로 울려 퍼지던 음악이 멈췄어요. 범인은 심장이 멎을 만큼 놀랐겠죠. 빨리 음악을 재생시켜야 한다는 생각이 혼란에 빠지기 직전 머릿속을 스칩니다. 이상한 일이 생겼음을 누가 눈치채면 이 방에 침입하여 카드키를 뽑았다는 사실이 들통날 테니까요. 범인은 허둥지둥 자기 카드키를 홀더에 꽂고 CD 카세트를 찾아 재생 버튼을 눌렀어요.

즉, 그 순간의 알리바이를 증명할 수 있는 사람은 용의선상에서 제외할 수 있겠죠. 방금 전에 간노 씨는 용의선상에서 제외됐으므로 그때 함께 있었던 시게모토 씨의 알리바이도 성립해요. 시게모토 씨는 범인이 아닙니다.

이리하여 세 명이 용의선상에서 제외됐다. 나머지는 네 명. 히루코 씨, 다카기, 시즈하라, 그리고 나.

"드디어 대단원입니다."

어느덧 히루코 씨의 목소리는 차갑고 날카로워졌다.

"아까 카드키를 바꿔치는 건 자기 방의 카드키를 포기하는 뜻이라고 말씀드렸어요. 다시 말해 범인은 어젯밤에 자리를 파한 후에 자기 방의 문을 열 수 없었다는 뜻이에요."

"잠깐만." 나바리가 끼어들었다. "카드키가 없어서 문을 못 열더라도 다쓰나미 씨처럼 도어가드를 문틈에 끼워뒀다면 방에는 들어갈 수 있을 텐데."

"예. 방에는 들어갈 수 있죠. 그렇지만 그건 큰 문제가 아니에요. 제가 하고 싶은 말은 어젯밤 자리를 파한 후에 자기 방 카드키를 사용했다는 걸 증명할 수 있는 사람은 용의선상에서 제외된다는 거예요."

아아, 과연. 그렇게 나왔구나.

"저는 하무라가 방에 바래다줬어요."

히루코 씨의 말에 나는 고개를 끄덕였다.

"예. 분명 눈앞에서 카드키로 문을 열었어요. 틀림없습니다."

이리하여 히루코 씨는 제외. 나머지는 세 명.

"그후 넌 복도에서 다카기 씨와 마주쳤다고 했지?"

"맞아. 내가 문을 못 열어서 애를 먹으니까 하무라가 대신 열어줬어."

다카기의 말에 고개를 끄덕였다.

다카기도 제외.

다섯 명의 눈 열 개가 단 두 명을 향했다.

나와 시즈하라.

체념이 이미 내 가슴을 지배하고 있었다.

역시 히루코 씨는 알고 있었다. 내가 거짓말을 했다는 것을.

도대체 어디서 눈치챘을까. 모르겠다. 하지만 과연 거짓말을 한 이유까지 알아차렸을까.

히루코 씨가 큰 눈으로 나를 주시했다.

"자, 하무라. 그후에 너는 시즈하라 씨와 함께 3층으로 돌아갔어. 대답해줘. 두 사람 중 누가 먼저 방에 들어갔지?"

그게 최종 통고였다.

진실을 알고 있는 것은 우리뿐이다.

그래서 나는……

"하무라 씨요."

목소리가 들렸다.

"하무라 씨는 제가 보는 앞에서 방문을 열고 들어갔어요. 저는 그 모습을 끝까지 지켜봤고요."

시즈하라 미후유가 말했다.

그녀가 범인이었다.

4

그 밖에는 의심스러운 인물이 더이상 없었다.

그래도 설마, 라는 감정이 다른 사람들의 마음을 지배했다.

"미후유, 그런……."

그중에서도 시즈하라와 돈독한 사이였던 다카기는 충격을 감추지 못하고 지금까지 어떤 시체를 보았을 때보다 더 당황했다.

하지만 시즈하라는 흐트러진 모습을 전혀 보이지 않고 차분한 목소리로 말했다.

"과연 겐자키 씨라고 해야겠네요."

본인이 직접 수수께끼 풀이를 요구했던 만큼 각오는 하고 있었겠지. 그래도 지금까지 무시무시한 집념이 느껴지던 범행과는 딴판으로 미련 없는 모습이 일동을 혼란시켰다.

"패자로서 변명을 한마디 하자면 제가 지금 자백하지 않았거나 거짓말을 했다면 겐자키 씨가 저를 범인으로 단정할 수는 없지 않았을까요?"

히루코 씨는 그 말을 듣고 고개를 천천히 저었다.

"아니요. 당신을 범인으로 단정한 단서가 실은 하나 더 있어요. 여러분께 오늘 아침에 일어난 후 뭘 하셨는지 이야기를 들었는데요. 그때 나온 이야기에는 명백한 모순이 있었어요."

"그랬나요? 주의해서 이야기한다고 했는데……."

"실수를 한 건 당신이 아니에요."

히루코 씨의 시선이 나를 향했다.

"너야, 하무라. 네 이야기에는 무시할 수 없는 모순이 있었어."

나는 말없이 계속하라고 재촉했다.

아아, 히루코 씨는 도대체 어디까지 꿰뚫어 본 걸까.

"넌 커피를 마시지 않은 덕분에 이른 아침에 깨어나 방안에서 간노 씨의 고함소리를 들었지. 넌 그때 몇 시였는지를 이렇게 표현했어. 4시 반이 되기 조금 전이었다고."

나바리가 의아하다는 듯이 고개를 갸웃했다.

"잠깐만. 으음. 딱히 시간에 문제가 있는 것 같지는 않은데. 겐자키 씨가 간노 씨에게 25분에 전화를 걸어서 이삼 분 통화했잖아. 그다음에 간노 씨는 시체를 발견하고 문도 확인했으니까 딱 그쯤에 3층으로 향했을걸."

"제가 마음에 걸린 건 시간이 아니라 표현이에요. 하무라 말고도 시각을 언급한 사람이 몇 분 계셨는데요, 시계를 본

분은 4시 25분이나 28분 등 구체적인 숫자를 말씀하셨어요. 하무라처럼 4시 반이 되기 조금 전이라는 식으로 말씀하신 분은 안 계세요. 그건 왜일까요? 방에 있는 시계는 디지털 숫자로 표시되기 때문이에요. 시계에 구체적인 숫자가 표시되니까 보통은 딱 떨어지는 시간을 기준으로 삼아 말하지 않겠죠. 그렇다면 왜 하무라는 그런 표현을 썼을까? 그가 본 건 아날로그시계였기 때문입니다."

히루코 씨를 제외한 다른 사람들은—시즈하라도 포함해—무슨 뜻인지 이해하지 못한 듯했다. 하지만 나는 전부 간파당했음을 알았다.

"방에 있는 시계가 아니라 자기 손목시계를 봤겠죠. 그게 뭐가 이상하다는 말씀이십니까?"

간노가 의문을 제기한 직후에 다카기와 나바리가 "앗" 하고 외쳤다.

"있어봐. 분명 바비큐 파티 때 하무라가 시계를 잃어버렸다고 했는데."

"시계를 찾았다는 거야?"

하지만 그 말에는 대답하지 않고 히루코 씨는 이야기를 이어나갔다.

"이유는 또 하나의 모순에 의해 명백해졌어요. 하무라는 간노 씨가 방 앞을 지나간 후 도어가드를 걸고 문틈으로 복도를 내다봤다고 증언했습니다. 그러자 옆방에서 시즈하라 씨도 똑같이 문틈에 얼굴을 갖다 대서 눈이 마주쳤다고 했어요."

다시 나바리가 끼어들었다.

"시즈하라 씨가 방에 있어도 딱히 이상할 건 없잖아. 다카기 씨 방에 범인의 전화가 걸려 온 건 28분이 되기 전이야. 간노 씨가 고함을 지르며 방 앞을 지나간 건 30분쯤이니까 전화를 마친 범인이 방에 돌아갈 시간은 있어."

"그게 아니에요. 두 사람의 행동에 모순이 있습니다."

모순이 무엇인지 나도 전혀 알아차리지 못했다. 나는 그때 내가 경험한 일을 그대로 이야기했으니까.

"실제로 확인하시는 편이 빠르겠네요. 문틈으로 내다본다고 두 사람의 눈이 마주칠 수 있는지를."

히루코 씨는 창고를 나서서 복도를 걸어 우리 방 문을 가리켰다.

"아앗."

누가 먼저랄 것도 없이 탄성을 토해냈다.

내 방과 시즈하라 방의 문은 서로 등을 맞대듯이 열리도록 되어 있었다.

나도 시즈하라도 그제야 우리가 저지른 치명적인 실수가

무엇인지 깨달았다.

"이 두 방 사람이 얼굴을 마주보려면 문을 열고 몸을 내밀어 문 뒤편으로 얼굴을 향해야 해요. 도어가드를 채운 상태로는 절대로 그럴 수 없죠. 그럼 왜 하무라는 그런 거짓 증언을 했을까? 처음에는 저도 몰랐어요. 하지만 방금 전 시계의 문제와 조합하자 답이 보이더군요. 두 사람은 분명 도어가드를 채운 채 문틈으로 눈을 마주쳤어요."

"아니, 하지만 구조가 이런데……." 시게모토가 난감하다는 반응을 보였다.

"두 사람이 눈을 마주친 곳은 3층이 아니라 2층이었어요. 시즈하라 씨는 전화가 사용된 206호실, 그리고 하무라는 일찍이 데메 씨가 사용했던 207호실에 있다가 2층에서 3층으로 달려 올라가는 간노 씨의 목소리를 들은 거예요."

일동은 한 칸 옆 방으로 시선을 옮겼다. 2층 206호실과 207호실하고 똑같이 배치된 306호실과 307호실은 분명 문이 마주보고 열리는 구조였다.

다카기가 뭔가 알아차리고 놀라서 입을 눌렀다.

"데메의 방…… 설마……."

히루코 씨가 걱정하는 눈으로 나를 보았다. 자기가 말해도 되겠느냐고 묻고 있다. 나는 고개를 끄덕였다. 히루코 씨를 속이려고 한 내게 무슨 말을 할 권리가 있으랴.

"예, 하무라는 자기 손목시계를 되찾으려고 데메 씨의 짐을 뒤지러 간 거예요. 바비큐 파티 당시의 정황상 범인은 99퍼센트 데메 씨였으니까요. 다들 일어나기 전에 끝내려고 했겠죠. 그리고 예상대로 그의 짐에서 손목시계를 찾아냈어요. 방에 돌아가려던 바로 그때, 간노 씨가 고함을 지르며 방 앞을 지나간 거예요. 하무라는 평소 습관대로 손목시계로 시간을 확인했고요."

그렇다. 그때 시계 분침은 6이라는 눈금에 다다를락 말락 했다. 디지털시계였다면 망설임 없이 29분이라고 딱 잘라 말했을 그 미묘한 시간을 보고 아날로그에 익숙한 나는 평소 말하던 대로 증언하고 말았다.

"한편 시즈하라 씨는 간노 씨가 지나간 걸 확인하고 자기 방에 돌아갈 생각이었겠죠. 그런데 옆방에서 거기 있을 리 없는 하무라가 고개를 내밀어 눈이 마주쳤어요. 둘 다 들키고 싶지 않은 장면을 들킨 셈이에요. 그래서 각자 자기 방에 있던 걸로 말을 맞추기로 했어요."

"잠깐." 나바리가 당황한 목소리로 말해다. "아무리 그렇더라도 그런 거래가 성립하겠어? 하무라는 도둑맞은 물건을 찾으러 갔을 뿐이야. 살인과는 비밀의 급이 너무 다르다고."

그럴지도 모른다. 보통 사람에게 내 행동은 정당성이 결여된 짓으로 보이겠지. 하지만 나는……

"우리 입장에서는 용납할 수 있는 행동이 하무라 입장에서는 용납할 수 없는 악행이었던 거예요. 그야말로 사람을 죽이는 행위에 비견될 만큼."

나는 놀라서 히루코 씨를 보았다. 히루코 씨가 어떻게 그걸?

그러자 히루코 씨는 미안하다는 듯한 표정을 지었다.

"폐업한 호텔에서 너랑 시게모토 씨가 수첩을 두고 옥신각신한 후에 아케치 씨가 가르쳐줬어. 네가 관자놀이를 다친 건 지진이나 쓰나미 때문이 아니라 대피소에서 생활하던 네가 집에 돌아갔을 때 마주친 도둑에게 얻어맞았기 때문이라고."

그렇구나, 아케치 씨가.

전대미문의 대지진이 났을 때 우리 가족은 가까스로 쓰나미를 피해 근처 고지대로 대피했다. 파도에 쓸려간 건물도 많은 와중에 우리집은 다행히 부서지지 않고 버텼지만 전파全破 판정을 면할 수 없을 만큼 기울어져 한동안 대피소에서 생활하는 수밖에 없었다.

그날 나는 아직 쓸 만한 물건을 찾으려고 집에 돌아갔다가 멋대로 남의 집에 들어와 이리저리 뒤지는 두 사람과 마주쳤다. 나는 분노에 사로잡혀 두 사람과 몸싸움을 벌이다가 돌멩이에 한 방 얻어맞아 상처를 입었다.

그 사건은 내 마음속에 어두운 분노를 남겼다. 지진도 쓰나미도 어떤 의미에서는 체념이 되는 불행이다. 섬나라에서 사는 한 어디에 있어도 그러한 위험에서 벗어날 수는 없다.

하지만 놈들은 별개다. 이재민에게서도 물건을 빼앗으려고 하는 파렴치한 놈들만은 용서가 안 됐다. 놈들은 쓰레기다. 살해당해도 불평할 수 없는 버러지다.

몇 년이 지나고 몇 번 다시 생각해도 증오는 사그라지지 않았다.

지금도 폐업한 호텔에서 남의 수첩을 가지고 온 시계모토와 내 시계를 훔친 데메에게는 화를 억누르기가 힘들다. 내 가슴속 깊은 곳에 불씨로 남아 있는 그 남자들에 대한 어두운 증오가 되살아나기 때문이다.

여동생한테 받은 소중한 시계를 되찾기 위해서라고는 하나, 그런 내게 죽은 사람의 짐에 손을 대는 건 참기 힘든 치욕이었다. 설령 상대가 몹쓸 데메라고 해도. 하지만 데메가 죽은 현재, 시계를 되찾을 방법은 그것뿐이었다. 꾸물거리다가는 2층 전체가 좀비에게 점령되어 다시는 되찾을 수 없게 된다.

그래서 시즈하라와 눈이 마주쳤을 때 그녀의 범행을 의심하기보다 먼저 입을 다물어줬으면 하는 생각이 머릿속에 가득찼다. 이 행동이 남에게 알려지면 안 된다. 이번 일을 숨기기 위해서라면 그녀의 범행을 눈감아주는 것쯤은 큰 문제가 아니었다.

— 거래를 하자.

내가 그렇게 말하려 하자 시즈하라는…….

"아니에요, 겐자키 씨."

시즈하라가 내 회상을 중단시키며 딱 잘라 말했다.

"하무라 씨하고 말을 맞춘 적 없어요. 이 일을 남에게 밝히면 죽이겠다고 제가 일방적으로 그를 협박했죠. 하무라 씨는 제가 시키는 대로 했을 뿐이에요."

시즈하라, 왜지? 너는 왜 이 상황까지 와서…….

"잠깐만 있어봐, 겐자키."

시즈하라의 말을 막으려는 듯이 다가기가 끼어들었다.

"아직 나나미야에 대한 설명을 못 들었어. 미후유는 아침부터 내내 나랑 같이 있었다고. 녀석을 죽일 틈은 없었어."

간노도 그 의견에 동의했다.

"시즈하라 씨뿐만 아니라 다른 분들도 마찬가집니다. 가네미쓰 씨는 요 사흘간 방에서 거의 나오지 않으셨어요. 카드키 바꿔치기도 불가능하니, 가네미쓰 씨를 죽일 수 있는 기회는 없었다고 봐야죠."

"아니요, 있었어요."

히루코 씨는 단정했다.

"왜냐하면 나나미야 씨는 독살당했으니까요."

"독살이라고?"

모두가 웅성거렸다.

"예. 비디오로 본바 외상은 눈에 띄지 않았으니 방에 틀어박힌 나나미야 씨를 죽이려면 그 방법밖에 없겠죠."

즉시 의문에 찬 목소리가 오갔다.

"잠깐만요. 도대체 언제 독을 탈 기회가 있었다는 말씀이십니까?"

"나나미야 씨가 방에 가져간 물과 식량에 미리 타놓은 게 아닐까."

"무리야. 그 인간은 라운지에 있던 걸 적당히 집어 갔거든. 혹시나 다른 사람이 먹으면 큰일난다고."

하지만 히루코 씨는 고개를 젓는 것으로 그 목소리에 답했다.

"나나미야 씨 방에 들어갈 기회가 딱 한 번 있었어요. 오늘 아침 제 방에 줄사다리를 늘어뜨렸을 때요."

다들 앗, 하고 소리쳤다. 우리가 그의 방에 들어간 건 그때뿐이다.

"하지만 독을 어떻게 먹였을까요? 탁상 위의 페트병은 그때 아직 열려 있지 않았어요."

내가 의문을 제기하자 나바리가 가설을 내놓았다.

"사람들 눈을 속여 세면실 칫솔이나 컵에 수작을 부렸을지도 모르지."

시게모토가 부정했다.

"아니. 그때 나나미야 씨를 비롯한 세 명은 발코니로 나갔지만 실내에는 내가 시즈하라 씨와 함께 있었어. 그야 시즈하라 씨에게서 눈을 뗀 순간도 있었지만, 세면실에는 들어가지 않았다고."

나도 가세하여 당시 방의 상황을 돌이켜보았다.

"탁상에 있던 비상식량은 아직 뜯지 않았고 마스크도 개별 포장되어 있었어요. 나나미야 씨는 워낙 깔끔을 떠는 성격이었으니까 개봉한 음식을 방치할 리 없죠. 진통제도 시트에서 한 알씩 눌러서 꺼내는 방식이라 독이 든 약을 넣기는 불가능했을 거예요."

"그렇다면 독을 넣은 페트병을 미리 준비했다가 순식간에 바꿔친 건 아닐까요?"

간노가 말했다.

"아니에요. 제가 2층에서 시즈하라 씨와 함께 뛰어갔는데요, 페트병처럼 부피 있는 물건은 가지고 있지 않았어요."

얇은 여름옷 안에 그런 걸 숨기면 반드시 눈에 띈다.

그러자 히루코 씨가 말했다.

"독을 꼭 입으로 투여할 필요는 없어요."

"입이 아니라고? 그럼 어디로?"

"눈이에요." 히루코 씨는 집게손가락과 엄지손가락으로 오른쪽 눈을 벌렸다.

"눈의 점막으로 흡수시키면 돼요. 나나미야 씨는 도수가 맞지 않는 콘택트렌즈를 낀 탓인지 자주 안약을 넣었잖아요. 안약통은 색이 있으니까 뭔가 들어 있어도 알아차리기 힘들 테고 가지고 다녀도 눈에 띄지 않아요. 시즈하라 씨는 분명 나나미야 씨와 똑같은 안약을 사용하고 계셨죠?"

요전에 다카기가 그런 이야기를 했던 것 같다.

"하지만 히루코 씨, 독이 눈에 들어가면 실명할 위험은 있겠지만 설마 죽기야 할까요? 시즈하라 씨가 그런 독을 미리 준비해 왔다는 말씀이세요?"

"아니. 시즈하라 씨는 여기서 독을 마련했어."

그 말을 듣고 간노가 낯빛을 바꾸며 부정했다.

"이 펜션에 그런 독은 보관해놓지 않았습니다!"

"있을 텐데요. 텔레비전에서 눈이나 입에 들어가지 않도록 조심하라고 거듭 주의를 주는, 치사율과 전염성이 몹시 높은 독이."

우리는 벼락을 맞은 것처럼 할말을 잃었다.

아아, 그렇구나.

신도와 다쓰나미의, 좀비의 피.

그게 뇌에 가까운 눈의 점막으로 흡수됐다면 바이러스는 순식간에 뇌에 도달했을 것이다. 지금쯤 나나미야는 한창 좀비로 바뀌는 중이겠지.

"과연 겐자키 씨. 그것까지 알아내고 저를 범인이라 확신하신 거군요."

"다른 분이 같은 안약을 소지하고 있을 가능성도 있으니까, 이걸 가지고 확신은 못 하지만 혐의가 짙어지기는 했죠."

"어차피 결과는 똑같아요. 머지않아 여기에도 구조대가 오겠죠. 조만간 정식으로 수사가 시작되면 갖가지 자잘한 술수도 모두 들통나서 제 범행임이 명백해질 테니까요."

예전에 히루코 씨가 범인의 의도에 대해 이야기한 것이 생각났다.

시즈하라의 말을 믿는다면 그녀는 물리적인 증거, 예를 들어 지문 등을 인멸하는 데는 힘을 쓰지 않은 셈이다. 그렇다면 시즈하라가 이렇게까지 복잡한 계획을 실행한 것은 혐의를 벗기 위해서가 아니라 구조대가 오기 전에 그 세 명을 확실하게 죽이기 위해서였으리라.

"왜지, 미후유? 어째서 네가?"

떨리는 목소리로 힘없이 말하는 다카기를 보고 처음으로 시즈하라의 얼굴에 고통의 빛이 서렸다.

"죄송해요, 다카기 선배. 하지만 저는 어떻게든 사치 씨의 복수를 해야 했어요. 저는 복수를 위해 신코 대학에 입학한 거예요."

처음 듣는 이름이 나오자 히루코 씨는 사람들 얼굴을 둘러보았다.

"엔도 사치 선배. 작년에 다쓰나미 씨와 사귀다 깨진 후에 학교를 그만두고 본가로 돌아간 선배야."

시게모토가 가르쳐주었다.

"복수라니?"

"사치 씨는 십이월에 자살했어요."

그 말에 다카기와 시게모토의 얼굴이 굳어졌다. 내가 다카기에게 들은 바로는 자살한 사람은 나나미야의 상대였던 메구미라는 선배였다. 즉, 엔도 사치는 본가로 돌아간 지 얼마쯤 지나서 자살하여 현역 부원들에게도 알려지지 않은 것이리라.

시즈하라는 차분한 말투로 이야기를 시작했다.

"저는 사치 씨와 한 동네에 살면서 어릴 적부터 친동생처럼 귀여움을 받았죠. 예쁘고 상냥한 사람이었어요. 그런 사치 씨가 작년 시월에 갑자기 학교를 그만두고 돌아왔다는 소식을 듣고 찜찜한 예감이 들어 바로 사치 씨 집에 가봤어요."

만나는 걸 거부해 몇 번인가 방문한 끝에야 겨우 집에 들어갈 수 있었는데, 사치는 눈뜨고 보기 힘들 만큼 수척한 몰골이었다고 한다. 엔도 사치는 가족에게도 학교를 그만둔 이유를 밝히지 않았지만 시즈하라에게는 다 털어놓았다. 동아리 여름 합숙 때 만난 남자에게 속아 농락당한 끝에 버려졌다고.

"사치 씨는 대학에 들어가기 전까지는 이성과 교제해본 경험이 없을 만큼 순진한 사람이었으니 남자를 의심할 줄 몰랐을 거예요. 제가 어떻게든 다시 일어서게 하려고 애썼지만 그런 보람도 없이 두 달 후에 사치 씨는 목숨을 끊었어요. 마지막까지 상대를 지키려고 했는지 유서에는 합숙의 합 자조차 적혀 있지 않았죠. 진실을 아는 사람은 저뿐이었어요.

제 양심은 사치 씨의 주검과 함께 재가 됐고, 남은 것은 복수심뿐이었죠. 다쓰나미만으로는 모자랐어요. 그와 똑같이 여자를 괴롭히는 남자들을 싹 다 지옥에 처박겠다고 맹세하고 신코 대학교에 지원하기로 결정했죠. 막판에 진로를 변경한 탓에 수험 과목이 바뀌는 문제도 있고 해서 턱걸이로 간호학과에 붙었지만."

"신도 씨도 전부터 죽일 생각이었나요?"

히루코 씨가 묻자 시즈하라의 목소리에 분노가 깃들었다.

"그딴 놈은 당연히 죽어야죠. 놈은 여자들이 졸업생 세 명의 먹잇감이 될 줄 알면서 사정을 숨기고 제게 합숙을 권유했어요. 뭐, 권유하지 않았더라도 어떻게든 참가할 작정이었지만요. 하지만 사람이 모자란다며 겐자키 씨와 연극부 나바리 씨까지 끌어들이다니 정말로 쓰레기예요. 그놈은 여자를 자기 취직을 위한 희생양으로밖에 보지 않았어요."

"잠깐, 잠깐."

중요한 자백이 빠진 걸 알고 내가 물었다.

"영연에 제일 처음으로 온 협박장을 쓴 건 네가 아니야?"

시즈하라가 복수를 위해 이번 합숙에 참가할 생각이었다면 합숙이 중지될 만한 협박장을 쓸 리 없다. 아니나 다를까 시즈하라는 부정했다.

"저는 아니에요. 아마 작년에 있었던 일을 알고 있는 상급생 중 한 명이 경고 차원에서 썼겠죠. 만약 그때 합숙을 취소했다면 신도는 봐줄 생각이었는데."

그러자 나바리가 못 참겠다는 듯이 목소리를 높였다.

"시즈하라, 넌 바보야. 네 심정이 어땠는지는 뼈저리게 잘 알겠어. 지금도 그들을 위해 눈물을 흘릴 마음은 안 드니까. 하지만 그딴 쓰레기들 때문에 네가 죄를 지을 필요는……. 바보야, 정말 바보라고."

나바리가 손에 얼굴을 묻자 시즈하라는 잠자코 머리를 숙였다.

"고마워요, 나바리 씨. 하지만 전 당신이 생각하는 그런 사람이 아닌걸요. 저는 요 몇 달간 놈들을 죽이는 광경만 머릿속에 그렸고, 그 목적을 달성하기 위해 이번 합숙에 참가했어요. 당초에는 한 명씩 유인하거나 재운 후에 죽이려는 투박한 계획을 세웠지만요. 그들에게 법의 심판을 받게 할 생각은 눈곱만큼도 없었어요. 그런 제게 좀비의 습격은 복수를 하라는 계시로 여겨졌어요. 덕분에 무슨 일이 벌어져도 경찰은 오지 않을 테고, 놈들도 달아날 수 없죠. 그리고 무엇보다 먹힌 자가 먹는 쪽으로 돌아서는 좀비의 생태가 제 복수를 뒷받침해주는 것만 같았어요."

"하지만 시즈하라 씨, 당신은 이 상황을 범행에 너무나 잘 이용했어요. 설마 이번 테러를 일으킨 범인들과 무슨 관계라도 있었던 건가요?"

시즈하라는 히루코 씨의 의문을 부정했다.

"아니요. 모든 것은 신의 장난, 아니, 악마의 속삭임이라 해야 할 번뜩임과 우연의 산물이에요. 첫날 밤 저는 신도가 자기 방에서 호시카와 씨에게 습격당하는 모습을 발코니에서 우연히 목격했어요. 신도는 유리문 쪽에서 물어뜯으려고 하는 호시카와 씨를 제압하려고 안간힘을 다했지만 결코 도움을 요청하려고 들지는 않더군요. 다른 사람에게 들키면 호시카와 씨가 죽임을 당할 걸 알고 있었겠죠. 저는 필사적으로 버티는 신도를 그저 가만히 바라봤어요. 아니, 그렇지 않아요. 저는 눈을 반짝이며 호시카와 씨를 응원했어요. '가라, 그렇지. 힘내, 죽여' 하고요."

억양 없이 담담한 말투였지만 시즈하라의 눈은 형형한 빛을 뿜어냈다.

"삼십 분쯤 지나자 지칠 줄 모르는 좀비를 상대하던 신도는 결국 힘이 다했죠. 그는 마지막에 후훗, 신도가 왜 얼굴을 그토록 심하게 물어뜯겼다고 생각하세요? 신도가 마지막에 호시카와 씨에게 입맞춤을 했거든요. 이미 좀비로 변한 호시카와 씨에게. 그것 때문에 신도를 다시 보게 됐죠. 용서는 할 수 없었지만. 호시카와 씨는 신도의 얼굴과 온몸을 물어뜯고 나서 천천히 일어섰어요.

그 직후였어요. 호시카와 씨는 우연히 제가 발코니에서 관찰하고 있다는 걸 알아차리고 제 방 쪽으로 걸음을 옮겼어요. 좀비는 정말로 지능이 낮더라고요. 호시카와 씨는 그대로 난간을 넘어서 떨어졌어요."

나는 옥상에서 있었던 일을 떠올렸다. 비상계단에 몰려 있던 좀비는 나를 보자 발디딜 곳 없는 난간 너머로 몸을 내밀다가 차례차례 떨어졌다. 좀비로 변한 호시카와도 그들처럼 대각선 맞은편 발코니에 있던 시즈하라에게 가려다 떨어진 건가.

"눈앞에 있는 방에는 신도의 시체만이 남았죠. 그때 문득 떠올랐어요. 신도가 죽은 걸 인간의 소행으로 위장하면 내가 앞으로 살인을 저질러도 의혹의 눈길을 피할 수 있지 않을까, 하는 생각이. 이것이야말로 신의 계시라고 확신했어요. 좀비를 이용해 다쓰나미와 나나미야를 살해하는 이번 계획을 짜기 시작했죠. 나나미야는 일찌감치 방에 틀어박혔으니까 일단은 다쓰나미에게 초점을 맞췄어요. 그리고 그의 빈틈을 살피던 중에 카드키 바꿔치기와 엘리베이터 트릭이 생각난 거예요."

여기서 시즈하라의 시선이 흔들렸다.

"하지만 막상 살해를 실행하려고 하자 딱 하나가 마음에 걸렸어요. 바로 아케치 씨예요. 사치 씨가 그렇게 세상을 떠난 후로 저는 모든 남자를 경멸해왔지만, 아케치 씨 덕분에 목숨을 건지자 커다란 의문이 생겼죠. 그 사람을 희생하여 살아남은 내가 남자에게 복수할 권리가 있을까? 그래서 저는 어떤 사람에게 답을 물어보기로 했어요."

어젯밤 시즈하라가 한 말이 내 귓속에 되살아났다.

—속죄를 위해 제가 할 수 있는 일이라면 뭐든지 다 할 테니 바라는 게 있으면 말씀하세요. 돈이든 몸이든.

그렇구나. 그게 시즈하라를 말릴 마지막 기회였다.

나는 요구해야 했다. 돈이든. 몸이든.

인간도 아니라고 욕을 먹을지언정, 그 손을 피로 물들이지 않도록 시즈하라를 내 영향권 아래에 두어야 했다.

그런데 나는 이렇게 대답하고 말았다.

—네가 원하는 대로 살아. 그럼 돼.

시즈하라는 그 말을 계획을 진행하라는 신호로 해석했다.

내 경박한 정의감이 끔찍한 범죄 행위에 발을 들여놓으려는 시즈하라의 등을 떠밀어준 셈이다.

나는 참으로 구제할 길 없는 멍청이다.

"저는 허락을 얻었어요."

시즈하라가 미소를 지었다. 비애도, 분노도 아닌,

광기를 띤 웃음을.

"그럼 수면제는……."

"그건 세 졸업생과 신도를 죽이려면 필요하지 않을까 싶어서 준비해 온 거예요. 하지만 그것 때문에 나바리 씨가 의심을 받았다고 들었어요. 그럴 의도는 없었어요. 저는 사실 마지막 한 명을 죽일 때까지 누가 그랬는지 모르는 상황을 유지하고 싶었거든요. 폐를 끼쳤네요."

나바리는 됐다는 듯이 고개를 저었다.

"다쓰나미를 죽인 후 동상에 묻은 피를 유카타로 닦아내고 있는데 좀비가 남쪽 구역에 침입했다는 걸 알아차렸죠. 겐자키 씨와 다카기 선배가 방에 고립되는 바람에 몹시 초조했어요. 그런데 그때 악마가 머릿속에서 다시 속삭인 거예요. 이 상황을 이용하면 겐자키 씨를 구출한다는 핑계로 나나미야의 방에 들어갈 기회가 생긴다고. 그래서 평소 가지고 다니던 안약통에 다쓰나미의 피를 담았죠.

실컷 경멸하세요. 저는 절반은 걱정하는 마음에서, 나머지 절반은 나나미야를 죽이기 위해서 두 분에게 전화를 걸었어요. 더군다나 두 분이 자작극을 벌였을 가능성이 남도록 남쪽 구역 문의 자물쇠를 풀어놓기까지 했죠.

206호실로 달려간 제가 해야 할 일은 두 가지. 겐자키 씨와 다카기 선배 둘 다, 혹은 한 명만이라도 전화로 깨우는 것. 그리고 아무에게도 들키지 않고 제 방인 307호실로 돌아가는 것이었어요.

저는 일단 겐자키 씨에게 전화를 건 후 피가 묻은 유카타를 발코니 밖으로 던져서 처분하고, 누가 겐자키 씨와 다카기 선배를 구하러 움직이는지, 또한 좀비가 들어오지는 않는지 확인하려고 라운지를 엿봤어요. 그때 겐자키 씨는 간노 씨와 이삼 분 통화를 하고 계셨죠. 좀처럼 움직임이 없어서 조급해진 나머지 저는 다카기 선배에게도 전화를 걸었는데, 그사이에 간노 씨가 라운지로 나오는 바람에 제 방으로 돌아갈 기회를 살펴야 했어요.

그다음은 겐자키 씨가 추리한 대로예요. 간노 씨가 고함을 지르며 3층으로 뛰어 올라가자 206호실 문틈으로 밖을 내다보다가 하무라 씨와 눈이 마주치고 말았어요."

이리하여 시즈하라는 하우더닛에 대한 모든 고백을 마쳤다.

하지만…… 아직 수수께끼가 남았다.

히루코 씨는 오른손을 얼굴에 대고 아픔으로 고뇌를 희석시키려는 듯이 손톱을 세우며 목소리를 쥐어짜냈다.

"딱 하나, 아무리 생각해도 모르겠는 점이 있어요."

"뭔데요? 제가 대답할 수 있는 일이라면 대답해드릴게요."

"다쓰나미 씨를 죽일 때 왜 엘리베이터를 이용한 트릭을 고집하셨나요? 좀비에게 내맡기는 것이 목적이었다면 달리 간단한 방법이 얼마든지 있었을 거예요. 합쳐서 이백 킬로그램이 넘는 물건을 실어서 내리고, 물건에 묻은 피를 닦는 수고를 하면서까지 그 트릭을 사용한 이유를 모르겠어요."

이것은 히루코 씨가 줄곧 입에 담아왔던 와이더닛의 문제다.

그러자 시즈하라는 대수롭지 않다는 듯이 고개를 끄덕였다.

"아아, 그건 간단해요. 좀비에게 물려서 죽은 시체를 회수하려면 그 방법밖에 없었으니까요."

"시체를 회수한다고요?"

히루코 씨가 겁을 먹은 것처럼 되풀이해 말했다.

확실히 '히루코법'을 사용하면 다쓰나미의 시체는 좀비 무리 사이에 남겨진다. 하지만 그러면 왜 안 된다는 말인가.

"아까 좀비의 습격이 복수를 하라는 계시로 여겨졌다고 말쓰드렸죠. 왜일까요? 좀비는 두 번 죽일 수 있거든요. 인간으로서 맞이하는 죽음과 좀비로서 맞이하는 죽음. 저는 사치 씨가 자살하는 원인을 제공한 다쓰나미만은 두 번 죽여야 직성이 풀릴 것 같았어요. 왜냐하면 다쓰나미는 두 사람, 사치 씨와 뱃속에 있던 아기, 두 명의 목숨을 빼앗았으니까."

"엔도 선배가 임신했었다고……?"

다카기가 멍하니 중얼거렸다.

"예. 사치 씨는 다쓰나미에게 임신했다는 소식을 알렸죠. 하지만 다쓰나미가 보낸 건 낙태 비용이 담긴 봉투뿐이었어요. 그걸 받은 지 이틀이 지나 사치 씨는 목숨을 끊었고요."

맙소사. 시즈하라는 한번 죽인 다쓰나미를 좀비로 되살려 다시 한번 죽이기 위해 그렇게 공들인 트릭을 사용했다. 이것이 히루코 씨가 추구하던 와이더닛의 해답이다.

시게모토가 전에 한 말은 사실이었다.

사람은 좀비에게 각자의 자아와 심상을 투영한다.

좀비가 시게모토에게는 무진장한 흥미를 제공하는 수수께끼 덩어리였듯이, 내게는 인간이 얼마나 무력한지를 일깨우는 재해였듯이, 히루코 씨에게는 본인의 특이한 체질이 초래한 최악의 위협이었듯이, 그리고 다쓰나미에게는 사랑이라는 정체불명의 병에 걸려 춤추는 환자의 모습이었듯이, 시즈하라에게는 인간의 목숨을 두 번 빼앗는다는 전대미문의 복수를 가능케 하는 도구였다.

시즈하라는 범행을 저지를 때의 감촉을 떠올리기라도 하듯이 자신의 두 손을 내려다보았다. 마치 성모가 신의 아이를 안고 있는 것 같은 모습이었다.

"지금도 기억나네요. 그때, 다쓰나미를 태운 엘리베이터가 1층으로 내려간 지 얼마 지나지 않아 희미한 그의 비명소리가 수직 구멍의 밑바닥에서 울려 퍼진 게. 저는 그 소리를 한순간이라도 놓치지 않으려고 바닥 틈새에 귀를 바싹 붙이고 가만히 듣고 있었어요. 양손과 양발이 묶여 저항은커녕 달아날 수도 없는 다쓰나미는 몰려드는 좀비들에게 온몸을 물리면서 발버둥쳤겠죠. 그러다 재갈이 풀렸는지 마치 계집아이처럼 찢어지는 비명을 지르더라고요. 그 비명소리는 천상의 선율처럼 요 몇 달간 제 마음속에서 불타오르던 증오를 모조리 씻어내주는 것 같았어요.

아시겠어요? 저는 이미 멀쩡한 인간이 아니에요. 엘리베이터가 되돌아오자 저는 다쓰나미의 시체를 회수하고 동상 등을 뒷정리하면서 다쓰나미가 좀비가 되기만을 기다렸어요. 이른 아침이 되어서야 범행을 마친 건 계획을 진행하는 데 애를 먹었기 때문이 아니에요. 다쓰나미가 좀비로 변할 때까지 기다렸기 때문이죠. 그는 신도보다 조금 빨리, 딱 네 시간 정도 만에 좀비로 변해 움직이기 시작했어요. 저는 기다리고 있다가 철퇴로 몇 번이나 그의 머리를 내리쳤죠. 어쩐지 수박 깨기 같아서 여름 느낌이 나더라고요."

웃음을 띤 입술 사이로 요염하게 느껴지는 혀가 보였다. 마침내 온순함의 가면을 벗어버린 시즈하라는 섬뜩할 만큼 아름답고 매력적이었다.

"그러고 보니 좀비로 변한 데메에게 마지막 일격을 날릴 수 있었던 것도 예상치 못한 행운이었네요. 그에게 직접 손을 쓰지 못한 게 유일한 한이었거든요.

기나긴 사흘이었네요. 이렇게 한정된 환경에서 목표물을 이상적인 방법으로 죽이기 위해 이만큼이나 잔재주를 부린 끝에 모든 목적을 이뤘어요. 이제 뒷일은……."

나는 그저 입술을 꽉 깨물었다.

안다. 내가 시즈하라에게 뭔가 말할 수 있는 입장은 아니다.

시즈하라의 범행을 묵인한 이상, 나도 그녀의 공범이다.

시즈하라도 내게는 아무 소리도 듣고 싶지 않겠지.

그쯤은 안다. 알지만 꼭 이래야만 했을까.

야, 시즈하라. 네가 얼마나 큰 증오를 품었는지는 잘 알겠어.

아끼던 사람이 놈들에게 농락당하고 버려진 것으로도 모자라 끝내는 아이를 가진 몸으로 죽어버렸으니.

용서할 수 없겠지. 죽여야 속이 후련할 거야.

나도 네 입장이었다면 똑같은 생각을 했을걸.

놈들은 네게 절대 해서는 안 될 짓을 했어. 그것만은, 그것만 아니었다면 용서할 수도 있었을 텐데.

그러니까 너는 지금 절대 후회하지 않겠지.

하지만 시즈하라.

넌 봤지? 좀비가 된 연인을 혼자서 보호하며 끝까지 버티다가 마지막에는 입맞춤으로 일생을 마친 신도의 모습을.

그는 겁이 많고 염치도 몰라서 여자들이 보기에는 민폐나 끼치는 질 나쁜 놈이었겠지만 자신이 가장 소중하게 여기는 것을 위해서는 목숨을 걸었어.

다쓰나미도 그래. 너는 알고 싶지도 않겠지만 그 사람은 우리가 상상도 못 할 만큼 괴로운 일을 겪는 바람에 트라우마가 생겨서 사랑을 믿지 못해. 그래도 사랑의 정체를 알고 싶어서 탐욕적으로 여자에게 접근한 거야. 동정할 만한 부분도 있다고 생각해.

어쩌면 녀석들은 그저 자신의 가장 추한 부분을 드러냈을

뿐 아닐까. 단지 그 한 부분을 제외하면 그렇게 나쁜 놈들은 아닌데, 너도 나도 누군가의 가장 추한 부분을 손가락질하며 인간도 아니다, 용서할 수 없다고 외치고 있는 것 아닐까.

그렇다면 그 분노는 역시 정당했을까. 분노를 표출한 걸 영원히 후회하지 않는다고 단언할 수 있을까. 이렇게 가장 추한 부분을 드러낸 나랑 너는 계속 인간으로 살아갈 수 있을까.

나는 이제 모르겠어. 그래서 데메와 나나미야에 대해서는 더이상 알고 싶지 않아. 녀석들을 구제할 길 없는 인간쓰레기로 여기고 싶어.

아니면 이제 뭘 미워해야 할지 모르겠단 말이야.

그때였다. 동쪽 계단의 바리케이드에 설치한 방범 경보기 소리가 아래층에서 들려왔다.

5

그 소리가 의미하는 바는 명백했다. 사람들이 비명을 질렀다.

"바리케이드가 뚫렸어!"

"올라온다!"

하지만 계단을 올라오는 좀비들은 움직임이 둔하다. 아직 대피할 시간은 있다. 나는 가까이에 있던 창을 집어 들었다.

모두가 서둘러 창고의 짐을 옥상으로 옮기는 동안 나와 간노는 동쪽 계단 위에 진을 쳤다. 시간을 조금이라도 벌어야 한다. 아래층에서 좀비들이 느릿느릿 올라왔다.

"오, 온다……!"

"죽일 필요는 없어요. 밀어서 밑으로 떨어뜨리면 돼요."

나는 간노에게 말했다.

침을 삼키며 무기를 들어 방어 태세를 갖추었다.

그런데 예상외의 사태가 발생했다.

완전히 반대 방향에서 빠지직, 하고 나무가 밀려 쓰러지는 듯한 소리가 울려 퍼지더니 여자들의 비명소리가 들렸다. 창고 너머 남쪽 구역 문을 부수고 좀비가 밀려든 것이다.

"큰일났다!"

저쪽이 창고에 가깝다. 이대로 있다가는 우리가 고립된다.

허둥지둥 되돌아가 창고 문에 손을 대려던 좀비에게 창을 내질렀다.

하지만 그게 안 좋았다. 몸을 돌린 좀비의 목을 꿰뚫은 창이 걸려서 빠지지 않았다. 좀비는 꼬치가 된 모양새로 손을 뻗으며 다가왔다.

"우와아아아아!"

물리지 않도록 창을 들어올려 좀비의 머리가 위를 향했을 때 밀쳐내서 위기를 모면했다. 하지만 그 뒤에서 다른 좀비들이 줄줄이 거리를 좁혀왔다.

우리는 구르다시피 창고로 뛰어들어 문을 닫으려 했지만 좀비의 손이 문틈에 끼었다. 손이 하나, 그리고 또 하나 문틈으로 들어왔다. 이제 문을 닫기는 불가능하다.

"옥상으로 올라가! 빨리, 빨리!"

간노가 절규했다.

남은 작업을 내팽개치고 여자들 먼저, 다음으로 시계모토가 서둘러 옥상으로 올라갔다. 계속해서 좀비들이 팔을 들이밀자 압력에 못 이겨 결국 문이 활짝 열렸다.

"먼저 가!"

간노의 재촉을 받고 계단을 기어올랐다. 밖으로 나가자마자 빗방울이 얼굴을 때렸다. 간노도 바로 뒤따라왔다. 그리하여 모두가 탈출하기 직전이었다.

"우왓."

후미를 맡은 간노가 비명을 질렀다. 좀비가 그의 오른발을 붙잡았다.

얼굴에서 핏기가 가셨다. 물리면 끝장이다.

그 순간 조그마한 형체가 좀비에게 덤벼들어 작은 칼로 얼굴을 찔렀다.

"미후유!"

시즈하라였다. 시즈하라에게 반격당해 발을 붙잡은 좀비의 손이 느슨해지자 간노는 계단에서 기어 올라왔지만 다음은 시즈하라가 표적이 되었다. 죽어라 칼을 휘두르는 시즈하라의 사방에서 손이 뻗어왔다. 비명소리가 울려 퍼졌다.

"아아아악! 꺼져, 꺼지라고."

다카기가 위에서 마구잡이로 창을 내지르고 간신히 시즈하라를 끌어올렸다. 이걸로 모두가 탈출했다.

나는 서둘러 문을 잡았다. 이제 쫓아온 좀비를 밀어서 떨어뜨리고 문만 닫으면.

문만 닫으면 되는데.

"아······."

눈앞에 다가온 좀비를 보고 머릿속이 백지로 변했다.

"아케치 씨······."

코앞까지 기어 올라온 남자 좀비.

온몸이 피로 물들고 물린 자국 천지였지만, 못 알아볼 리 없다.

나의 홈스. 지금까지 나를 이끌어준 은인. 구할 수 없었던 사람.

지금까지 많은 죽음을 봐왔다.

사람의 힘으로는 대항할 수 없는 천재지변과 느닷없이 찾아오는 이별에는 내성도 생겼다.

하지만 내 손으로 그를 밀쳐낼 수는 없다.

되돌아온 홈스를 왓슨이 다시 절벽 아래로 떨어뜨리다니.

모든 것이 슬로모션으로 보였다.

눈이 마주쳤다. 무테안경을 잃어버린 붉은 눈동자에 내 모습은 비치지 않았다.

아케치 씨의 손이 내 어깨를 잡고 크게 벌린 입이 목으로……

충격.

창 한 자루가 아케치 씨의 눈을 파고들어 정수리를 꿰뚫었다.

뒤돌아보자 히루코 씨가 있었다.

"안 줘."

굳센 말투.

"하무라는 내 왓슨이야."

실이 끊어진 마리오네트처럼 아케치 씨는 좀비들과 함께 나락으로 떨어졌고 문이 닫혔다.

"아아, 미후유, 미후유."

다카기가 울면서 이름을 불렀다. 다카기의 품안에서 몸을 웅크린 시즈하라의 어깻부들기에는 보기에도 딱할 만큼 잇자국이 선명하게 남아 있었다. 다들 그게 무슨 의미인지는 잘 알고 있었다.

"인과응보예요."

몸을 일으킨 시즈하라가 떼어놓듯 다카기의 가슴을 천천히 밀어냈다.

"선배, 슬퍼하지 마세요. 먹는 자가 먹히는 쪽이 된 거니까. 이것도 계시의 연장선이에요."

시즈하라는 다카기의 창을 들고 옥상 가장자리까지 뒷걸음쳤다.

"미후유."

"선배, 여러분, 저 때문에 고생 많으셨어요. 죽는 건 두렵지 않지만 이대로는 사치 씨 곁으로 갈 때까지 시간이 많이 걸릴 것 같으니 스스로 마무리짓도록 할게요."

그렇게 말하고 시즈하라는 한 치의 망설임도 없이 자기 눈에 창을 깊숙이 밀어넣었다.

아담한 몸이 뒤로 넘어가서 허공에 떴다.

"안 돼에에에에에에에!"

다카기의 절규.

한순간이 지나 땅에서 쿵 소리가 들리고······.

정적이 되돌아왔다.

그로부터 네 시간 후, 비가 그치고 구조 헬기가 나타났다.

여러 가지를 빼앗은 여름이 지나갔다.

빼앗긴 나는 조금은 가벼워진 몸으로 일상으로 되돌아와 오늘도 단골 카페에 들렀다.

나지막한 테이블 위에는 크림소다. 처음 사준 사람은 이제 없다.

그로부터 한 달이 넘게 지났다. 현재까지 신형 바이러스 테러로 사망한 사람의 숫자는 5,230명이라고 발표됐다.

5,000명도 넘는 희생자가 나왔다. 하지만 5,000명에 불과하다고 할 수도 있다. 내가 경험한 대지진에 비해 희생자 수는 적다.

그래서인지 이 주 정도는 그토록 열띠게 보도하던 매스컴도 만조 때가 지나 썰물이 빠지듯이 좀비와 테러라는 말을 내보내는 빈도를 줄여나갔고, 지금은 완전히 예전의 일상을 되찾았다. 그 속도에 누군가의 입김이 작용했는지는 모르겠다.

그러니 어느 펜션에서 벌어진 엽기 살인 사건과 거기서 희생된 젊은이들의 존재가 소리 소문도 없이 잊히는 것도 무리는 아니었다.

여름방학이 끝나자마자 다카기는 학교를 그만두었다. 내년부터 간호학교에 다닐 생각이라며 일부러 인사를 하러 왔다. 그리고 영연에 온 협박장은 자기가 쓴 것이라고 밝혔다. 합숙이 중지되었으면 했던 다카기의 바람은 이루어지지 않았다. 다카기는 이번에는 남을 구할 수 있는 사람이 되고 싶다고 말하고 돌아갔다.

나바리는 사건 때문에 마음고생이 심했는지 한동안 요양했지만, 얼마 전에 무사히 학교로 돌아왔다고 한다. 듣건대 자담장의 관리인을 그만둔 간노와는 이따금 연락을 주고받는 모양이다. 이번 일을 겪으며 우리가 건진 얼마 안 되는 미담이다.

시게모토는 자취를 감추었다. 그는 약간 특수한 경우인데,

그의 지인에 따르면 사건 후에 한 번도 학교에 모습을 보이지 않았고 연락도 안 된다고 한다.

마음에 걸리는 일이 하나 있다. 자담장에서 구출된 후 우리는 정밀 검사와 진술 청취를 위해 일시적으로 시설에 격리됐는데, 경찰인지 검사관인지가 시게모토의 집에서 그 수상한 수첩을 발견하여 시게모토만 별실로 연행됐다. 그다음에 그가 어떻게 됐는지 이제는 알 방도가 없다.

마지막은 우리다.

사건이 마무리되자 히루코 씨는 내게 조수가 되어달라고 다시 부탁했다.

그런 히루코 씨에게 나는 한 가지 비밀을 털어놓았다.

다쓰나미가 살해된 직후에 시즈하라와 얼굴을 마주쳤을 때 시즈하라가 내게 협박이 아니라 애걸을 했다고.

—부탁이에요. 나나미야말고는 손을 대지 않겠다고 맹세할 테니 이번 일은 눈감아주세요.

나는 내 평판을 지키기 위해 그 부탁을 받아들였고, 결국은 실수를 저질러 시즈하라를 궁지로 몰아넣었음에도 그녀는 끝까지 나와의 약속을 지켰다.

"죄송해요. 당신의 조수는 될 수 없어요."

나는 히루코 씨가 얼마나 노력하는지 알면서 그녀를 속이고 나나미야가 죽도록 내버려두었다.

그런 내가 왓슨 역할을 맡다니 말도 안 된다.

"그렇구나."

히루코 씨의 서글픈 웃음이 눈꺼풀 속에 남았다.

띠링, 하고 가게 문에 달린 종이 울렸다.

열린 문으로 비쳐드는 햇빛을 등지고 어떤 사람이 이쪽으로 걸어왔다.

천진난만한 듯하면서도 성숙한 분위기를 풍기는 신비한 미녀.

"일찍 왔네. 기다렸어?"

"아니요, 방금 왔어요."

나는 자리에 앉는 그녀를 위해 종업원을 불렀다.

아케치 씨가 세상을 떠난 뒤에도 미스터리 애호회의 회원은 여전히 두 명이다.

"그럼 시작할까요?"

"응. 지인한테 부탁한 마다라메 기관의 조사 보고서인데……."

내 속죄는 여기서부터.

이마무라 마사히로

이번에 제27회 아유카와 데쓰야상을 수상하는 영광을 주셔서 정말로 감사합니다.

어릴 적부터 상상력을 발휘해 남을 즐겁게 해주고 싶다는 욕심은 있었지만, 한 발짝 내딛기도 힘겨워서 어른이 되고 나서야 겨우 소설 집필에 도전하게 되었습니다. 저는 옛날부터 독서 취향이 잡다하여 서점 책장을 바라보다 제목이나 장정이 마음에 딱 와닿는 책을 사는 타입이었습니다.

그러므로 송구스럽지만 사실 본격 미스터리에 심취한 적은 없고, 입이 찢겨져도 본격 미스터리의 좋은 팬이라고 자처할 수는 없는 몸입니다. 그런 제가 '읽어본 적 없는 미스터리를!'

이라는 일념 하나만으로 써낸 작품이 이 같은 영예를 차지하다니 본격 미스터리란 제가 생각했던 것보다 훨씬 자유롭고 포용력이 있는 장르임을 실감했습니다.

날이 흐를수록 상을 수상한다는 것이 얼마나 책임이 막중한 일인지 통감하고 있습니다. 제 상상력으로 남을 즐겁게 하고 싶다는 초심을 잊지 않고 앞으로도 매진하겠습니다.

옮긴이 | **김은모**
경북대학교 행정학과를 졸업했다. 일본어를 공부하던 도중에 일본 미스터리의 깊은 바다에 빠져
들어 헤어나지 못하고 있다. 아직 국내에 소개되지 않은 다양한 작가의 작품을 소개하고자 노력하
고 있다. 옮긴 작품으로 누쿠이 도쿠로의 『나를 닮은 사람』, 『프리즘』, 『미소 짓는 사람』, 기타야마
다케쿠니의 『인어공주』, 마리 유키코의 『여자 친구』를 비롯하여 우타노 쇼고의 '밀실살인게임' 시
리즈, 미쓰다 신조의 '작가' 시리즈, 『애꾸눈 소녀』, 『모즈가 울부짖는 밤』, 『달과 게』 등이 있다.

시인장의 살인

1판 1쇄 2018년 7월 16일
1판 2쇄 2018년 7월 30일

지은이 이마무라 마사히로 | **옮긴이** 김은모 | **펴낸이** 염현숙

책임편집 지혜림 | **편집** 임지호
표지디자인 최윤미 | **본문디자인** 이주영 | **표지그림** Kevin Lucbert
저작권 한문숙 김지영 | **마케팅** 정민호 정진아 함유지 김혜연 박지영
홍보 김희숙 김상만 이천희
제작 강신은 김동욱 임현식 | **제작처** 영신사

펴낸곳 (주)문학동네
출판등록 1993년 10월 22일 제406-2003-000045호
임프린트 엘릭시르

주소 10881 경기도 파주시 회동길 210
문의 031-955-1901(편집) 031-955-8896(마케팅) 031-955-8855(팩스)
전자우편 editor@elmys.co.kr | **홈페이지** www.elmys.co.kr

ISBN 978-89-546-5193-6 03830

엘릭시르는 출판그룹 문학동네의 임프린트입니다.